HEYNE
BÜCHER

Von Dean R. Koontz sind
als Heyne-Taschenbücher erschienen:

Unheil über der Stadt · Band 01/6667
Wenn die Dunkelheit kommt · Band 01/6833
Die Maske · Band 01/6951
Die Augen der Dunkelheit · Band 01/7707
Schattenfeuer · Band 01/7810

DEAN R. KOONTZ

DAS HAUS DER ANGST

Roman

Deutsche Erstausgabe

WILHELM HEYNE VERLAG
MÜNCHEN

HEYNE ALLGEMEINE REIHE
Nr. 01/6913

Titel der englischen Originalausgabe
THE HOUSE OF THUNDER
Deutsche Übersetzung von Edgar Müller-Frantz

9. Auflage

Printed in Germany 1992
Umschlaggestaltung: Atelier Ingrid Schütz, München
Satz: IBV Satz- und Datentechnik GmbH, Berlin
Druck und Bindung: Elsnerdruck, Berlin

ISBN 3-453-00348-9

I. Teil

ANGST AUF LEISEN SOHLEN

1.

Als sie erwachte, dachte sie, sie sei blind. Sie hatte ihre Augen geöffnet, aber was sie sehen konnte, war nur purpurrotes Dunkel und formlose Schatten. Bevor sie in Panik geraten konnte, wich das Dunkel einem bleichen Nebel; dieser Nebel löste sich schließlich auf, und aus ihm wuchs eine in weiße Quadrate eingeteilte Zimmerdecke.

Es roch nach frischer Bettwäsche. Nach Desinfektionsmitteln. Nach Krankenhaus.

Sie bewegte ihren Kopf, und ein scharfer Schmerz durchzuckte ihre Stirn wie ein elektrischer Schlag. Was sie sah, verschwamm wieder vor ihren Augen. Erst dann sah sie das Krankenhauszimmer, in dem sie sich befand.

Sie hatte keine Erinnerung daran, in eine Klinik gebracht worden zu sein. Wo war sie? Nicht einmal der Name der Stadt,in der sie sich aufhielt, fiel ihr ein.

Was war los mit ihr?

Sie hob ihren Arm, was ihr ziemliche Mühe bereitete. Sie tastete ihre Augenbrauen ab und stellte fest, daß ihre halbe Stirn von einem dicken Verband bedeckt war. Ihr Haar war so merkwürdig kurz. Waren ihre Haare nicht lang bis über ihre Schultern gefallen?

Sie war nicht stark genug, den Arm länger zu heben. Sie ließ ihn auf die Decke zurückfallen.

Den linken Arm konnte sie überhaupt nicht heben. Er war mit einem Pflaster an einer Holzleiste befestigt. Jetzt sah sie die Nadel, die in ihrer Vene steckte. An einem Chromgestell hing die Flasche mit Glukose. Offensichtlich wurde sie intravenös ernährt.

Sie schloß die Augen; dachte – oder hoffte –, sie würde bloß träumen. Aber als sie wieder aufblickte, hatte sich nichts geändert. Derselbe Raum, weiße Decke, weißgetünchte Wände, mit Fliesen belegter Fußboden, maisgelbe Vorhänge an den Seiten des großen Fensters. Durch das Glas konnte sie

Baumwipfel sehen und ein Stück blauen Himmels. An ihrer Seite stand ein zweites Bett; es war unbenützt. Sie hatte keine Stubengenossin.

Das Seitengitter an ihrem Bett war hochgezogen, damit sie nicht hinausfallen konnte. Sie fühlte sich hilflos wie ein Baby in der Wiege.

Sie zermarterte ihr Hirn. Aber beim besten Willen konnte sie sich nicht entsinnen, wie sie hieß. Wie alt war sie eigentlich? Sie wußte es nicht. Nichts, was mit ihrer Person zusammenhing, kam ihr in den Sinn.

Ihr Gedächtnis war wie eine Mauer, die sie bei aller Anstrengung nicht durchbrechen konnte. Angst überkam sie in schnellen Wellen, die sich wie zu einer Brandung verdichteten. Alle ihre Bemühungen, einen Schimmer von Erinnerung heraufzubeschwören, waren zum Scheitern verurteilt.

Amnesie!? Gedächtnisschwund?

Hatte sie einen Hirnschaden erlitten?

Es gab keine andere Erklärung für ihren Zustand. Diese Erkenntnis ließ ihr Herz schneller schlagen. Sie mußte einen Unfall erlitten haben. Hatte sie eine schwere Kopfverletzung, einen Dauerschaden davongetragen?

Jetzt geriet sie in Panik.

Als ob der Angstzustand verborgene Sperren geöffnet hätte, fiel ihr plötzlich ihr Name ein. Susan Thorton.

Und sie war 32 Jahre alt.

Doch keine Flut der Erinnerung brach über sie herein. Name und Alter, das war alles. Ein dünnes Rinnsal. Darüber hinaus wußte sie nichts über sich. Wo hatte sie gelebt? Von welchem Geld? Hatte sie einen Beruf ausgeübt? War sie verheiratet? Hatte sie Kinder?

Nach diesen essentiellen Fragen versuchte sie es mit banalen Dingen. Welche Schulen hatte sie besucht? Was waren ihre Lieblingsgerichte? Liebte sie klassische Musik oder Jazz?

Nichts. Keine Frage ließ sich beantworten. Ein dichter Nebelschleier hing über allem, was sie mit ihrem früheren Leben verband.

Amnesie. Gedächtnisschwund.

Bevor sie neuerlich von Panik ergriffen wurde, entsann sie

sich, auf einer Ferienreise in Oregon gewesen zu sein. Sie wußte nicht, woher sie gekommen war und wohin und zu welcher Arbeit sie zurückkehren mußte, wenn die Ferien zu Ende gingen. Aber sie hatte zumindest einen Anhaltspunkt. Sie mußte sich in Oregon befinden.

Dann kam eine bildliche Erinnerung zurück, und sie sah vor ihrem geistigen Auge eine Autostraße. Eine wunderschöne Bergstraße mit Bäumen und Felsen auf beiden Seiten. Sie schloß die Augen, aber die Erinnerung verschwand nicht. Ein heller Morgen, sie fuhr durch einen Fichtenwald. Sie saß am Steuer, lauschte der Musik, die aus dem Autoradio kam. Jetzt durchquerte sie ein verschlafenes Städchen. Deutlich sah sie die Schindeldächer vor sich. Eine Reihe von Lastwagen. Sie wich aus, ohne Schwierigkeiten. Die Landstraße vor ihr war jetzt leer. Sie gab Gas und dann... und dann...

Die Erinnerung brach ab, als wäre ein Film gerissen. Nichts. Dunkelheit. Und dann war sie erwacht, verwirrt und hilflos, in einem Krankenhausbett.

»Hallo, meine Liebe! Ich sehe, Sie sind wach und munter. Fein!«

Susan wandte ihren Kopf. Wer hatte zu ihr gesprochen?

Der Kopfschmerz war zurückgekehrt, hielt ihren Schädel wie mit einer Zange umklammert.

»Wie fühlen Sie sich? Sie sehen ein bißchen blaß aus, aber das war zu erwarten. Nach allem, was Sie durchgemacht haben.«

Die Stimme gehörte zu einer Krankenschwester, die von der geöffneten Türe auf das Bett zukam. Eine ziemlich dicke, grauhaarige Frau mit gewinnendem Lächeln und fröhlichem Blick. Sie trug einen gestärkten, weißen Kittel, um ihren Hals hing eine Metallkette, an der ihre breitgeränderte Brille hing.

Susan versuchte zu sprechen. Konnte nicht. Sogar der schwache Versuch, einige Worte hervorzubringen, schwächte sie derart, daß sie meinte, ohnmächtig zu werden. Ihr Schwächezustand erschreckte sie.

Die Schwester nickte ihr ermunternd zu. »Ich wußte, Sie

würden darüber hinwegkommen. Ich habe meine Erfahrungen. Manche in der Klinik hatten ihre Zweifel, aber ich nicht. Ich wußte, Sie sind der zähe Typ.«

Wieder versuchte Susan zu sprechen, und diesmal kam ein Ton von ihren Lippen, obwohl es nur eine Art Gurgeln war, das ihrer Kehle entwich. Sie fragte sich, ob sie jemals wieder normal würde reden können. Würde sie für den Rest ihres Lebens nur mehr tierische Laute auszustoßen imstande sein? Manchmal führte ein Hirnschaden zum Verlust der Sprache. Davon hatte sie gelesen...

Plötzlich begann sich das Zimmer rund um sie zu bewegen. Gleichzeitig fühlte sie in ihren Ohren ein Hämmern wie von einer lauten, aber entfernten Trommel. Susan biß sich auf die Lippen. Sie mußte das Zimmer zwingen, still zu stehen, die Trommel zum Schweigen bringen.

Die Krankenschwester mußte die Verzweiflung in Susans Blick gesehen haben, denn sie sagte beschwichtigend: »Immer mit der Ruhe, Kindchen, immer mit der Ruhe! Alles wird in Ordnung kommen, es braucht nur seine Zeit.«

Sie kontrollierte die Infusion, griff nach Susans rechtem Handgelenk, um den Puls zu fühlen.

Mein Gott, durchfuhr es Susan, wenn ich nicht sprechen kann, vielleicht kann ich auch nicht gehen.

Sie versuchte, ihre Beine unter der Decke zu bewegen. Die Muskeln gehorchten nicht. Kein Gefühl. Die Beine waren schwer wie Blei, schlechter beweglich als ihre Arme.

Susan klammerte sich an den Ärmel der Krankenschwester, versuchte verzweifelt, etwas zu sagen.

»Lassen Sie sich Zeit«, sagte die Frau verständnisvoll.

Aber Susan wußte, daß ihr nicht mehr viel Zeit blieb. Sie wußte, daß sie sich am Rand einer Ohnmacht befand. Zu ihrem Kopfschmerz gesellte sich ein stetig größer werdender schwarzer Ring, der ihr die Sicht zu nehmen drohte.

Jetzt trat ein Arzt ins Zimmer und an ihr Bett. Ein älterer Mann mit schütterem, weißen Haar und ernstem Gesicht. »Nun, wie geht es unserer Patientin?«

Susan sah ihn flehend an und fragte: »Sind meine Beine gelähmt?«

Einen Moment lang glaubte sie, sie hätte diese Worte tatsächlich ausgesprochen. Dann wußte sie, daß sie ihre Stimme noch nicht wiedererlangt hatte. Sie wollte es nochmals versuchen, doch der schwarze Ring wurde immer größer und verengte ihre Sicht immer mehr. Schließlich sah sie nur mehr einen kleinen Punkt.

Dunkelheit.

Sie schlief. Sie träumte. Ein schrecklicher Traum. Ein Alptraum.

Wie schon unzählige Male zuvor, träumte sie, daß sie sich wieder in der Donnerhöhle befand und in einer Pfütze von warmem Blut lag.

2.

Als sie erwachte, waren ihre Kopfschmerzen verschwunden. Sie konnte jetzt deutlich sehen, fühlte sich insgesamt besser.

Es war Nacht geworden. Der Raum war durch ein Notlicht schwach beleuchtet. Die Vorhänge waren halb zugezogen; jenseits des Fensters lag tiefe Dunkelheit.

Das Gestell mit der Glukose stand nicht mehr an ihrem Bett, keine Nadel steckte mehr in ihrer Vene. Der linke Arm lag befreit auf dem Laken, rund um die Einstichstelle waren blaue Flecken zu sehen.

Sie war nicht allein im Raum. Der Arzt stand an ihrem Bett und blickte auf sie mit strengem Blick. Sein scharfer Blick schien sie zu durchdringen. Sie hatte den Eindruck, er sah sie nicht einfach an, sondern in sie hinein, als wolle er ihre intimsten Geheimnisse ergründen.

»Was – was ist mit mir – geschehen?« Sie konnte sprechen. Ihre Stimme war rauh und nicht ganz einfach zu verstehen, trotzdem klang sie beruhigend in Susans Ohren. Kein Schlaganfall, kein Hirnschaden zwang sie, wie sie befürchtet hatte, zu einer Existenz ohne Ausdrucksmöglichkeit. Doch sie fühlte sich noch sehr schwach. Es nahm ihre ganze verbleibende Kraft in Anspruch, ein paar Worte zu flüstern.

»Wo – wo bin ich?« Es klang wie ein Röcheln.

Der Arzt antwortete nicht sofort. Er drückte auf einen der Knöpfe, die die Bewegungen des Bettes steuerten. Das obere Ende des Bettes hob sich, und Susan saß jetzt, statt zu liegen wie bisher. Jetzt griff er nach einer Karaffe, die auf dem Nachttisch stand. Er füllte ein Glas und reichte es ihr.

»Trinken Sie langsam, bitte. Schluck für Schluck. Es ist schon eine Weile her, daß Sie Nahrung irgendwelcher Art durch den Mund zu sich genommen haben.«

Susan trank. Das kalte Wasser schmeckte fabelhaft. Das Brennen in der Kehle, das ihre Sprechversuche verursacht hatten, verschwand.

Der Arzt nahm ihr das Glas aus der Hand und stellte es zurück. Dann nahm er eine kleine Stablampe aus seiner Brusttasche, beugte sich zu ihr und leuchtete ihr in die Augen. Sie zwinkerte nicht; und sie konnte nicht erkennen, ob er mit dem Resultat der Untersuchung zufrieden war oder nicht. Wenn sie seinen Blick suchte, wich er zwar nicht aus, aber sie konnte in seinen Augen keinerlei Gefühl erkennen. War dieser Mann freundlich oder gefühllos, warmherzig oder kalt? Das ließ sich nicht erraten.

Sie versuchte, ihre Beine unter der Bettdecke zu bewegen. Sie fühlten sich immer noch bleiern an, aber sie gehorchten ihrem Kommando, ließen sich heben und strecken. Keine Lähmung. Sie atmete auf.

Jetzt hielt ihr der Arzt seine rechte Hand dicht vor die Augen. »Können Sie meine Hand sehen?«

»Aber ja.« Ihre Stimme klang noch tiefer als gewohnt, war aber deutlich zu verstehen.

»Wie viele Finger halte ich jetzt hoch?«

Er hatte einen Akzent, den sie nicht bestimmen konnte. Wenn er Amerikaner war, dann aus keiner Gegend, die sie kannte.

»Drei.«

»Und jetzt?«

»Zwei.«

»Und jetzt?«

»Vier.«

Sie antwortete geduldig, nahm an, daß er Folgen einer Gehirnerschütterung feststellen wollte. Er nickte zustimmend, die tiefen Falten auf seiner Stirn glätteten sich. Aber seine Augen prüften sie mit einer Intensität, die ihr unbehaglich war.

»Wissen Sie, wie Sie heißen?«

»Ja. Ich heiße Susan Thorton.«

»Richtig. Ihr zweiter Vorname?«

»Kathleen.«

»Ausgezeichnet. Ihr Alter?«

»Zweiunddreißig.«

»Prima. Wir haben allen Grund, zufrieden zu sein.«

»Ich weiß nicht recht...« Jetzt kamen ihr die Worte fließend von den Lippen. »Das ist ungefähr alles, woran ich mich erinnern kann.«

Er runzelte die Stirn. »Wie meinen Sie das?«

Sie räusperte sich. »Ich kann mich nicht erinnern, wo – wo ich gelebt habe.« Ihre Stimme klang jetzt klar. Kein Gurgeln, kein falscher Unterton. »Oder – wo und was ich gearbeitet habe.« Und schließlich: »Ob ich verheiratet bin.«

»Wir haben Erkundigungen eingezogen. Sie sind nicht verheiratet und haben keine Kinder.«

»Und wo bin ich zu Hause?«

»Das stand in Ihrem Führerschein. Newport Beach, Kalifornien.«

Sowie er den Namen der Stadt erwähnte, sah sie ihr Haus vor sich: einen Bungalow zwischen Palmen, im Stil einer spanischen Villa, mit hellweißen Wänden und rotem Ziegeldach. Aber so sehr sie sich auch Mühe gab, die Erinnerung an den Straßennamen und die Hausnummer wollte sich nicht einstellen.

»Ich habe doch einen Beruf?« fragte sie zögernd. »Einen Arbeitsplatz?«

Er antwortete nicht gleich, sondern sah sie durchdringend an. »Sie sind bei der Milestone Corporation in Newport angestellt.«

Sie fuhr sich mit der Hand über die Stirn. »Milestone?« In ihrem Kopf leuchtete ein schwacher Funken der Erinnerung auf.

Der Arzt starrte sie an.

»Was ist los? fragte sie irritiert. »Warum schauen Sie mich so an?«

Er nahm ihren Ausbruch mit einem Blinzeln zur Kenntnis dann lächelte er verständnisvoll. Er war sichtlich ein Mann, dem es nicht leichtfiel zu lächeln. »Ich habe mir Ihretwegen Sorgen gemacht, Miß Thorton. Es ist nicht einfach, eine eindeutige Diagnose zu stellen. Vorübergehende Gedächtnisstörungen sind in einem Fall wie dem Ihren zu erwarten und relativ leicht zu behandeln. Aber wenn der erlittene Schaden ernsterer Natur ist, muß die Therapie anders angelegt werden. Sie verstehen – es ist wichtig für mich zu wissen, ob der Name Milestone in Ihnen eine Erinnerung auslöst oder nicht.«

Sie gab sich Mühe, strengte sich an. »Ja, der Name Milestone ist mir geläufig. Zumindest vage geläufig...«

»Sie sind Physikerin. Haben Ihr Doktorat an der Universität von Südkalifornien gemacht, und seither arbeiten Sie für Milestone.«

Sie nickte. Der glimmende Funke der Erinnerung vergrößerte sich zu einer kleinen Flamme.

»Wir bekamen von Milestone einige Auskünfte. Wie gesagt, Sie sind nicht verheiratet, nie gewesen.« Er beobachtete sie scharf. »Rundet sich das Bild ab, das Sie von sich haben?«

»Ja. Gewissermaßen. An einiges kann ich mich jetzt entsinnen – aber nicht an alles. Wie Steine eines Puzzles; vereinzelte Steine...«

»Sie müssen Geduld haben«, beruhigte er sie.« Nach einer solchen Verletzung dürfen Sie nicht erwarten, binnen 24 Stunden wiederhergestellt zu sein.«

Sie hätte noch eine Menge Fragen zu stellen gehabt, aber eine überwältigende Müdigkeit überkam sie. Und Durst. Sie lehnte sich in die Kissen zurück und bat um Wasser.

Er reichte ihr das neu gefüllte Glas bereitwillig. Wieder warnte er sie, nur in kleinen Schlucken zu trinken. Etwas an ihm war ihr aufgefallen, und während sie trank, wußte sie plötzlich, was es war. Er hatte sich nicht, wie üblich, vorgestellt.

»Ich kenne nicht einmal Ihren Namen, Doktor.«

»Oh, tut mir leid, aber... Ich heiße Viteski. Dr. Leon Viteski.«

»Ich habe mir schon Gedanken über Ihren Akzent gemacht. Viteski? Das klingt slawisch.«

»Ja.« Seine Antwort klang etwas unwillig, er wich ihrem Blick aus, aber nur einen Moment. Dann sagte er schnell. »Ich bin eine Kriegswaise. Ich bin 1946 nach Los Angeles gekommen, im Alter von 17. Ein Onkel hat mich aufgezogen.« Er sprach schnell und ohne zu stocken, als würde er eine auswendig gelernte Rede herunterleiern. »Ich habe meinen polnischen Akzent ziemlich verloren, aber ganz werde ich ihn wohl nie loswerden.«

Anscheinend hatte sie einen wunden Punkt berührt, die bloße Erwähnung seines Akzents hatte ihn in die Defensive gedrängt. Er beeilte sich, das Thema zu wechseln. »Ich bin der Oberarzt in diesem Krankenhaus hier. Übrigens – wissen Sie, wo ›hier‹ ist?«

»O ja. Ich erinnere mich, daß ich auf einer Ferienreise in Oregon gewesen bin. Aber wohin ich fahren wollte, weiß ich nicht. Ich schätze, wir sind hier irgendwo in Oregon.«

»Richtig. Unsere Stadt heißt Willawauk. Keine Großstadt. Bloß 8000 Einwohner. Aber es ist eine Kreisstadt und verfügt – wie Sie sehen – über eine moderne Klinik.« Und er führte die Vorzüge der Klinik aus. Doch in seiner Stimme schwang weder Stolz noch Enthusiasmus mit. »Vier Stockwerke, 220 Betten. Wir haben den Ruf eines guten Krankenhauses.

Ich glaube, wir sind besser als die riesigen Gesundheitskasernen in den Großstädten, weil wir in der Lage sind, unseren Patienten mehr persönliche Zuwendung zu bieten. Und das bedeutet das A und O für eine schnelle Genesung.«

Wieder hatte Susan den Eindruck eines Sprechapparats, in dem ein Tonband läuft. War es Dr. Viteskis eintönige Stimme? Oder lag es an ihr? War ihr Wahrnehmungsvermögen abgestumpft?

Trotz ihrer Müdigkeit und der wieder einsetzenden Kopfschmerzen überwog schließlich ihre Neugier. Sie hob den Kopf vom Kissen und fragte: »Warum bin ich eigentlich hier, Doktor? Was ist mir zugestoßen?«

»Haben Sie wirklich keine Erinnerung an den Unfall?«

»Nein. Keine.«

»Die Bremsen Ihres Wagens haben versagt. Es war auf einer kurvenreichen Straße, die zum Viewtop führt.«

»Viewtop?«

»Ja, dahin waren Sie unterwegs. Das Viewtop Hotel. In Ihrer Handtasche fanden wir die Bestätigung Ihrer Zimmerbestellung.«

Langsam wiederholte sie: »Viewtop Hotel?«

Er nickte eifrig. »Ja. Ein beliebter Zufluchtsort für Menschen, die Ruhe suchen. Das Hotel liegt etwas abgelegen. Die üblichen Touristen verirren sich kaum dorthin.«

Während Dr. Viteski sprach, kehrte Susans Erinnerung langsam zurück. Sie entsann sich, in einem Reise-Magazin Farbbilder des Hotels gesehen zu haben. Diese Bilder hatten es ihr angetan. Die altmodische Veranda, der getäfelte Speisesaal, die gepflegten Gärten. Kurz entschlossen hatte sie für den Beginn ihrer Ferien ein Zimmer bestellt.

»Sie verloren die Kontrolle über Ihren Wagen«, fuhr Dr. Viteski fort«, das Auto schoß über eine Böschung und überschlug sich. Der Abhang ist steil. Zum Glück steht dort eine Gruppe von Bäumen, die den Sturz abfingen...«

»Guter Gott!«

»Der Wagen ist ein Schrotthaufen. Aber Sie sind noch glimpflich davongekommen.«

Sie fuhr mit den Fingerspitzen über den Verband, der ihre Stirn zum Teil verdeckte. »Wie schlimm ist es, Doktor?«

Viteski runzelte besorgt die Stirn, und Susan mußte unwillkürlich an einen bestimmten Schauspieler auf einer Provinzbühne denken, der auf diese Weise Besorgnis ausgedrückt hatte.

»Nicht gefährlich, aber schlimm genug. Eine tiefe Wunde. Sie blutete stark und wollte erst nicht richtig zuheilen. Aber die Nähte werden morgen oder übermorgen entfernt werden, und wir hoffen, daß kaum eine Narbe zurückbleiben wird.« Er zwang sich zu einem Lächeln. »Unser Chirurg weiß, was er der Schönheit einer Frau schuldig ist.«

»Gehirnerschütterung?«

»Ja, aber keine schwere. Jedenfalls nicht schwer genug, um zu erklären, warum Sie in ein Koma fielen.«

Susan, die schon im Begriff gewesen war einzuschlafen, war plötzlich hellwach. »Koma? Sagten Sie: Koma?«

Er nickte ernst. »Leider. Es läßt sich nicht beschönigen. Wir haben hier moderne technische Geräte, auch für Untersuchungen des Gehirns. Aber sie ergaben kein klares Bild. Keine Schwellungen, keine Verstopfung der Blutbahn, kein Überdruck. Sicher hat die erlittene Erschütterung etwas mit dem Koma zu tun, aber es fehlt eine eindeutige pathologische Begründung. Das Publikum ist durch Arztfilme verwöhnt, aber in Wahrheit wissen wir Mediziner noch lange nicht die Antwort auf alle Fragen, speziell wenn sie sich auf ein so komplexes Feld wie das menschliche Gehirn beziehen.«

Sie sah ihn fragend an, und er fuhr fort: »Das Wichtigste ist, daß Sie aus dem Koma ohne gravierende Schäden erwacht sind. Die Gedächtnislücken, die wir feststellen konnten, mögen lästig sein, mögen Sie sogar beunruhigen, aber ich kann Ihnen versichern, daß sie sich mit der Zeit schließen werden.«

Seine Worte waren beruhigend, aber wieder hatte Susan das beklemmende Gefühl, er rezitiere einen vorgeschriebenen Text. Sie schalt sich eine Närrin, empfänglich für verrückte Eingebungen. Viteskis Worte ergaben für sie nur einen vagen Zusammenhang. Aber ein bestimmtes Wort verschreckte sie nach wie vor: Koma!

»Wie lange bin ich bewußtlos gewesen?« wollte sie wissen.

»Zweiundzwanzig Tage.«

Sie starrte ihn an. Ungläubig, zweifelnd.

»Ja ja, das ist die Wahrheit.«

Sie schüttelte den Kopf, und ein stechender Schmerz durchzuckte sie.

»Nein, das kann nicht wahr sein.«

Sie hatte ihr Leben stets unter Kontrolle gehabt. Sie war gewohnt zu planen, vorzubereiten und alle Möglichkeiten einzukalkulieren. Ob im Privatleben oder im Beruf, stets pflegte sie Maßstäbe wissenschaftlicher Methodik anzuwenden, sonst hätte sie kaum ein Jahr vor ihren altersgleichen Studienkollegen alle Prüfungen in Atomphysik und Quantentheorie ›cum laude‹ abgelegt. Sie haßte Überraschungen, war es nicht gewohnt, von jemand anderem abhängig zu sein. Das Gefühl ihrer Hilflosigkeit erschreckte sie jetzt. Zweiundzwanzig lange Tage ohne Selbstkontrolle – wehrlos fremden Menschen preisgegeben! Nicht auszudenken!

Was aber, wenn sie aus dem Koma gar nicht erwacht wäre? Oder – schlimmer noch – wenn sie als Krüppel erwacht wäre, gelähmt, ein Leben lang abhängig von Hilfeleistungen anderer?

»Nein«, rief sie, »Sie müssen sich irren. So lange Zeit – unmöglich!«

»Haben Sie nicht gemerkt«, fragte Viteski ernst, »wie mager Sie geworden sind? Sie haben über 15 Pfund verloren.«

Automatisch hob sie die Arme hoch. Zwei fleischlose Stökke. Schon vorher war ihr aufgefallen, wie dünn sie geworden waren, aber sie hatte in ihrer Verwirrung nicht weiter darauf geachtet.

»Wir mußten Sie künstlich ernähren, oder Sie wären schon längst an Flüssigkeitsverlust gestorben«, erklärte Dr. Viteski. »Immerhin haben Sie etwa drei Wochen keine richtige solide Nahrung zu sich genommen.«

Susan war 1.70 groß, und obwohl sie manchmal zur Fülle neigte, hatte sie nie wirkliche Probleme mit ihrem Gewicht gehabt. Sie strich mit ihren Händen über die Bettdecke und konnte fühlen, wie scharf und eckig ihre Hüften geworden waren.

»Zweiundzwanzig Tage«, flüsterte sie. Schließlich blieb ihr nichts anderes übrig, als das Unumstößliche zu akzeptieren. Als sie es aufgab, sich länger gegen die Tatsachen zu sträuben, befiel sie wieder die bleierne Müdigkeit. Sie ließ sich kraftlos in die Kissen zurücksinken.

»Genug für heute«, sagte Dr. Viteski. »Ich fürchte, ich habe Sie überanstrengt. Sie sind müde, Sie müssen ruhen.«

»Ruhen? Mein Gott, ich hatte 22 Tage Zeit, mich auszuruhen.«

»Ein Koma ist keine Erholung«, erwiderte Dr. Viteski. »Sie brauchen eine Menge Schlaf, um Ihre Kräfte wiederzugewinnen.« Und er drückte auf einen der Knöpfe, die die Bewegungen des Bettes regulierten. Mit leisem Surren senkte sich das Oberteil.

»Nein! Warten Sie einen Moment!« Sie schrie beinahe.

Viteski warf ihr einen fragenden Blick zu.

Das Bett hatte sich gesenkt, Susans Kopf ruhte auf dem Kissen, und sie konnte ihn nur mit Mühe etwas heben. Sie klammerte sich an das Gitter des Bettes und versuchte sich hochzuziehen, aber im Moment war sie zu schwach dafür.

»Sie erwarten doch nicht, daß ich jetzt schlafen werde?« fragte sie außer Atem, obwohl sie nicht leugnen konnte, daß sie dringend der Ruhe bedurfte. Ihre Augenlider waren schwer wie Blei.

»Sie brauchen Schlaf. Sie müssen schlafen.«

»Aber ich kann nicht.«

»Aber sicher können Sie, Miß Thorton. Man sieht Ihnen an, daß Sie sehr, sehr müde sind.«

»Ich kann nicht. Ich will nicht. Ich habe Angst einzuschlafen.

Wenn ich nun nicht mehr aufwache...«

»Aber ganz gewiß werden Sie...«

»Und wenn ich wieder in ein Koma verfalle?«

»Das ist nicht zu befürchten.«

Sein mangelndes Einfühlungsvermögen empörte sie. Sie biß die Zähne zusammen und beharrte eigensinnig: »Wenn aber doch...«

Viteski sagte geduldig, als spräche er zu einem Kind: »Hören Sie, Sie können nicht einfach weiterleben und sich vor dem Einschlafen fürchten. Entspannen Sie sich! Das Koma ist vorbei, Ihr Erinnerungsvermögen kehrt zurück, Sie sind in zufriedenstellender Verfassung. Jetzt entschuldigen Sie mich bitte, ich habe noch andere Patienten zu betreuen. Und« – auf seinen Lippen erschien ein merkwürdiges Lächeln – »auch ein Arzt braucht manchmal Schlaf.«

Er versucht nett zu mir zu sein, schoß Susan durch den Kopf. Und gleichzeitig dachte sie, wie er wohl sein mochte, wenn er sich keine Mühe gab.

Er ging zur Tür

Am liebsten hätte sie geschrien: Lassen Sie mich nicht allein! Doch ihr Selbstbewußtsein verbot ihr, sich wie ein Kind zu benehmen, das Angst vor der Dunkelheit hat. Sie mußte wieder lernen, sich selbst zu vertrauen und weder von Dr. Viteski noch von sonst jemandem abhängig zu sein.

»Schlafen Sie sich aus, meine Liebe. Morgen ist ein neuer Tag.«

Und er löschte das Deckenlicht aus.

Plötzlich war der Raum voller Schatten, als ob lebende Kreaturen, die unter den Möbeln gelauert hatten, plötzlich zum Vorschein kämen. Nicht einmal als Kind hatte Susan Angst vor der Dunkelheit gehabt, doch jetzt beschleunigte sich ihr Herzschlag. Dabei kam durch die offene Tür etwas Licht aus dem Krankenhauskorridor, fahles, unpersönliches Licht von Neonlampen.

Viteski stand in der Türfüllung, seine Silhouette zeichnete sich scharf gegen den hellen Hintergrund ab. Sein Gesichtsausdruck war nicht zu erkennen.

Er sagte: »Gute Nacht. Schlafen Sie wohl.«

Er schloß die Tür und damit die Lichtquelle des Korridors. Die kleine Notlampe verbreitete keine Helligkeit, vermochte der Dunkelheit nicht den Schrecken zu nehmen, ließ die Schatten deutlicher hervortreten, als wenn es im Raum völlig finster gewesen wäre.

Susan war jetzt allein.

Sie starrte auf das leere Bett an ihrer Seite. Die Schatten hüllten es ein wie schwarzer Krepp. Susan mußte unwillkürlich an einen Katafalk denken.

Wie schön wäre es, wenn sie eine Zimmergenossin hätte!

Es ist nicht in Ordnung, dachte sie, daß man mich einfach hier liegen läßt, nachdem ich gerade aus einem Koma erwacht bin. Jemand sollte sich um mich kümmern. Ein Pfleger, eine Krankenschwester...

Sie konnte kaum mehr die Augen offen halten.

Nein, sie durfte jetzt nicht einschlafen. Nicht, solange sie fürchten mußte, ein Schlaf könnte wieder in einem zweiundzwanzigtägigen Koma enden.

Einige Minuten lang kämpfte Susan verzweifelt gegen den Schlaf, der sie zu überkommen drohte. Sie zwang sich, die Augen offen zu halten, grub die Fingernägel in die Ballen ihrer Hand. Schließlich versuchte sie, die brennenden Augenlider für eine Minute zu schließen. Das mußte noch nicht bedeuten, daß sie einschlafen würde. Nein, sie konnte trotzdem wach bleiben...

Doch kaum hatte sie die Augen geschlossen, hatte sie das Gefühl, in einen bodenlosen Brunnen zu fallen.

Erst war es ein angenehmes Gleiten, immer tiefer und tiefer...

Doch dann setzte der Traum ein.

Sie träumte, sie lag auf einem harten, feuchten Boden. In einem kalten, riesigen, finsteren Raum ohne Wände. Doch sie war nicht allein. SIE waren bei ihr, umringten sie.

Susan floh.

Sie stolperte blindlings durch den finsteren Raum, durchlief schmale, steinerne Korridore. Sie versuchte, einem Alptraum zu entrinnen, der aber die Erinnerung an einen existierenden Platz, an ein tatsächliches Erlebnis war. Das Grauen, das sie heimgesucht hatte, als sie 19 Jahre alt gewesen war.

3.

Am nächsten Morgen, gleich nachdem Susan aufgewacht war, kam die mollige, grauhaarige Krankenschwester an ihr Bett. Sie prüfte Susans Puls und Temperatur. Dazu mußte sie ihre Brille aufsetzen, die sie um den Hals hängen hatte.

Währenddessen redete sie unaufhörlich. Sie hieß Thelma Baker und hatte nie daran gezweifelt, daß Susan es schaffen würde. Sie arbeitete seit 35 Jahren an diversen Krankenhäusern, erst in San Francisco, dann in Oregon, und hatte sich in der Beurteilung von Genesungschancen noch selten geirrt.

Die Behandlung von Kranken schien ihr angeboren zu sein – sie fragte sich oft, ob sie nicht schon in einem früheren Leben Krankenschwester war. Sie glaubte an Wiedergeburt, und ihr Vorbild war Florence Nightingale.

»Leider tauge ich zu nichts anderem«, verriet sie mit herzhaftem Lachen. »Im Haushalt habe ich zwei linke Hände, und mit Geld verstehe ich nicht umzugehen. Mein Bankkonto ist ständig in Unordnung und meist überzogen.« Sie war zweimal verheiratet gewesen und zweimal geschieden. »Wahrscheinlich koche ich nicht gut genug«, lachte sie, »ich stehe lieber an einem Operationstisch als an einem Herd. Aber ich bin wirklich eine erstklassige Krankenschwester und stolz darauf.« Sie breitete ihre Arme aus, als wolle sie mit dieser Geste unterstreichen, wie sehr sie ihren Beruf liebte.

Susan mochte sie.

Im allgemeinen machten sie Menschen nervös, die zuviel sprachen, aber Mrs. Bakers Geplauder war amüsant und mit ironischer Sebstkritik gewürzt.

»Hungrig?« fragte Mrs. Baker.

Susan nickte eifrig. Zu ihrem Erstaunen war sie mit einem gesunden Appetit aufgewacht.

»Ein gutes Zeichen. Wir werden heute mit kompakter Nahrung beginnen. Diät, natürlich. Aber nahrhaft. Sie müssen zu Kräften kommen.«

Noch während sie sprach, war ein junger, blonder Pfleger mit dem Frühstück ins Zimmer gekommen: Kirschenkompott, Toast ohne Butter mit einem Löffelchen Marmelade und ein Täßchen dünner Haferbrei. Susan stürzte sich auf das Essen, aber beklagte sich über die enttäuschende Größe der Portionen.

»Das ist nur der erste Eindruck«, erklärte ihr Mrs. Baker, »Glauben Sie mir, mein Kind, bevor Sie nur die Hälfte aufgegessen haben, werden Sie satt sein. Vergessen Sie nicht: Sie haben seit drei Wochen keine feste Nahrung zu sich genommen. Der Magen hat sich angepaßt, ist geschrumpft. Es wird noch etwas dauern, bis Sie wieder normal essen können.«

Sie hatte recht. So gut Susan auch das Frühstück schmeckte, sie vermochte nicht mehr als ein paar Bissen hinunterzubringen. Danach betrachtete sie die Reste der kärglichen Mahlzeit beinahe mit Abscheu.

Während sie aß, mußte sie an Dr. Viteski denken. Er hatte sich bemüht, freundlich zu sein, war aber immer sachlich und unpersönlich geblieben. Ihre Angst vor dem Einschlafen hatte er einfach nicht zur Kenntnis genommen. Immer noch hatte sie das Gefühl, man hätte sie nachts nicht unbeaufsichtigt liegen lassen dürfen. Trotz Thelma Bakers Liebenswürdigkeit erschien ihr der Klinikbetrieb kalt und unpersönlich.

Nein, sie konnte keinen Bissen mehr essen. Sie wischte sich den Mund mit der Papierserviette ab und schob den Rolltisch mit dem Tablett beiseite. Plötzlich hatte sie das Gefühl, beobachtet zu werden.

Sie blickte auf.

In der offenen Tür stand ein eleganter, hochgewachsener Mann um die Vierzig. Unter dem weißen Kittel sah sie eine dunkle Hose und schwarze Schuhe. Er trug eine graue Strickkrawatte, in der Hand hielt er einen Schreibblock. Seine Gesichtszüge verrieten Empfindsamkeit, aber sie waren so markant, als ob sie ein begabter Bildhauer aus Stein gemeißelt hätte. Seine hellblauen Augen bildeten einen interessanten Kontrast zu seinem vollen, schwarzen Haar.

»Miß Thorton«, sagte er mit dunkler Stimme, »ich bin erfreut, Sie aufrecht sitzen zu sehen. Hat Ihnen das Frühstück geschmeckt?« Jetzt trat er an ihr Bett und verbeugte sich lächelnd. »Ich bin Ihr behandelnder Arzt, Dr. McGee. Jeffrey McGee.«

Unwillkürlich sagte sie: »Ich dachte, Dr. Viteski...«

»Viteski ist der Oberarzt, der Chef dieser Abteilung. Aber Sie, Miß Thorton, sind *meine* Patientin.«

Seine Stimme, das dunkle, männliche Timbre, hatte eine seltsam beruhigende Wirkung. »Ich war im Notaufnahmeraum, als Sie eingeliefert wurden.«

»Aber gestern nacht...«

»Gestern war mein freier Tag, und da ist Dr. Viteski für mich eingesprungen. Sie haben 22 Tage fest geschlafen, und 22 Tage war ich in Sorge um Sie. Aber Sie mußten ausgerechnet aus dem Koma erwachen, als ich nicht Dienst hatte.« Er schüttelte den Kopf, als wäre er persönlich beleidigt. Vergnügt fuhr er fort: »Wenn es Wunderheilungen gibt, die meine Patienten betreffen, ziehe ich es vor, an Ort und Stelle zu sein, um mich im Ruhm des Erfolgs zu sonnen. Sie verstehen mich doch.« Jetzt lächelte er.

Susan konnte nicht anders, als sein Lächeln zu erwidern. Die Leichtigkeit, mit der er über ihr Koma und ihr Erwachen sprach, überraschte sie. Sie bemühte sich um einen ebenso unbeschwerten Ton. »Betrachten Sie mich als ein medizinisches Wunder, Dr. McGee?«

»Warum nicht?« gab er mit gleicher Münze zurück. »Sind Sie nicht schon immer ein Wunderkind gewesen? Ein Genie in Physik und Mathematik, soweit ich informiert bin...«

»Wenn Sie mich für einen weiblichen Einstein halten, irren Sie sich. Ich habe bloß bei einigen Prüfungen brilliert. Das tun andere auch.«

Er grinste. »Solange Sie hier sind, können Sie den ganzen Formelkram vergessen. Wie fühlen Sie sich heute?«

»Ausgezeichnet.«

»Gut genug für einen vergnügten Abend mit Barbesuch und Tanz?«

»Noch nicht ganz. Vielleicht morgen.«

»Abgemacht.« Jetzt untersuchte er ihr Frühstückstablett.

»Hm, nicht schlecht für den Anfang.« Der leichtfertige Unterton war verschwunden, in Sekundenschnelle hatte er sich in einen ernsten, verantwortungsbewußten Arzt verwandelt. »Sie werden mehrere kleine Mahlzeiten zu sich nehmen, deren Anzahl sich von Tag zu Tag steigern wird. Leichte Kost, kleine Portionen. Aber ich werde dafür sorgen, daß die Portionen unter meiner Kontrolle immer größer werden. Sie müssen etwas Geduld haben. Keine Sorge, Sie werden wieder zu Kräften kommen, nicht schnell, aber stetig. Und was Ihr Gewicht angeht – nun, bald werden Ihre hübschen Arme wieder voll und kräftig werden wie die eines Catchers.«

Sein Ernst war verflogen, er lächelte wieder. So gefiel er ihr besser. »Jawohl, Herr Doktor. Patient ist mit der Therapie einverstanden. Außer was die Größe der Portionen betrifft.«

»Vielleicht lasse ich darüber mit mir reden.« Er zwinkerte ihr zu. »Haben Sie Kopfschmerzen?«

»Nein.«

»Schwindelgefühle?«

»Auch nicht.«

»Und Ihr Puls?« Er griff nach ihrer Hand.

»Mrs. Baker hat ihn schon vor dem Frühstück gemessen und notiert.«

»Ich weiß. Vielleicht ist es nur ein Trick von mir, um Ihre Hand zu halten.«

Susan lachte. »Sie sind nicht wie andere Ärzte...«

»Glauben Sie, ein Arzt muß unbedingt distanziert und humorlos sein?«

»Nein, gewiß nicht. Aber meine Erfahrungen...«

»Soll ich mich bemühen, so zu sein wie Dr. Viteski?«

»Um Gottes willen, nein...«

»Aber er ist ein hervorragender Mediziner.«

»Wahrscheinlich. Aber ich glaube, Sie sind ein besserer Arzt.«

»Danke für das Kompliment. Ich werde es als Diskont von meiner Rechnung abziehen.« Er lachte. »Sowie ich von Rechnung sprach, hat sich Ihr Puls beschleunigt. Sie reagieren also ganz normal.«

»Ich werde also überleben?«

»Sicher. Bis auf weiteres.« Immer noch hielt er ihre Hand in seiner, als er erklärte: »Halten Sie mich nicht für einen Scharlatan, aber ich glaube, ein bißchen Humor im Umgang mit Patienten hat sein Gutes. Der Kranke bekommt eine positive Einstellung, und die ist jedem Heilungsprozeß förderlich. Natürlich gibt es auch Menschen, die einen humorvollen Arzt nicht ganz ernst nehmen. Sie haben bloß Vertrauen zu strengen, älteren Männern mit Brille und langem Bart.«

»Zu denen gehöre ich nicht«, sagte Susan schnell. »Behandeln Sie mich, wie Sie es für richtig halten. Ich brauche Aufmunterung.«

»Sie haben keinen Grund, niedergeschlagen zu sein. Das Schlimmste liegt hinter Ihnen.«

Nach einem letzten, leichten Druck ließ er jetzt ihre Hand

frei. Zu ihrem Erstaunen stellte Susan fest, daß sie es bedauerte.

Er sagte: »Dr. Viteski berichtete mir, Sie hätten Gedächtnislücken.«

»Ja, das ist richtig. Zuerst konnte ich mich an gar nichts erinnern, nicht einmal an meinen Namen. Doch nach und nach kamen viele Erinnerungen zurück. Aber Lücken sind geblieben, das stimmt...«

»Ich werde mit Ihnen noch darüber sprechen. Aber jetzt muß ich meine Runde machen; Sie sind nicht die einzige Patientin in dieser wunderschönen Klinik. Aber ich komme später wieder zu Ihnen und werde versuchen, Ihrem Gedächtnis auf die Sprünge zu helfen. Einverstanden?«

»Aber ja.«

»Inzwischen ruhen Sie sich aus.«

»Was sonst könnte ich tun?«

»Kein Tennis bis auf weiteres.«

»O Gott! Und ich habe mit Mrs. Baker ein Match vereinbart.«

»Ich werde Sie entschuldigen. Bis dann.« Und damit verließ er das Krankenzimmer mit graziöser Selbstsicherheit.

Susan sah ihm lächelnd nach. Ihr Unbehagen war verschwunden. Vielleicht hatte sich Dr. Viteski seltsam verhalten, aber es mußte ihre auf der Kopfverletzung basierende Verwirrung gewesen sein, die darin ein bedrohliches Moment gesehen hatte. Jetzt, nach Dr. McGees Visite, war Viteskis Benehmen bedeutungslos geworden, und die Klinik erschien ihr in einem neuen, freundlicheren Licht.

4.

Als Thelma Baker später in ihr Zimmer kam, bat Susan um einen Spiegel. Schon nach dem ersten Blick wünschte sie, sie hätte es nicht getan. Sie blickte in ein bleiches, verhärmtes Gesicht. Ihre graugrünen Augen waren blutunterlaufen und von dunklen, fleischigen Ringen umgeben. Um ihren Kopf verbinden zu können, hatte man ihr langes, blondes Haar kurz geschnitten, ohne jede Rücksicht auf ihr Aussehen. Und nach 22 Tagen ohne Pflege war ihr Haar strähnig fettig.

»Oh, mein Gott, ich sehe ja schrecklich aus.«

»Aber nein«, beschwichtigte sie die Schwester. »Nur ein bißchen mitgenommen. Keine Sorge; sowie Sie das verlorene Gewicht zurückgewonnen haben, werden Ihre Wangen wieder voll werden und die Augensäcke verschwinden.«

»Ich muß meine Haare waschen.«

»Sie sind noch zu schwach, um ins Badezimmer zu gehen und am Becken zu stehen. Außerdem müssen Sie warten, bis der Verband herunterkommt, und das wird frühestens morgen sein.«

»Nein. Es muß sofort sein. Mein Haar ist fettig, und die Kopfhaut juckt. Ich fühle mich elend.«

»Es ist zwecklos, meine Gute. Es darf nicht sein, also geben Sie sich keine Mühe. Das einzige, was ich für Sie tun kann, ist eine Trockenwäsche.«

»Was ist das?«

»Ihr Haar mit Puder bestreuen, damit das Fett aufgesogen wird. Dann kräftig abbürsten. Wir haben das zweimal wöchentlich gemacht, während Sie im Koma lagen.«

Susan griff nach ihrem Haar. »Und das hilft?«

»Ein wenig.«

»Also gut.«

Mrs. Baker brachte ihr eine Puderdose und einen Kamm.

Jetzt fragte Susan nach ihrem Gepäck. »Ist beim Unfall alles verlorengegangen?«

»Aber nein. Ihre Sachen sind hier im Schrank.«

»Gut. Würden Sie mir bitte meine Kosmetiktasche bringen.«

Mrs. Baker schmunzelte. »Er sieht blendend aus, nicht wahr? Und er versteht es, einen einzuwickeln.« Sie zwinkerte Susan zu. »Und er ist nicht verheiratet.«

Wider Willen errötete sie. »Ich verstehe nicht, was Sie meinen.«

Die Baker lachte und tätschelte Susans Hand. »Kein Grund zur Verlegenheit. Alle weiblichen Patienten von Dr. McGee geben sich alle Mühe, vorteilhaft auszusehen. Junge Mädchen beginnen zu flattern, wenn er an ihr Bett kommt, und selbst ehrenwerte Damen bekommen einen verräterischen Glanz in den Augen. Ja, sogar weißhaarige Großmütter, die von Arthritis halb verkrüppelt sind und 40 Jahre älter als er – auch die schminken sich, wenn er Visite macht. Und ob Sie's glauben oder nicht – wenn sie sich hübsch machen, verbessert sich auch ihr Zustand. Ja, es gibt verschiedene Arten von Therapie.«

Susan fühlte sich tatsächlich besser, als Dr. McGee später in ihr Zimmer kam. Ihr Haar sah einigermaßen aus, und sie hatte Rouge aufgelegt und ihre Lippen angemalt. Sie erkannte an seinem Blick, daß er ihr verändertes Aussehen zur Kenntnis nahm, auch wenn er keine Bemerkung darüber verlor.

»So, da wären wir wieder.« Er schob einen Rollwagen vor sich her, auf dem zwei Tabletts standen. »Ich denke, wir können zusammen essen, während wir über Ihre Gedächtnisprobleme sprechen.«

Erstaunt fragte sie: »Ein Arzt, der mit seinem Patienten ißt?«

»Warum nicht? Wir sind hier weniger formell als in der Großstadt.«

»Wer zahlt für das Essen?«

»Selbstverständlich *Sie*. So originell sind wir auch wieder nicht.« Er lachte, und sie stimmte ein.

»Was gibt es heute zu Mittag?«

»Für mich ein Hühnersandwich und Apfelkuchen. Für Sie Toast ohne Butter und Haferschleim...«

»Ein bißchen eintönig.«

»O nein. Statt Kirschkompott gibt es Quittengelee.«

»Ich bin platt.«

»Fast wie im Ritz, nicht wahr?« Er zog einen Stuhl zum Bett und regulierte ihre Bettstatt, so daß sie beide bequem essen und sich unterhalten konnten.

Er entfernte die Plastikdeckel von den Töpfen und sagte beiläufig: »Sie sehen blendend aus, Miß Thorton.«

»Ich schaue aus wie der Tod auf Urlaub.«

»Keineswegs. Bitte vergessen Sie nicht, daß Sie der Patient sind und ich der Arzt und daß der Patient seinem Arzt nie, nie widersprechen darf. Wenn ich feststelle, daß Sie blendend aussehen, dann tun Sie's auch. Verstanden?«

»Jawohl, mein Herr.« Jetzt war sie froh, daß sie sich mit Haar und Kosmetik so viel Mühe gegeben hatte. Auch hatte Thelma Baker ihr geholfen, das gräßliche Spitalhemd abzustreifen und in einen blauen Seidenpyjama zu schlüpfen, der sich in ihrem Übernachtungskoffer befand. Sie war sich bewußt, daß sie immer noch kläglich genug aussah, aber zumindest ähnelte sie ein wenig der früheren Susan Thorton.

Während sie aßen, versuchten sie gemeinsam, die Gedächtnislücken zu schließen. Susans Erinnerungsvermögen hatte weniger gelitten, als sie nach ihrem ersten Erwachen befürchtet hatte. Sie wußte fast alles, was ihr noch am vergangenen Tag entglitten gewesen war.

Ihr Geburtshaus in der Vorstadt von Philadelphia. Dort war sie auch aufgewachsen. Ein freundlicher, zweistöckiger Bau mit grünen Jalousien und hellen Gardinen. Eine Ahornallee. Zwischen Birkenstämmen im Garten hing eine Schaukel. Schule, Weihnachtsferien, Spielgefährten.

»Eine beneidenswerte Kindheit«, sagte er.

»So mag es den Anschein haben. Aber offen gesagt, es hat mich nicht glücklich gemacht. Ich fühlte mich immer irgendwie isoliert. Einsam.«

Er räusperte sich. »Gleich nach Ihrer Einlieferung haben wir versucht, mit Ihrer Familie in Kontakt zu kommen. Aber es war kein naher Verwandter aufzutreiben.«

Susan sprach ausführlich über ihre Eltern. Teils wollte sie sich vergewissern, daß ihr Gedächtnis funktionierte, teils war es angenehm, mit McGee zu plaudern. Und nach 22 Tagen in Dunkelheit und Schweigen fühlte sie ein lebhaftes Bedürfnis, zu sprechen und aus sich herauszugehen.

Ihre Mutter war einem Verkehrsunfall zum Opfer gefallen, als sie sieben Jahre alt gewesen war. Ein Fernfahrer hatte eine Herzattacke erlitten; der schwere Laster war in vollem Tempo über ein Rotlicht gefahren und hatte den Chevrolet von Susans Mutter zermalmt. Susan konnte sich kaum noch an die schöne Regina Thorton erinnern. Das hatte aber nichts mit Amnesie zu tun. Sie war noch ein kleines Mädchen gewesen, als ihre Mutter vor einem Vierteljahrhundert aus ihrem Leben verschwand. Ihre Mutter war langsam, aber unausweichlich ihrem Gedächtnis entschwunden – wie ein Bild, das zu lange dem Sonnenlicht ausgesetzt wird und mit der Zeit vergilbt.

Doch ihres Vaters entsann sie sich sehr gut. Frank Thorton war ein großer, kräftiger Mann gewesen, den man hätte stattlich nennen können, wenn er durchtrainiert gewesen wäre, statt Fett anzusetzen. Doch er betrieb nie Sport und verbrachte den größten Teil des Tages in seinem Herrenmodegeschäft. Susan liebte ihn, und sie wußte, daß auch er sie liebte, obwohl er das nie in Worten auszudrücken verstand. Er war wenig gesprächig und fühlte sich am wohlsten, wenn er sich mit seiner Pfeife und seinem Briefmarkenalbum in sein Studio zurückziehen konnte. Vielleicht hätte er zu einem Sohn eine stärkere Beziehung entwickelt als zu einer Tochter; er verstand sich mit Männern besser als mit Frauen, und das Großziehen eines jungen Mädchens war zweifellos eine schwierige Aufgabe für ihn.

Zehn Jahre nach dem Tod seiner Frau starb er an Lungenkrebs. Susan hatte gerade die Highschool absolviert und fühlte sich einsamer als je zuvor.

»Keine Tante, kein Onkel. Großeltern?«

»Meine Großeltern leben schon lange nicht mehr. Ein Bruder meines Vaters lebt in Kanada; ich habe ihn noch nie gesehen. Tante Nelly ist 80 Jahre alt; sie besuchte mich zuletzt nach dem Tod meines Vaters. Sie hat an der französischen Riviera gelebt; jetzt ist sie in einem Altersheim. Man hat mir mitgeteilt, daß sie nicht mehr imstande ist, Briefe zu lesen oder zu beantworten.«

»Und Ihre Jahre an der Universität?«

»Erst Pennsylvania, dann Kalifornien. Dort habe ich auch meinen Doktor gemacht. An diese Zeit erinnere ich mich sehr gut, obwohl...«

Sie stockte.

Er blickte auf. »Was ist los mit Ihnen?«

»Warum?«

»Sie – Sie machten den Eindruck, als hätten Sie einen Geist gesehen.«

Sie hatte sich verraten. Tatsächlich wünschte sie, sie könnte sich an das zweite Universitätsjahr weniger gut erinnern, könnte vergessen, was in Briarstead geschehen war.

»Einen Geist?« fragte sie gedehnt. »Nun, in einem gewissen Sinn stimmt das auch.«

Sie hatte mit einer Art Heißhunger gegessen, jetzt war ihr der Appetit vergangen. Energisch stellte sie ihr Tablett auf den Rolltisch zurück.

»Was meinen Sie – mit dem Geist?«

»Keinen wirklichen, natürlich. Bloß eine böse Erinnerung. Amnesie oder nicht – es gibt etwas, was ich gern für immer vergessen möchte. Aber ich kann nicht.«

Jetzt hörte auch McGee auf zu essen und schob den Rolltisch beiseite. »Erzählen Sie!«

»Ich möchte Sie nicht damit belasten...«

»Belasten Sie mich! Es gehört zu meinem Beruf, die seelischen Lasten meiner Patienten mitzutragen.«

»Es ist eine gräßliche Geschichte...«

»Wenn die Erinnerung Sie quält, befreien Sie sich von ihr, indem Sie über sie sprechen.« Er lächelte schwach. »Oder glauben Sie, Sie könnten mir Angst einjagen?«

Doch Susan lächelte nicht. Nicht einmal Dr. McGees lässiger Ton vermochte die Erinnerung erträglich zu machen.

»In Briarstead hatte ich einen Freund. Jerry Stein. Er war nett, riesig nett. Ich mochte ihn sehr gern. Wir begannen sogar, Heiratspläne zu schmieden. Wenn wir beide das Studium abgeschlossen hätten...« Sie konnte nicht weitersprechen.

»Und dann?« Er sah sie eindringlich an.

Sie biß sich auf die Lippen. Schließlich sagte sie: »Dann wurde er umgebracht.«

»Oh, wie schrecklich! Wie ist es passiert?«

»Er wollte einer Studentenverbindung beitreten. Sie wissen, dabei gibt es ein gewisses Ritual.«

»Ja, man muß gewisse Mißhandlungen über sich ergehen lassen. Eine Art Studentenulk.«

»Damals wurde es Ernst. Tödlicher Ernst.«

Er senkte den Kopf. »Solche Dinge kommen leider vor. Eines Nachts, ich war ein blutjunger Arzt, brachte man einen Burschen von kaum 20 in die Notaufnahme. Mit schweren Brandwunden. Er war bei einem solchen Aufnahmeritual verbrannt worden. Seine Kameraden waren tief betroffen. Bei einer Mutprobe, einer Art Feuertaufe, war etwas schiefgegangen...«

»Es war nicht Feuer, was Jerry getötet hat«, sagte Susan. »Es war Haß.«

Der Gedanke daran machte sie schaudern.

»Haß? Was wollen Sie damit sagen?«

Sie schwieg, ihre Gedanken wirbelten dreizehn Jahre zurück. Obwohl es im Krankenzimmer angenehm warm war, zitterte Susan plötzlich vor Kälte. Als ob es bitter kalt wäre, so kalt wie damals in der Donnerhöhle.

McGee beugte sich erwartungsvoll vor, geduldig, ohne etwas zu sagen.

Doch Susan schüttelte den Kopf. »Verzeihen Sie, aber ich möchte jetzt nicht in Details gehen.«

»Ich verstehe. Sie wurden mit einer ganzen Reihe von Todesfällen konfrontiert, bevor Sie 21 waren.«

»Ja, ich glaubte schon, es laste ein Fluch auf mir. Jeder Mensch, an dem ich hing, mußte sterben.«

»Erst die Mutter, dann der Vater. Schließlich der Bräutigam.«

»Nun, Jerry war nicht wirklich mein Bräutigam.«

»Aber beinahe.«

»Ja. Es fehlte bloß der Ring.«

»Vielleicht sollten Sie doch über seinen Tod sprechen. Es würde Sie erleichtern.«

»Nein. Nein...«

»Lehnen Sie es nicht vorschell ab. Wenn es Sie noch nach so langer Zeit so sehr quält...«

Sie unterbrach ihn. »Ich könnte nie darüber hinwegkommen. Es war zu schrecklich, als daß ich es je vergessen könnte.« Sie machte eine kleine Pause. »Außerdem – sagten Sie nicht, daß eine positive Einstellung den Heilungsprozeß beschleunigen kann?«

»O ja…«

»Dann sollte ich nicht über Begebenheiten sprechen, die mich in Depressionen stürzen.«

Er sah sie lange schweigend an. Aus seinem Blick sprach tiefe Besorgnis. Sie zweifelte nicht, daß ihr Wohlbefinden ihm am Herzen lag.

Schließlich sagte er mit einem kleinen Seufzer: »Also gut. Kehren wir zur Tagesordnung zurück. Ihre Amnesie. Ich habe den Eindruck, Sie erinnern sich jetzt an alles. Wo gibt es noch Lücken?«

Bevor sie antwortete, machte sie sich an der Hydraulik des Bettgestells zu schaffen, zwang sich, aufrechter zu sitzen als bisher. Ihr Rücken schmerzte, die tagelange Bewegungslosigkeit machte sich bemerkbar. Als sie sich schließlich besser fühlte, erklärte sie: »Der Unfall. Ich weiß nur mehr, daß ich mich auf dem Weg zum Viewtop Hotel befand. Mehr nicht. Ich hatte Hunger, freute mich auf das Abendessen, ja, das weiß ich noch. Aber das ist auch alles. Als ob jemand einen Schalter abgedreht hätte…«

»Das ist nicht ungewöhnlich. Es ist häufig so, daß der Patient sich zwar an alles erinnert, bloß nicht an den Unfall selbst, an den Impakt, der die Amnesie ausgelöst hat. Eine Lücke, die unausgefüllt bleibt.«

»Gut, das war zu erwarten, und es beunruhigt mich auch nicht. Aber es gibt noch etwas, woran ich mich nicht erinnern kann, und das macht mich verrückt.« Er sah sie fragend an, und sie fuhr fort: »Meine Arbeit. Mein Job. Es ist wie eine schwarze Wand. Nicht das geringste Detail kommt mir in den Sinn. Ich weiß, ich bin Physikerin, erfolgreich, ausgezeichnet, Magister, Doktor. Ich weiß sehr wohl, daß ich meine Kenntnisse nicht verloren habe. Ich bin sicher, ich könnte morgen meine Arbeit wieder aufnehmen, ohne einen Wiederholungskurs zu absolvieren. Aber –«

Sie stockte, und es bedurfte eines aufmunternden Nickens von Dr. McGee, damit sie fortfuhr: »Aber worin bestand meine spezielle Tätigkeit? Und für *wen* habe ich gearbeitet? Wer war mein Chef, wer waren meine Kollegen? Arbeitete ich in einem Büro, in einem Laboratorium? Es ist doch eine Art Versuchsanstalt gewesen, nicht wahr? Aber ich kann mich nicht entsinnen, wie sie aussah, wie sie eingerichtet war – und vor allem: wo sie sich befand.«

»Ich will Ihrer Erinnerung gern nachhelfen«, sagte McGee. »Sie sind bei der Milestone Corporation angestellt. In Newport Beach in Kalifornien.«

»Das hat mir schon Dr. Viteski gesagt. Aber der Name weckt keine Erinnerung in mir.«

»Keine Sorge, alle Gedächtnislücken werden sich wieder schließen, eine nach der anderen. Es braucht Zeit...«

»Nein«, erwiderte sie heftig und schüttelte den Kopf. »Sehen Sie, Doktor, die Lücke, die meine Arbeit betrifft, ist anders als die anderen. Sonst war alles in einen leichten Nebel gehüllt, der sich langsam auflöste. Ich konnte fühlen, Bilder sehen – es handelte sich um Erinnerungen, die verblaßt waren und die eine nach der anderen schärfere Umrisse bekamen, bis ich sie deutlich vor Augen hatte. Aber wenn ich mich an meinen Job zu erinnern versuche, gibt es nichts, was von einem Nebelschleier verhüllt wird. Nichts, gar nichts. Ein schwarzes Loch, eine absolute Leere, ein Abgrund, der immer tiefer und tiefer wird. Ich bekomme es richtig mit der Angst zu tun.«

»Kein Grund, sich zu fürchten.« Er rückte näher heran, seine Stirn war gefurcht. »Sie hatten eine Milestone-Plakette in Ihrer Börse, als Sie eingeliefert wurden. Vielleicht kann die Ihre Erinnerung auffrischen.«

»Glauben Sie? Ich würde sie gerne sehen.«

Er zog die Schublade ihres Nachttisches auf, holte ihre Börse aus der Lade und reichte sie ihr.

Sie öffnete die Börse und fand die Plakette. Eine dicke Plastikkarte, in die ihr Foto eingestanzt war. Mit blauen Lettern stand auf weißem Grund: MILESTONE CORPORATION. Darunter war ihr Name gedruckt und seitlich eine Personenbeschreibung vermerkt: Geburtsdatum, Größe, Haar- und Augenfarbe. Darunter mit roter Tinte die Identifikationsnummer einer Angestellten. Die Art von Ausweis, wie sie von Unternehmen ausgegeben wird, deren Gelände und Räume nicht von Unbefugten betreten werden sollen.

McGee stand jetzt neben ihr und betrachtete sie prüfend, während sie die Plakette ansah. »Hilft sie Ihnen?«

»Nein.«

»Nicht ein bißchen?«

Beinahe beschämt schüttelte sie den Kopf. »Keine Erinnerung...« Sie drehte und wendete die Plakette in ihrer Hand, versuchte den Strom der Erinnerung einzuschalten. Vergebens! Dieser Personalausweis hätte ihr nicht exotischer erscheinen können, wenn er einem Marsmenschen gehört hätte.

»Es ist richtig unheimlich«, sagte sie. »Ich versuche mich an den Tag zu erinnern, an dem ich zuletzt an meine Arbeit ging, den Tag vor meiner Ferienreise. An einiges kann ich mich entsinnen. Vieles steht glasklar vor mir. Wie ich aufgestanden bin, meine Haare gekämmt, mein Frühstück gegessen habe. Ich sehe mich in die Garage gehen, den Wagen anlassen...« Ihre Stimme wurde unsicher. Sie betastete die Oberfläche der Plakette wie ein Hellseher, der durch Berührung eines Gegenstands geheimnisvolle Kontakte herzustellen vermag. »Ich erinnere mich, wie ich aus der Garage gefahren bin – und das nächste, woran ich mich entsinnen kann, ist, wie ich abends heimkam. Wie ich in die Garage hineinfuhr, aus dem Wagen stieg, die Tür schloß... Dazwischen ist nichts als Finsternis, völlige Leere. Und so geht es mir nicht nur mit diesem einen Tag, sondern mit allen Werktagen. So sehr ich mich auch plage, sie sind wie weggeblasen. Kein Nebelvorhang, nein, nicht die geringste Erinnerung.«

Er stand immer noch an ihrem Bett. Er sagte mit sanfter, ermunternder Stimme: »Alles ist in Ihren Gehirnzellen gespeichert, Susan. Es wird wiederkommen. Wir wollen versuchen, Ihrem Unterbewußtsein ein bißchen nachzuhelfen. Beginnen wir am Morgen Ihres letzten Arbeitstages. Denken Sie daran, wie Sie am Lenkrad gesessen haben.«

»Das habe ich doch schon erzählt.«

»Denken Sie nochmals daran. Schließen Sie Ihre Augen!«

Sie gehorchte wortlos.

»Gut. Ich helfe Ihnen, sich den Morgen in Erinnerung zu rufen. Ein typischer Augusttag in Südkalifornien. Warm, sonnig. Über den Tälern Nebelfetzen, Spuren von Smog...«

»Nein, nein. An diesem Morgen war kein Smog zu sehen. Und keine Wolke. Der Himmel war blau, klar und blau.«

»Ausgezeichnet. Sie fuhren aus der Garage. Nahmen den gewohnten Weg, so wie alle Tage... Nennen Sie mir der Reihe nach alle Straßen, durch die Sie gefahren sind.«

Sie schwieg fast eine volle Minute. Dann antwortete sie tonlos: »Es ist zwecklos. Ich kann mich nicht erinnern.«

Er insistierte geduldig: »Die Straßennamen...«

»Ich weiß sie nicht.«

»Wenigstens den Namen *einer* Straße. Einer einzigen...«

Wieder strengte sie ihr Gedächtnis an, und wieder blieben ihre Bemühungen fruchtlos. Verzweifelt flüsterte sie: »Keine einzige...«

»Sie erinnern sich, daß Sie aus der Garage hinausfuhren. Auf die Straße hinaus. Sind Sie nach rechts oder nach links abgebogen?«

Susan Thorten, die gewohnt gewesen war, mit den kompliziertesten physikalischen und mathematischen Problemen zu ringen, sah sich dieser einfachen Frage nicht gewachsen.

Am liebsten wäre sie in Tränen ausgebrochen.

»Ich weiß es nicht...«

Sie öffnete die Augen und sah Dr. McGee ratlos an.

Statt weiter zu fragen, nannte er jetzt abrupt einen Namen.

»Philip Gomez«, sagte er.

»Wie bitte?«

»Philip Gomez«, wiederholte er.

»Wer ist das? Jemand, den ich kennen sollte?«

»Der Name sagt Ihnen nichts?«

»Nein.«

»Er ist Abteilungsleiter in Milestone. Ihr Vorgesetzter.«

»Tatsächlich?«

Sie versuchte sich diesen Philip Gomez vorzustellen. Sein Aussehen, seine Stimme. Doch keinerlei Erinnerung kam zurück, nichts, was sie mit diesem Menschen verbinden konnte.

»Sie haben unter ihm gearbeitet.«

»Unter Philip Gomez? Sind Sie sicher?«

Er vergrub die Hände in den Taschen seines Kittels. »Nach Ihrer Einlieferung versuchten wir, Ihre Familie zu verständigen. Nachdem das nicht möglich war, riefen wir in Newport Beach an, die Milestone Corporation. Ich habe selbst mit Philip Gomez gesprochen. Er sagte, Sie hätten über vier Jahre für ihn gearbeitet. Zu seiner vollsten Zufriedenheit. Er war sehr besorgt, als er von Ihrem Unfall hörte. Als Sie im Koma lagen, hat er mehrere Male angerufen und sich nach Ihnen erkundigt.«

»Können wir nicht mit ihm telefonieren? Vielleicht, wenn ich seine Stimme höre, würde das eine Erinnerung in mir wachrufen.«

»Leider habe ich seine Privatnummer nicht. Wir können ihn nicht vor morgen anrufen.«

»Warum nicht?«

»Heute ist Sonntag.«

»Ach so...«

Sie hatte nicht mal gewußt, was für ein Wochentag war. Sie wußte nicht recht, warum, aber diese Kleinigkeit verwirrte sie.

»Wir werden morgen vormittag mit ihm telefonieren«, beruhigte sie Dr. McGee.

»Und wenn ich mit ihm spreche – und mich immer noch nicht an meine Arbeit erinnern kann?«

»Das wird nicht der Fall sein.«

»So leicht bin ich nicht zu beruhigen. Schenken Sie mir reinen Wein ein, bitte. Es gibt doch die Möglichkeit, daß ich alle Erinnerung an meinen Job verloren habe? Für immer.«

»Höchst unwahrscheinlich.«

»Aber möglich.«

»Sie wollen unbedingt die Wahrheit wissen. Nun – in Fällen von Amnesie ist praktisch alles möglich.«

Sie ließ sich in die Kissen zurücksinken. Regulierte die

Bettstatt, bis sie beinahe flach dalag. Erschöpft und deprimiert.

»Hören Sie«, sagte McGee sehr ernst. »Selbst wenn Sie sich nicht gleich oder auch nie an Milestone erinnern können, heißt das nicht, daß Sie Ihre Arbeit nicht wieder aufnehmen können. Sie haben doch nichts vergessen, was Ihre Kenntnisse betrifft, Sie sind immer noch eine kompetente Wissenschaftlerin. Bei totaler Amnesie weiß der Patient nichts mehr von seinem Studium, von seinem früheren Leben. Er kann nicht einmal lesen und schreiben. Aber Sie leiden doch nicht an totaler Amnesie, Gott sei Dank! Dafür müssen wir dankbar sein. Sie sind in einem Heilungsprozeß begriffen, der langsam vor sich gehen mag, aber vollen Erfolg verspricht.«

Susan konnte nur hoffen, er würde recht behalten. Ihr sorgfältig aufgebautes Leben hatte sich in ein Chaos verwandelt. Der Gedanke, dieser Zustand könnte von Dauer sein, erschien ihr unerträglich. Stets hatte sie alles, was sie betraf, kühl und überlegen kontrolliert. Sie mußte ihr Leben wieder in den Griff bekommen.

McGee nahm seine Hände aus den Taschen, er blickte auf seine Armbanduhr. »Ich muß an meine Arbeit, Susan. Aber bevor ich später nach Hause gehe, komme ich nochmals vorbei. Versuchen Sie sich inzwischen zu entspannen. Essen Sie, wenn Sie Lust haben, aber zwingen Sie sich zu nichts. Und quälen Sie sich nicht länger. Mit der Zeit wird sich auch die Milestone-Lücke wieder schließen.«

Susan sah ihm betroffen nach. Denn mit einem Mal hatte sie ein beklemmendes Gefühl, dessen Ursprung sie sich nicht erklären konnte. Sie hatte den erschreckenden Eindruck, es wäre besser für sie, wenn sie sich an Milestone *nicht* erinnern würde.

Und gleichzeitig überkam sie eiskalte Angst.

5.

Zwei Stunden lang schlief sie. Traumlos. Zumindest entsann sie sich nicht, geträumt zu haben.

Sie erwachte mit leichten Kopfschmerzen. Ihr Haar war zerzaust, sie griff nach ihrem Kamm.

Als sie den Kamm auf den Nachttisch zurücklegte, kam Thelma Baker ins Zimmer und schob einen Rollstuhl vor sich her. »Wir wollen ein bißchen spazierenfahren, meine Liebe.«

»Wohin?«

»Eine Besichtigungsreise durch den zweiten Stock der romantischen Willawauk-Klinik. Wird in sämtlichen Reiseführern angepriesen.« Sie lachte. »Außerdem möchte der Doktor, daß Sie sich etwas bewegen.«

»Das nennen Sie Bewegung? In einem Rollstuhl?«

»Sie werden überrascht sein. Sich im Rollstuhl festzuhalten und die anderen Patienten zu betrachten, wird fürs erste genug ermüdend sein. Sie haben noch nicht die Kondition für einen Hundertmeterlauf, klar?«

»Ich glaube, ich könnte schon gehen«, sagte Susan. »Wahrscheinlich würde ich Hilfe brauchen, aber wenn ich mich auf Sie stützen dürfte...«

»Vielleicht können wir morgen ein paar Schritte versuchen«, erwiderte Mrs. Baker und ließ das Sicherheitsgitter vom Bett hinunter. »Aber heute werden Sie noch herumgefahren werden, und ich werde Chauffeur spielen.«

»Ich hasse es, wie ein Invalide behandelt zu werden.«

»Um Himmels willen, Sie sind doch kein Invalide. Nur vorübergehend etwas angeschlagen.«

»Trotzdem...«

Mrs. Baker stellte den Rollstuhl neben das Bett. »Jetzt setzen Sie sich erst mal auf die Bettkante und lassen Ihre Beine hin und her baumeln.«

»Warum?«

»Um Ihre Muskeln geschmeidig zu machen.«

Sowie sie sich auf die Bettkante setzte und ihr Rücken keinen Halt mehr hatte, fühlte sich Susan schwach und schwindlig. Sie klammerte sich an die Matratze, um nicht vom Bett zu fallen.

»Wie fühlen Sie sich?«

»Ausgezeichnet.« Sie log und zwang sich zu einem Lächeln.

»Jetzt bewegen Sie Ihre Beine, bitte.«

Susan schwang ihre Beine, so gut sie konnte. Es gelang nicht gleich, sie waren schwer wie Blei.

»Gut, gut so«, kommentierte Mrs. Baker. »Genug jetzt. Es ist genug für den Anfang.«

Die Anstrengung war so groß gewesen, daß ihr der Schweiß ausbrach. Trotzdem sagte sie: »Ich weiß, daß ich gehen kann.«

»Morgen, meine Liebe.«

Es schien Mrs. Bakers Taktik zu sein, Einwände von Patienten einfach zu ignorieren. Sie öffnete den Schrank und holte einen Schlafrock heraus, der zu Susans Pyjama paßte. Während Susan den Schlafrock überstreifte, brachte Mrs. Baker ein Paar Pantoffeln herbei und stellte sie vor Susan hin.

»Jetzt gleiten Sie bitte vom Bett, ganz langsam, und verlagern Sie Ihr Gewicht gegen mich. Genau so. Sehr gut.«

Susan schlüpfte in ihre Pantoffeln und versuchte ohne Mrs. Bakers Hilfe auf eigenen Füßen zu stehen. Sie wollte sich beweisen, daß sie es konnte. Doch sie wußte sofort, daß sie dazu nicht imstande war. Ihre Beine waren nicht mehr bleischwer, sondern schienen aus verfaulten Lumpen zu bestehen. Sie drohten einzuknicken, und Susan wäre ohne Mrs. Bakers Hilfe zusammengesackt. Sie ließ sich willenlos in den Rollstuhl setzen.

Thelma Baker zwinkerte ihr zu. »Glauben Sie immer noch, für einen Hundertmeterlauf fit zu sein?«

Susan beharrte eigensinnig: »Sie werden sehen, Mrs. Baker, morgen werde ich jede Strecke gehen, als ob ich nie bettlägerig gewesen wäre.«

Die Schwester grinste. »Vielleicht sind Sie nicht ganz bei Trost, aber zweifellos haben Sie Courage. Und Courage hab' ich immer bewundert.«

Damit trat sie hinter den Rollstuhl und schob ihn auf den

Korridor hinaus. Die rollende Bewegung hatte eine leichte Übelkeit zur Folge, die aber schnell verflog.

Die Klinik war in Form eines großen T gebaut. Susans Zimmer befand sich am rechten Ende des Querbalkens. Thelma Baker schob sie um die Ecke und dann den langen Flügel entlang bis zum unteren Ende des Ts.

Susan fühlte sich sofort wohler, als sie das Krankenbett und ihr Zimmer verlassen hatte. Die Halle war mit grünen Kacheln ausgelegt, und die Wände waren schulterhoch in einem passenden Grün gestrichen, das in ein mattes Gelb überging. Die Decke war in einem hellen Beige gehalten. Wenn man aufsah, ließ der Farbeffekt den ganzen Korridor höher, geräumiger erscheinen.

Die Gänge waren so sauber, daß man sich in einem keimfreien Raum zu befinden meinte. Sie entsann sich des großen Krankenhauses in Philadelphia, in dem ihr Vater bis zu seinem Tod gelegen hatte, ein Altbau mit staubigen Fensterbrettern und knarrenden Holzdielen. Doch obwohl ihr – zumindest in der Erinnerung – das Philadelphia-Krankenhaus menschlicher und anheimelnder erschien als die makellos saubere Klinik hier, meinte sie doch, froh sein zu müssen, in dieser Willawauk-Klinik gelandet zu sein.

Auch die Ärzte, Schwestern und Pfleger waren anders als im Krankenhaus, in dem ihr Vater gestorben war. Alle lächelten ihr zu. Und alle schienen um das Wohlbefinden der Patienten ehrlich besorgt zu sein. Während Susan durch den Gang gerollt wurde, unterbrachen einige Schwestern ihre Arbeit, um mit ihr ein Wort zu wechseln; sie gaben ihrer Freude Ausdruck, sie wieder wach und munter und auf dem Weg der Besserung zu sehen.

Thelma Baker führte sie bis ans Ende des Korridors, dann drehte sie den Rollstuhl um und rollte sie zurück. Susan fühlte sich zwar matt, doch weit besser als am Tag vorher und am Vormittag. Ihr Zustand besserte sich nicht nur von Tag zu Tag, sondern von Stunde zu Stunde.

Doch das euphorische Gefühl verschwand in Sekundenschnelle. Als sie an den beiden Aufzugtüren vorbeigeschoben wurde, öffnete sich eine dieser Türen, und ein Mann trat auf den Korridor hinaus, direkt vor Susans Rollstuhl. Ein Patient in Krankenhauskleidung; gestreifter Pyjama, brauner Schlafrock, braune Slipper. Mrs. Baker hielt den Rollstuhl an, um ihn vorbeizulassen. Als Susan ihn erkannte, hätte sie um ein Haar aufgeschrien. Sie wollte schreien, aber sie konnte nicht. Furcht verschloß ihr den Kehlkopf wie mit einer Klammer.

Es war Ernest Hatch. Ein großer, schwerer Mann. Alles an ihm war eckig, sein Kopf beinahe würfelförmig. Seine Augen blickten kalt und grau wie schmutziges Eis.

Als sie vor Gericht gegen ihn ausgesagt hatte, hatte er sie mit seinem eisigen Blick angestarrt und keinen Augenblick aus den Augen gelassen. Sie hatte die stumme Botschaft, die sein Blick ihr übermittelte, nur zu gut verstanden. ES WIRD DIR NOCH LEID TUN, DEN ZEUGENSTAND BETRETEN ZU HABEN.

Doch das war vor 13 Jahren gewesen. Sie hatte alle Vorsichtsmaßregeln getroffen, damit er sie nicht finden konnte, wenn er aus dem Gefängnis kam. Lange schon hatte sie nicht mehr an ihn gedacht.

Und jetzt stand er vor ihr.

Er blickte auf sie herunter, wie sie hilflos in ihrem Rollstuhl saß. Einen Moment lang zuckte es verräterisch in seinen Augen, er hatte sie erkannt. Trotz der vergangenen Jahre, trotz ihres abgezehrten Aussehens wußte er, wen er vor sich hatte.

Instinktiv wollte sie aufspringen und davonlaufen. Doch sie konnte sich nicht bewegen.

Es waren nur zwei oder drei Sekunden vergangen, seit sich die Aufzugtür geöffnet hatte, doch ihr schien es, als habe sie sich mindestens eine Viertelstunde Aug in Aug mit Ernest Hatch befunden.

Er lächelte ihr zu. Einem Unbeteiligten mag das Lächeln harmlos, ja freundlich erschienen sein. Aber Susan sah Haß und Drohung in ihm.

Hatch war der Führer der Studentengruppe gewesen, die Jerry Stein für die Aufnahme in die Bruderschaft den üblichen rituellen Mißhandlungen unterworfen hatte. Hatch hatte Jerry getötet. Nicht aus Versehen. Mit Absicht. Kaltblütig. In jener Nacht – in der Donnerhöhle.

Jetzt zwinkerte er ihr zu und hob seine Hand, wie zu einem freundschaftlichen Gruß.

In diesem Moment verschwand die Lähmung, die sie in ihrem Griff gehalten hatte. Sie konnte sich wieder bewegen. Sie fand die Kraft, sich vom Rollstuhl abzustoßen und aufzuspringen. Sie machte einen Schritt, von Hatch abgewandt, versuchte verzweifelt zu fliehen und hörte Mrs. Bakers Überraschungsruf. Beim zweiten Schritt hatte sie das Gefühl, sich unter Wasser zu befinden. Kein Grund unter ihren Beinen, sie knickte zusammen und begann zu fallen. Sie wäre auf dem Boden des Korridors aufgeschlagen, wenn sie nicht jemand aufgefangen hätte. Starke Arme hielten sie fest.

Als alles um sie herum sich zu drehen anfing, sah sie noch, daß Ernest Hatch es war, der sie aufgefangen hatte. Sie lag in seinen Armen. Sein Gesicht, ganz nahe dem ihren, wurde immer größer, wie ein fahler Vollmond.

Dann hatte sie das Bewußtsein verloren.

6.

»Sagten Sie: Gefahr?«

Dr. McGee stand mit Mrs. Baker am Fußende ihres Bettes.

Susan gab sich alle Mühe, kühl zu bleiben und das, was sie zu sagen hatte, mit Überzeugung vorzubringen. Es war ihr klar, daß man hysterische Frauen nie ganz ernst nahm – speziell wenn sie gerade von einer Kopfverletzung genesen waren. Man durfte nicht annehmen, daß sie geistig verwirrt war, an Halluzinationen litt. Vor allem Jeffrey McGee mußte ihr Glauben schenken.

Sie war in ihrem Bett aufgewacht, nur wenige Minuten nach ihrem Ohnmachtsanfall. McGee hatte ihr eine Manschette angelegt, um den Blutdruck zu messen. Sie hatte die Prozedur geduldig über sich ergehen lassen, bevor sie ihm gestand, daß sie in Gefahr war.

»Gefahr? Was für eine Gefahr?« Er hatte sich etwas vorgebeugt, das Stethoskop hing an seinem Hals.

Sie schluckte. »Der Mann...«

»Welcher Mann?«

»...der aus dem Aufzug kam!«

McGee blickte fragend auf Mrs. Baker.

Sie sagte: »Ein Patient. Ich kenne ihn.«

McGee runzelte die Brauen. »Und Sie halten ihn für gefährlich, Susan?«

Sie fingerte nervös an den Knöpfen ihres Pyjamas. »Sie erinnern sich doch, Doktor, was ich Ihnen von meinem Freund Jerry Stein erzählt habe?«

»O ja, sicher. Sie waren so gut wie verlobt mit ihm. Er starb bei der Aufnahme in eine Bruderschaft, bei den Initiationsriten.«

Mrs. Baker rief erschrocken: »O nein! Wie furchtbar!«

Ihr hatte Susan noch nichts über Jerry erzählt.

Susan mußte schlucken, ehe sie erklären konnte: »Es war ein Demütigungsritual. Der Aspirant mußte Demütigungen ertragen – in Anwesenheit seiner Braut oder seiner Freundin –, ohne mit der Wimper zu zucken.

Sie brachten Jerry und mich in eine Kalksteinhöhle, ein paar Meilen außerhalb des Universitätsgeländes. Es war ein beliebter Platz für die Initiationsriten; die Studenten bevorzugten einen dramatischen Hintergrund für ihre dummen Spiele. Ursprünglich wollte ich nicht mitgehen. Nicht, daß mit einem solchen Ritual irgendwelche Drohungen verbunden waren. Es war mehr ein Jux, ein Spiel, und Jerry freute sich sogar darauf. Aber ich hatte – vielleicht im Unterbewußtsein – ein ungutes Gefühl. Ich hatte auch den Verdacht, daß bei solchen Gelegenheiten zuviel getrunken wurde. Sie fuhren in zwei Wagen. Ich wollte in keinen einsteigen, wenn der Fahrer nicht nüchtern war, aber schließlich ließ ich mich überreden. Jerry lag so viel daran, in die Bruderschaft aufgenommen zu werden, und ich wollte kein Spielverderber sein.«

Sie seufzte. Sie blickte durchs Fenster auf den milden Septemberabend. Eine sanfte Brise blies die Blätter von den Bäumen. Susan haßte es, über Jerrys Tod zu sprechen, sie hatte stets versucht, ihn aus ihrem Gedächtnis zu bannen. Aber sie sah sich gezwungen, Dr. McGee und Mrs. Baker alles zu erzählen, damit sie verstanden, daß Ernest Hatch eine tatsächliche Gefahr für sie bedeutete.

»Die Briarstead-Höhle ist ziemlich groß. Es gibt mehrere unterirdische Räume und dazwischen eine riesige Halle. Ein dunkler, feuchter Platz, interessant vielleicht für Höhlenforscher.«

»Ich habe nie von ihr gehört. Meistens sind solche Höhlen eine Touristenattraktion.«

»Nicht Briarstead. Es gibt keine pittoresken Säulen, nur grauen Kalkstein. Die unterirdische Halle ist ungeheuer groß, das ist die ganze Attraktion. Die Shawnee-Indianer tauften sie Donnerhöhle.«

»Warum Donnerhöhle?«

»Das hat seinen Grund. Ein unterirdischer Fluß hat sich seinen Weg durch den Kalkstein gegraben und fällt über einige Felsen wie ein Katarakt. Das Geräusch des stürzenden Wassers erzeugt im Kalkgewölbe ein starkes Echo, das klingt wie andauernder Donner.«

Die Erinnerung war zu lebhaft für sie, sie konnte nicht über die Höhle sprechen, ohne die kalte, feuchte Luft zu spüren. Sie fröstelte und zog die Bettdecke über ihre ausgestreckten Beine.

In McGees Blick las sie Mitleid und Verständnis. Er begriff, wie quälend es für sie war, über Jerry Stein zu sprechen. Auch Mrs. Baker war tief bewegt; es sah aus, als wolle sie um das Bett laufen und Susan an ihren mütterlichen Busen drükken.

Dr. McGee ermunterte sie fortzufahren. »Das Ritual fand in der großen Halle statt?«

»Ja. Es war Nacht, aber die Studenten hatten sich mit Laternen und Fackeln eingedeckt. Dann wurden einige brennende Kerzen im Kreis um uns aufgestellt, auf Felsbrocken. Außer Jerry und mir waren vier Mitglieder der Bruderschaft anwesend. Nie werde ich ihre Gesichter vergessen, nie ihre Namen. Carl Jellicoe, Herbert Parker, Randy Quince – und

Ernest Hatch. In jenem Jahr war Hatch zum Obmann der Bruderschaft gewählt worden. Er gab den Ton an.«

Draußen war es dunkel geworden, und im Krankenzimmer nahmen die Schatten überhand. Der Arzt schaltete die Nachttischlampe an.

»Sowie die Kerzen angezündet waren, brachten Hatch und die anderen Whiskyflaschen zum Vorschein. Sie hatten schon vorher getrunken, aber sie tranken auch während der ganzen Zeremonie. Und je mehr sie tranken, desto grausamer wurde das Spiel. Dabei begann es ursprünglich ganz harmlos, Jerry wurde geneckt, man machte Späße, man lachte – und auch Jerry und ich amüsierten uns. Aber allmählich verlor die Neckerei ihre Harmlosigkeit. Das Spiel wurde gemein, die Worte wurden obszön. Ich war nie prüde, aber bald wurde es mir zuviel. Ich wollte gehen, und auch Jerry wurde verlegen und wollte, daß ich mich entfernte. Aber Hatch und die anderen weigerten sich, mir eine Laterne zu leihen, und ohne Licht hätte ich den Weg aus der Höhle nicht finden können. Ich mußte also bleiben.

Als sie Jerry zu hänseln begannen, weil er Jude war, meinten sie es gar nicht mehr scherzhaft; es wurde bitterernst, und ich fühlte, das Unheil sei nicht mehr abzuwenden. Sie waren unterdes schwer angetrunken, aber es war nicht bloß der Alkohol, der sie anheizte. Antisemitismus sprach aus ihnen, unverblümter Judenhaß.

Briarstead war eine ziemlich konservative Universität. Nur wenige Juden studierten dort, und in der Bruderschaft gab es keinen einzigen, zumindest nicht in der letzten Zeit. Es gab zwar keine Statuten gegen die Aufnahme von Juden, und die meisten Mitglieder hatten für Jerry gestimmt, aber Ernest Hatch und seine Kumpanen, die das große Wort führten, waren gegen ihn. Sie wollten die Initiationsriten für ihn so unerträglich machen, daß er seinen Antrag zurückzog. Diese Nacht in der Donnerhöhle sollte der Anfang der Abschrekkung sein. Sie wollten ihn nicht töten, keineswegs, nicht, solange sie nüchtern waren. Sie wollten ihn fühlen lassen, daß er nicht willkommen sei, wollten ihn abschrecken.

Doch bald arteten die Hänseleien und Beschimpfungen in

Tätlichkeiten aus. Sie umringten ihn, zogen den Kreis immer enger, stießen ihn von einem zum anderen. Jerry merkte, daß es sich um kein übliches Ritual handelte, und wollte sich nicht zum Narren machen lassen. Er war keiner, der sich leicht einschüchtern ließ. Wenn man ihn stieß, stieß er zurück, und das machte die Kerle immer aggressiver. Als sie nicht aufhörten, ihn herumzustoßen, schlug er zu. Er traf Hatch auf den Mund, Hatch begann zu bluten...«

»Und das war das auslösende Moment«, sagte McGee.

»Ja. Dann brach die Hölle los.«

»Draußen donnerte es, man sah Wetterleuchten.« Susan fühlte sich plötzlich durch eine überirdische Macht in Raum und Zeit zurückversetzt, in die Dunkelheit der Höhle, zum Donnern des Wasserfalls.

Sie sprach jetzt in etwas abgehackten Sätzen. »Die unheimliche Umgebung – die Höhle, das Kerzenlicht, die feuchte Kälte – bewirkte, daß die vier Studenten sich in Höhlenmenschen verwandelten. Der Whisky tat ein übriges. Sie schlugen wild auf Jerry ein. Und als er zu Boden ging, hörten sie nicht auf, ihn zu mißhandeln.«

Erneutes Wetterleuchten. Das elektrische Licht im Zimmer begann zu flackern, erlosch und flammte wieder auf. Susan erschauerte. Die Erinnerung drohte, ihr die Kehle zuzuschnüren, aber sie zwang sich, weiterzusprechnen.

»Es war, als ob wilde Hunde über einen Eindringling in ihre Herde hergefallen wären. Ich ... ich schrie ... schrie aus vollem Hals ... Aber ich konnte sie nicht stoppen. Carl Jellicoe war der erste, der merkte, daß sie zu weit gegangen waren, und er ließ von Jerry ab. Dann Quince, dann Parker. Ernest Hatch gewann als letzter die Selbstbeherrschung zurück. Und gleichzeitig war er der erste, der verstand, daß ihre Unbeherrschtheit sie alle ins Gefängnis bringen würde. Er starrte auf Jerry, der regungslos am Boden lag. Bewußtlos...«

Ihre Stimme brach. Ihr war, als wären nicht 13 Jahre vergangen, als wäre es gestern gewesen.

McGee nickte ihr zu. »Weiter«, bat er mit sanfter Stimme.

»Jerry blutete. Aus der Nase, aus dem Mund. Er röchelte,

er mußte schwer verletzt sein. Zuckungen durchliefen seinen Körper. Ich versuchte...«

»Was versuchten sie?«

»Ihm zu helfen. Ich wollte mich über ihn beugen, aber Hatch stieß mich zur Seite, schlug mich zu Boden. Er erklärte den anderen, sie würden alle ins Gefängnis kommen, wenn sie nicht etwas Drastisches unternahmen, um sich zu retten. Ihr Studium, ihre Karriere, ja ihre ganze Zukunft würde zerstört sein, wenn die Geschehnisse ans Tageslicht kämen. Jerry und ich müßten verschwinden, auf immer. Sie sollten unsere Leichen in den tiefen Spalten der Höhlengänge verschwinden lassen. Die anderen waren durch den Schock zwar etwas ernüchtert, aber immer noch betrunken, verwirrt und ängstlich. Erst stritten sie mit Hatch, dann stimmten sie ein, dann weigerten sie sich mitzutun. Sie hatten Angst zu morden, aber genauso viel Angst, es nicht zu tun. Hatch wurde schließlich zornig, beschimpfte sie, nannte sie Weichlinge und Hasenfüße und dann... Er traf eine Entscheidung. Er wollte seine Kumpanen zwingen, ihm zu gehorchen. Ihnen keinen anderen Ausweg lassen. Er trat zu Jerry und...«

Übelkeit stieg in ihr hoch, als sie sich an die Szene erinnerte.

McGee griff nach ihrer Hand.

»Mit dem Stiefelabsatz trat er Jerry in den Kopf. Dreimal. Man hörte, wie die Knochen krachten.«

Thelma Baker schlug die Hände vors Gesicht.

»Er hat ihn getötet?«

»Ja«, sagte Susan.

Es hatte zu regnen begonnen. Schwere Tropfen schlugen gegen die Fensterscheiben.

»Ich packte eine der Laternen und lief davon«, berichtete sie weiter. »Die Kerle waren von der Mordtat so benommen, daß sie meine Flucht nicht gleich bemerkten. Mein Vorsprung war nicht groß, aber er genügte. Sie nahmen an, ich würde zum Ausgang der Höhle laufen, aber ich wußte, daß sie mich bei diesem Versuch einholen würden, und ich nahm meinen Weg ins Innere. Durch einen winkeligen Gang, dann über eine Geröllhalde in einen unterirdischen Korridor und schließlich in ein ganz tiefes Gewölbe. Ich löschte die Laterne aus, damit mich kein Lichtschein verraten konnte. Ich setzte meinen Weg in kompletter Dunkelheit fort, mit den Fingerspitzen an Steinwänden tastend, stolpernd, fallend... Schließlich fand ich eine Nische in der Wand, ein kleines Loch, in dem ich mich gebückt verstecken konnte. Ich schlüpfte hinein, ganz tief hinein, und rührte mich nicht. Ich hörte sie in der Nähe, sah den Schein ihrer Laternen, aber sie fanden mich nicht. Schließlich, nach einer Zeit, die mir endlos erschien, gaben sie die Suche auf. Sie nahmen an, ich hätte in der Zwischenzeit irgendwie den Weg zum Ausgang gefunden.

Ich war vorsichtig. Ich wartete stundenlang, ehe ich mein Versteck verließ. Ich wagte es, die Laterne wieder anzuzünden; trotzdem hatte ich ziemliche Mühe, den Ausgang zu finden. Unterdes war es Tag geworden. Ich lief aufatmend ins Freie, ließ die Höhle hinter mir...«

»Armes Kind«, flüsterte Thelma Baker.

»Dabei war ich gezwungen, noch einmal dorthin zurückzukehren. Zu einem Lokalaugenschein.«

»Die Täter wurden vor Gericht gestellt?«

»Ja. Der Staatsanwalt meinte, er würde mit einer Mordanklage nicht durchkommen. Es gab mildernde Umstände – den Whisky und die Tatsache, daß Jerry den ersten Schlag geführt hatte. Immerhin bekam Ernest Hatch eine Zuchthausstrafe von fünf Jahren.«

»Nur fünf Jahre«, rief Mrs. Baker.

»Ich war sicher, man würde ihn für immer hinter Gitter bringen«, sagte Susan. Immer noch fühlte sie ihre Enttäuschung und Bitterkeit, wie an dem Tag, als der Richter das Urteil verkündet hatte.

»Und die anderen drei?«

»Sie wurden wegen Beihilfe angeklagt und verurteilt, aber sie kamen billig davon. Sie waren nicht vorbestraft und stammten aus angesehenen Familien. Außerdem hatte keiner von ihnen den noch Lebenden getreten und seinen Tod herbeigeführt. Ihre Strafen wurden auf Bewährung ausgesetzt.«

Dr. McGee hielt noch immer Susans Hand in der seinen, und sie war froh, daß er es tat.

»Natürlich wurden alle relegiert und von Briarstead ausgeschlossen. Parker und Jellicoe versuchten ihr Studium an einer anderen Universität zu Ende zu führen, aber keine, die etwas auf sich hielt, wollte Studenten mit Vorstrafen dieser Art in ihren Reihen aufnehmen. Ein Jahr lang verschickten sie vergeblich Bewerbungsschreiben, bevor sie eine obskure Hochschule im äußersten Nordwesten aufnahm. Die beiden feierten das freudige Ereignis mit kräftigem Alkoholgenuß und starben noch in derselben Nacht, als Parker die Kontrolle über seinen Wagen verlor. Ich schäme mich nicht zu sagen, daß ich erfreut und erleichtert war, als ich davon erfuhr. Mir schien, das Schicksal selbst habe die Vergeltung in seine Hand genommen.«

»Das war nur eine ganz natürliche Reaktion von Ihnen«, bemerkte Mrs. Baker.

»Und der dritte im Bunde...«

»Ich weiß nicht, was aus Quince geworden ist«, erwiderte Susan. »Es ist mir auch gleichgültig. Sicher muß er sein Leben lang an den Konsequenzen leiden...«

Ein Blitz, der von einem grollenden Donner gefolgt war, unterbrach sie. Susan und Dr. McGee starrten zum Fenster hinaus.

Doch Mrs. Baker betrachtete ihre Patientin und sagte schließlich: »Eine schreckliche Geschichte. Ich habe noch nie so etwas Entsetzliches gehört. Aber ich verstehe immer noch nicht recht, was sie mit dem Ohnmachtsanfall von Ihnen zu tun hat.«

Bevor Susan noch etwas entgegnen konnte, meinte McGee: »Anscheinend hat Miß Thorton in dem Mann, der aus dem Aufzug trat, einen der Mordgesellen erkannt.«

Susan nickte.

»Parker und Jellicoe sind tot. Also Quince oder Hatch.«

»Es war Ernest Hatch.«

»Ein unglaublicher Zufall«, meinte der Arzt. »Dreizehn Jahre nach dem Mord – und Hunderte von Meilen von dem Ort entfernt, an dem sie einander zum letzten Mal gesehen hatten.«

»Sie müssen sich irren, Kind«, flüsterte Mrs. Baker.

»Aber nein. Ich könnte dieses Gesicht nie vergessen. Nie!«

»Aber dieser Mann heißt nicht Hatch«, sagte Mrs. Baker. »Wie gesagt, ich kenne ihn. Ich war dabei, als er aufgenommen wurde. Er heißt Richmond, Bill Richmond.«

»Dann hat er seinen Namen geändert, als er aus dem Zuchthaus entlassen wurde.«

Mr. Baker schüttelte den Kopf. »Soviel ich weiß, bekommt ein verurteilter Verbrecher nicht die Erlaubnis, seinen Namen zu ändern.«

Die Weigerung der Schwester, die Wahrheit zu akzeptieren, verärgerte Susan. »Es muß ja keine legale Namensänderung gewesen sein. Viele Menschen in unserem Land leben unter falschem Namen.«

Der Arzt wandte sich an die Krankenschwester. »Weswegen ist dieser Mann in der Klinik?«

»Er soll morgen operiert werden. Von Dr. Viteski. Eine Zyste am Rücken. Eine Fettgeschwulst.«

»Bösartig?«

»Nein. Aber groß, und sie sitzt ziemlich tief.«

»Wann ist er aufgenommen worden?«

»Heute morgen.«

»Und er heißt Richmond? Sind Sie sicher?«

»Ja.«

»Aber es ist Ernest Hatch«, bestand Susan.

Mrs. Baker nahm ihre Brille ab und rieb ihren Nasenrükken. Sie überlegte einen Moment, dann fragte sie: »Wie alt war dieser Hatch, als er den Mord beging?«

»Er war einundzwanzig Jahre alt.«

»Vor dreizehn Jahren? Dann müßte er jetzt doch Mitte 30 sein.«

»Und?« McGee sah sie an. »Wie alt ist er?«

»Bill Richmond ist 21.«

»Unmöglich!« rief Susan.

»Es steht in den Eintragungen. Dieser Mann war acht Jahre alt, als Jerry Stein umgebracht wurde.«

»Nein, nein. Er muß jetzt vierunddreißig oder fünfunddreißig sein...«

»Er sieht keinen Tag älter aus als einundzwanzig«, bestand Mrs. Baker. »Eher jünger. Wie ein Schüler. Wenn er gelogen hat, so hat er sich vielleicht älter gemacht, sicher nicht jünger.«

McGee wandte sich an Susan. »Wie alt ist er Ihnen erschienen, als er aus dem Aufzug trat?«

Die Frage verwirrte sie. »Wie alt? Ich weiß nicht... Er sah genau wie Ernest Hatch aus, wie ich ihn in Erinnerung hatte.«

»Wie damals vor Gericht?«

»Genau.«

»Also wie ein Student. Wie ein junger Mann von etwa einundzwanzig?«

Sie nickte zögernd.

McGee ließ nicht nach. »Er machte also keineswegs den Eindruck eines Vierunddreißigjährigen?«

»Nein. Aber manche Menschen bleiben jung. Sie sehen zehn Jahre jünger aus, als sie sind.« Sie war beinahe zornig über den Widerspruch, in den sie sich verfangen hatte, und trotzig rief sie: »Es war Hatch!«

Vielleicht eine große Ähnlichkeit«, warf Thelma Baker ein

»Nein, nein. Er war es. Ohne Zweifel! Ich habe ihn erkannt, und er – er hat mich erkannt. Das konnte ich sehen. Ich fürchte mich vor ihm. Es war meine Zeugenaussage, die ihn ins Zuchthaus gebracht hat. Wenn Sie gesehen hätten, wie er im Gerichtssaal auf mich gestarrt hat – Haß und Mord in seinem Blick...«

Sie unterbrach sich. McGee und die Schwester sahen sie prüfend an, skeptisch, und gaben ihr das Gefühl, als stünde sie jetzt in einem Gerichtssaal, aber als Angeklagte. Sie erwiderte ihre Blicke, aber dann schlug sie die Augen nieder, verzweifelt ob des Mißtrauens der anderen.

»Hören Sie, Susan«, sagte Dr. McGee ernst, »ich werde mir die Unterlagen dieses Burschen ansehen, auch ein paar Worte mit ihm wechseln. Ich werde sehen, ob ich die Sache klären kann.«

Sie nickte niedergeschlagen. Sie wußte, daß sie einen hoffnungslosen Standpunkt vertrat.

»Wenn er wirklich Hatch ist, werde ich dafür sorgen, daß er Ihnen nicht mehr in die Nähe kommen kann. Wenn nicht, dann können Sie ruhig schlafen.«

Verdammt noch mal, er ist es!

Sie war sich dessen sicher, aber sie schwieg.

»Ich komme nachher wieder.«

Sie sagte nichts.

»In Ordnung?«

»O ja, natürlich.«

Sie spürte eine unausgesprochene Verständigung zwischem dem Arzt und der Schwester, aber sie blickte nicht auf. Ihr Magen verkrampfte sich schmerzhaft.

Man glaubte ihr nicht. Man zweifelte an ihrem Verstand. Man nahm an, ihr Verstand hätte Schaden gelitten.

7.

Sturm und Regen hatten aufgehört. Der Herbstnachmittag ging zu Ende, und es wurde frühzeitig dunkel.

Wie versprochen, kam Dr. McGee in ihr Zimmer zurück.

»Er heißt Bill Richmond. Das steht eindeutig fest. Ich habe sogar seine Sozialversicherungskarte gesehen.«

Susan saß aufrecht in ihrem Bett. Steif, ungläubig. Sie waren allein. Mrs. Baker war nach Hause gegangen, und die Nachtschwester hatte noch nicht nach Susan gesehen.

McGee spielte mit seinem Stethoskop, ehe er fortfuhr: »Und er ist zweifellos erst 21 Jahre alt.«

So leicht war Susan nicht zu überzeugen. »Es braucht mehr Zeit, um die Lebensgeschichte eines Menschen zu durchleuchten. Papiere können gefälscht sein. Was beweisen schon die Unterlagen eines Krankenhauses.«

»Da haben Sie ganz recht. Aber dieser Fall liegt anders. Leon – ich meine, Dr. Viteski – kennt die Eltern des jungen Mannes – Grace und Harry Richmond – seit 25 Jahren. Er sagt, er habe bei allen drei Richmond-Babys Geburtshilfe geleistet. Hier, in unserer Klinik.«

Jetzt begann Susan, langsam an sich zu zweifeln. Immerhin hatte sie eine schwere Kopfverletzung hinter sich. Sollte sie an Halluzinationen, an Wachträumen leiden?

»Viteski hat alle Krankheiten der Richmond-Kinder behandelt. Bill Richmond war acht Jahre alt und besuchte die Grundschule in Pine Wells, als Ernest Hatch ins Zuchthaus kam.«

Auf diese Tatsachen wußte Susan nichts zu entgegnen. Sie schöpfte Atem. »Aber der Mann hat genauso ausgesehen wie Hatch. Als er aus dem Aufzug stieg und ich sein Gesicht sah – die grauen Augen mit dem bösartigen Blick...«

Und fast feindselig fügte sie hinzu: »Sie glauben an eine Unfallfolge? Sie glauben, ich bin nicht ganz richtig im Kopf?«

»Davon kann keine Rede sein«, beschwichtigte er sie schnell. »Mit Ihrem Unfall, mit Ihrem Koma hat das nichts zu tun. Aber die schrecklichen Geschehnisse vor dreizehn Jahren haben Ihnen ein Trauma, eine seelische Wunde zugefügt. Darüber müssen Sie sich im klaren sein.«

»Eine Psychose?«

»Sie können es nennen, wie Sie wollen. Alles, was Sie nur im geringsten an damals erinnert, löst bei Ihnen Panik aus. In diesem Fall eine gewisse äußere Ähnlichkeit.«

Obwohl Susan für Dr. McGee eine große Sympathie empfand, wurde sie jetzt ärgerlich. Der Zorn verlieh ihr Kräfte, sie stützte sich auf die Matratze und richtete sich auf. »Von einer Ähnlichkeit kann keine Rede sein, Doktor. Er sah haargenau so aus wie Hatch.«

»Bedenken Sie, daß es schon eine lange Zeit her ist, daß Sie Hatch in natura gesehen haben.«

»Genau dreizehn Jahre.«

»Vielleicht erinnern Sie sich an ihn nicht so gut, wie Sie denken.«

»Oh, ich erinnere mich sogar sehr gut an ihn. Dieser Richmond ist genau so groß wie Hatch, hat dieselbe Figur...«

»Er ist kein außergewöhnlicher Typ.«

»Die scharfe Nase, das blonde Haar...«

»Viele sind blond. Und was die Nase betrifft...«

»Seine kantigen Gesichtszüge sind unverwechselbar. Sein

Gesicht gleicht einem Würfel. Und die Augen... Nicht viele haben solche Augen. Bill Richmond ist ein Duplikat von Ernest Hatch. Das ist keine zufällige Ähnlichkeit, das ist mehr. Unerklärlich, unheimlich...«

»Gut, gut, zugegeben.« Er unterbrach sie sanft. »Sie sehen sich sehr ähnlich, der eine schaut genauso aus wie der andere vor dreizehn Jahren. Und es ist ein kaum faßbarer Zufall, daß Sie, Susan, beiden begegnet sind, wenn auch in einem Intervall von vielen Jahren und an weit auseinanderliegenden Orten. Aber das ist auch alles – ein Zufall! Ein seltsamer Zufall – bitte –, aber doch nur ein Zufall.«

Susan biß sich auf die Lippen. Dann sagte sie langsam: »Philip Marlowe, der Privatdetektiv in den Romanen von Raymond Chandler, behauptet: ›Ich glaube nicht an Zufälle. Wenn ich einen Zufall analysiere, stoße ich immer auf mindestens zwei Personen, die ein Komplott schmieden.‹«

McGee runzelte die Stirn. »Gut formuliert. Aber eine Erkenntnis, die zu einen Romandetektiv paßt. Wir befinden uns aber nicht in einem Roman und auch nicht in einer Fernsehserie, Miß Thorton. Die Wirklichkeit, die reale Welt, ist weit weniger dramatisch, glauben Sie nicht?«

Er hatte recht, und da sie es zugeben mußte, wich ihr Ärger, aber auch ihre Kraft. Sie sank in ihre Kissen zurück und fragte tonlos: »Können sich zwei Menschen wirklich so sehr gleichen?«

»Das ist allgemein bekannt«, erwiderte der Arzt. »Es wird behauptet, daß jeder Mensch irgendwo auf der Welt einen Doppelgänger hat.«

»Davon habe ich auch gehört«, gab sie zu, »aber – dieser Mensch war nicht einfach ein Doppelgänger. Er hat mich erkannt, dessen bin ich sicher. Als er mich sah, begann er zu lächeln. Und hat mir zugewinkt.«

Zum ersten Mal, seit er Susans Zimmer betreten hatte, verlor Dr. McGee seine sorgenvolle Miene, und er entgegnete heiter: »Er hat gelächelt? Er hat Ihnen zugewinkt? Nun, darin kann ich nichts Unheimliches sehen, meine Dame. Sollten Sie nicht wissen, daß Männer häufig attraktiven Frauen zulächeln und zuwinken? Erzählen Sie mir nicht, daß Sie nie derartige Zeichen der Bewunderung empfangen haben. Sie haben bisher weder in einer Wüste noch in einem Kloster gelebt.« Er grinste, und seine blauen Augen funkelten amüsiert.

»Im Moment bin ich in keiner Weise attraktiv«, wandte sie ein.

»Unsinn!«

»Mein Haar braucht dringend Schampoo. Ich bin ausgezehrt, ich habe Ringe unter den Augen. In meinem jetzigen Zustand erwecke ich in keinem Mann romantische Gefühle.«

»Keine falsche Bescheidenheit! Ausgezehrt? Keine Rede. Es gibt Filmstars, die Sie um Ihre Figur beneiden würden.«

Susan widerstand seinem Charme, was nicht leicht war. Sie blieb hartnäckig. »Es war nicht *diese* Art von Winken.«

»Da haben wir's! Sie geben also zu, daß Sie sich auskennen. Männer haben Ihnen also auch schon früher zugewinkt.«

Sie lehnte es ab, über die Begegnung mit dem Mann im Aufzug zu scherzen. Sie ging auf McGees heiteren Ton nicht ein. Ihre Miene verdüsterte sich, und sie schüttelte ernst den Kopf.

»Was für eine Art von Winken war es denn genau?« wollte er wissen, immer noch einen spöttischen Unterton in seiner Stimme.

»Es hatte nichts von Koketterie, nichts von Nettigkeit, nichts von Bewunderung. Er war auch nicht anmaßend oder frech.«

»Sondern?«

»Infam. Drohend. Als ob er sagen wollte: ›Wir rechnen noch miteinander ab.‹« Noch während sie sprach, wurde ihr klar, wie lächerlich es sich anhörte, wenn sie einen einfachen Vorgang wie ein Winken so kompliziert auslegte. »Das alles klingt ziemlich dumm, nicht wahr?«

»Nicht dumm, nur etwas überspannt. Zumal wir genau wissen, daß der junge Mann, von dem die Rede ist, Bill Richmond heißt und 21 Jahre alt ist.«

»Also, das Lächeln war freundlich, das Winken kokett und die Drohung eine Ausgeburt meiner Fantasie?«

»Könnte das nicht tatsächlich der Fall sein?« fragte er diplomatisch.

Sie seufzte. »Vielleicht. Wahrscheinlich. Und ich sollte mich bei Ihnen entschuldigen.«

»Aber ich bitte Sie. Sie sind meine Patientin, bis vor kurzem im Koma gelegen und...«

»...und ich habe Narrenfreiheit, nicht wahr?«

»Davon ist keine Rede.«

»Sie müssen Geduld mit mir haben, Doktor«, bat sie leise. »Ich war nach meinem Erwachen aus dem Koma müde und erschöpft. Mein Wahrnehmungsvermögen ist anscheinend getrübt. Letzte Nacht hatte ich von Ernest Hatch geträumt, und als ich diesen Mann aus dem Aufzug kommen sah, der Hatch in jedem Detail gleicht – da wurde ich von Panik ergriffen und habe den Kopf verloren.«

Dieses Bekenntnis fiel ihr keineswegs leicht. Sie war es nicht gewohnt, klein beizugeben. Sie hatte alle Krisen ihres Lebens kühl und überlegen gemeistert, stets auf sich selbst gestellt, niemandem vertrauend als sich selbst. Auch in der Donnerhöhle, nach dem Mord an Jerry Stein, als von keiner Seite Hilfe zu erwarten war, hatte sie sich retten können. Sie war geflohen, hatte sich versteckt, hatte überlebt. Weil sie ihre Nerven behalten hatte, in einer Situation, in der andere Menschen die ihren verloren hätten. Doch an diesem Tag, im Krankenhauskorridor, war sie in Panik geraten und hatte – schlimmer noch – ihre Umgebung sehen lassen, wie sie ihre Selbstkontrolle verlor. Verlegenheit überkam sie, sie fühlte sich gedemütigt.

»Von jetzt an werde ich eine Musterpatientin sein«, versprach sie. »Ich werde brav essen und meine Medizin nehmen, um so schnell wie möglich zu Kräften zu kommen. Ich werde Gymnastik machen, soviel von mir verlangt wird, aber ohne zu übertreiben. Bis ich von hier entlassen werde, werden Sie meine heutige Überspanntheit längst vergessen haben. Sie werden sich noch wünschen, alle Ihre Patienten wären wie ich.«

»Das wünsche ich mir schon jetzt«, lächelte er. »Sie können mir glauben, daß ich lieber hübsche junge Damen behandle als quengelige Tattergreise.«

Jetzt kam die Nachtschwester herein, und Dr. McGee verließ sie. Sie bat die Schwester um ein Fernseh-Leihgerät, und es wurde unverzüglich in ihrem Zimmer installiert. Sie sah die Wiederholung einer alten DALLAS-Episode und hörte die Abendnachrichten aus Seattle. Mit leichtem Staunen stellte sie fest, daß die Auslandsnachrichten sich nicht allzu sehr von den letzten unterschieden, die sie vor 3 Wochen gesehen hatte. Die Welt war in der Zwischenzeit weder klüger noch toleranter geworden.

Dann brachte ihr die Nachtschwester, eine lustige Blondine namens Marcia Edmonds, ihr Abendessen. Susan aß alles auf, was sie auf dem Tablett fand, und bat sogar um eine Draufgabe. Sie bekam Vanille-Eis mit Pfirsichhälften und verschlang das zweite Dessert mit gutem Appetit.

Sie fühlte sich auf dem Weg der Besserung und war zufrieden.

Sie bemühte sich, nicht an den Doppelgänger von Ernest Hatch zu denken. Auch nicht an die im Koma verlorenen Tage oder an die noch verbliebenen Gedächtnislücken. Sie wollte an nichts denken, was den Heilungsprozeß behindern konnte. Sie wollte eine Musterpatientin sein und die positive Haltung entwickeln, um möglichst bald vollkommen gesund zu werden. Trotzdem konnte sie nicht verhindern, daß sie zeitweilig ein unbehagliches Gefühl überkam, eine diffuse, nicht greifbare Ahnung von Unheil.

Sie versuchte sich davon zu befreien, indem sie an angenehme Dinge dachte. Zum Beispiel an die Fürsorge von Dr. McGee. Die sportliche Energie, mit der er sich bewegte; das beruhigende Timbre seiner Stimme. Sie rief sich auch seine Augen, seine feingliedrigen Hände ins Gedächtnis.

Bevor sie das Licht abdrehte, nahm sie noch das leichte Schlafmittel, das er ihr verschrieben hatte. Draußen herrschte tiefschwarze Nacht, die Baumwipfel waren nicht mehr zu sehen. Man hörte auch keine Regentropfen gegen die Scheiben fallen, doch der Wind ließ nicht nach. Er säuselte, er pfiff in auf- und abschwingenden Skalen. Konstant bewegte er die Fensterläden, wie ein großer Hund, der eifrig einen Zugang zu finden versucht.

Vielleicht war es diese Vorstellung, die Susan veranlaßte, von Hunden zu träumen. Doch es waren keine Haushunde, treue Gefährten des Menschen. Es waren wilde, drohende Bestien mit aufgerissenem Rachen. Erst verwandelten sie sich in Schakale, dann in Wölfe. Werwölfe. Menschenwölfe. Sie nahmen die Gestalt von zähnefletschenden Männern an, wurden dann wieder zu Wölfen, die sie verfolgten, sie ansprangen oder im Dunkeln auf sie lauerten, bereit, über sie herzufallen. Dann verwandelten sie sich wieder in Männer. Susan konnte ihre Gesichter erkennen: Jellicoe, Parker, Quince und Hatch.

Einmal, als sie durch einen dunklen Wald floh, kam sie auf eine mondbeschienene Lichtung. Da sah sie deutlich vier Bestien in Wolfsgestalt über die Leiche von Jerry Stein geduckt und ihr Fleisch von den Knochen reißend. Als Susan näher kam, blickten sie auf und grinsten sie boshaft an. Blut tropfte aus ihren Mäulern, rohes Fleisch hing von ihren Fängen.

Die Lichtung verschwand. Susan lief durch die Gänge der großen Höhle, strauchelnd, stolpernd, und die Werwölfe waren hinter ihr her. Sie jagten sie durch ein Feld von mannshohen schwarzen Blumen, dann durch öde Vorstadtstraßen. Die Straßen waren menschenleer, die Wölfe witterten auf dem Pflaster ihre Spur, fanden sie immer wieder, zwangen sie, nach ihren Fersen schnappend, in ekligen Verstecken Zuflucht zu suchen.

Plötzlich befand sie sich in Sicherheit, im Zimmer des Krankenhauses, in ihrem Bett. Aber gleich darauf stürmte eine der gräßlichen Kreaturen in den Raum. Eine Wolfsgestalt, die sich drohend im Schatten hielt, kaum sichtbar in ihren Umrissen. Sie stand am Fußende ihres Bettes und starrte sie aus einem böse glitzernden Auge an. Dann bewegte sie sich, kam ins Licht der Nachttischlampe, und Susan konnte im schwachen, gelblichen Licht sehen, daß der Wolf sich erneut in einen Menschen verwandelt hatte. Es war Ernest Hatch. Er trug Krankenhauskleidung, einen gestreiften Pyjama, einen braunen Schlafrock... (Aber das ist doch kein Traum mehr, durchzuckte es sie, als eiskalte Ströme von Angst über ihren Rücken liefen.) ... und trat an den Rand ihres Bettes. Er bückte sich, um sie aus der Nähe zu betrachten. Sie wollte schreien, aber konnte nicht. Sie war auch nicht fähig, sich zu rühren. Sein Gesicht, drohend nahe, begann zu verschwimmen, sie konnte es mit ihrem Blick nicht festhalten; es verschwand, ohne daß sie deshalb Erleichterung empfand. Sie fühlte sich in den Traum zurückversetzt, in das Feld der schwarzen Blumen... (Ich muß aus diesem Traum heraus. Muß mich zwingen, aufzuwachen. Ein leichtes Schlafmittel, hat er gesagt. Zum Teufel damit!) ...und zugleich hatte sich auch das Krankenhauszimmer mit dem beruhigenden Nachtlicht in nichts aufgelöst. Die Hetzjagd begann von neuem. Sie suchte zwischen den mannshohen Stengeln Schutz vor der verfolgenden Meute. Über sich konnte sie den Vollmond sehen, aber er verbreitete kein Licht. Sie lief kopflos in das Dunkel, fiel über ein Hindernis und sah entsetzt, daß es Jerry Steins verstümmelte, angefressene Leiche war, über die sie gestolpert war. Ein großer Wolf sprang auf sie, als sie hilflos dalag, knurrte, senkte seine sabbernden Lefzen immer tiefer, bis seine Schnauze ihre Kehle berührte. Die Fratze der scheußlichen Bestie hatte plötzlich nicht mehr die Züge eines Tieres, nein, jetzt sah sie es deutlich, es war Ernest Hatchs Gesicht. Nicht die Schnauze eines Wolfs berührte ihre Kehle, sondern Hatchs plumper Finger. Sie versuchte ihm auszuweichen, und ihr Herz begann so wild zu schlagen, daß sie fürchtete, es könne aus ihrer Brust springen. Hatch zog seine Hand zurück und lächelte. Das Feld mit den schwarzen Blumen war verschwunden. Sie träumte, daß sie wieder in ihrem Krankenhausbett lag... (Bloß, daß es kein Traum war. Es war Wirklichkeit. Hatch stand hier, und würde sie töten.) ...und versuchte mit der Kraft der Verzweiflung, sich aufzusetzen. Aber es gelang ihr nicht. Sie tastete nach der Klingel, um die Nachtschwester zu rufen, aber obwohl der Klingelknopf direkt über ihr hing, vermochte sie ihn nicht zu erreichen. Er schien Lichtjahre weit entfernt zu sein. Doch sie gab nicht auf. Als sie den Arm ausstreckte, sah sie verwundert, daß er immer länger und länger wurde, unendlich lang, ohne daß ihre Hand den nahen Knopf erreichen konnte. Es war wie bei ›Alice im Wunderland‹, nachdem das

Mädchen durch den Spiegel hindurchgegangen war. Die Gesetze der Perspektive galten nicht mehr; klein war groß, und groß war klein; nah war fern, und fern war nah. Es gab keinen Unterschied mehr zwischen auf und ab, zwischen oben und unten. Schwindel erfaßte sie, sie fühlte einen galligen Geschmack im Mund. Das bittere Schlafmittel? Sie fragte sich, ob sie im Traum imstande sein könnte, den Geschmack so genau zu definieren. Sie wünschte von ganzem Herzen, sie könnte endlich wissen, ob sie noch schlief oder schon wach war. ›Lange nicht gesehen‹, bemerkte jetzt Hatch beiläufig. Susan blinzelte, versuchte sein Gesicht im Auge zu behalten, aber es verschwamm immer wieder, um sich gleich darauf aufs neue zu formen. Das Gesicht hatte menschliche Züge, aber Stirn und Augen waren die eines Wolfs. ›Hast du wirklich geglaubt, du könntest dich für immer vor mir verstecken?‹ flüsterte er, während er sich über sie beugte, bis sein Gesicht das ihre beinahe berührte.

Er roch nach Alkohol, und sie fragte sich, ob ihre Fähigkeit, das festzustellen, beweisen mochte, daß sie wach war und Hatch kein Phantom, sondern real.

Er fragte nochmals: ›Hast du wirklich geglaubt, du könntest dich für immer vor mir verstecken?‹ Sie konnte nicht antworten, ein Klumpen steckte in ihrer Kehle, der sie auch am Schlucken oder Spucken hinderte.

›Hure, verfluchte stinkende, geile Hure!‹ Sein Lächeln verzerrte sich zu einem breiten Grinsen. ›Wie fühlst du dich jetzt, he? Tut es dir leid, daß du gegen mich ausgesagt hast? Haha, ich wette, es tut dir jetzt leid.‹ Er lachte leise. Einen Moment lang wurde sein Lachen zum Knurren eines Wolfs. ›Weißt du, was ich mit dir tun werde?‹ Sein Gesicht begann wieder zu verschwimmen. Aber seine Wort waren noch deutlich zu hören. ›Weißt du, was ich mit dir tun werde?‹

Sie war in der Höhle. Aus dem Kalkboden sprossen große schwarze Blumen. Sie lief, und die Wölfe verfolgten sie. Oder waren es Männer? Sie wußte es nicht, wagte nicht, sich umzudrehen. Eine Öffnung der Höhle führte in eine nächtliche Vorstadtstraße. Sie lief auf eine Laterne zu, aber unter der Laterne stand ein großer Wolf und lachte wie ein Mensch.

›Weißt du, was ich mit dir tun werde?‹ Sie vermochte ihren Lauf nicht anzuhalten, lief dem Wolf direkt in die Arme...

Sie erwachte schweißbedeckt und mit klopfendem Herzen. Wie lange hatte sie geschlafen, wie lange die quälenden Träume ertragen müssen? Sie wußte es nicht. Es war Montag, zeitig am Morgen, das erste Licht der Dämmerung drang durch die Fenster.

Sie versuchte sich an die Alpträume zu erinnern, aber es gelang ihr nicht ganz. Wölfe hatten sie verfolgt, Werwölfe, die Menschengestalt annehmen konnten. Und dann war Ernest Hatch bei ihr gewesen...

Jetzt, im Licht des Morgens, schien die Vorstellung, Hatch wäre tatsächlich in ihrem Zimmer gewesen und an ihrem Bett gestanden, absurd. Sie war am Leben, ohne die geringste Spur einer nächtlichen Konfrontation.

Es war bloß ein Alptraum gewesen, sonst nichts.

Nur ein Alptraum...

8.

Nicht lange, nachdem sie erwacht war, kam die Nachtschwester und wusch Susan sorgfältig mit einem nassen Schwamm. Sie zog ihr einen anderen Pyjama an, der sich in ihrem Übernachtungskoffer befand, wusch ihren getragenen blauen Pyjama im Badezimmer aus und hing ihn schließlich zum Trocknen hinter die Tür.

Dann gab es Frühstück. Es war reichlicher als am Tag zuvor, und Susan aß mit gutem Appetit.

Schließlich kam Dr. McGee, der seine Morgenrunde machte, bevor er nach Willawauk in seine Privatpraxis fuhr. Mrs. Baker, die gerade ihren Dienst angetreten hatte, begleitete ihn und half ihm, den Verband um Susans Kopf zu entfernen. Das Entfernen der Fäden tat nicht richtig weh, aber sie fühlte kleine Stiche und ein Prickeln der Haut.

Dr. McGee nahm ihr Kinn in die Hand und drehte den Kopf nach beiden Seiten. »Die Wunde ist gut zugeheilt. Saubere Arbeit, das muß ich anerkennen, obwohl ich selbst genäht habe. Mrs. Baker, wir bitten um den Spiegel.«

Susan nahm ihn zögernd entgegen. Sie war angenehm überrascht, als sie feststellte, daß die Narbe beileibe nicht so schlimm war, wie sie befürchtet hatte. Ein schmaler roter Streifen, nicht länger als 4 Zoll, und nur kleine Unebenheiten, wo die Nähte gewesen waren.

»Die Nahtspuren werden in ein paar Tagen nicht mehr zu sehen sein«, beruhigte sie der Arzt.

Susan senkte den Spiegel. »Und ich dachte, es wäre eine große blutige Wunde.«

»Nun, es hat mehr geblutet, als mir lieb war, als Sie eingeliefert wurden. Und der Heilungsprozeß nahm viel Zeit in Anspruch, wahrscheinlich weil Sie im Koma so oft die Stirn gerunzelt und die Wunde unnötig bewegt haben. Dagegen konnten wir nicht viel machen. Aber das ist jetzt vorbei. Die Narbe wird schrumpfen und die häßliche Röte verblassen. Sie werden aussehen wie neu. Und wenn Ihnen das nicht genügt, können Sie sich immer noch an einen Facharzt für plastische Chirurgie wenden.«

»Oh, das wird nicht nötig sein«, meinte Susan. »Ich bin schon froh, daß ich nicht wie ein Schloßgespenst aussehe.«

Mrs. Baker lachte. »Als ob das möglich wäre – bei Ihrem Aussehen!«

Susan errötete.

McGee amüsierte sich.

Thelma Baker nahm kopfschüttelnd die Schere und die alten Verbände auf und verließ das Zimmer.

McGee lehnte sich im Stuhl zurück. »Nun – sind Sie jetzt so weit, daß Sie mit Ihrem Chef bei Milestone sprechen wollen?«

»Phil Gomez?« sagte sie nachdenklich und wiederholte den Namen, den der Arzt ihr genannt hatte. »Ich erinnere mich überhaupt nicht an ihn.«

»Das wird schon kommen.« McGee warf einen Blick auf seine Armbanduhr. »Es ist schon nach neun. Er dürfte bereits in seinem Büro sein.«

Er hob vom Telefon, das auf dem Nachttisch stand, den Hörer ab. »Zentrale. Hier ist Dr. McGee. Verbinden Sie mich bitte mit der Milestone Corporation in Newport Beach, Kalifornien. Die Nummer habe ich Ihnen gestern gegeben.«

Philip Gomez wurde schnell erreicht, er nahm den Anruf entgegen. McGee sprach mit ihm. Erklärte, daß Susan aus dem Koma erwacht war, aber vorläufig noch Gedächtnislükken hatte. Vorübergehend, wie er betonte. Dann reichte er ihr den Hörer.

Sie ergriff ihn mit einem gewissen Widerwillen, als wäre er eine Schlange. Sie fühlte eine Hemmung, mit Milestone Kontakt aufzunehmen. Einerseits wollte sie nicht mit einer so entscheidenden Lücke in ihrem Gedächtnis weiterleben; sie mußte in Erfahrung bringen, wo und woran sie gearbeitet hatte. Andererseits konnte sie das Gefühl nicht loswerden, daß es für sie besser wäre, nichts über Milestone und ihren Job in Erfahrung zu bringen. Gestern schon hatten sie diesbezügliche Ängste und Zweifel gequält. Jetzt kam die Furcht wieder, sogar in verstärkter Form.

»Hallo.«

»Susan! Sind Sie's?«

»Ja. Ich.«

Gomez sprach schnell, mit etwas übertriebener Freundlichkeit. »Gott sei Dank, daß Sie wieder wohlauf sind. Wie schön, Ihre Stimme zu hören. Wir alle waren in großer Sorge, wirklich, sogar Breckenridge, und wer hätte gedacht, daß er menschliche Züge verraten könnte?« Gomez lachte, dann wurde er gleich wieder ernst. »Wie geht es Ihnen? Wie fühlen Sie sich?«

Der Klang seiner Stimme weckte in Susan keinerlei Erinnerung. Es war die Stimme eines Fremden.

Sie sprachen einige Minuten miteinander, und Gomez gab sich alle Mühe, ihr Arbeit und Arbeitsplatz in Erinnerung zu rufen. Er sagte ihr, daß Milestone ein privates wissenschaftliches Unternehmen sei, das für ITT, IBM und andere Großbetriebe Forschungsaufträge ausführte. All das bedeutete Susan nichts, sie konnte sich an keinen Forschungsauftrag entsinnen. Gomez erklärte ihr, sie hätte an Laser-Vorhaben für die Nachrichtentechnik gearbeitet. Nichts dergleichen kam ihr in Erinnerung.

Gomez beschrieb ihr geduldig und detailliert ihr Büro; für sie ein Platz, an dem sie nie gewesen war. Er sprach von Mitarbeitern, ihren Freunden; er nannte verschiedene Namen: Gilroy, Breckenridge, Kavinsky und Ella Harper. Keiner dieser Namen war ihr geläufig. Schließlich konnte Gomez seine Enttäuschung und seine Besorgnis nicht länger verhehlen. Er bat sie, ihn wieder anzurufen, wann immer sie glaube, er könne ihr von Nutzen sein, und schlug ihr vor, gelegentlich auch mit ihren Kollegen bei Milestone zu telefonieren.

»Und seien Sie sicher, Susan – wie lange Ihre Genesung auch brauchen mag, Ihr Platz bei uns wird für Sie immer frei sein.«

»Danke, danke, Mr. Gomez«, flüsterte sie, gerührt ob seiner Fürsorge.

»Kein Grund zum Danken, aus mir spricht der reine Egoismus«, entgegnete er. »Sie sind meine beste Kraft, und ich möchte Sie nicht verlieren. Wenn Sie nicht so verdammt weit weg wären, würden wir mit Sekt und Blumen in Ihr Krankenzimmer kommen, um Sie aufzumuntern.«

Sie dankte nochmals und ließ den Hörer sinken. McGee nahm ihn ihr aus der Hand. Er sah sie fragend an. »Nun?«

Sie schüttelte niedergeschlagen den Kopf. »Keine Erinnerung. Nichts. Eine schwarze Wand. Aber Philip Gomez scheint ein riesig netter Mensch zu sein.«

Wenn er aber so nett war und so besorgt um sie – wie konnte sie ihn so vollständig vergessen haben? Und sie fragte sich, warum während der angeregten Unterhaltung die alte Furcht wiedergekommen war. Trotz der Freundlichkeit von Gomez bereitete ihr der Gedanke an Milestone Unbehagen.

Nein, mehr als Unbehagen. Angst! Sie hatte Angst vor Milestone.

Aber warum?

Dann mußte McGee gehen, und es wurde Zeit für Gymnastik. Erst setzte sie sich an die Bettkante und bewegte ihre Beine hin und her. Thelma Baker beobachtete sie und war zufrieden. Sie half ihr in den Rollstuhl und sagte: »Heute brauche ich Sie nicht mehr zu schieben. Hier – packen Sie die Räder an den Seiten und drehen Sie, so stark Sie können. Sie müßten zumindest eine Runde um den zweiten Stock schaffen. Wenn die Arme Sie schmerzen sollten, rufen Sie eine Schwester, und die wird Sie zurückbringen.«

»Ich fühle mich gut«, meinte Susan. »Ich werde nicht so schnell müde werden. Ich werde eine doppelte Tour versuchen.«

»Ich habe mir schon gedacht, daß Sie das sagen werden. Aber einmal ist genug! Kein Marathon, meine Liebe! Nach dem Mittagessen und einem Schläfchen können Sie's ja noch mal versuchen.«

»Sie bemuttern mich zu sehr, Mrs. Baker. Ich bin kräftiger, als Sie denken.«

Die Baker schüttelte den Kopf. »Sie sind unbelehrbar.«

Susan entsann sich der demütigenden Szene vom vorigen Tag, als sie darauf bestand, gehen zu können, und ohne Mrs. Bakers Hilfe nicht einmal in den Rollstuhl gelangt war. »Wahrscheinlich haben Sie recht. Ich darf nichts überstürzen. Also jetzt bloß eine Runde, und am Nachmittag werden wir weiter sehen. Aber Sie haben mir versprochen, daß ich heute ein paar Schritte versuchen könne.«

»Eins nach dem andern.«

»Vor allem möchte ich mal richtig aus dem Fenster schauen. Vom Bett aus sehe ich kaum mehr als den Himmel.«

Sie rollte langsam zum Fenster, vorbei an dem anderen Bett, das nicht belegt war. Es machte ihr kaum Mühe, den Rollstuhl zu bewegen, aber der Fenstersims war so hoch, daß sie ihren Hals verrenken mußte, um hinausschauen zu können.

Jetzt sah sie, daß die Klinik auf einer Anhöhe stand, auf einem von mehreren Hügeln, die ein kleines Tal umgaben. Einige Hänge waren bewaldet, sie erkannte Laub- und Nadelbäume. Auf anderen Hängen prangten tiefgrüne Wiesen. Unten im Tal lag eine kleine Stadt, deren Ausläufer sich zwischen den Hügeln hindurchwanden. Die meisten Häuser waren weiß mit roten Dächern, die Straßen schachbrettartig angelegt. Obwohl die Sonne nicht schien und die Wolken tief hingen, machte die Aussicht einen freundlichen, heiteren Eindruck.

»Wie hübsch!«

»Nicht wahr?« fragte Mrs. Baker. »Ich hab' es nie bedauert, die Großstadt verlassen zu haben.« Dann seufzte sie. »Die Arbeit ruft. Wenn sie Ihre Tour beendet haben, bringe ich Sie ins Bett zurück.« Sie drohte Susan mit dem Zeigefinger. »Und versuchen Sie ja nicht, ohne Hilfe aus dem Rollstuhl ins Bett zu kommen. Sie sind immer noch schwach und nicht sicher auf den Beinen. Nicht wahr, Sie werden nach mir rufen?«

»Versprochen«, sagte Susan, obwohl sie hoffte, nach der Runde durch den zweiten Stock stark genug zu sein, um aus eigener Kraft in die Kissen zu gelangen.

Mrs. Baker ließ sie allein, und Susan schaute aus dem Fenster und genoß die Aussicht.

Aber bald wurde ihr klar, daß es nicht die hübsche Aussicht war, die sie im Zimmer zurückhielt. Sie hatte Angst, draußen auf dem Korridor Bill Richmond zu begegnen, dem Doppelgänger von Hatch. Angst, er würde sein böses Lächeln lächeln, seine grauen Augen auf sie richten, ihr drohend zuwinken und sie gar fragen, wie es Jerry Stein ginge.

Verdammt noch mal, das ist doch lächerlich, schalt sie sich, zornig mit sich selbst.

Sie schüttelte sich, wie um die Ängste von sich abzustreifen.

Er ist nicht Hatch, sagte sie sich. Er ist 13 Jahre zu jung. Er ist Bill Richmond aus Pine Wells, und er hat mich nie gekannt. Was ist los mit mir? Warum zum Teufel sitze ich hier wie gelähmt und fürchte mich vor einem Phantom?

Sie schämte sich. Die Scham gab ihr einen unerwarteten Auftrieb. Sie rollte aus dem Zimmer, in den Korridor hinaus.

Draußen war nichts Ungewöhnliches zu sehen. Ärzte, Schwestern, einige Patienten in gestreiften Pyjamas. Aber es erschreckte sie, daß ihre Arme so bald zu ermüden begannen. Noch bevor sie das Ende des langen Ganges erreicht hatte, schmerzten sie ihre Muskeln. Es war wie ein Krampf. Sie hielt inne und begann ihre Arme zu massieren. Ihre Finger erinnerten sie an das, was sie hatte vergessen wollen: daß sie dünn und kraftlos geworden waren und nicht wie die Arme der ehemaligen selbstsicheren Susan Thorton.

Sie biß die Zähne zusammen und machte weiter. Bog um die Ecke, sah den Tisch der diensthabenen Schwester vor sich. Und dort stand der Mann.

Ihr erstes Gefühl war maßloses Erstaunen. Sie stoppte den Rollstuhl. Sie schloß die Augen. Und sie zählte langsam bis drei, ehe sie sie wieder öffnete, in der Hoffnung, es sei eine Sinnestäuschung gewesen und er wäre in der Zwischenzeit verschwunden. Aber nein, er war immer noch da, über den Tisch gebeugt und mit der Schwester plaudernd.

Er war ziemlich groß, hatte braunes Haar und braune Augen. Sein Gesicht war länglich, ungewöhnlich lang, und die kleine, knollige Nase bildete einen merkwürdigen Kontrast zu den länglichen Zügen und dem spitzen Kinn. Er trug die übliche Krankenhauskleidung, als wäre er ein gewöhnlicher Patient. Aber für Susan war er höchst ungewöhnlich.

Sie hatte ängstlich erwartet, im Korridor Bill Richmond zu begegnen, Hatchs Doppelgänger, und hatte sich innerlich darauf vorbereitet. Aber diese erschreckende Begegnung traf sie wie ein Keulenschlag.

Der Mann war Randy Quince.

Quince, der Kumpan von Hatch. Der zweite Überlebende der vier.

Sie blickte in seine Richtung, zitternd, wie unter Schock. Hoffte, er würde sich in Luft auflösen, würde nichts sein als ein Phantom, eine Ausgeburt ihrer überreizten Fantasie. Doch er tat ihr nicht den Gefallen. Er stand da, unverkennbar, ein Mensch aus Fleisch und Blut.

Während Susan noch zögerte, nicht wußte, ob sie fliehen sollte oder ihm gegenübertreten, kam er ihrer Entscheidung zuvor. Er nickte der Schwester zu und ging. Er wandte Susan den Rücken zu, sah sie nicht an. Er ging an den Aufzugtüren vorbei, wandte sich nach links und verschwand durch eine Tür.

Susan hatte unwillkürlich den Atem angehalten. Jetzt atmete sie tief auf. Die Luft, die in ihre Lungen drang, war kalt, eisig kalt, obwohl es im Krankenhaus gut geheizt war.

Noch war sie nicht fähig, sich zu bewegen. Eine Krankenschwester kam vorbei, die Gummisohlen ihrer Schuhe quietschten auf dem blankpolierten Boden.

Das Quietschen erinnerte Susan an das Geräusch von Fledermäusen.

Fledermäuse!

Gänsehaut überlief sie.

In der Höhle hatte es Unmengen von Fledermäusen gegeben. Die Lichter der Laterne und Kerzen hatten sie aufgeschreckt. Sie hatten Jerry und seine Mörder umflattert. Und auch später, als Susan mit der gestohlenen Laterne geflohen war, war sie von unzähligen Fledermäusen umgeben gewesen, die zwar nie an sie anstießen, deren unheimliches Piepsen sie aber im Ohr behalten hatte.

Die Schwester, mit der Quince gesprochen hatte, sah Susan an, als sie heranrollte. Etwas in Susans Zügen erweckte ihre Aufmerksamkeit, denn sie fragte: »Fühlen Sie sich nicht wohl?«

Das Piepsen der Fledermäuse verhallte in einer ungewissen Ferne. Dann hörte sie es nicht mehr.

»Nein, nein, ich bin ganz in Ordnung«, stammelte sie und rollte den Rollstuhl nahe an den Tisch heran. »Mir ist nur etwas durch den Kopf gegangen. Der Mann, der gerade mit Ihnen gesprochen hat...«

»Der Patient von 216?«

»Ja, der.«

»Was ist mit ihm?«

»Ich glaube, ich kenne ihn. Oder *habe* ihn gekannt. Vor einiger Zeit...« Sie blickte nervös zur Tür, hinter der Quince verschwunden war, dann fuhr sie fort: »Aber wenn er nicht der ist, für den ich ihn halte, möchte ich ihn nicht ansprechen und mich lächerlich machen. Er heißt Peter Johnson. Ein netter Junge, aber für meinen Geschmack zu gesprächig. Er kommt immer raus, um mit mir zu plaudern, und ich vernachlässige meine Arbeit.« Sie lächelte entschuldigend.

»Peter Johnson? Sind Sie sicher?«

»Aber ja. Für wen haben Sie ihn denn gehalten?«

»Quince. Randy Quince.«

»Quince? Quince haben wir keinen. Der, den Sie meinen, heißt Peter Johnson, das weiß ich genau.«

»Vor 13 Jahren...« stammelte Susan. »Da habe ich einen Mann gekannt, der genauso aussah wie dieser... dieser Johnson.«

Die Schwester runzelte die Stirn und warf Susan einen etwas mitleidigen Blick zu. »Vor 13 Jahren... Dann kann es doch gar nicht derselbe sein. Johnson ist 19 oder 20. Vor 13 Jahren war er doch ein kleiner Junge.«

Sie hatte natürlich recht. Der Mann, den Susan gesehen hatte, war jung gewesen, ein Schüler oder Student. Er sah genau aus, wie Randy Quince damals ausgesehen hatte, nicht wie er heute aussehen würde. Es bestand nur eine Möglichkeit, wenn es wirklich Randy Quince war: daß man ihn in Tiefkühlschlaf versetzt hatte und er nicht gealtert war.

9.

Das Essen, das man ihr um die Mittagsstunde servierte, war kräftiger und gehaltvoller als die bisherigen Mahlzeiten. Obwohl sie diesmal keinen Appetit hatte, zwang sie sich, alles aufzuessen; sie wollte schnell zu Kräften kommen, um das Krankenhaus so bald wie möglich verlassen zu können. Um Auseinandersetzungen mit Mrs. Baker zu vermeiden, gab sie vor, Siesta zu halten. Doch sie konnte nicht schlafen. Sie mußte immer wieder an Bill Richmond und Peter Johnson denken.

Zwei Doppelgänger! Beide am gleichen Platz, innerhalb von 24 Stunden!

Wie groß war die Wahrscheinlichkeit eines solchen Zufalls? Astronomisch. Es war nicht unwahrscheinlich, es war *umöglich*.

Und doch! Verdammt noch mal, sie waren in der Klinik. Sie hatte beide gesehen.

Oder konnte es sein, daß der wirkliche Hatch und der wirkliche Quince im selben Krankenhaus lagen, in das man sie eingeliefert hatte? Keine Doppelgänger, der wahre Hatch, der wirkliche Quince. Sie mochten neue Namen und neue Identitäten angenommen haben und ihren Bewährungsauflagen entronnen sein. Möglicherweise hatten sie auch während der Zuchthausjahre von Hatch den Kontakt nicht verloren und waren später in die gleiche Stadt in Oregon gezogen. Insofern mußte es kein besonderer Zufall sein; sie waren stets enge Freunde gewesen. Das konnte auch erklären, warum sie – aus verschiedenen Krankheitsursachen – am selben Tag in dieselbe Klinik gekommen waren. Aber auch diese Erklärung ergab keinen Sinn. Das ganze Kartenhaus vager Möglichkeiten stürzte ein, wenn man die rätselhafte jugendliche Erscheinung der beiden in Betracht zog. Einer mochte vielleicht in dreizehn Jahren nicht gealtert sein und wie durch ein Wunder die Gene eines Methusalem besessen haben, aber gewiß nicht beide, zwei Freunde, die in dasselbe Verbrechen verstrickt waren. Nein, eine solche Möglichkeit mußte ausscheiden.

Doch dadurch wurde das Rätsel nicht weniger verwirrend. Also zwei Doppelgänger! Die absurde Doppelgänger-Theorie! Zwei Jugendliche, die zufällig genauso aussahen wie Hatch und Quince vor dreizehn Jahren? Waren sie durch Zufall hier? Oder war ihr Auftauchen geplant, zu einem bestimmten Zweck? Aber zu welchem Zweck? Um sie zu erschrecken, zu ängstigen? Diese Idee war nicht weniger absurd als alle anderen Theorien.

Sie öffnete ihre Augen, blickte über das Nachbarbett zum Fenster, auf den grauen Himmel. Fröstelnd zog sie die Decke über den Kopf.

Sie suchte nach anderen Erklärungen.

Vielleicht ähnelten die beiden Hatch und Quince nicht in dem Maße, wie sie glaubte. McGee hatte zu bedenken gegeben, ihre Erinnerungsbilder mochten im Lauf der Jahre unscharf geworden sein. Vielleicht hatte er recht. Der Abscheu hatte sich tief in sie eingefressen, aber die Erinnerung an die Gesichter und Gestalten konnte mit der Zeit gelitten haben. Wenn man Hatch und Quince neben Richmond und Johnson stellte, mochte die Ähnlichkeit nur vage sein, die Erscheinungen keineswegs identisch. Und Gleichheit der Personen gab es nur in ihrer Vorstellung.

Aber das war nicht der Fall. Sie wußte, daß es nicht der Fall war.

Gab es die Möglichkeit, daß die beiden Männer im Krankenhaus die Söhne von Hatch und Quince waren? Auch diese Theorie hatte weder Hand noch Fuß. Sie waren zu jung, um wirklich Hatch und Quince zu sein, aber wiederum zu alt, um deren Kinder zu sein. Als Richmond und Johnson geboren wurden, waren Hatch und Quince noch in der Pubertät gewesen und konnten keine Söhne gezeugt haben.

Aber die Idee einer Blutsverwandtschaft war nicht von der Hand zu weisen. Nein, keine Söhne der beiden, aber vielleicht Brüder. Susan wußte nicht, ob Hatch einen Bruder hatte. Bei der Gerichtsverhandlung war seine Familie zugegen gewesen, hatte ihm zu helfen versucht. Vater und Mutter und eine Schwester, aber kein Bruder. Doch sie erinnerte sich vage an einen Bruder von Randy Quince im Gerichtssaal. Es fiel ihr schwer, sich genau zu erinnern, aber sie hatte den Eindruck, die Quince-Brüder hatten einander ähnlich gesehen. Doch nicht zum Verwechseln ähnlich! Und jetzt fiel ihr ein, daß der Bruder von Randy Quince älter gewesen war als der Angeklagte. Natürlich konnte es auch einen jüngeren Bruder gegeben haben, einen, der zu Hause geblieben war, ein Kind, zu klein, um bei der Verhandlung zu erscheinen.

Brüder! Das war nicht auszuschließen. Die Brüder von Jerry Steins Mördern.

Doch sie glaubte nicht daran.

Blieb nur noch eine Erklärung: Irrsinn! Vielleicht verlor sie den Verstand. War die Kopfverletzung schuld? Hatte ihr Gehirn Schaden genommen, sah sie Halluzinationen? Wurde sie von paranoiden Fantasien gequält?

Doch auch diese Möglichkeit wies sie zurück.

Man hatte ihr schon vorgeworfen, daß sie alles zu ernst

nahm, daß es ihr an Unbeschwertheit fehlte. Sie hatte sich ständig unter Kontrolle gehabt, hatte manchmal sogar andere beneidet, die imstande waren, sich gehen zu lassen und sich Tollheiten zu leisten. Nie hatte sie spontanen Eingebungen nachgegeben und dadurch viel in ihrem Leben versäumt. Sie war zu ernst, zu nüchtern gewesen. Alles, was sie tat, war wohl überlegt und geplant gewesen. Ja, diesen Vorwurf mußte sie auf sich sitzen lassen. Aber das hatte alles nichts mit einer Geistesstörung zu tun. Nein, sie mochte verwirrt sein, das ja, aber verrückt war sie nicht!

Dem widersprach auch die Klarheit ihrer Überlegungen. Das Geheimnis der beiden Doppelgänger blieb ungelöst. Keine der von ihr aufgestellten Theorien befriedigte sie. Aber auch wenn sie selbst nicht an ihrem Verstand zweifelte, andere mochten es tun. Dieser Gedanke lag nahe. So beschloß sie, die Episode mit Peter Johnson nicht zu erwähnen, weder gegenüber Dr. McGee noch gegenüber Mrs. Baker.

Auf die Hilfe anderer konnte sie nicht zählen. Sie mußte vesuchen, sich selbst zu helfen.

10.

Später am Nachmittag stieg sie aus dem Bett und setzte sich in den Rollstuhl, ohne um Hilfe zu bitten. Ihre Beine drohten sofort wieder einzuknicken. Statt aus Muskeln und Knochen schienen sie aus Kautschuk zu bestehen. Susan wurde schwindlig, und Schweißperlen erschienen auf ihrer Stirn. Doch sie schaffte es.

Als Thelma Baker ins Zimmer kam, runzelte sie die Stirn. »Alleine? Ohne Hilfe?«

»Aber ja«, erwiderte Susan fröhlich. »Ich sagte Ihnen ja, ich bin kräftiger, als Sie glauben.«

»Sie hätten es nicht tun sollen.«

»Warum nicht? Es war ganz einfach.«

»Wirklich?«

»Ja.«

»Warum sind Sie dann schweißüberströmt?«

Susan fühlte sich ertappt. Sie fuhr sich mit dem Taschentuch über die Stirn.

»Mich können Sie nicht täuschen», meinte die Baker ernst. »Ich habe allen Grund, Sie auszuschimpfen. Sie sind eigensinnig.«

»Eigensinnig? Ich?«

»Wie ein Maultier! Wenn Sie ausgerutscht und gefallen wären...«

»Aber ich bin nicht gefallen.«

»Sie hätten sich einen Arm oder sogar die Hüfte brechen können. Das hätte Sie weitere Wochen an Ihr Bett gefesselt. Ich schwöre, wenn Sie 20 Jahre jünger wären, würde ich Sie übers Knie legen und Ihnen eine Tracht Prügel verpassen.«

Susan begann zu lachen.

Einen Moment lang war Mrs. Baker über ihren eigenen Ausbruch betroffen, dann begann auch sie zu lachen. Sie lehnte sich an das Gitter des Betts und lachte aus vollem Herzen. Die beiden Frauen sahen einander an, versuchten sich zu beherrschen, aber es gelang ihnen nicht. Das triste Krankenzimmer verwandelte sich in eine Stätte der Heiterkeit. Schließlich ging das Lachen in ein Kichern über, und Thelma Baker wischte sich die Tränen aus den Augen. »Ich kann gar nicht glauben, daß ich das wirklich gesagt habe.«

»Daß Sie mich verhauen würden?«

»Sie provozieren meine mütterliche Instinkte.«

»Normalerweise gehört Erziehung nicht zur Krankenpflege«, meinte Susan vergnügt.

»Ich bin froh, daß Sie nicht beleidigt sind.«

»Und *ich* bin froh, daß ich nicht 20 Jahre jünger bin«, sagte Susan, und beide begannen wieder zu lachen.

Später, als Susan wieder durch die Korridore rollte, war sie in einer Stimmung, wie sie sie seit ihrem Koma nicht mehr gekannt hatte. Das unkontrollierte Lachen von Mrs. Baker hatte eine wundervolle therapeutische Wirkung gehabt. Die mütterliche Fürsorge, die ihr entgegengebracht wurde, ließ das Krankenhaus menschlicher und weniger trist erscheinen als bisher.

Die Arme schmerzten noch von der Morgentour, aber sie war entschlossen, an diesem Nachmittag zwei Runden im Rollstuhl zu drehen.

Sie hatte keine Angst davor, Richmond oder Johnson zu begegnen. Sie hatte das Gefühl, eine solche Begegnung verkraften zu können. Ja, sie hoffte geradezu, die beiden zu sehen. Wenn sie die beiden näher ansah und mit ihnen sprach, würde sich sicher herausstellen, daß die Ähnlichkeit mit Hatch und Quince gar nicht so groß war. Sie mußte einen klaren Kopf behalten. Selbst wenn sie auch auf den zweiten Blick wie Doppelgänger von Hatch und Quince erschienen, würde sich die vermeintliche Bedrohung im Gespräch mit ihnen sicher verlieren. Es *mußte* sich einfach um einen unglaublichen Zufall handeln, denn die Alternative dazu erschien ihr zu schrecklich.

Als sie auf ihrer Runde zur Tür von Zimmer 216 kam, hatte sie noch keinen der beiden zu Gesicht bekommen. Die Tür stand offen. Sie hielt inne, riß sich zusammen und rollte zur Türöffnung. Sie setzte ein möglichst ungezwungenes Lächeln auf und wiederholte im Geiste, was sie sich zu sagen vorgenommen hatte: ›Ich habe Sie heute vormittag in der Halle gesehen, und Sie sehen einem Freund von mir so ähnlich, daß ich es nicht lassen konnte, Sie aufzusuchen und...‹

Doch sie kam nicht dazu.

Es war ein Zweibettzimmer wie das ihrige. Peter Johnson war nirgends zu sehen. Ein Bett stand leer. Im anderen lag ein alter Mann.

»Pete –? Er ist nicht hier. Sie haben ihn zum Röntgen gerufen.«

»Oh, vielleicht komm' ich später noch mal vorbei.«

»Soll ich ihm was ausrichten?«

»Nein, danke. Nicht nötig. Es ist nichts von Wichtigkeit.«

Als sie beim Tisch mit der Schwester vorbeikam, hatte sie die Idee, nach Bill Richmonds Zimmernummer zu fragen. Doch dann entsann sie sich, daß er an diesem Tag operiert werden sollte. Er mochte Schmerzen haben. Es war kein geeigneter Moment, um ihm einen Besuch abzustatten.

Als Susan in ihr Zimmer zurückkam, zog Thelma Baker gerade den Plastikvorhang zu, der das zweite Bett umschloß.

»Sie haben eine Nachbarin bekommen, Susan.«

»Das macht mir nichts aus. In Gesellschaft vergeht die Zeit schneller.«

Die Baker schüttelte den Kopf. »Sie werden nicht viel von ihr haben. Sie wird die meiste Zeit schlafen, außer wenn sie gerade ihr Spritze bekommt. Auch jetzt steht sie unter Drogen.«

»Wie heißt sie?«

»Jessica Seiffert.«

»Ist sie schwer krank?«

Mrs. Baker nickte und sagte seufzend: »Krebs. Im letzten Stadium.«

»Oh, das tut mir leid.«

»Sie spürt praktisch nichts mehr. Außerdem – sie ist über 80 und hat ein erfülltes Leben hinter sich.«

»Sie kennen Sie?«

»Ja. Sie lebt hier in Willawauk. – Und was ist mit Ihnen? Glauben Sie, Sie können paar Schritte versuchen?«

»Ich bin sicher.«

Mrs. Baker schob den Rollstuhl zu Susans Bett. »Wenn Sie aufstehen, halten Sie sich mit der rechten Hand am Gitter fest und mit der linken an mir. Ich werde Sie langsam durchs Zimmer führen.«

Anfangs fühlte sie sich sehr unsicher auf den Beinen, aber mit jedem Schritt gewann sie mehr Selbstbewußtsein zurück, und bald versuchte sie schneller zu gehen. Obwohl sie noch weit davon entfernt war, jemanden zu einem Wettlauf herauszufordern – nicht einmal die arme Jessica Seiffert –, genoß sie es, die Kontrolle über ihre Muskeln zurückzugewinnen. Susan Thorton, sagte sie sich, du funktionierst wieder. Du wirst schneller gesund werden, als Dr. McGee vorausgesagt hat, du wirst vor der erwarteten Zeit aus der Klinik entlassen werden.

Als Mrs. Baker sie wieder zu Bett bringen wollte, sträubte sie sich. »Ein paar Sekunden Pause, bitte. Dann mach' ich weiter.«

»Sie werden sich überanstrengen.«
»Nein. Ich fühle mich prima.«
»Sind Sie sicher?«
»Ich würde Sie doch nicht belügen. Ich habe Ihre Drohung nicht vergessen.«
Die Baker grinste. »Das wird auch gut sein!«
Als sie zwischen den Betten standen, um Susan neue Kraft gewinnen zu lassen, wanderten ihre Blicke unwillkürlich zum dicht zugezogenen Vorhang um das zweite Bett.
»Hat sie Familie?« wollte Susan wissen.«
»Keine nahen Verwandten.«
»Wie traurig«, flüsterte Susan.
»Was?«
»Einsam zu sterben.«
»Sie brauchen nicht zu flüstern. Sie kann Sie nicht hören. Außerdem, Jessie trägt es mit erstaunlicher Fassung. Nur in einem Punkt nimmt sie es schwer – was ihre Eitelkeit betrifft. Wissen Sie, sie ist eine wunderschöne Frau gewesen, und noch im Alter sah sie überraschend gut aus. Aber sie hat in letzter Zeit schrecklich viel Gewicht verloren, und es ist, als hätte der Krebs ihr das Fleisch aus dem Gesicht gefressen. Sie ist hager geworden, und ihr Gesicht gleicht einem Totenkopf. Die Entstellung schmerzt sie mehr als das Bewußtsein, sterben zu müssen. Sie hat auch allen ihren Freunden verboten, sie hier zu besuchen. Man soll sich an sie als die gut aussehende Frau von einst erinnern. Am liebsten wär' ihr, wenn sie auch kein Arzt zu Gesicht bekäme. Deshalb auch der Vorhang um ihr Bett. Selbst wenn sie einen Moment aufwacht, will sie nicht, daß der Vorhang offen ist.«
»Die Arme!«
Mrs. Baker zuckte die Achseln. »Bedauernswert ja. Aber lassen Sie sich durch die Nachbarschaft nicht deprimieren, meine Liebe. Früher oder später kommt die Zeit für uns alle, und Jessica hat länger durchgehalten als die meisten von uns.«
Sie durchquerten noch mal das Zimmer, dann ließ Susan sich ins Bett bringen und streckte sich müde aus.
»Hungrig?«

»Wie ein Wolf.«

»Gut. Ich bring' Ihnen etwas zu essen.«

Susan machte sich an der Hydraulik zu schaffen; das Bettgestell hob sich, und sie konnte bequem sitzen. »Glauben Sie, es würde Mrs. Seiffert stören, wenn ich das Fernsehen einschalte?«

»Ganz gewiß nicht. Sie wird es gar nicht merken.«

Nachdem Mrs. Baker gegangen war, griff Susan nach der Fernbedienung und drückte mehrere Kanäle, bis sie einen alten Film fand, der gerade begonnen hatte: ADAMS RIPPE mit Spencer Tracy und Katherine Hepburn. Sie kannte den Film, aber es war eine jener Komödien, die sie immer wieder sehen konnte. Sie lehnte sich zurück, um das Spiel der Stars und die amüsanten Dialoge zu genießen.

Doch es fiel ihr nicht leicht, sich auf den Bildschirm zu konzentrieren. Immer wieder glitt ihr Blick in die Richtung des zweiten Betts. Warum störte sie der zugezogene Vorhang?

Er unterschied sich nicht von dem ihres eigenen Bettes. Er hing an einer Metallschiene und fiel faltenlos zu Boden, gab nur den Blick auf die Räder des Krankenbetts frei. Auch ihr eigener Vorhang war des öfteren zugezogen worden – wenn sie die Bettflasche benützte oder ihren Pyjama wechselte.

Trotzdem – Jessica Seifferts verschlossener Vorhang beunruhigte sie.

Es hing nicht mit dem Vorhang an sich zusammen. Aber die Anwesenheit einer zweiten Person im Zimmer – einer Sterbenden... Es würgte sie in der Kehle.

Nein, es war nicht die Präsenz des Todes, die ihr Unbehagen verursachte. Es war etwas anderes. Etwas, was sie nicht definieren konnte.

Der Vorhang hing weiß, still, faltenlos, wie gemalt.

Der Film auf dem Bildschirm wurde durch einen Werbe-Spot unterbrochen. Susan drehte den Ton ab.

Stille. Lastende Stille. Kein Ton war zu hören.

Auch kein Atemzug?

Susan rief: »Mrs. Seiffert?«

Keine Antwort.

Ehe sie ein zweites Mal rufen konnte, kam Mrs. Baker zurück. Sie brachte eine große Portion Vanilleeis mit Blaubeeren. »Na, wie sieht das aus?« fragte sie, stellte das Tablett auf den Rolltisch und schob ihn zum Bett.

»Großartig«, sagte Susan und wandte ihren Blick vom Vorhang ab. »Das werde ich nie aufessen können.«

»Aber ja doch. Sie sind auf dem Weg der Besserung. Sie werden staunen, was für einen Appetit Sie in der nächsten Zeit entwickeln werden.« Sie glättete ihr graues Haar. »Meine Schicht ist zu Ende. Ich muß nach Hause und mich ein bißchen herrichten.«

»Ein Rendezvous?«

Sie zuckte die Achseln. »Wenn man es so nennen will – ein Kegelabend und ein Essen mit Hamburgern und Ginger-Ale. Aber mein Begleiter ist in Ordnung. Wäre ich 30 Jahre jünger, würde ich sagen, er ist ein Schatz. Ein Holzarbeiter. Schultern wie ein Preisringer. Und die größten, härtesten, schwieligsten Hände, die man sich denken kann. Aber sanft wie ein Lamm.«

Unwillkürlich mußte Susan lächeln. »Sie haben ja einen vielversprechenden Abend vor sich.«

»Ohne Zweifel.« Sie wandte sich zur Tür.

»Einen Augenblick noch...«

Mrs. Baker blieb stehen. »Brauchen Sie noch etwas?«

»Würden Sie bitte... würden Sie nach Mrs. Seiffert sehen...«

Mrs. Baker runzelte die Stirn. »Sie ist doch noch aufgewacht?«

»Nein, nein. Ganz im Gegenteil, sie gibt keinen Laut von sich. Sie ist so still. Unheimlich still. Selbst wenn sie schläft... allzu ruhig, meine ich. Und ich habe mich gefragt...«

»Ich verstehe.« Thelma Baker trat zum zweiten Bett, zog den Vorhang beiseite und verschwand hinter ihm.

Susan versuchte hinter den Vorhang zu schauen, bevor er an seinen alten Platz zurückfiel, aber sie konnte weder Jessica Seiffert sehen noch sonst etwas, außer dem breiten Rücken der Krankenschwester.

Etwas enttäuscht blickte sie wieder auf Tracy und Hepburn, die infolge des abgeschalteten Tons schweigend auf der Mattscheibe gestikulierten. Sie aß einen Löffel Vanilleeis; es schmeckte wundervoll, aber ein Zahn schmerzte. Sie schaute wieder auf den Vorhang.

Mrs. Baker war zurückgekommen. Hinter ihr schloß sich der Vorhang, und Susan hatte wieder keine Chance, etwas zu sehen.

»Sie können sich beruhigen, Miß Thorton. Alles in Ordnung. Sie schläft wie ein Baby.«

Susan atmete auf.

»Und bitte hängen Sie keinen düsteren Gedanken nach. Dafür gibt es keinen Grund. Sie wird nicht in diesem Zimmer sterben, das verspreche ich Ihnen. Sie wird paar Tage hier bleiben, villeicht auch eine Woche, bis ihr Zustand so ernst ist, daß wir sie auf die Intensivstation bringen müssen. Dort wird es passieren, zwischen all den komplizierten Apparaten, die das Leben verlängern helfen und schließlich doch keinen Nickel wert sind. – Sind Sie jetzt beruhigt?«

»Ja, Mrs Baker.«

»Gut. Jetzt essen Sie brav Ihr Dessert auf. Wir sehen uns morgen früh.«

Nachdem die Schwester gegangen war, stellte Susan den Ton des Fernsehapparats wieder an und aß den Nachtisch zu Ende. Sie gab sich Mühe, nicht auf Mrs. Seifferts verhangenes Bett zu schauen.

Die Anstrengung des Nachmittags und das üppige Essen hatten sie schläfrig gemacht. Das Fernsehen tat ein übriges. Noch bevor Spencer Tracy und Katherine Hepburn einig wurden, fiel Susan in tiefen Schlaf.

Im Traum war sie selbst Teilnehmerin an einer Fernsehshow, inmitten von Leuten, die für einen Maskenball kostümiert waren. Sie selbst war als Krankenhauspatient verkleidet, sie trug einen Pyjama und einen großen Verband um den Kopf. Der Quizmeister stand hinter ihr und sagte mit öliger Stimme: ›Nun, Susan, wollen Sie die 1000 Dollar, die Sie bereits gewonnen haben, behalten oder statt dessen den Preis nehmen, der hinter dem Vorhang Nummer 1 liegt?‹ – Susan blickte in die angedeutete Richtung und sah erstaunt, daß dort nicht die erwarteten drei Vorhänge zu sehen waren, sondern drei Spitalbetten. Die Vorhänge bedeckten nur das, was auf diesen Betten lag. ›Ich will die 1000 Dollar behalten‹, sagte sie kurz entschlossen. – Der Quizmeister hob drohend die rechte Hand. – ›Halten Sie das für klug, Susan? Sind Sie sicher, die richtige Entscheidung getroffen zu haben?‹ – ›Ja ja, ich will die tausend Dollar.‹ – Jetzt wandte sich der Moderator an die Zuschauer. ›Was denken Sie, meine Damen und Herren? Soll sie wirklich das Bargeld behalten, ungeachtet dessen, wie wenig man heutzutage für 1000 Dollar kaufen kann, oder sich lieber für den verborgenen Schatz hinter dem Vorhang Nummer 1 entscheiden?‹ – Und die Menge brüllte einstimmig: ›Den Schatz! Den Schatz‹

Doch Susan protestierte. ›Nein, ich möchte nicht haben, was hinter dem Vorhang liegt. Wirklich, ich möchte es nicht.‹

Doch der liebenswürdige Quizmeister hatte sich unterdes in eine satanische Figur verwandelt, in eine Art Dämon mit buschigen Augenbrauen und einem zahnlosen Mund, und er riß ihr die Banknoten aus der Hand und kläffte: ›Sie werden nehmen, was hinter dem Vorhang liegt, Susan, denn das ist's, was Sie verdienen. Das kommt Ihnen zu. Der Vorhang! Sehen wir doch mal, was hinter dem Vorhang liegt!‹

Jetzt wurden zwei Vorhänge beiseite gerissen. Auf zwei Krankenhausbetten lagen zwei Männer in gestreiften Pyjamas: Hatch und Quince. Sie setzten sich auf, sie hielten Skalpelle in der Hand, die im Scheinwerferlicht gefährlich glitzerten. Sie sprangen von den Betten, Susan schrie auf, und das Publikum jubelte und wälzte sich vor Lachen. Hatch und Quince liefen jetzt zum dritten Bett, und während der Moderator rief: ›Vorhang Nummer 1!‹, enthüllten sie, was auf dem dritten Bett lag.

Es war ein Skelett.

Der Quizmeister griff nach einer großen Glocke und klingelte und Susan sah entsetzt, daß der Totenkopf grinste und ihr zublinzelte...

Sie fuhr hoch.

Die Szenerie des Traums war verschwunden. Sie lag in ihrem Bett. Das Klingeln des Telefons hatte sie geweckt.

11.

Sie riß sich zusammen, schüttelte Schlaf und Traumgeschichte ab und griff nach dem Hörer.

»Hallo...«

»Susan?«

»Ja.«

»O Gott, ich war so froh, als ich hörte, daß du aus dem Koma raus bist. Burt und ich haben uns zu Tode geängstigt.«

»Es... es tut mir leid. Aber ich weiß nicht, wer spricht.«

»Ich bin es, Franny.«

»Franny? Welche Franny?«

»Francisca Pascarelli, deine Nachbarin.«

Die Frau am anderen Ende der Leitung zögerte einen Moment, dann fragte sie: »Du erinnerst dich doch an mich?«

»Ja, ja, gewiß. Ich habe nur Ihre – deine Stimme nicht gleich erkannt.

»Ist es wahr, daß du – daß dein Gedächtnis gelitten hat?«

»Das ist vorüber. Zum größten Teil.«

»Gott sei Dank.«

»Und wie geht es bei euch?«

»Burt macht seine Waldläufe, wie immer. Und ich kämpfe mit meiner Taille und meinem Doppelkinn, aber du weißt, ich laß mich nicht unterkriegen. Aber du – was hast du alles mitgemacht! Wie geht es dir jetzt?«

»Gut. Von Stunde zu Stunde besser.«

»Die Leute vom Institut haben gefürchtet, du würdest aus dem Koma nicht mehr aufwachen. Ich war schon verzweifelt. Aber heute früh hat Mr. Gomez angerufen und gesagt, daß du wieder in Ordnung bist. Ich war so froh, daß ich meine doppelte Kuchenration gegessen habe.«

Susan lachte.

»Wie schön, daß du wieder lachen kannst. Bitte, mach dir nur keine Sorgen wegen dem Haus und den Blumen. Burt und ich, wir kümmern uns um alles.«

»Da bin ich ganz sicher. Es ist beruhigend, dich zur Nachbarin zu haben, Franny.«

»Du würdest dasselbe für mich tun...«

Sie sprachen noch eine Weile miteinander. Über nichts Wichtiges, aber als Susan auflegte, hatte sie das Gefühl, enlich wieder den Kontakt zur Vergangenheit, den sie schon verloren geglaubt hatte, aufgenommen zu haben. Nach dem Telefongespräch mit Philip Gomez war es nicht so gewesen. Gomez war nur eine Stimme gewesen, eine Stimme ohne Gesicht. Aber an die mollige Franny Pascarelli konnte sie sich gut erinnern, sie konnte sie vor sich sehen, die rundliche Gestalt, das lustige Gesicht. Die lebhafte Erinnerung an die fröhliche Italienerin stimmte sie optimistisch. Gottlob, es gab eine Welt außerhalb des Willawauk-Krankenhauses, und bald würde sie in der Lage sein, in diese, ihre frühere Welt zurückzukehren.

Oder nicht?

Wieder überkam sie der Schatten einer Angst, die sie immer wieder heimsuchte und die sie nie ganz loswerden konnte.

Doch bevor sie sich einer trübseligen Stimmung überlassen konnte, erschien Dr. McGee zur Abendvisite.

Sowie er den Raum betrat, war die düstere Stimmung verflogen. Sein weißer Kittel stand weit offen. Er trug blaue Slacks und einen blauen Pullover über einem weißen Hemd, war schlank und frisch rasiert und sah aus wie gerade einer Herrenmodezeitschrift entstiegen.

Er hatte Susan Geschenke mitgebracht: eine Schachtel Pralinen und einige Taschenbücher.

»Das hätten Sie nicht tun sollen», wehrte Susan verlegen ab.

»Kleinigkeiten. Es macht mir Spaß, sie Ihnen zu bringen.«

»Jedenfalls vielen Dank.«

Er lächelte verschmitzt. »Alles hat einen therapeutischen Zweck. Die Süßigkeiten werden helfen, Sie wieder auf das nötige Gewicht zu bringen. Und die Bücher werden Sie von Ihren Sorgen ablenken. Leichte Kost. Abenteuerromane, Reisebeschreibungen. Ich wußte ja nicht, welche Art Lektüre Sie bevorzugen.«

»Im Moment alles, was nicht problematisch ist.«

Er setzte sich zu ihr und nahm sich Zeit, eingehend mit ihr

zu plaudern. Er erkundigte sich nach ihrem Appetit, nach ihren Bewegungsübungen. Nur beiläufig streifte er ernstere Fragen wie die noch vorhandenen Gedächtnislücken. Als sie nach einer Erwähnung von Milestone unruhig wurde, wechselte er schnell das Thema. Susan dankte ihm sein Verständnis und seine Rücksicht.

Andererseits vermied sie es, über Peter Johnson zu sprechen, den Quince-Doppelgänger, den sie in der Halle gesehen hatte. Sie wollte sich nicht dem Verdacht aussetzen, hysterisch oder verwirrt zu sein. Ein zweiter Doppelgänger! Ein Arzt mußte einfach annehmen, das Problem habe seine Wurzeln in ihrer überhitzten Fantasie.

Dabei war sie sich gar nicht im klaren, ob ihre Wahrnehmung nicht tatsächlich gestört war. Zweifel nagten an ihr. Sie fühlte sich sicher, gewiß, aber die Zweifel hörten nicht auf zu nagen.

Schließlich, als McGee sich erhob, um zu gehen, sagte sie: »Wie schaffen Sie eigentlich, überhaupt ein Privatleben zu führen, wenn Sie so viel Zeit mit Ihren Patienten verbringen?«

»Nun, ich verbringe mit anderen Patienten nicht so viel Zeit wie mit Ihnen.« Er lächelte. »Sie sind ein spezieller Fall.«

»Aha. Sie haben nicht oft Gelegenheit, einen Fall von Gedächtnisschwund zu behandeln.«

Jetzt wurde er einen Moment ernst. Seine Lippen lächelten nicht länger, aber seine blauen Augen hörten trotzdem nicht auf, sie mit einem strahlenden Blick zu liebkosen.

»Es ist nicht die Amnesie, Susan, die Sie zu einem Spezialfall macht. Und das wissen Sie sehr gut.«

Sie wußte nicht, wie ernst es ihm war. Versuchte er bloß nett zu sein, um ihr Lebensgefühl zu heben, oder fand er sie wirklich attraktiv? Sie durfte sich keinen Illusionen hingeben; sie sah immer noch ziemlich elend aus. Jedes Mal, wenn sie in den Spiegel schaute, verglich sie sich mit einer gebadeten Ratte. Wahrscheinlich war es seine gewohnte Taktik, weibliche Patienten zu hofieren.

Jetzt warf er einen routinemäßigen Blick auf das zweite

Bett. »Sie sind nicht mehr allein. Stört Sie Ihre Zimmernachbarin?«

Susan folgte seinem Blick. Er hatte halblaut gesprochen, und sie erwiderte im gleichen Ton. »Durchaus nicht. Sie gibt keinen Laut von sich.«

»Gut. Das beweist, daß sie keine Schmerzen hat. Mehr kann ich für sie leider nicht tun.«

»Oh, sie ist *Ihre* Patientin.«

»Ja. Eine bewundernswerte Frau. Sie hätte einen leichteren, schnelleren Tod verdient. Nicht diese lange Agonie.« Mit diesen Worten ging er zum anderen Bett hinüber und hinter den Vorhang.

Wieder gelang es Susan nicht, einen Blick auf Mrs. Seiffert zu werfen.

Sie hörte McGee hinter dem Vorhang sagen: »Hallo, Jessie! Wie geht es der alten Dame heute?«

Eine gemurmelte Antwort, eine Art trockenes Röcheln. So leise, daß Susan kein Wort verstehen konnte, sogar zu leise, um überhaupt als menschliche Stimme erkannt werden zu können. Einen Moment hörte sie noch, wie der Arzt sanft mit der Kranken sprach. Dann einige Augenblicke Stille. Er kam hinter dem Vorhang hervor, und Susan verrenkte ihren Hals, um die alte Frau zu sehen. Aber der Vorhang hatte sich sofort wieder hinter McGee geschlossen.

»Sie ist zäh«, erklärte er mit einem Ton von Bewunderung. Dann blinzelte er Susan zu und meinte: »In gewissem Sinn erinnert sie mich an Sie.«

»Oh, ich bin nicht zäh«, widersprach Susan. »Sie hätten mich sehen sollen, wie ich kaum auf den Füßen stehen konnte. Ich mußte mich an die arme Mrs. Baker klammern. Ein Wunder, daß wir nicht beide hingefallen sind.«

»Ich meinte nicht Ihren Körper...

»Innerlich bin ich ein Gummibärchen«, sagte sie verhalten.

Seine Komplimente machten sie verlegen, da sie nicht wußte, wie ehrlich sie gemeint waren. Machte er ihr den Hof? Oder war es bloß Psychotherapie?

Sie wechselte das Thema. »Wenn Sie den Vorhang aufziehen, könnte Mrs. Seiffert mit mir das Fernsehprogramm anschauen.«

Er schüttelte den Kopf. »Sie schläft. Noch als ich mit ihr gesprochen habe, ist sie eingeschlafen. Sie hat eine starke Spritze bekommen. Sie wird gut und gern noch 24 Stunden schlafen.«

»Aber wenn sie nachher doch aufwacht? Wie vorhin, als Sie sie besuchten?«

»Wissen Sie – sie will es gar nicht, daß der Vorhang aufgezogen wird. Die Eitelkeit einer einstmals schönen Frau.«

»Ja, ich weiß. Mrs. Baker hat mir davon erzählt. Trotzdem glaube ich, daß ich ihr helfen könnte.«

»Ich bin sicher, daß Sie es könnten. Trotzdem...«

»Es muß sie doch langweilen, nur zu schlafen oder vor sich hin zu dösen. Menschliche Gesellschaft und Fernsehen könnten die Zeit für sie schneller vergehen lassen.«

McGee nahm Susans Hand. »Ich weiß, daß Sie es gut meinen, aber wenn Jessica es so wünscht, ist es am besten, sie in Frieden zu lassen. Vergessen Sie nicht, daß sie im Sterben liegt. Vielleicht will sie gar nicht, daß die Zeit schneller vergeht. Und sie zieht es vor, in Ruhe zu meditieren, statt eine Episode von DALLAS oder DENVER-CLAN anzuschauen.«

Obwohl er nicht anders gesprochen hatte als sonst, hatten seine Worte Susan beeindruckt. Wahrscheinlich hatte er recht, sicher sogar. Kein Fernsehprogramm vermochte einer alten Frau, die zwischen Schmerzen und Drogenschlaf dahindämmerte, Erleichterung zu bringen.

»Schon gut. Vielleicht bin ich ein bißchen unsensibel gewesen.«

»Aber nein, natürlich nicht. Trotzdem – ich möchte Sie bitten, Jessie einfach schlafen zu lassen. Und machen Sie sich ihretwegen keine Gedanken. Tun Sie, als ob sie nicht vorhanden wäre.«

Er legte seine Hand auf die ihre und drückte sie kurz. Dann: »Morgen früh sehen wir uns wieder.«

Er zögerte einen Moment, wie um sich zu entscheiden, ob er sie zum Abschied auf die Wange küssen sollte oder nicht. Er beugte sich schon über sie, doch dann hielt er inne; scheinbar war er sich seiner Gefühle nicht ganz sicher. Doch vielleicht bildete sie sich seine Gefühle und Reaktionen nur ein. Sie wollte, sie könnte wenigstens ihre eigenen klar definieren.

»Schlafen Sie gut!«

»Ja, das will ich.«

Er ging zur Tür, drehte sich aber noch mal um. »Übrigens – ich habe Sie für morgen in die Therapie eingeschrieben.«

»Was für eine Therapie?«

»PT. Physikalische Therapie. Allgemeine Übungen, Muskeltraining, hauptsächlich für die Beine. Bad im Wasserwirbel. Ein Pfleger wird Sie nach dem Frühstück in die PT hinunterbringen.«

Er ging, und die Nachtschwester kam mit dem Abendessen herein. Sie verschwand hinter dem Vorhang, um Mrs. Seiffert zu füttern.

»Es ist schwierig«, bekannte sie, als sie wieder hervorkam. »Aber wahrscheinlich spielt es auch keine Rolle mehr, wieviel sie zu sich nimmt.«

Susan aß ihr Abendessen und las eines der Abenteuerbücher, die McGee ihr gebracht hatte. Es war spannend und verhinderte eine Zeitlang, daß Susan an die Doppelgänger denken mußte.

Später versuchte sie, ohne Hilfe zum Badezimmer zu gelangen. Es glückte ihr, indem sie sich ziemlich mühevoll die Wand entlangtastete. Die Rückkehr dauerte fast doppelt so lange wie der Hinweg; als sie ihr Bett wieder erreicht hatte, war sie erschöpft.

Sie war sicher, kein Schlafmittel zu benötigen, doch nahm sie widerspruchslos die Pille, die die Schwester ihr brachte. Sie war zu müde für einen Wortwechsel.

Übergangslos glitt sie in tiefen Schlaf.

»Susan... Susan...«

Eine sanfte Stimme rief ihren Namen. Drang durch den Panzer ihres Schlafs.

»Susan...«

Mit einem Mal war sie wach. Setzte sich auf. Ihr Herz hämmerte gegen ihre Rippen. Sie war benommen, aber sie bildete sich ein, in der Stimme einen drohenden Unterton gehört zu haben.

Das Nachtlicht erhellte den Raum nur wenig, aber genug, um erkennen zu lassen, daß sich niemand im Raum befand – außer der Sterbenden hinter dem Vorhang. Doch zu sehen war nichts Außergewöhnliches.

Sie wartete. Würde ihr Name nochmals gerufen werden?

Stille.

»Wer ist da?« rief sie schließlich mit unsicherer Stimme. Starrte auf die Schatten, welche die Ecken im Dunkel hielten. Keine Antwort.

Sie zwang sich, die letzten Reste von Schlaf abzuschütteln. Soweit sie sich erinnern konnte, war die Stimme von links gekommen. Links von ihr stand das verhangene Bett. Aber es war die Stimme eines Mannes gewesen.

Der Vorhang schloß sie von ihrer Nachbarin ab. Auch bei dieser schwachen Beleuchtung konnte sie ihn deutlich sehen. Die Plastikhülle, das Nachtlicht reflektierend, schimmerte weiß, glänzte silbern.

»Ist jemand da?«

Ihre schwache Stimme verhallte.

»Mrs. Seiffert?«

Schweigen. Der Vorhang bewegte sich nicht. Nichts bewegte sich. Und kein Laut war zu hören, nur das leise Ticken ihrer Nachttischuhr. Die Leuchtzeiger markierten die genaue Zeit. 3 Uhr 42.

Susan zögerte, dann knipste sie die Nachttischlampe an.

Das helle Licht schmerzte sie, sie warf bloß einen schnellen Blick in die Ecken, die im Schatten gelegen waren. Jessica Seifferts Bett sah bei Licht weit weniger drohend aus als im gelblichen Schimmer der Nachtbeleuchtung.

Sie löschte die Nachttischlampe wieder aus. Die Schatten kehrten wieder, breiteten sich im Zimmer aus. Der Plastikvorhang glänzte.

Ich muß geträumt haben, dachte sie. Die Stimme hat mich im Traum gerufen.

Aber sie hatte den Eindruck, in dieser Nacht traumlos geschlafen zu haben.

Sie richtete ihr Bett ein wenig auf, um bequemer zu sitzen. Sie glaubte nicht, wieder einschlafen zu können. So starrte sie ins Dunkel und wartete... wartete...

Doch schließlich erwies sich das Schlafmittel, das Dr. McGee ihr verschrieben hatte, als stärker als ihre angespannten Nerven.

12.

Das Gewitter weckte sie. Regen prasselte an die Fensterscheiben. Susan konnte den Himmel nicht sehen, weil der Vorhang von Mrs. Seifferts Bett ihr die Sicht nahm, aber sie hörte den Donner und sah das Aufflammen der Blitze.

Sie bekam ihr Frühstück und aß es mit gutem Appetit: Haferflocken, Toast mit Butter und Marmelade und Ananassaft. Dann quälte sie sich in das Badezimmer, aber es war weniger anstrengend als am Abend zuvor. Sie schöpfte neuen Mut.

Sie setzte sich behaglich im Bett zurecht und begann das Buch weiter zu lesen. Doch kaum hatte sie ein paar Seiten gelesen, als zwei Pfleger mit einem Rollbett erschienen.

Der erste, der das Rollbett durch die Tür manövrierte, sagte: »Wir kommen, um Sie zur Therapiestation zu bringen, Miß Thorton.«

Sie legte ihr Buch beiseite, sah auf – und hatte das Gefühl, ein Eisstrom gleite über ihren Rücken.

Sie trugen weiße Kittel, auf denen die blauen Buchstaben WILLAWAUK KLINIK eingestickt waren. Sie sahen aus wie gewöhnliche Pfleger, die in einem Krankenhaus Dienst machen. Doch sie waren keine gewöhnlichen Pfleger, in keiner Weise.

Der erste, der gesprochen hatte, war ein plumper Mann mit einer beginnenden Stirnglatze, einem runden Gesicht und Schweinsäuglein. Der andere war ziemlich groß und rothaarig, die Haut sehr hell und mit Sommersprossen übersät. Er war nicht gerade hübsch, aber doch ziemlich gut aussehend; ein irischer Typ.

Der Plumpe war Carl Jellicoe.

Der Rothaarige war Herbert Parker.

Zwei der vier Mörder von Jerry Stein!

Unmöglich! Eine Fata Morgana! Ein Alptraum! Wahnsinnsgestalten, wie sie die Delirien von Fieberkranken bevölkern.

Aber nein! Sie träumte nicht, sie hatte kein Fieber. Und die Männer standen vor ihr, in Fleisch und Blut.

Draußen donnerte es. »Scheußliches Wetter«, sagte Jellicoe im Konversationston.

Parker schob das Rollbett zu Susan und erbot sich, ihr herauszuhelfen.

Beide lächelten freundlich.

Und beide waren jung, kaum über 20. Auch an ihnen waren – wie bei Hatch und Quince – die Jahre spurlos vorbeigegangen.

Noch zwei Doppelgänger? Zur gleichen Zeit auftauchend? Und beide Angestellte der Willawauk-Klinik? Nein, das gab es nicht! Ein solcher Zufall war ausgeschlossen.

Sie verwarf die Doppelgänger-Theorie. Es waren wirklich Jellicoe und Parker.

Doch gleichzeitig fiel ihr ein, daß Jellicoe und Parker tot waren.

Ihr Magen krampfte sich zusammen. Tot! Sie waren tot, seit vielen Jahren.

Doch hier standen sie, lächelten ihr zu.

Wahnsinn!

»Nein«, schrie Susan, schreckte vor ihnen zurück, verkroch sich in die äußerste Ecke des Bettes, preßte sich gegen das Schutzgitter, fühlte die metallene Kälte durch die Seide ihres Pyjamas. »Nein, ich fahre nicht mit euch hinunter.«

Jellicoe tat erstaunt. Er blickte sie verständnislos an, nahm ihre Angst nicht zur Kenntnis. Es warf Parker einen Blick zu und fragte: »Haben wir was falsch gemacht? Wir sollten doch eine Miß Thorton aus 58 nach unten bringen?«

Parker brachte ein bedrucktes Papier zum Vorschein, hielt es sich unter die Nase und las es sorgfältig. »Ja ja. Hier steht es. Thorton in 58.«

Vor der Nacht des Mordes hatte Susan Jellicoe und Parker kaum gekannt. Vor Gericht hatte Jellicoe das Recht wahrgenommen, die Aussage zu verweigern, um sich nicht selbst zu beschuldigen. Seine Stimme war ihr also fremd.

Doch Parker hatte ausführlich ausgesagt, und sein irischer Akzent war unverkennbar gewesen. Daran erinnerte sich Susan, als er zu sprechen begonnen hatte. Der irische Akzent!

Er sah aus wie Parker. Er sprach wie Parker. Er mußte Parker sein.

Doch Herbert Parker war tot und begraben. Genau wie Carl Jellicoe.

Beide sahen sie betroffen an.

Susan ließ ihren Blick über den Nachttisch gleiten, suchte nach irgend etwas, was sie als Waffe benützen konnte. Doch sie wagte sich nicht zu rühren.

Jellicoe fragte: »Hat Ihnen Ihr Arzt nicht gesagt, daß wir Sie zur physikalischen Therapie holen werden?«

»Raus mit euch!« schrie sie mit zitternder Stimme. »Geht! Geht!«

Blitze durchzuckten den Himmel, füllten den Raum sekundenlang mit phosphoreszierendem Licht. Die Gesichter der Männer verzerrten sich, ihr verlegenes Lächeln wurde zu einem drohenden Grinsen.

Jetzt sagte Parker mit seinem irischen Akzent: »Hören Sie, Miß, Sie haben wirklich keinen Grund, sich zu ängstigen. Die Therapie ist harmlos, tut nicht weh, garantiert nicht.«

»Er hat recht«, fiel Jellicoe ein, und seine Schweinsäuglein funkelten vertraulich. »Es wird Ihnen unten gefallen, Miß Thorton.« Jetzt ließ er das Bettgitter herunter. »Alle Patienten lieben die Wassertherapie.«

»HINAUS, habe ich gesagt«, kreischte Susan. »Hinaus! Geht aus dem Zimmer!«

Erschrocken wich Jellicoe einen Schritt zurück.

Sie zitterte am ganzen Körper. Ihr Herz klopfte wie ein Preßlufthammer.

Wenn man sie auf das Rollbett schnallte und hinunterfuhr, würde sie nie mehr zurückkommen. Dessen war sie sicher. Das würde ihr Ende sein, das wußte sie mit tödlicher Gewißheit.

»Ich kratze euch die Augen aus, wenn ihr versucht, mich aus dem Zimmer zu bringen.« Sie bemühte sich, ihre Stimme nicht furchtsam klingen zu lassen, sondern drohend. Sie hatte geschrien, hatte ganz vergessen, daß eine Sterbende in diesem Raum lag.

Jellicoe sah Parker an. »Hol lieber eine Schwester.«

Parker eilte aus dem Zimmer.

Ein Blitz! An diesem trüben Morgen waren die Lichter des Krankenhauses eingeschaltet, jetzt erloschen sie. Es wurde dunkel, aber nur einen Moment. Dann setzte die Beleuchtung nach kurzem Flackern wieder ein.

Jellicoe blinzelte ihr zu. Sein Lächeln, das beruhigend wirken sollte, erinnerte sie an eine langvergangene Nacht und ließ ihr Blut gerinnen. »Immer mit der Ruhe, Miß. Entspannen Sie sich, bitte. Tun Sie mir den Gefallen...«

»Bleiben Sie mir vom Leib!«

»Schon gut, schon gut. Niemand kommt Ihnen zu nahe. Bleiben Sie ganz ruhig!« Er grinste sie an, hob beschwichtigend die Hände. »Niemand tut Ihnen was. Wir im Krankenhaus sind alle Freunde.«

»Tun Sie nicht so, als ob ich verrückt wäre«, rief sie. Sie war verängstigt, aber auch wütend. »Sie wissen sehr gut, daß ich nicht verrückt bin. Sie wissen sehr gut, was hier gespielt wird.«

Er sagte nichts mehr, ließ aber den Blick nicht von ihr. Seine Miene verzog sich. Er betrachtete sie spöttisch, mit Hohn.

»Weg von mir!« befahl sie. »Weg von meinem Bett!«

Er gehorchte zögernd, zog sich Schritt für Schritt zurück, bis zur offenstehenden Tür. Aber er verließ nicht den Raum.

Sie hörte ihr Herz schlagen. Es klang so laut, daß es den Donner draußen zu übertönen schien. Ihr Atem ging schnell, ihre Kehle brannte.

Jellicoe beobachtete sie regungslos.

Sie versuchte ihre Gedanken zu ordnen. So etwas konnte nicht, durfte nicht geschehen. Sie war doch eine Wissenschaftlerin, geschult, vernünftig zu denken. Sie glaubte weder an übernatürliche Erscheinungen noch an wundersame Zufälle. Es gab keine Geister. Tote bleiben unter der Erde, sie kommen nicht zurück.

Oder doch?

Jellicoe sah sie unverwandt an, und sie wich seinem Blick nicht aus. Sie verfluchte ihren Zustand. Selbst wenn sie zu fliehen versuchte, würde sie nicht weit kommen. Und wenn sie um ihr Leben kämpfen müßte, wäre sie hilflos unterlegen.

Schließlich kam Parker mit einer Schwester zurück. Es war eine streng aussehende Blondine, die Susan nicht kannte.

»Was geht hier vor?« fragte die Schwester. »Miß Thorton, warum führen Sie sich so auf?«

»Die Männer...« stammelte Susan.

»Was ist mit ihnen?«

»Sie sind gefährlich. Sie sind meine Feinde...«

»Aber nein, sie wollen Sie bloß ins Erdgeschoß bringen, zur physikalischen Therapie.« Sie war ans Bett getreten, ließ das Schutzgitter herunter.

»Sie verstehen nicht...« keuchte Susan, ratlos, wie sie dieser Frau die Situation erklären konnte, ohne für eine tobsüchtige Irre gehalten zu werden.

Parker stand noch in der offenen Tür. »Sie hat gedroht, uns die Augen auszukratzen.«

Jetzt war auch Jellicoe wieder nahe herangekommen.

»Fort mit Ihnen, Sie Schuft!« zischte Susan.

Er nahm keine Notiz von ihr.

Susan sagte zur Schwester: »Befehlen Sie ihm, fortzugehen. Ich habe guten Grund, vor ihm Angst zu haben.«

Die Blondine schüttelte den Kopf. »Sie haben keinerlei Grund.«

»Wir sind hier alle Freunde«, bestand Jellicoe.

»Miß Thorton, wissen Sie eigentlich, wo Sie sind?«

Der Ton der Krankenschwester erbitterte Susan. So sprach man mit kleinen Kindern oder mit Geisteskranken. Zornig brüllte Susan das Mädchen an: »Zum Teufel, ich weiß sehr gut, wo ich bin. Im Willawauk-Krankenhaus. Ich bin verletzt gewesen und habe drei Wochen im Koma gelegen, aber ich habe weder Halluzinationen noch Delirien. Ich bin nicht hysterisch. Diese Männer sind...«

»Miß Thorton, würden Sie mir einen Gefallen tun«, sagte die Angesprochene betont freundlich, aber immer noch mit gönnerhaftem Unterton. »Bitte schreien Sie nicht! Wir können uns doch unterhalten wie zivilisierte Menschen. Wenn Sie Ihre Stimme senken und dreimal tief Atem holen, werden Sie sich gleich besser fühlen. Wir kommen nicht weiter, bevor wir nicht alle entspannt sind und höflich miteinander sprechen.«

»Zum Teufel mit Ihnen!« brüllte Susan.

»Miß Thorton«, sagte die Schwester unbekümmert, »ich habe etwas für Sie.« Sie hob eine Hand, in der sie eine Injektionsspritze hielt, die mit einer bernsteinfarbenen Flüssigkeit gefüllt war.

»O nein!« Susan schüttelte wild den Kopf.

»Es wird Ihnen helfen, sich zu entspannen.«

»Nein!«

»Wollen Sie sich denn nicht entspannen?«

»Im Gegenteil. Ich möchte auf Draht bleiben.«

»Es tut nicht weh, Miß Thorton...«

»Lassen Sie mich in Frieden!«

Die Schwester schickte sich an, sich über Susan zu beugen. Susan griff nach dem Buch, in dem sie gelesen hatte, und warf es der Krankenschwester ins Gesicht.

Die Schwester wich einen Schritt zurück, war aber weder erstaunt noch entrüstet. Sie winkte Jellicoe herbei. »Können Sie mir behilflich sein?«

»Sicher.«

»*Sie* bleiben mir vom Leib«, schrie Susan.

Er versuchte ihren Arm zu fassen. Sie warf sich herum, zum Nachttisch, packte das Wasserglas und warf es Jellicoe an den Kopf.

Er duckte sich rechtzeitig; das Glas verfehlte sein Ziel und zersplitterte an der gegenüberliegenden Wand.

Susan suchte nach einem anderen Wurfgeschoß.

Doch diesmal war er schneller. Sie wollte ihm mit den Nägeln ins Gesicht fahren, doch er packte ihre Handgelenke mit eisernem Griff. Er war stärker, als er aussah. Selbst bei guter Gesundheit hätte sie sich ihm nicht entwinden können.

»Immer mit der Ruhe«, sagte die Schwester gelassen.

»Wir sind hier alle Freunde«, wiederholte Jellicoe.

Susan kämpfte gegen ihn, aber ohne Erfolg. Jellicoe preßte sie gegen die Matratze, bis sie ausgestreckt und hilflos auf dem Bett lag. Ihre Arme wurden festgehalten.

Die Schwester schob den Ärmel ihres Pyjamas hoch.

Susan schlug mit den Füßen aus.

»Sehen Sie zu, daß sie stillhält.«

»Nicht einfach«, sagte Jellicoe. »Sie hat eine Menge Pep.«

Das stimmte. Dabei war sie erstaunt, daß sie überhaupt Widerstand leisten konnte. Panik hatte ihr neue Kräfte verliehen.

Die Schwester sagte unbewegt: »Sie soll sich nur anstrengen. Zumindest kann ich jetzt ihre Vene sehen.«

Susan schrie. Die Schwester rieb ihre Armbeuge mit einem Wattebausch ab. Er war kalt und feucht.

Susan roch Alkohol und schrie noch einmal.

Es donnerte draußen. Die Lichter begannen zu flackern.

»Miß Thorton, wenn Sie nicht stillhalten, kann die Nadel in Ihrem Arm abbrechen. Das werden Sie doch nicht wollen, oder?«

Doch Susan gab nicht nach. Sie wand sich schlangengleich hin und her und versuchte Jellicoes Gesicht zu entkommen.

Da hörte sie eine vertraute Stimme: »Was zum Teufel geht hier vor?« Die blonde Schwester hielt inne, zog die Injektionsnadel zurück. Jellicoe lockerte seinen Griff; er wandte sich um, um zu sehen, wer gesprochen hatte.

Jetzt war Susan imstande, ihren Kopf zu heben.

Am Fußende des Bettes stand Thelma Baker, autoritär, die Arme in die Hüften gestemmt.

Die Blonde erklärte kühl und knapp: »Hysterie.«

»Sie wurde gewalttätig«, ergänzte Jellicoe.

»Gewalttätig?« Mrs. Bakers Tonfall bewies, daß sie sich weigerte, daran zu glauben. Sie sah Susan fragend an. »Was ist passiert, meine Gute?«

Susan aber schaute Carl Jellicoe voll ins Gesicht. Er erwiderte ihren Blick, überlegen, spöttisch. Er verstärkte den Druck in seinen Händen, und Susan stellte fest – beinahe mit Erstaunen –, daß seine Finger sich warm und fleischig anfühlten und nicht kalt wie die Hände eines Toten. Sie lenkte ihren Blick von ihm ab zur Baker und bemühte sich, daß ihre Stimme möglichst ruhig und nicht hysterisch klang: »Sie erinnern sich doch, Mrs. Baker, was vor dreizehn Jahren geschehen ist? Gestern habe ich Ihnen und Dr. McGee die ganze Geschichte erzählt.«

»O ja, natürlich.« Mrs. Baker hob die Brille, die an der Kette hing, an ihre Augen. »Ich erinnere mich sehr gut. Eine schreckliche Geschichte.«

»Nun, ich hatte gerade davon geträumt, als die beiden Pfleger ins Zimmer gekommen sind. Und der Alptraum hielt an, ich konnte ihn nicht gleich abschütteln.«

»Ein Alptraum?« fragte die Baker ungläubig. »Die ganze Aufregung ist bloß die Folge eines Alptraums?«

Susan nickte energisch mit dem Kopf. »Ja.« Sie log bewußt. sie wollte vor allem Jellicoe, Parker und die blonde Krankenschwester aus dem Zimmer haben. Wenn die fort waren, konnte sie vielleicht – mit Mrs. Baker allein – dieser die wahre Lage der Dinge erklären. Doch wenn sie das jetzt tat, würde die Baker wohl mit der Diagnose ihrer Kollegin übereinstimmen: Hysterie.

»Laßt sie los«, ordnete Mrs. Baker an. »Ich regle das schon.«

»Aber sie wurde gewalttätig«, warf Jellicoe ein.

»Unter dem Eindruck eines Alptraums«, erwiderte die Baker. »So etwas kommt vor. Doch jetzt ist sie völlig wach, das seht ihr doch. Also laßt sie in Frieden!«

»Thelma«, engegnete die blonde Schwester, »sie hat keinen schlafenden Eindruck gemacht, als sie mir ein Buch ins Gesicht warf.«

»Die Arme hat eine schwere Zeit hinter sich«, sagte Mrs. Baker und drängte die anderen beiseite. »Geht nur, geht nur. Miß Thorton und ich, wir werden die Sache bereinigen.«

»Wenn du meine Meinung hören willst...«

»Millie«, sagte Mrs. Baker, »du weißt, wie sehr ich dein Urteil schätze. Aber das ist ein sehr spezieller Fall, und die Kranke ist mir anvertraut. Ich weiß am besten, wie ich sie zu behandeln habe.«

Etwas widerwillig ließ Jellicoe Susan los. Zögernd trat er einen Schritt zurück, ohne den Blick von ihr zu lassen, als erwarte er, sie würde gleich wieder gewalttätig werden. Aber Susan verhielt sich sehr vernünftig. Sie atmete erleichtert auf, setzte sich mit einiger Mühe auf und begann ihre Handgelenke zu reiben, die Spuren von Jellicoes kräftigen Fingern aufwiesen. »Komm schon«, sagte Parker.

Jellicoe zuckte die Achseln. Die beiden verließen das Zimmer und nahmen das Rollbett mit sich. Die blonde Schwester biß sich auf die Lippen; man sah ihr an, wie ärgerlich sie war. Dann ging auch sie, immer noch die Injektionsspritze und den Wattebausch in Händen. Sie brummte: »Ich werde Penelope sagen, sie soll die Glassplitter wegräumen.« Penelope war die farbige Aufwartefrau.

Thelma Baker sah ihr nach und machte eine wegwerfende Handbewegung. Dann ging sie quer durchs Zimmer, wobei sie sorgfältig vermied, auf die Reste des zerbrochenen Glases zu treten. Erst sah sie nach Mrs. Seiffert, bevor sie wieder an Susans Bett kam. »Die gute Jessie hat das ganze Spektakel glatt verschlafen.«

Sie holte aus dem Badezimmer ein neues Trinkglas, stellte es auf Susans Nachttisch und füllte es aus dem Metallkrug mit Wasser. »Durstig?«

»Ja, danke.« Susan trank. Ihre Kehle brannte. Die kühle Flüssigkeit tat ihr wohl.

»Mehr?«

Susan schüttelte den Kopf und stellte das Glas auf den Nachtisch.

»Und jetzt, meine Liebe«, sagte Mrs. Baker, »erzählen Sie mir in aller Ruhe, wie es zu dem Zusammenstoß kam.«

Susan war vorübergehend entspannt gewesen, doch sofort kehrte die Angst zurück. Denn sie machte sich klar, daß der Terror noch keineswegs vorbei war. Wahrscheinlich hatte er überhaupt erst begonnen.

II. Teil

HINTER DEM VORHANG…

13.

Regen.
An diesem Tag regnete es ununterbrochen.

Susan saß in ihrem Bett, schwach und klapprig, als ob der Regen, obwohl er sie nicht berührte, ihre ganze Persönlichkeit ausgewaschen hätte.

Jeffrey McGee stand an ihrem Bett, die Hände in den Taschen seines Kittels vergraben. »Wir müssen die Sache in aller Ruhe durchsprechen, ohne Emotionen, ohne vorgefaßte Meinungen. Halten wir uns an die Tatsachen. Sie behaupten, Sie hätten bereits drei Doppelgänger der Mörder gesehen.«

»Nein. Nicht drei. Vier.«

»Vier? Wieso?«

»Ich wollte nicht zugeben, daß ich gestern den vierten gesehen habe.«

»Erstaunlich. Also auch der vierte. Das wäre ein Mann namens...«

»Quince. Randy Quince. Ein Freund von Ernest Hatch.«

»Und Sie haben ihn – oder jemanden, der aussah wie dieser Qunice – hier im Krankenhaus gesehen?«

»Ja. In der Halle, als ich im Rollstuhl meine Runde machte. Er ist Patient, so wie Hatch. Er liegt in 216, wurde gestern nachmittag geröntgt. Er ist unter dem Namen Peter Johnson registriert.« Sie zögerte einen Moment, dann sagte sie leise: »Er sieht sehr jung aus. Kaum über 20...«

Der Arzt betrachtete sie einen Moment schweigend.

Obwohl er in keiner Weise voreingenommen war, obwohl er sich alle Mühe gab, ihren wirren Ausführungen Glauben zu schenken, konnte sie ihm nicht in die Augen schauen. Die Angst überwog, aber sie schämte sich auch, über diese Dinge zu sprechen. Sie waren so bizarr, daß die Forscherin Dr. Susan Thorton sich ihrer eigenen Worte schämen mußte.

McGee räusperte sich. »Ist das das Alter, das Randy Quince hatte, als er bei dem Mord an Jerry Stein Beihilfe leistete?«

Sie nickte. »Er war der Jüngste der vier. Gerade neunzehn...«

Er überlegte.

Sie glauben genau zu wissen, was in seinem Kopf vorging. Die Verletzung, das Koma. Die Möglichkeit eines Hirnschadens, der nicht auf dem Röntgenbild zu sehen war. Ein winziges Knötchen, ein unscheinbarer Bluterguß in einer der Millionen Zellen, in der die Erinnerung an die Mordnacht gespeichert war. Mochte eine mikroskopisch nicht faßbare Verletzung, die in keinem der Tests aufgeschienen war, diese Erinnerung über die Ufer treten lassen und zu zügellosen Fantasien Anlaß geben? Ist das der Grund, daß die Geschehnisse einer einzigen Nacht mich nicht loslassen – daß sie nicht nur in stetigen Alpträumen auftauchen, sondern Halluzinationen die Zügel schießen lassen? Daß ich dauernd Doppelgänger zu sehen glaube, obwohl weder Bill Richmond noch Peter Johnson noch einer der beiden Pfleger eine körperliche Ähnlichkeit mit dem Mordquartett haben?

Ist das die Lösung? Vielleicht. Aber vielleicht auch nicht. Sowie ich eine Erklärung zu finden glaube, verwerfe ich sie schon wieder. Es sind Doppelgänger. Nein, es sind keine. Sie gleichen Hatch, Quince, Jellicoe und Parker aufs Haar, nichts weiter. Nein, es sind die wirklichen Hatch, Quince, Jellicoe und Parker. Gott helfe mir, ich weiß nicht, was mit mir los ist, und wenn ich selbst so konfus bin, wie kann ich dir, lieber Dr. McGee, vorwerfen, daß du verwirrt bist und an mir zweifelst.

»Also alle vier«, sagte er schließlich. »Vier Doppelgänger, und alle in unserer Klinik.«

»Ja, aber ich weiß nicht recht...«

»Sie sagten doch gerade...«

»Ja ja, sie sehen genau so aus wie die Burschen, die Jerry Stein getötet haben. Aber ich kann nicht sagen, ob es bloße Doppelgänger sind oder...« Sie stockte.

»Oder was?«

»...oder sie sind... etwas anderes...«

»Zum Beispiel?«

»Im Fall von Parker und Jellicoe...« Sie sprach nicht weiter.

»Reden Sie!« bestand er.

Doch sie konnte es nicht über die Lippen bringen. Es wäre ihr absurd erschienen, von Geistern zu sprechen; ein unbestimmtes Schamgefühl hinderte sie daran. Als Carl Jellicoe sie spöttisch angesehen hatte, war eine übernatürliche Erklärung nicht auszuschließen gewesen. Aber jetzt, während eines seriösen Gesprächs zwischen Arzt und Patientin, war es einfach unvorstellbar, die Möglichkeit zu erwähnen, daß tote Männer aus den Gräbern gestiegen wären, um Rache zu nehmen.

»Susan?«

Sie zwang sich, seinem Blick nicht länger auszuweichen.

»Bitte sagen Sie mir alles, was Ihnen durch den Kopf geht. Wenn die beiden Pfleger nicht Doppelgänger von Jellicoe und Parker waren, sondern – wie Sie angedeutet haben – etwas anderes – an was haben Sie da gedacht?«

Fast weinerlich erwiderte sie: »Bitte quälen Sie mich nicht, Doktor. Ich weiß nicht, was ich Ihnen sagen soll, welche Erklärung ich Ihnen – oder mir selbst – geben kann. Ich kann Ihnen nur berichten, was ich mit eigenen Augen gesehen habe – oder gesehen zu haben glaube.«

»Entschuldigen Sie, ich will Sie gewiß keinem dritten Grad unterziehen. Ich verstehe, daß das alles für Sie nicht einfach ist.«

Sie sah Mitleid in seinen Augen und wandte sofort den Kopf ab. Sie wollte kein Objekt des Mitleids sein, speziell nicht für Dr. McGee. Der bloße Gedanke empörte sie.

Sie schwieg eine Weile, auf das Fenster starrend, in Nachdenken versunken. Sie legte ihren Kopf auf das Kissen zurück, schloß die Augen.

Jetzt sah sie das Fenster nicht mehr, hörte aber die schweren Tropfen auf die Scheiben klopfen.

Er sagte: »Ein Vorschlag...«

»Bitte. Ich bin für jede Anregung dankbar.«

»Er mag Ihnen nicht gefallen.«

Sie öffnete die Augen. »Lassen wir's auf den Versuch ankommen...«

»Lasssen Sie mich Bradley und O'Hara zu Ihnen bringen.«

Zwei Namen, die sie noch nie gehört hatte. Dann verstand sie. »Sie meinen Jellicoe und Parker?«

»Im Personalregister sind sie unter Bradley und O'Hara eingetragen.«

»Haben Sie erwartet, sie würden sich hier Parker und Jellicoe nennen?«

»Ich stelle keine Vermutungen an, ich halte mich an Tatsachen. Bitte, Susan, erlauben Sie mir, die beiden zu Ihnen zu bringen. Ich werde veranlassen, daß beide Ihnen über sich Auskunft geben, wo sie geboren und aufgezogen wurden, wie sie in die Klinik kamen. Dann können Sie ihnen Fragen stellen, Fragen aller Art, ganz wie Sie wünschen. Vielleicht – wenn Sie ein bißchen mit ihnen plaudern, wenn Sie sie näher kennenlernen...«

»... vielleicht werde ich dann draufkommen, daß sie Parker und Jellicoe gar nicht besonders ähnlich sind«, vollendete sie seinen Gedankengang.

Er beugte sich zu ihr und legte ihr seine Hand auf die Schulter. Wieder sah sie Mitleid in seinem Blick. »Gibt es nicht die Möglichkeit, daß Sie sie bei näherer Bekanntschaft in einem anderen Licht sehen?«

»O ja, natürlich. Es ist nicht nur eine Möglichkeit, fast eine Gewißheit.«

Sie merkte, daß ihre Vernunft und ihre Objektivität den Eindruck auf ihn nicht verfehlten. Mit größerem Selbstbewußtsein fuhr sie fort: »Es ist mir völlig klar, daß mein Problem entweder rein psychische Wurzeln hat oder mit der Kopfverletzung zusammenhängt, die durch den Unfall verursacht wurde. Natürlich muß man auch die Folgen eines dreiwöchigen Komas in Betracht ziehen.«

McGee begann zu lächeln. Es war ein beinahe verlegenes Lächeln. »Verzeihung. Ich hatte ganz vergessen, daß Sie eine Wissenschaftlerin sind.«

»Kein Grund, mir schönzutun, Doktor.«

»Das liegt mir fern. Ich beschränke mich – wie ich schon

sagte – auf Tatsachen.« Er strahlte über das ganze Gesicht, als er sich an den Rand des Bettes setzte. Ein gewisser schelmischer Ausdruck, die unverhohlene Befriedigung, mit ihr einig zu sein, ließen ihn jungenhafter und noch attraktiver erscheinen, als er ohnehin war. »Wissen Sie, Susan, ich habe mir mein Hirn zermartert, um Ihnen möglichst schonend beizubringen, daß all die bizarren Erscheinungen bloß in Ihrer Vorstellung existieren. Und jetzt stellt sich heraus, daß Sie schon längst von allein dahintergekommen sind. Das bedeutet aber, daß wir die erste der Möglichkeiten ausschalten dürfen. Ich glaube an keine Psychose. Sie sind nicht der Typ einer Neurotikerin.«

»Also bleibt mir die Hoffnung, daß bloß mein Gehirn nicht richtig funktioniert«, sagte Susan sarkastisch.

Er wurde sofort ernst. – »Das wäre nichts Bedrohliches. Keineswegs ein gefährlicher Bluterguß oder etwas in dieser Richtung, sonst würden Sie nicht so klar und logisch mit mir debattieren können. Außerdem hätte Ihr EEG darauf hinweisen müssen. Es kann sich nur um eine Kleinigkeit handeln – etwas, was von selbst verschwinden wird oder sich behandeln ließe.«

Sie nickte.

»Sie willigen also ein, Bradley und O'Hara zu empfangen?«

»Nein«, erwiderte sie prompt.

»Sie haben immer noch Angst vor ihnen? Und auch vor Richmond und Johnson?«

»Ja.«

»Obwohl Sie wissen, daß die Ursachen Ihrer Ängste höchstwahrscheinlich in Ihrem eigenen Kopf zu suchen sind?«

»Sie sagen es selbst. ›Höchstwahrscheinlich‹.«

»Ich gehe weiter. Es handelt sich zweifellos um ein rein medizinisches Problem.«

»Das ist auch meine Ansicht.«

»Und trotzdem haben Sie Angst vor den Burschen?«

»Ja. Große Angst.«

Er seufzte. »Der Prozeß Ihrer Wiederherstellung darf weder durch Beunruhigung noch durch Depressionen behindert werden.«

»Wieder bin ich ganz Ihrer Meinung, Doktor.«

»Bravo!«

Doch im Grunde glaubte Susan keinen Moment, daß es sich tatsächlich um eine Psychose oder eine Hirnverletzung handle. Sie fühlte, daß es Scheinlösungen, daß es falsche Antworten waren. Vernunftmäßig mochten sie akzeptabel sein, aber gefühlsmäßig waren sie abzulehnen. Diese Männer *waren* Doppelgänger von Hatch, Quince, Jellicoe und Parker, nicht nur in ihren Augen, sondern tatsächlich. Sie hatten sich hier versammelt, nicht aus Zufall, sondern einem Plan gehorchend. Dem Plan, sich an ihr zu rächen. Sie verfolgten ein gemeinsames Ziel. Sie wollten etwas von ihr. Ihr Leben!

Sie fuhr sich mit der Hand übers Gesicht, als ob sie Müdigkeit und Sorgen abstreifen wolle, und sagte: »Gut. Bringen wir das hinter uns! Ich werde mit Jellicoe und Parker sprechen. Dann werden wir weiter sehen.«

»Sie meinen: Bradley und O'Hara.«

»O. K. Bradley und O'Hara.«

»Passen Sie bitte auf! Wenn Sie an die beiden als Jellicoe und Parker denken, dann werden Sie in ihnen auch Jellicoe und Parker sehen wollen. Sie speichern die beiden sozusagen falsch in Ihr Vorstellungssystem ein. Denken Sie an sie als Dennis Bradley und Pat O'Hara – das mag Ihre Vorstellungen klären und Ihnen helfen, die beiden als das zu sehen, was sie *sind*.«

»Einverstanden. Ich werde an sie als Bradley und O'Hara denken. Aber wenn sie für mich dann immer noch Jellicoe und Parker sind, möchte ich keinen Neurologen sehen, sondern einen Exorzisten.«

Er lachte.

Aber sie stimmte in sein Lachen nicht ein.

14.

Etwa 20 Minuten später kamen Bradley und O'Hara in ihr Zimmer.

Dr. McGee schien ihnen die Situation erklärt zu haben, denn sie behandelten Susan wie ein rohes Ei und schienen eifrig bemüht zu sein, ihrer Aufgabe als Krankenpfleger gerecht zu werden.

Es fiel ihr schwer, niemanden wissen zu lassen, wie sehr die Gegenwart der beiden sie ängstigte. Obwohl sich ihr Magen verkrampfte und ihr Herz wie rasend schlug, zwang sie sich zu einem Lächeln. Sie wollte entspannt erscheinen. McGee sollte seine Chance haben und beweisen können, daß die beiden Pfleger bei näherem Zusehen nichts anderes waren als zwei harmlose junge Männer ohne finstere Hintergedanken.

Der Arzt stand an ihrem Bett, um ihr durch seine Nähe Sicherheit zu geben. Gelegentlich berührte er ermutigend ihre Schulter.

Die Pfleger verblieben am Fußende des Bettes. Erst waren sie etwas verlegen und hielten sich ein wenig steif – wie Schuljungen, die vor einem strengen Lehrer eine Lektion hersagen.

Dennis Bradley sprach als erster. Er war ja derjenige, der sie festgehalten hatte.

»Vor allem«, sagte er, »möchte ich mich entschuldigen, wenn ich ein bißchen grob gewesen bin. Das liegt mir gar nicht, ehrlich. Aber – aber Sie haben mir richtig Angst gemacht.« Linkisch verlagerte er sein Gewicht von einem Bein auf das andere. »Ihre Drohung, uns – hm – uns an die Augen zu gehen. Und das Glas...« Er hielt inne und hüstelte.

»Auch ich habe Angst gehabt«, gestand Susan, die immer noch die Spuren seines grausamen Griffs an den Händen spürte. »Ich habe übertrieben reagiert. Auch ich möchte mich entschuldigen. Bei euch beiden.«

Damit war eine versöhnliche Atmosphäre geschaffen. Bradley begann, von Dr. McGee ermuntert, über sein bisheriges Leben zu sprechen. Er war vor 20 Jahren in Tucson, Arizona, geboren worden, aber schon als Neunjähriger nach Oregon gekommen. Er hatte keine Brüder, aber eine ältere Schwester. Ursprünglich wollte er Arzt werden, doch das Geld seines Vaters hatte für ein Studium nicht gereicht. So hatte er nach dem College medizinische Vorbereitungskurse absolviert und war vor zehn Monaten in den Stab des Willawauk-Krankenhauses aufgenommen worden.

Er beantwortete alle Fragen Susans, ohne zu zögern, aufrichtig und bereitwillig. Und schließlich gab er mit leichtem Erröten zu, unten im Ort ein Mädchen zu haben.

Der rothaarige Patrick O'Hara stammte aus Boston, ja, er war irischer Herkunft und Katholik. Er kannte keinen Herbert Parker, überhaupt keinen Parker, weder einen Herbert noch einen anderen. Er hatte einen Bruder, der zwei Jahre älter war als er, ihm aber in keiner Weise ähnlich sah. Vom Briarstead College hatte er bis zum heutigen Tag nie gehört. Er war freiwillig zur Armee gegangen, war in Oregon stationiert gewesen. Man hatte ihn als Sanitäter ausgebildet, so daß er nach seinem Ausscheiden aus dem Militärdienst vor einem Jahr sich um eine Anstellung in der nahen Klinik beworben und sie erhalten hatte.

Susan mußte zugeben, daß beide freundlich junge Männer waren. Jetzt, da sie sie ein bißchen kannte, hätte sie keinen logischen Grund anführen können, warum sie sich vor ihnen fürchten sollte.

Keiner schien zu lügen.

Keiner schien etwas vor ihr zu verbergen.

Aber – gestörte Wahrnehmungskraft oder nicht – Bradley sah immer noch genau aus wie Carl Jellicoe.

Wie Jellicoe damals, vor dreizehn Jahren.

Und O'Hara war ein Doppelgänger von Herbert Parker. Selbst sein irischer Akzent war der gleiche.

Und ungeachtet dessen, was die Männer gesagt oder getan hatten, konnte sie das bedrückende Gefühl nicht loswerden, daß sie nicht diejenigen waren, die zu sein sie vorgaben. Daß sie logen und etwas verheimlichten. Gegen alle Logik hatte sie den Eindruck, einer sorgfältig vorbereiteten Szene beizuwohnen, die mit vollendetem Können gespielt wurde. Das war natürlich Unsinn. Sollte sie etwa an Verfolgungswahn leiden?

Nachdem die beiden Pfleger den Raum wieder verlassen hatten, wollte McGee wissen, ob das Experiment erfolgreich gewesen war.

»Nein«, seufzte sie. »Sie benahmen sich wie Bradley und O'Hara, trotzdem sahen sie für mich aus wie Parker und Jellicoe.«

»Das schließt natürlich nicht aus, daß Ihr Problem die Folge Ihrer Kopfverletzung, beziehungsweise Ihres Komas ist.«

»Das weiß ich sehr gut.«

»Wir beginnen morgen mit einer neuen Serie von Tests, EEG, Ultraschall und so weiter.«

Sie nickte gottergeben.

»Verdammt, ich hatte gehofft, daß ein Gespräch mit Bradley und O'Hara Sie entspannen würde. Daß Ihre Ängste verfliegen würden, daß Sie sich wohl fühlen...«

»Ich fühle mich so wohl wie eine Katze auf dem heißen Blechdach.«

Er wurde beinahe zornig. »Ich will nicht, daß Ängste und Depressionen Ihre Heilung verzögern.« Und dann, ruhiger: »Es hat wohl keinen Zweck, weiter mit Ihnen zu argumentieren?«

»Nein. Wie gesagt, verstandesgemäß stimme ich Ihnen hundertprozentig zu. Aber tief in meinem Inneren spüre ich, daß die vier Mörder von Jerry Stein zurückgekommen sind. Daß sie sich gegen mich verbündet haben. Daß sie...«

Sie sprach nicht weiter. Sie erschauerte. Es war warm im Zimmer, aber sie steckte ihre Hände unter die Bettdecke.

Trotz ihrer Erklärung, daß es nutzlos sei, versuchte er immer noch zu argumentieren. »Hören Sie, nehmen wir einmal an, Sie haben gute Gründe, Richmond und Quince zu verdächtigen. Es besteht immerhin eine schwache Möglichkeit, daß es Hatch und Quince sind, die falsche Namen angenommen haben.«

»He, Doktor, Sie sollten mich doch beruhigen, nicht verängstigen...«

»Worauf ich hinauswill, ist Folgendes: Sie haben keinen,

aber auch gar keinen Grund, Bradley und O'Hara zu verdächtigen. Diese Männer können einfach nicht Jellicoe und Parker sein. Jellicoe und Parker sind tot.«

»Ich weiß. Tot.«

»Daher sollten Sie in bezug auf Bradley und O'Hara absolut sicher sein.«

»Ja. Ich sollte. Aber ich bin nicht.«

»Außerdem können die beiden keinesfalls Komplicen eines teuflischen Plans sein, sich an Ihnen wegen einer lang zurückliegenden Zeugenaussage zu rächen. Sie waren schon an diesem Krankenhaus engagiert, lange bevor Sie sich entschieden, in Oregon Ferien zu machen, lange bevor Sie vom Viewtop Hotel gehört hatten. Könnte ein Hellseher vorausgesagt haben, daß Sie eines Tages in dieser Gegend einen Unfall haben und in die Willawauk-Klinik eingeliefert werden würden? Nur jemand mit dieser Kenntnis hätte Bradley und O'Hara vor vielen Monaten hier einschleusen können.«

Sie errötete; seine Worte ließen sie lächerlich erscheinen. »Natürlich glaube ich kein Wort von all dem.«

»Gut.«

»Es klingt idiotisch.«

»Es *ist* idiotisch. Deshalb müßten Sie sich in der Gegenwart von Bradley und O'Hara vollkommen sicher fühlen.«

»Aber ich fühle mich nicht sicher.«

»Sie müßten!«

Da konnte sie sich nicht länger beherrschen. Die aufgestaute Erregung machte sich Luft. Sie rief mit erhobener Stimme: »Zum Teufel noch mal, glauben Sie, mir macht es Spaß, das Opfer irrationaler Ängste zu sein? Ich hasse meinen Zustand. Es ist, als hätte ich jede Selbstkontrolle verloren. Nie zuvor habe ich mich von Emotionen unterkriegen lassen. Ich bin eine Wissenschaftlerin, mein ganzes erwachsenes Leben habe ich mich mit Forschung, mit nachweisbaren Tatsachen, mit Zahlen und Formeln beschäftigt. Und ich war stolz darauf. In einer Welt, die oft einem Irrenhaus glich, sah ich mich als Pfeiler der Vernunft. Sehen Sie nicht, was dieser Zustand aus mir gemacht hat? Ein hysterisches Weib, das sich seinen ohnmächtigen Zorn von der Seele brüllt.

Nicht einmal als Kind habe ich Wutanfälle gekannt, nicht mal als kleines Mädchen. Vielleicht habe ich auch gar keine richtige Kindheit gehabt...«

Sie stockte. Ihre Stimme brach. Der Zorn hatte einer tiefen Trauer Platz gemacht. Mit Erstaunen stellte sie fest,daß sich lang verborgene und angestaute Kümmernisse wie in einem Wirbelsturm entladen hatten.

Mit einer Stimme, die sie kaum als die eigene erkannte, führ sie fort: »Es gab Zeiten – meistens nachts, wenn ich wach lag – Zeiten, da ich verzweifelt war, da ich das Gefühl hatte, etwas Wichtiges versäumt zu haben, das Gefühl, daß mir etwas für eine normale menschliche Existenz fehlte – daß ich anders wäre als andere Menschen. Die meisten Menschen werden ebenso von Gefühlen wie von Vernunft regiert – sie geben ihren Instinkten nach, scheren sich nicht um Logik, tun die verrücktesten Dinge, bloß weil es ihnen Spaß macht. Ich aber hab' nie etwas aus diesem Grund gemacht. Ich kann es nicht, konnte es nie. Ich war zu gehemmt, zu beherrscht. Ich habe nach dem Tod meiner Mutter keine einzige Träne vergossen. Vielleicht war ich damals noch zu jung, um die Schwere des Verlustes ganz zu begreifen. Aber ich habe auch beim Begräbnis meines Vaters nicht geweint. Ich habe mit dem Bestattungsunternehmen verhandelt, Blumen bestellt, mich um das Grab gekümmert – aber ich habe nicht geweint. Dabei habe ich ihn geliebt, trotz seiner distanzierten Haltung, ich habe ihn vermißt – und wie sehr ich ihn vermißt habe! –, aber ich habe keine Träne vergossen. Nun, manche Menschen weinen leicht, andere nicht. Ich hielt es für gut, daß ich mehr Selbstbeherrschung besaß als andere, hielt mich für überlegen. Und ich war stolz auf meine vermeintliche Überlegenheit. Und dieser Stolz stärkte mein Rückgrat, machte mich anmaßend...«

Sie zitterte am ganzen Körper. Sie blickte auf McGee. War er schockiert? Es hatte ganz den Anschein. Aber sie konnte nicht innehalten, sprudelte hervor: »Ich habe mich in meinen Stolz verbissen. Mein Leben mag nicht sehr farbig gewesen sein, aber es war *mein* Leben, und ich hatte mich mit ihm abgefunden und war zufrieden. Und jetzt muß mir das passieren! Ich weiß sehr gut, daß es idiotisch ist, vor Richmond, Johnson und den anderen panische Angst zu haben. Aber ich fürchte mich vor ihnen. Ich kann nichts dagegen tun. Ich habe die jeder Vernunft widersprechende, aber ununterdrückbare Überzeugung, das Opfer von bizarren, sogar okkulten Vorgängen zu sein. Meine Selbstkontrolle liegt in Scherben. Ich lasse mich von Gefühlen leiten. Ich wurde das, was ich nie gewesen war, was ich nie sein wollte. Ich bin nicht länger die alte Susan Thorton. Es ist, als ob... als ob es mich in Stücke reißen würde...«

Sie erschauerte, krümmte sich zusammen, rang – mit dem Kopf auf den Knien – nach Atem und begann haltlos zu schluchzen.

Ein Weinkrampf. Eine Erfahrung, die sie noch nie gemacht hatte. Sie staunte, daß sie nicht nur Verzweiflung und Demütigung empfand, sondern auch eine gewisse Erlösung.

McGee war im ersten Moment fassungslos, sprachlos. Dann holte er aus dem Nachttisch eine Kleenex-Schachtel. Reichte ihr ein Taschentuch. Dann noch eines.

Er sagte: »Susan, beruhigen Sie sich. Es ist schon gut...«

Er sagte: »Susan, Sie brauchen sich nicht zu schämen. Sie sind nach einer schweren Krise...«

Er reichte ihr ein Glas Wasser.

Das sie nicht annahm.

Er stellte es zurück.

Er war sichtlich verwirrt.

Er sagte: »Was kann ich für Sie tun?«

Er strich über ihr Haar.

Er schlang seine Arme um sie.

Das war es, was er für sie tun konnte.

Sie preßte ihren Kopf an seine Schultern und weinte. Schließlich merkte sie, daß ihre Tränen sie erleichterten, daß sie sich besser fühlte, als ob sie imstande wären, den Kummer, der sie verursacht hatte, wegzuspülen.

Er sagte: »In Ordnung, Susan?«

Und als sie nickte – immer noch weinend, aber schon etwas ruhiger –, fügte er sanft hinzu: »Sie sind nicht allein.«

15.

Er tröstete sie, und auch das war eine neue Erfahrung für sie. Bisher hatte das noch niemand getan – vielleicht, weil sie es noch niemandem gestattet hatte.

Schließlich fragte er: »Mehr Kleenex?«

»Nein, danke.«

»Wie fühlen Sie sich?«

»Ausgelaugt.«

»Tut mir leid.«

»Es ist nicht Ihre Schuld.«

»Vielleicht doch. Ich habe Ihnen Bradley und O'Hara aufgezwungen.«

»Sie wollten mir nur helfen.«

»Schöne Hilfe!«

»Doch, es half mir. Sie haben mich gezwungen, Tatsachen ins Auge zu sehen, die ich nicht wahrhaben wollte. Ich bin nicht so überlegen, wie ich geglaubt, wie ich mir eingebildet habe. Das zu wissen ist eine wichtige Erfahrung.«

»Was Sie über sich selbst gesagt haben – daß Sie anders seien als andere und allen überlegen –, haben Sie das wirklich geglaubt?«

»Ja.«

»Die ganzen Jahre hindurch?«

»Ja.«

Er seufzte. »Für alle kommt mal die Zerreißprobe...«

»Das weiß ich jetzt.«

»Jeder muß sich einmal damit abfinden, einer Situation nicht gewachsen zu sein.«

»Wahrscheinlich haben Sie recht. Aber bis heute hatte ich das noch nicht gelernt.«

Er legte die Hand unter ihr Kinn, hob ihren Kopf und betrachtete sie ernst.

»Ich will Ihnen etwas versprechen, Susan. Was auch immer Sie quält, wie schwierig es auch sein mag, zur Wurzel vorzustoßen, ich werde es herausfinden. Glauben Sie mir das?«

»Ja«, flüsterte sie. Und sie stellte fest, daß sie zum ersten

Mal in ihrem Leben bereit war, ihr Schicksal und ihr Wohlergehen in die Hände eines Mitmenschen zu legen.

»Wir werden feststellen, was Ihre Verwirrung hervorruft, und wir werden Sie davon heilen. Sie werden nicht für den Rest Ihres Lebens Ernest Hatch und seine Kumpanen in den Gesichtern von fremden Männern sehen.«

»Tue ich das?«

»Ja, das tun Sie.«

»Gut. Abgemacht. Bis Sie die Ursache meines Zustands geklärt und mich gesund gemacht haben, werde ich meine verrückten Ängste niederkämpfen und nicht mehr glauben, daß Tote auferstanden sind, um mich als Krankenhauspfleger heimzusuchen. Ich werde es zumindest versuchen.«

»Sie werden es können. Ich bin sicher.«

»Aber das heißt, daß ich mich nicht mehr fürchten werde.«

»Sie dürfen sich fürchten. Warum nicht? Angst ist eine durchaus menschliche Reaktion. Und Sie sind ein Mensch wie andere auch, Susan.«

Jetzt mußte sie lächeln.

Er setzte sich zu ihr und überlegte. Dann sagte er: »Es gibt etwas, was Sie tun können, um Ihre Panik zu bekämpfen, wenn Sie glauben, Hatch oder den anderen zu begegnen.«

»Ein Patentrezept? Das wäre schön.«

»Als ich in Seattle Assistenzarzt war – vor mehr Jahren, als ich zugeben möchte –, hatten wir oft Patienten, die an einer Überdosis von Rauschgift litten. Entweder kamen sie freiwillig zu uns, oder sie wurden von der Polizei gebracht – Männer und Frauen, meist Jugendliche, die einen schlechten Trip hinter sich hatten. Halluzinationen und Zwangsvorstellungen quälten sie. Sie meinten, über Mauern klettern oder mit Pistolen auf Phantome schießen zu müssen. Ob es Heroin war oder LSD, wir behandelten die Bedauernswerten nicht mit chemischen Gegenmitteln, wir verwickelten sie in lange Gespräche. Wir brachten sie dazu, sich zu entspannen, nahmen sie an der Hand, beruhigten sie. Überzeugten sie, daß die Geschichten, die sie peinigten, keine realen waren. Und denken Sie, wir hatten Erfolg. Die psychische Therapie erwies sich als erfolgreicher als die chemische. Nicht immer, aber häufig.«

»Und das wollen Sie jetzt mit mir ausprobieren. Wenn ich Hatch oder die anderen sehe, soll ich es mir einfach ausreden. Phantome, Gesichter – nicht real.«

»Ja.«

»Auch wenn ich ihnen gegenüberstehe?«

»Richtig. Wenn sie bloß Geschöpfe Ihrer Einbildung sind, können sie Ihnen nichts Böses antun.«

»Wie man in früheren Zeiten Vampire durch ein Gebet zu bannen versucht hat.«

»Ein guter Vergleich. Wenn Sie das Gefühl haben, ein Gebet würde Sie erleichtern, zögern Sie nicht zu beten.«

»Ich war nie besonders religiös.«

»Egal. Wenn Sie beten wollen, schämen Sie sich nicht, es zu tun. Beten ist eine psychische Therapie wie jede andere. Tun Sie, was immer Ihnen hilft, Ihre Erregungszustände zu neutralisieren, bis wir so weit sind, eine medizinische Lösung für Ihre Probleme zu finden.«

»Gut, Doktor. Was auch immer Sie verordnen...«

»Danke, Susan. Ich bin froh, daß Sie endlich Ihrem Arzt gegenüber den richtigen Standpunkt einnehmen.«

Sie lächelte. »Anerkennung. Unterordnung.«

»Sie wissen, daß ich es nicht so gemeint habe.« Er warf einen Blick auf seine Uhr.

Susan sagte: »Sie kommen zu spät in Ihre Sprechstunde.«

»Nur ein paar Minuten.«

»Meine Schuld.«

»Nicht wichtig. Die einzigen Patienten, die sich für heute vormittag angemeldet haben, sind Hypochonder.«

Sie lachte. Und war erstaunt, daß sie noch lachen konnte.

Er küßte sie auf die Wange. Es war ein spontaner, flüchtiger Ausdruck von Zärtlichkeit und vorbei, bevor sie es richtig gemerkt hatte.

Doch gestern, als er sich angeschickt hatte, sie auf die Wange zu küssen, hatte er es sich anders überlegt. Und heute...

Wie sollte sie es verstehen? Sympathie? Mitleid? War es bloß Zuneigung oder Freundschaft? Oder mehr?

Sowie er sie geküßt hatte, stand er auf und glättete seinen gestärkten Kittel, der jetzt Falten aufwies. »Verbringen Sie den Vormittag, indem Sie sich entspannen, so gut Sie können. Lesen Sie, schalten Sie das Fernsehen ein. Was immer Ihre Gedanken von den Männern der Donnerhöhle fernhält.«

»Ich werde alle vier Doppelgänger zu einer Pokerpartie einladen.«

Er war einen Moment überrascht, dann grinste er. »Sie können sich ja schnell umstellen.«

»Rezept meines Arztes. Positive Einstellung, in großen Dosen.«

»Mrs. Baker hat recht.«

»In welcher Beziehung?«

»Sie sagt, Sie hätten viel Schneid.«

»Oh, sie ist leicht zu beeindrucken.«

»Mrs. Baker? Sie wäre nicht mal beeindruckt, wenn der Papst und der Präsident Arm in Arm durch die Tür kämen.«

Sie fühlte sich geschmeichelt, obwohl sie sich eingestand, daß sie das Lob nach ihrem Weinkrampf und ihrem Gefühlsausbruch gar nicht verdiente. So nahm sie nicht weiter Bezug darauf, sondern ordnete Decken und Kissen rund um sich.

»Essen Sie, was Ihnen aufgetischt wird, und ruhen Sie dann mindestens eine Stunde. Am Nachmittag können Sie dann zur Therapie gehen, die Sie heute morgen versäumt haben.«

Susan erstarrte.

Er mußte den abrupten Wechsel in ihrer Haltung gemerkt haben, denn er fuhr fort: »Es ist wichtig, Susan, Sie benötigen Bewegungstherapie, um schneller auf die Beine zu kommen. Und wenn wir eine pathologische Ursache für Ihren Zustand entdecken, mag eine Operation nötig sein, und dann würde Ihre körperliche Kondition erst recht eine große Rolle spielen.«

Resigniert stimmte sie zu.

»Ausgezeichnet!«

»Aber ich habe einen Wunsch«, sagte sie etwas verlegen.

»Und der wäre?«

Schicken Sie nicht Jelli...« Sie unterbrach sich. »Veranlassen Sie, daß nicht Bradley und O'Hara mich hinunterbringen.«

Sie war ihm dankbar, daß er sofort darauf einging. »Kein Problem. Wir haben eine Menge anderer Pfleger.«

»Danke.«

Er winkte ihr zum Abschied zu, ein Winken, das nichts von der hämisch-bedrohlichen Geste Bill Richmonds hatte. »Ich sehe Sie später während der Abendvisite.«

Dann war er gegangen, und sie war wieder allein. Allerdings war noch jemand im Zimmer: Jessica Seiffert. Aber die zählte nicht.

Sie hatte die Frau immer noch nicht zu Gesicht bekommen. Wie mochte sie aussehen?

Sie blickte zum verhangenen Bett hinüber. Keine Bewegung war hinter dem Vorhang zu sehen, nicht das leiseste Geräusch zu hören. Atmete sie überhaupt?

In diesem Moment hätte Susan viel für menschliche Gesellschaft gegeben. Sie richtete sich im Bett halb auf und rief mit verhaltener Stimme: »Mrs. Seiffert...«

Keine Antwort.

Am liebsten wäre sie aufgestanden und hinübergegangen, um zu sehen, ob Mrs. Seiffert Hilfe benötigte. Aber irgend etwas, ein unbestimmtes Gefühl, hielt sie zurück.

Sie hatte Angst davor, den Vorhang zu öffnen.

16.

Susan tat, was ihr der Arzt geraten hatte. Sie versuchte zu lesen, konnte sich aber nicht auf den Inhalt des Buches konzentrieren. Sie schaltete verschiedene Fernsehkanäle ein, doch es gab nur Familienserien, die sie nicht interessierten. McGee hatte ihr auch ein Kreuzworträtselheft gebracht. Doch welches Rätsel konnte es mit dem Geheimnis der vier Doppelgänger aufnehmen?

Was hatten sie vor? Was wollen sie ihr antun? Entgegen

dem Rat des Arztes verbrachte sie den Rest des Vormittags grübelnd. Hatch, Quince, Jellicoe und Parker gingen ihr nicht aus dem Kopf.

Selbst wenn es sich bloß um eine Ausgeburt ihrer krankhaften Fantasie handelte, hatte sie dann weniger Grund zur Sorge? War ein Hirnschaden die bessere Alternative? Selbst wenn es Heilungsmöglichkeiten geben mochte, stand ihr eine Operation bevor...

Sie glaubte nicht an übernatürliche Erscheinungen, hielt nichts von Okkultismus oder Spiritismus. Doch die vier Männer existierten. Sie konnte ihre Realität beim besten Willen nicht leugnen. Obwohl zwei von den vieren tot waren...

Es ergab keinen Sinn.

Also Hirnschaden! Eine komplizierte Operation. Die mehr zerstören als heilen mochte, die sie vielleicht als komplette Idiotin zurückließ...

Ihre Widerstandskraft sollte durch die physikalische Therapie gestärkt werden. Warum fürchtete sie sich vor ihr, warum hatte sie unerklärliche Angst davor, in das Erdgeschoß gebracht zu werden? Sie fühlte sich in ihrem Zimmer keineswegs geborgen. Doch zumindest war es wohlbekanntes Territorium. Was sie unten erwartete, wußte sie nicht.

Sie wollte nicht hinunter.

Jellicoe – oder Bradley – hatte darauf bestanden, sie ›hinunter‹ zu bringen. Es hatte drohend geklungen. Oder hatte sie sich das nur eingebildet?

Jedenfalls hatte sie Angst vor dem, was ihr bevorstand.

Schuldbewußt, weil sie dabei war, McGees Ratschläge in den Wind zu schlagen, aß sie alles auf, was man ihr servierte, obwohl sie keinen Hunger hatte. Eine Henkersmahlzeit, dachte sie mit Galgenhumor. Die zum Tod Verurteilte aß mit gutem Appetit, so pflegte es in der Zeitung zu stehen. Dann wurde sie wütend auf sich selbst. Verdammt noch mal, Susan Thorton, reiß dich zusammen!

Kaum hatte sie aufgegessen, als das Telefon klingelte. Kollegen vom Millestone Institut. Sie erinnerte sich nicht an sie, zwang sich jedoch, mit ihnen so zu sprechen, wie man es mit alten Freunden tut. Die Täuschung gelang ihr, aber es war anstrengend. Sie war erleichtert, als sie nach einem heiteren »Also dann auf bald!« den Hörer auf die Gabel legen durfte.

Sie war zu unruhig, um Schlaf zu finden. Eine Stunde später erschienen zwei Pfleger mit dem Rollbett. Keiner von ihnen ähnelte im entferntesten Bradley oder O'Hara. Der erste war ein bärtiger Mann um die 50. »Hallo, Schönheit«, sagte er gutgelaunt, »Sie haben ein Taxi bestellt. Da ist es.«

Der zweite war etwas jünger, aber beinahe kahl. »Beeilen Sie sich, Lady. Der Taxameter läuft.«

Sie ging gerne auf den lockeren Tonfall ein. »Ich habe eine Limousine erwartet.«

»Na, was ist das *denn*? Ein Rolls-Royce, Sonderanfertigung.« Er schwenkte seine Hand über das Rollbett, als würde er ein elegantes Gefährt vorstellen. Er klopfte auf die dicke Schaumgummimatratze. »Schauen Sie die Polsterung an. Das teuerste Material.«

Der Kahle sagte: »Nur in einer Limousine können Sie liegend transportiert werden.«

»Und mit einem Chauffeur.«

»Mit *zwei* Fahrern.«

Der eine ließ das Schutzgitter herunter, der andere schob das Gefährt dicht ans Bett.

»Ich bin Phil.«

»Und ich Elmer Murphy.«

Es waren gemütliche Burschen. Obwohl sie immer noch eine unbestimmte Angst davor hatte, ins Erdgeschoß gebracht zu werden, war Susan leicht amüsiert und etwas beruhigt. Die Bemühungen der beiden, sie bei Laune zu halten, beeindruckten sie. Sie durfte McGee nicht enttäuschen. Sie glitt aus ihrem Bett und ließ sich auf die Schaumgummimatratze helfen. »Seid ihr beide immer so?«

»Wie, Miß?«

»Sie meint ›charmant‹,« antwortete Phil und legte ein ziemlich hartes Kissen unter ihren Kopf.

»Oh, das sind wir«, nickte Murphy. »Immer.«

»Schüler von Cary Grant.«

»Und von Fred Astaire.«

Sie legten eine Decke über sie, schnallten Patientin und

Decke mit einem Riemen fest und rollten sie auf den Korridor hinaus.

Sie wollte nicht daran denken, daß sie ›hinunter‹ gebracht wurde. Nicht denken, plaudern!

»Warum so kompliziert. Ich komme mit einem Rollstuhl zurecht.«

»Wir haben was gegen Rollstühle. Manche Patienten sind unruhig.«

»Halten nicht still.«

»Wenn man einen Patienten im Rollstuhl nur zehn Sekunden allein läßt...«

»... ist er schon unterwegs zum Nordpol, bevor man zurück ist.«

Sie standen jetzt bei den Aufzügen. Murphy drückte auf den Knopf ABWÄRTS.

»Wunderschöner Platz«, sagte Phil, als sich die Aufzugtür öffnete.

»Was? Der Aufzug?«

»Nein. Der Nordpol.«

»Schon dort gewesen?«

»Ich verbringe meinen Sommerurlaub dort.«

Mit dieser Art Konversation ging es weiter, zum Erdgeschoß hinunter und dann den Gang entlang zur Therapie-Abteilung. Dort übergab man sie Mrs. Florence Atkinson, die die Abteilung leitete.

Florence Atkinson war eine zierliche Person mit einem Vogelgesicht, bei der man erst während einer Massage die erstaunliche Kraft ihrer Finger entdeckte. Sie war diplomierte Therapeutin und behandelte eine halbe Stunde Susans diverse Muskelstränge anhand von verschiedenen Apparaten. »Zuerst wollen wir uns auf passive Übungen beschränken.« Es waren lächerlich einfache Übungen, aber am Schluß war Susan total erschöpft, und sie hatte den Eindruck, nur mehr ein Bündel schmerzender Muskeln zu sein. Dann wurde sie massiert und so kräftig durchgewalkt, daß sie froh war, in das lauwarme, sprudelnde Wasser geschoben zu werden. Das Bad lockerte ihre Spannung, und schließlich kam sie in eine Brause, die mit einem Sitz und Handgriff für Invalide ausgestattet war. Sie durfte sich einseifen, dann kam der kräftige Strahl abwechselnd heiß und kalt auf sie herunter.

Sie fühlte sich müde, aber wohlig, nachdem Mrs. Atkinson sie abgetrocknet hatte. Ihr Haar wurde gefönt. Dabei saß sie vor einem Spiegel und war zufrieden mit dem, was sie sah. Das Spiegelbild glich bereits der Susan Thorton, die sie gekannt hatte. Die Augensäcke waren verschwunden, ihre Wangen waren gerötet, die Narbe auf der Stirn kaum mehr geschwollen. Sie durfte hoffen, daß sie mit der Zeit kaum mehr zu sehen sein würde.

Mrs. Atkinson half ihr schließlich in ihren grünen Pyjama und auf das Rollbett. Dann schob sie sie in den Ruheraum. »Phil und Murphy werden gleich kommen.«

»Sie dürfen sich ruhig Zeit lassen«, sagte Susan. »Ich fühle mich erstaunlich wohl.« Warum hatte sie sich bloß davor gefürchtet, in die PT-Abteilung hinuntergebracht zu werden?

Schläfrig sah sie die bunten Tapeten an, die eine tropische Landschaft vorgaukelten. Sie schloß die Augen und gähnte.

»Sie macht einen zufriedenen Eindruck, Phil.«

»Das kann man sagen. Wie eine Katze nach der Mahlzeit.«

Sie öffnete die Augen und sah die beiden lächelnd an.

»Die Patienten werden zu sehr verwöhnt.«

»Massagen, Sprudelbäder, Chauffeure...«

»Schließlich werden sie das Frühstück noch ans Bett wollen...«

»Ist das ein Krankenhaus oder ein Strandklub?«

»Ein Luxus-Sanatorium«, sagte Susan. »Und ihr seid Dick und Doof von Willawauk.«

Sie hatten sie aus der Therapie-Abteilung gerollt und führten sie in die Halle. Susan konnte sehen, daß der Korridor leer war. Meist waren in der Klinik ununterbrochen Leute unterwegs.

»Dick und Doof? Nein.« Murphy strich sich über seine Glatze. »Ich sehe mich mehr als Burt Reynolds von Willawauk.«

»Burt Reynolds braucht keine Perücke.«

»Ich auch nicht.«

»Richtig. Du brauchst eine Bärenfellmütze, um deine Birne zu tarnen.«

Jetzt standen sie bei den Aufzügen.

»Du bist unhöflich, Phil.«

»Ich halte mich bloß an die Wahrheit.«

Murphy drückte auf den Knopf AUFWÄRTS.

Phil sagte: »Ich hoffe, Miß Thorton, der kleine Ausflug hat Ihnen gefallen?«

»Und wie!«

»Gut«, meinte Murphy. »Und wir garantieren Ihnen, daß der nächste Teil ausgesprochen interessant sein wird.«

»Sehr interessant«, fiel der andere ein.

Die Aufzugtüren öffneten sich.

Die beiden Pfleger schoben sie hinein, aber sie folgten ihr nicht.

Im Aufzug standen mehrere Personen. Vier Männer. Hatch, Quince, Jellicoe, Parker. Auf der linken Seite Hatch und Quince in Pyjamas und Bademänteln. Rechts Jellicoe und Parker in ihren weißen Kitteln.

Sie konnte es nicht glauben. Es war ein Schock. Verzweifelt hob sie den Kopf, sah hilfesuchend auf Phil und Murphy, die außerhalb des Aufzugs standen, vergnügt lachend, und ihr zuwinkten.

Die Türen schlossen sich. Der Aufzug glitt in die Höhe. Sollte sie schreien? Würde sie jemand hören, ihr zu Hilfe kommen?

Hatch enthob sie der Entscheidung. Er drückte auf den Halteknopf. Der Aufzug stoppte zwischen den Stockwerken. Jetzt war sie den Doppelgängern hilflos ausgeliefert.

Hatch blickte vergnügt auf sie hinunter. Seine gefühllosen eisgrauen Augen machten sie schaudern.

Er sagte: »Na so was! Daß wir uns hier treffen!«

Jellicoe kicherte. Es war eine Art Grunzen, das aus der Kehle kam und zu seinen Schweinsäuglein paßte.

Susan hatte das Gefühl, daß ihr Herzschlag aussetzte.

»Willst du nicht schreien?« erkundigte sich Parker amüsiert.

»Wir hofften, dich schreien zu hören«, bemerkte Quince. Die Erwartung, sie schreien zu hören, schien ihm unbändige Freude zu machen.

»Sie ist zu überrascht«, sagte Jellicoe und kicherte erneut.

Sie schloß die Augen und tat, was McGee ihr geraten hatte. Sie sagte sich, daß die Erscheinungen nicht real waren. In einem solchen Fall würden sie ihr nichts antun können. Sie redete sich ein, es handle sich um Phantome, Traumgesichte. Unfaßbare Kreaturen, aus dem Stoff, aus dem Alpträume sind.

Jemand legte eine schwere Hand auf ihre Kehle.

Ihr Herz schlug. Sie konnte nicht anders als ihre Augen wieder öffnen.

Es war Hatch. Er drückte zu, nicht fest, aber das Gefühl, ihr Fleisch in seinem Griff zu haben, bereitete ihm Vergnügen. Er lachte.

Susan packte seine Hand mit beiden Händen und versuchte sie wegzuziehen. Vergeblich. Er war stark.

»Keine Angst, Hurentochter«, bemerkte er freundlich. »Ich werde dich nicht töten.«

Er sprach genau, wie Hatch damals gesprochen hatte, in der Donnerhöhle und vor Gericht. Eine Stimme, die sie nie vergessen hatte und nie vergessen würde. Eine kalte, gnadenlose Stimme.

»Nein, er wird dich nicht töten«, fügte Quince hinzu. »Noch nicht.«

»Bis der richtige Zeitpunkt gekommen ist«, sagte Hatch.

Sie ließ ihre Hände sinken. Sie zitterte am ganzen Körper. Ihr wild klopfendes Herz drohte sie in Stücke zu reißen.

Hatch strich jetzt sanft, beinahe zärtlich über ihre Kehle wie jemand, der ein Kleinod in seinem sicheren Besitz weiß.

Abscheu ließ sie schaudern. Sie wandte ihren Blick ab, traf den von Jellicoe.

Seine Äuglein glänzten. »Wie hat dir unsere Vorstellung heute morgen gefallen, Süße?«

»Sie heißen Bradley«, sagte sie mit fester Stimme, um die Dämonen zu verscheuchen und die Wiederkehr der Realität zu erzwingen.

»Oh, nein. Jellicoe.«

Und der Rothaarige sagte: »Ich bin Parker, nicht O'Hara.«

»Ihr seid beide tot.«

»Wir sind alle tot«, korrigierte Quince.

Ungläubig fragend starrte sie ihn an.

Er erklärte: »Nachdem sie mich aus Briarstead rausgeworfen haben, kehrte ich nach Virginia zurück. Meiner Familie war das gar nicht recht. Brave, konservative Landbesitzer, du verstehst. Kein Quince durfte den guten Namen in einen Skandal verwickeln.« Seine Miene verdunkelte sich vor Ärger. »Scheißkerle! Sie gaben mir etwas Geld und schickten mich fort. Mein Vater, der Schweinehund, hat mich abgeschrieben. Wie wenn man einen toten Ast von einem Baum abschlägt. Was für eine Arbeit hätte ich finden können? Körperliche Arbeit? Das war ich nicht gewohnt, das wollte ich nicht akzeptieren. Und so sehr ich mich auch bemühte, keine juristische Fakultät im ganzen Land wollte mich aufnehmen. Deinetwegen, wegen deiner Aussage vor Gericht. Was blieb mir übrig, als mit meinem letzten Geld ein beschissenes Hotelzimmer zu mieten und mir die Adern aufzuschneiden.« Sein Ärger schien verflogen, er lachte heiser. »Kein Wunder, daß ich dich nicht ins Herz geschlossen habe, Kleine. Ich hasse dich. Hasse dich. Sogar mehr als meinen Vater und meine Mutter.« Er sagte es zwischen geschlossenen Zähnen; es klang wie das Knurren eines bösartigen Hundes.

Wieder schloß sie die Augen. Sagte vor sich hin: »Sie existieren gar nicht. Sie können mir nichts tun.«

»Und ich wurde im Zuchthaus erstochen«, bemerkte Hatch gelassen.

Sie hielt ihre Augen geschlossen.

»Genau 30 Tage, bevor ich entlassen werden sollte. Auf Bewährung. Ich hatte fast fünf Jahre abgesessen und nur noch einen Monat vor mir. Ich hatte Pech. Fing Streit mit einem Nigger an, der ein Messer in seine Zelle geschmuggelt hatte.«

SIE EXISTIEREN GAR NICHT. SIE KÖNNEN MIR NICHTS TUN.

»Und jetzt kann ich endlich meine Rechnung mit dir begleichen. Wie ich es mir geschworen habe. In unzähligen

Nächten, im Zuchthaus, wenn ich wach lag. Ich hab' mir gelobt, daß ich dich erwischen werde, daß du mir alles bezahlen wirst. Kommenden Freitag ...«

»Freitag?« flüsterte sie unbewußt.

»Ja. Ein Jahrestag. Der Jahrestag meines Todes. Kommenden Freitag wird es genau sieben Jahre her sein, daß der verdammte Nigger mich gegen eine Mauer stieß und meine Kehle aufgeschlitzt hat. Genau das werde ich mit dir tun, Hurentochter. Am Freitag. Freitag nacht. Du hast noch drei Tage vor dir, du Hündin. Ich will's dich wissen lassen. Damit du ein bißchen schwitzt, bevor es soweit ist. Freitag. Wir haben uns einen besonderen Spaß für dich ausgedacht.«

»Deinetwegen sind wir alle krepiert«, sagte Jellicoe.

SIE EXISTIEREN GAR NICHT.

Ihre Stimmen drangen auf sie ein. Eindringlicher. Stärker.

»– wenn wir dich früher aufgetrieben hätten –«

»– hätten wir dir auch den Schädel eingetreten –«

»– deine hübsche Kehle aufgeschlitzt –«

»– dir das Herz aus dem Leib gerissen –«

»– die Hündin hat doch gar keins –«

SIE KÖNNEN MIR NICHTS TUN.

»– eine Judenmieze –«

»– nicht häßlich –«

»– müßte vorher noch durchgezogen werden –«

»– von allen Seiten –«

»– von uns allen –«

»– bißchen mager –«

»– kann bis Freitag noch zunehmen –«

Gelächter.

»– je von einem toten Mann vernascht worden? –«

Sie zwang sich, die Augen geschlossen zu halten.

Alptraum. Fieberfantasien.

»– weißt du, wie totes Fleisch schmeckt –«

»– wenn du's in dir spürst –«

Sie können mir nichts anhaben. Können mir nichts tun. Nichts. Nichts.

»– Freitag –«

»– Freitag –«

Eine Hand berührte ihr Brüste.

Eine andere legte sich auf ihre Augen.

Sie schrie. Schrie, so laut sie konnte.

Der Schrei erstickte. Eine harte Hand hatte sich auf ihren Mund gelegt. Nahm ihr den Atem.

»Tochter einer Hure!« Das war die Stimme von Hatch. Und es mußte Hatch sein, der sie in den rechten Arm kniff, grausam, immer härter...

Es schmerzte höllisch.

Dann verlor sie das Bewußtsein.

17.

Die dunklen Flecken hörten auf zu kreisen. Sie wurden durch milchige Schatten ersetzt, die fluoreszierend schimmerten. Dazu Musik, eine Art Sphärenmusik, die ein jähes Ende nahm. Die Schatten formten sich zu Figuren, die über ihr Gestalt annahmen und zu ihr sprachen. Die Stimmen klangen vertraut.

»Schau, wer da ist, Murphy.«

»Wer kann das sein, Phil?«

»Eine schlafende Schönheit.«

»Dornröschen.

Jetzt konnte sie wieder klar sehen. Sie lag im Ruheraum auf dem Rollbett. Sie sah die beiden Pfleger, die auf sie herunterblickten.

»Und wo ist der Prinz, der sie aufweckt?«

»Nun, du bist jedenfalls kein junger Prinz.«

»Und du vielleicht?«

Susan blickte sich um. Der karg ausgestattete Ruheraum der PT-Abteilung, den sie gar nicht verlassen hatte.

»Er glaubt, er sei ein Prinz«, sagte Phil und zeigte auf Murphy. »Dabei ist er einer der sieben Zwerge.«

»Irrtum. Die sieben Zwerge haben nichts mit Dornröschen zu tun. Sondern mit Schneewittchen.«

»Schneewittchen? Ist das die mit dem Apfel?«

»Nein, die mit den Tanzschuhen.«

Das Rollbett wurde durch die Doppeltür auf den Korridor des Erdgeschosses geschoben.

Die Verwirrung wich einer plötzlichen Angst. Sie versuchte sich aufzusetzen, doch der Gurt um die Taille behinderte sie.

Sie rief: »Nein! Wartet! Wartet noch, zum Teufel!«

Die beiden hielten inne. Susans Ausbruch schien sie zu überraschen. Phil runzelte die Brauen, Murphy machte ein dummes Gesicht.

»Wohin wollt ihr mich bringen?«

»Nun – in Ihr Zimmer zurück.«

»Ist was nicht in Ordnung?«

Ihre Hand tastete nach dem Gurt, der sie festhielt. Sie mußte sich befreien! Sie fand die Schnalle, doch bevor sie sie aufschnappen lassen konnte, legte Murphy seine Hand auf ihre.

»Bitte nicht, Miß Thorton! Sie könnten runterfallen und sich verletzen.«

»Was haben Sie denn, Miß? Es ist alles o.k. Beruhigen Sie sich doch!«

Sie starrte auf die beiden, böse, vorwurfsvoll. »Ihr habt mich schon einmal hinausgerollt, zu den Aufzügen...«

»Aber nein!«

»...habt mich ihnen preisgegeben. Das laß' ich nicht wieder zu.«

»Aber Miß Thorton, wir...«

»Wie konntet ihr mir das antun? Warum habt ihr so was getan? Was habt ihr gegen mich? Ihr kennt mich doch kaum; ich habe euch keinen Grund gegeben, mich zu hassen.«

Murphy warf Phil einen Blick zu. Phil zuckte die Achseln.

Schließlich fragte Murphy verwirrt: »Wer sind *sie*?«

»Ihr wißt es sehr gut«, erwiderte sie bitter.

»Spielt nicht die Unschuldslämmer! Behandelt mich nicht wie eine Idiotin!«

»Aber wirklich...« stammelte Murphy. »Ich habe keine Ahnung, wovon Sie sprechen.«

»Ich auch nicht.«

»Hatch und die anderen! »rief Susan zitternd. »Die vier toten Männer!«

»Tote Männer?«

Die beiden sahen einander ratlos an. Murphy musterte sie, als habe sie den Verstand verloren. Dann begann er unvermutet zu lächeln. »Ah, ich verstehe. Sie haben schlecht geträumt.«

Susan blickte die Pfleger prüfend an, sie schienen absolut ahnungslos zu sein.

Murphy sagte zu Phil: »Sie muß geträumt haben, daß wir sie in einen Aufzug mit... mit anderen Patienten gebracht haben, die verstorben sind.« Er blickte Susan hoffnungsvoll an. »Das ist es, nicht wahr? Das haben Sie geträumt?«

»Verdammt noch mal, ich habe nicht geträumt. Ich habe nicht mal geschlafen.«

»Aber sicher doch«, sagte Phil. Seine Stimme war so geduldig und verständnisvoll, wie ihre scharf und zornig gewesen war. »Wir haben Sie doch gerade aufwachen sehen.«

»Wie Dornröschen nach ihrem langen Schlaf...«

Sie schüttelte heftig den Kopf. »Nein. Nein. Ich habe nicht geschlafen, als ihr zum ersten Mal gekommen seid.« Das Bewußtsein, daß ihre Erklärungen unzusammenhängend klangen, machte sie wütend. »Ich... ich hab' meine Augen nur einen Moment geschlossen, nachdem mich Miß Atkinson hergebracht hatte, und bevor ich noch hätte einschlafen können, seid ihr gekommen und habt mich zum Aufzug gerollt und...«

»Also ein Traum! Das sehen Sie doch selbst«, meinte Murphy ermunternd.

»Natürlich. Es muß ein Traum gewesen sein. Die verstorbenen Patienten werden nicht mit diesen Aufzügen in den Keller gefahren.«

»Nie.«

»Nur mit dem Lastenaufzug.«

»Das ist diskreter.«

»Die Verwaltung will nicht, daß alle die Verstorbenen sehen.«

Sie wollte sie schon anschreien: ›Nicht von solchen Toten habe ich gesprochen, das wißt ihr sehr gut. Ich meine die Toten, die vom Grab auferstehen, um die Lebenden heimzusuchen. Die sich an mir rächen, mich töten wollen.‹

Aber sie sagte kein Wort, denn sie wußte, es würde klingen wie die Raserei einer Tobsüchtigen.

»Ein Traum«, meinte Phil beruhigend.

»Nur ein böser Traum.«

Sie musterte ihre Gesichter, die dicht über sie gebeugt waren. Der väterliche Murphy hatte freundliche Augen, die echte Besorgnis verrieten. Und konnte Phils kindliches Gesicht haßerfüllte Gedanken verbergen? Nein, sie konnte es nicht glauben. Seine Harmlosigkeit, seine Unschuld waren so echt wie ihre eigene Angst.

»Aber es kann kein Traum gewesen sein«, stammelte sie. »Alles war so – so echt, so lebhaft...«

»Oh, ich hab' auch schon so lebhaft geträumt«, rief Phil, »daß ich nachher lang gebraucht habe, um richtig wach zu werden.«

»Ja, das ist mir auch schon passiert.«

Sie rief sich Quinces Schilderung seines Selbstmords in Erinnerung. Eine Hand auf ihrer Brust, eine Hand auf ihrem Mund, die ihren Schrei erstickte...

»Es war – es war echt«, bestand sie, obwohl sie jetzt selbst daran zu zweifeln begann. »Beängstigend echt...«

»Ich schwöre Ihnen, Miß Thorton«, sagte Murphy, »es sind noch keine fünf Minuten vergangen, seit Mrs. Atkinson uns angerufen hat, damit wir Sie in Ihr Zimmer bringen.«

»Und wir sind unverzüglich gekommen. Ohne Zeitverlust.«

»Und hier sind wir.«

»Aber vorher sind wir nicht hier gewesen.«

Sie biß sich auf die Lippen. »Wahrscheinlich...«

»Ein Alptraum«, sagte Murphy.

»Das muß es gewesen sein.«

Schließlich gab Susan nach. Sie nickte, wenn auch zögernd. »Möglich. Wahrscheinlich. Hört mal, ihr beiden – es tut mir leid...«

»Schon gut, schon gut.«
»Zerbrechen Sie sich deshalb nicht Ihr hübsches Köpfchen.«
»Ich hätte euch nicht beschimpfen dürfen ...«
»Ach was! Fühlst du dich gekränkt, Phil?«
»Nicht im geringsten. Und du, Murphy?«
»Auch nicht.«
»Na also! Sie sehen, Miß Thorton, kein Grund, sich zu entschuldigen.«
»Nicht der geringste.«
»Haben Sie jetzt Lust auf eine kleine Rundfahrt?«
»Sie werden sanft dahinrollen.«
»Und wir werden Ihnen unterwegs alle Sehenswürdigkeiten zeigen.«
»Mit fachmännischen Erläuterungen.«
»Mit Cocktailpause.«
»Trinkgeld verboten.«
Sie wünschte, die beiden würden mit ihren Albernheiten aufhören. Sie hatte jetzt nicht den Nerv dazu, es amüsierte sie nicht länger. Sie fühlte sich etwas schwindlig, als hätte sie zuviel Alkohol getrunken. Aber wie konnte sie die Pfleger zum Schweigen bringen, ohne sie zu beleidigen? Und falls das Grauen im Aufzug tatsächlich nur ein Alptraum gewesen war, war sie zu den beiden schon ungerechtfertigt rüde gewesen.
»Also gut! Wer ist der Fahrer und wer der Reiseleiter?«
»Ich fahre. Murphy ist immer betrunken.«
»Und ich gebe die Erklärungen. Phil ist zu dumm dazu.«
Sie rollten sie den Korridor entlang. Wie gewöhnlich war der Gang voller Leute. Patienten, die zu den Anwendungen gingen; Schwestern, die den Invaliden behilflich waren. Das Bild, das sich Susan bot, war ganz anders als vorhin, als sie durch einen menschenleeren Korridor geschoben worden war.
Jetzt erreichten sie die Aufzugtüren.
Susan verspürte eine kaum erträgliche innere Spannung. Ihr Körper verkrampfte.
»Ein Reiseleiter, der Dornröschen mit Schneewittchen verwechselt!«

»Ich lese keine Kindermärchen mehr. Ich beschäftige mich mit ernster Literatur.«

»Ja. Pornoromane. Und Rennprogramme...«

Die Aufzugtüren öffneten sich lautlos. Susan, mit dem Rücken zu den Türen, wurde in den Lift geschoben. Ängstlich beobachtete sie die Pfleger. Sie kamen mit ihr.

Keine toten Männer warteten auf sie.

Sie atmete tief auf. Die Erleichterung war so groß, daß sie ihr Kopfschmerzen verursachte.

Die Fahrt bis zu ihrem Zimmer verlief ereignislos. Doch als sie vom Rollbett auf die Matratze gehoben wurde, fühlte sie plötzlich einen Schmerz an ihrem rechten Arm, unter der Ellbogenbeuge. Und sie entsann sich, daß Hatch sie brutal gekniffen hatte – knapp bevor sie in Ohnmacht gefallen war.

Nachdem die Pfleger sie allein gelassen hatten, saß Susan zitternd in ihrem Bett; sie fürchtete sich, auf ihren Arm zu schauen. Schließlich schob sie den Ärmel ihres Pyjamas zurück.

Da war ein blauer Fleck, deutlich zu sehen, mit gelblicher Umrandung. Er hatte die Größe einer mittleren Münze. Als sie ihn berührte, schmerzte er.

Die Spur eines kürzlich erfolgten harten Drucks.

Was hatte das zu bedeuten? War es ein Beweis, daß die Begegnung mit Hatch und den anderen tatsächlich stattgefunden hatte? War es also nicht bloß ein Alptraum gewesen, während sie kurz eingeschlummert war? Oder war es eine harmlose Druckstelle, die sie sich beim Training zugezogen und die sie im Unterbewußtsein mit dem Traum verknüpft hatte?

Sie versuchte sich zu erinnern, ob sie sich während ihrer Übungen den Arm angeschlagen hatte. Sie war sich nicht sicher. Sie hatte unter der Brause gestanden, hatte sich Arme und Brust eingeseift. Hatte sie dabei die Verfärbung an ihrem Arm wahrgenommen? Hatte ihr eine Stelle unter der Ellbogenbeuge wehgetan? Sie konnte sich an nichts Derartiges entsinnen.

Der blaue Fleck muß seinen Ursprung in der PT-Abteilung haben. Jede andere Erklärung wäre... wäre Wahnsinn.

Ernest Hatch und seine Kumpanen sind Hirngespinste und konnten mich nicht verletzen. Phantome, einem Hirnschaden entsprungen! Wenn Dr. McGee herausfindet, an welchen Unfallfolgen ich leide, werde ich wieder gesund werden, und die toten Männer werden aus meinem Bewußtsein verschwinden und in ihre Gräber zurückkehren, aus denen sie nie aufgestiegen sind.

18.

Gegen halb sechs erschien Dr. McGee zur Abendvisite. Er trug keinen Kittel und war bereits für den Abend umgezogen. Dunkelblauer Anzug, sichtlich maßgeschneidert. Perlgraues Hemd, gestreifte Krawatte. In der Brusttasche ein farblich passendes Einstecktuch.

Er wirkte so elegant und bewegte sich mit solcher Grazie, daß Susan sich beinahe schämte, wie sehr sie sich zu ihm hingezogen fühlte. Seit sie ihn am Sonntagmorgen gesehen hatte, hatte sie ihn außerordentlich attraktiv gefunden. Doch diesmal sah sie ihn mit anderen Augen und empfand ein warmes, wohliges Gefühl.

Ich werde langsam gesund, dachte sie amüsiert, zum ersten Mal, seit ich aus dem Koma erwacht bin, fühle ich mich wieder als Frau. Als Frau mit sexuellen Begierden.

McGee trat zu ihrem Bett, und diesmal zögerte er nicht, ehe er sie auf die Wange küßte. Er roch nach einem herben Rasierwasser, das nach Zitronen und frischen Kräutern duftete.

Am liebsten hätte sie die Arme um ihn gelegt und ihn fest an sich gedrückt. Er hätte ihr von seiner Kraft einen Teil, den sie dringend benötigte, abgeben können. Doch soweit war ihre Beziehung noch lange nicht gediehen. Sie zweifelte nicht an seiner Sympathie für sie, doch zwischen Arzt und Patientin durften romantische Gefühle nicht den ersten Platz einnehmen. Reserve war geboten, zumal sie ihren Gefühlen nicht mehr zu trauen wagte. So erwiderte sie seinen Begrüssungskuß bloß, indem sie mit ihren Lippen flüchtig seine Wange berührte.

Die intime Nähe ihrer Gesichter dauerte nicht lange. Sehr schnell – viel zu schnell für ihren Geschmack – richtete er sich auf. »Ich hab' es heute abend ziemlich eilig«, erklärte er. »Lassen Sie mich erst einen Blick auf Jessie Seiffert werfen. Ich bin dann gleich wieder zurück.«

Er ging zum anderen Bett und schlüpfte hinter den Vorhang. Susan sah ihm nach, ein lächerliches Eifersuchtsgefühl überkam sie. Für wen hatte er sich schön gemacht? Mit wem würde er zu Abend essen? Eine Frau? Sicher eine Frau, und wahrscheinlich eine attraktive. Kein Mann warf sich so in Schale, bloß um mit Freunden einen Happen zu essen und sich ein paar Biere zu genehmigen. McGee war zweifellos ein begehrenswerter Mann, und es fehlte nie an Damen, die solche Männer zu angeln versuchten. Dazu machte er keineswegs den Eindruck eines Kostverächters. Sicher hatte er ein bewegtes Privatleben geführt, bevor Susan Thorton auf der Szene erschienen war. Wahrscheinlich auch ein romantisches Privatleben und – warum nicht? – auch ein Sexualleben. Welches Recht besaß sie, eifersüchtig zu sein? Nicht das geringste. Nichts war zwischen ihm und ihr vorgefallen, was ihm eine Verpflichtung zur Treue auflud. Die bloße Idee war lächerlich. Doch trotz allem – sie war eifersüchtig. Das gelbe Monster nagte an ihr, peinigte sie.

Er kam hinter dem Vorhang hervor, ging zu ihr zurück und nahm ihre Hand. »Nun, wie war es im PT? Hatten Sie mit Flo Atkinson einen angenehmen Nachmittag?«

Susan hatte sich zwar vorgenommen, ihm von ihrem lebhaften Traum, von der vermeintlichen Begegnung mit Ernest Hatch und seinen Begleitern zu erzählen, doch jetzt sah sie davon ab. Sie wollte vor ihm nicht als hilfloses Nervenbündel erscheinen, sie wollte nicht von ihm bemitleidet werden.

Sie log: »Es war ein wundervoller Nachmittag. Die Behandlung hat mich gestärkt und erfrischt.«

»Gut zu hören.«

»Physikalische Therapie ist genau das, was ich brauche«, fuhr sie fort.«

»Sie haben frische Farbe bekommen.«

»Und ich habe mein Haar gewaschen.«

»Es sieht wunderbar aus.«

»Sie sind ein Lügner, Dr. McGee. Es wird noch lange Zeit nicht wunderbar aussehen. Ihr Friseur in der Notaufnahme schneidet nämlich die Haare der Patienten mit einer Kreissäge ab.«

»Sie übertreiben. Er hat ein Käsemesser.«

Sie lachte. »Wenigstens ist das Haar sauber.«

»Sauber und glänzend. Ein bißchen struppig, zugegeben. Sie erinnern mich an... an...«

»An einen englischen Schäferhund, nicht wahr?«

»Ich liebe englische Schäferhunde«, sagte er heiter. Und dann wieder ernst: »Tatsächlich, Sie sehen sehr gut aus. Ihre Wangen werden voll, Ihre Haut ist wieder glatt.«

»Danke.« Sie musterte ihn prüfend. »Ich muß das Kompliment zurückgeben. Auch Sie sehen sehr gut aus. Toll zurechtgemacht.«

»Ebenfalls danke.« Er lächelte, sagte aber nicht, aus welchem Anlaß er sich umgezogen hatte. Dabei hatte sie ihn durch ihr Kompliment zum Sprechen veranlassen wollen. »Haben Sie Ihre Doppelgänger noch einmal gesehen?«

»Nein.«

»Gut. Ein positives Zeichen. Ich habe für morgen verschiedene Tests anberaumt. Blutproben, Röntgenbilder – wenn nötig, eine Punktur.«

»Auweh!«

»Es wird nicht sehr wehtun.«

»Leicht gesagt. Es ist nicht Ihr Rückenmark...«

»Richtig. Aber wenn es unumgänglich ist, werde ich sie selbst vornehmen. Und ich bin berühmt für meine zarte Hand.« Er sah auf seine Uhr. »Jetzt muß ich aber wirklich gehen.«

Sie konnte es sich nicht länger verkneifen und fragte: »Ein Rendezvous?«

»Leider nein. Die monatliche Zusammenkunft meiner ehemaligen Fakultät. Heute abend bin ich der Sprecher, und ich habe Lampenfieber.«

Sie gab sich Mühe, sich ihre Erleichterung nicht anmerken zu lassen. Er durfte nicht wissen, wie sehr sie eine mögliche Rivalin gefürchtet hatte. »Lampenfieber? Das glaub' ich nicht. Ich kann mir gar nicht vorstellen, daß Sie vor irgend etwas Angst haben.«

»Ich fürchte mich vor Grippe, vor Giftschlangen – und vor Tischreden.«

»Und vor englischen Schäferhunden?«

»Nur wenn sie bissig sind.«

Jetzt lachten beide.

»Ihre Rede wird sicher ankommen. Sie werden Beifall kriegen.«

»Höflichkeitsapplaus. Verbunden mit einem schlecht zubereiteten Abendessen.« Er küßte sie zum Abschied auf die Wange.

»Also – dann auf morgen!«

Er warf ihr einen prüfenden Blick zu. »Sie fühlen sich wohl? Bestimmt?«

»Bestimmt.«

»Vergessen Sie nicht meine Worte: Wenn Sie wieder Erscheinungen sehen, sagen Sie sich, daß sie...«

»...daß sie nicht wirklich sind und mir nichts anhaben können.«

»Genau das! Und hören Sie, alle Schwestern auf dem Stockwerk wurden über Ihren Zustand informiert. Wenn Sie etwas ängstigt – wenn Sie Halluzinationen haben sollten –, zögern Sie nicht, eine Nachtschwester zu rufen. Sie wird Ihnen helfen. Alle haben von mir genaue Anweisungen bekommen.«

»Gut zu wissen.«

»Sie sind nicht allein, Susan. Auch wenn...« Er zögerte, ehe er fortfuhr: »Auch wenn ich nicht bei Ihnen bin.«

»Ich weiß. Und ich danke Ihnen für alles.«

Er wandte sich zur Tür, winkte ihr noch zu, dann ging er.

Er war schon eine Weile gegangen, ehe das warme, wohlige Gefühl nachließ. Mein Gott, dachte sie, in seiner Nähe verwandle ich mich in ein dummes junges Ding, das nur Sex im Kopf hat.

Sie lachte über sich selbst.

Sie sind nicht allein, hatte er gesagt. Auch wenn ich nicht bei Ihnen bin.

Aber sie fühlte sich allein. Einsam, verlassen und hilflos.

Nach dem Abendessen hatte sie mehr als genügend Zeit, ihren Gedanken nachzuhängen. Warum freute sie sich so sehr über seine Komplimente? Warum wartete sie direkt darauf, daß er ihr schmeichelte? Sonst hatte sie es lächerlich gefunden, wenn Verehrer ihr Komplimente machten. Süßholzraspeln hatte sie es genannt und niemals ernst genommen.

Im Lauf der Jahre hatte sie verschiedene Liebhaber gehabt, nicht sehr viele, aber doch einige, wie andere junge Frauen auch. Doch immer hatte sie das Heft in der Hand gehabt. Wenn sie die Zeit für abgelaufen hielt, hatte sie die Beziehung stets von sich aus abgebrochen, eventuell mit Bedauern, aber stets ohne wirklichen Abschiedsschmerz. Sie kontrollierte ihr Privatleben genau wie ihre Karriere. Aber sie hatte das Gefühl, daß eine Beziehung mit Dr. McGee anders sein würde, intensiver, leidenschaftlicher. Das erschreckte sie ein wenig – obwohl sie die voraussehbaren Turbulenzen im Grund herbeisehnte.

Sie begehrte ihn. Seine Anziehungskraft ließ sich nicht verleugnen. Aber liebte sie ihn deswegen? Eine Frage, die sie sich bisher nie hatte stellen müssen.

Liebe?

Unmöglich! Sie konnte nicht ernsthaft in einen Mann verliebt sein, den sie vor drei Tagen zum ersten Mal gesehen hatte. Ich kenne ihn kaum, ich habe ihn noch nicht mal richtig geküßt. Seine Sympathiebeweise waren nie leidenschaftlich gewesen. Man verliebt sich nicht Hals über Kopf. Nur in Romanen, im Kino...

Doch sie wußte, daß es ihr passiert war. Sie hatte sich verliebt, Hals über Kopf. Wie in Romanen. Wie im Kino...

Wenn es aber Liebe war, gab es nicht einen logischen Grund für ihre unerklärliche Vernarrtheit? Vielleicht, weil sie schwach und hilflos war, weil sie sich unwillkürlich nach einem starken, verläßlichen Kameraden sehnte? Wenn das das Motiv war, dann wäre es eher Dankbarkeit als Liebe.

Doch nein, je mehr sie darüber nachdachte, desto sicherer erschien ihr, daß es tatsächlich Liebe auf den ersten Blick gewesen war. Der sogenannte ›coup de foudre‹. Zumindest hatten sie Liebe und die Sehnsucht nach einem starken Mann gleichzeitig überkommen.

Doch was spielte das jetzt für eine Rolle? Sie liebte ihn, sie begehrte ihn. Alles andere zählte nicht.

Nachdem sie sich ihrer Gefühle sicher zu sein glaubte, meinte sie, einen entscheidenden Schritt vorwärts getan zu haben. Ihre Genesung würde sich beschleunigen. Ihr Wohlbefinden fand seinen Ausdruck in plötzlichem Hunger. Sie ließ sich das Abendessen vor der Zeit an ihr Bett bringen.

Die Nachtschwester, eine zierliche Brünette namens Tina Scolari, brachte ihr alles, worum sie bat: das Tablett mit dem Krankenhausessen, eine doppelte Portion Eiskrem, Ananassaft.

Susan las den Abenteuerroman zu Ende und bereitete sich auf das Einschlafen vor. Das Wetter schien sich gebessert zu haben, zumindest hörte man den Regen nicht mehr an die Fensterscheiben trommeln.

Es versprach, ein angenehmer Abend zu werden.

19

Sie hatte das Buch noch nicht zur Seite gelegt, als Schwester Scolari zurückkam.

»Sie werden morgen sehr beschäftigt sein, Miß Thorton. Eine Menge Tests sind vorgesehen.«

Sie brachte ihr die rosa Pille, das Beruhigungsmittel, das Dr. McGee verschrieben hatte. Susan spülte sie mit Ananassaft hinunter.

Die Schwester sah noch nach Jessica Seiffert, ehe sie den Vorhang wieder zuzog. »Sie schläft.«

»Auch ich werde bald schlafen«, meinte Susan. »Mit diesem Buch bin ich fertig, und ich bin zu müde, um ein neues zu beginnen.«

»Soll ich Ihnen ins Bad helfen?«

»Nein, danke. Das schaff' ich schon alleine.«

»Sicher?«

»Ja, sicher.«

Die Scolari ging. Vorher knipste sie noch das Nachtlicht an, damit Susan später nicht zur Tür gehen mußte.

Aber den Weg zum Badezimmer mußte sie allein zurücklegen, sie hatte die Hilfe der Schwester abgelehnt, wollte sich selbst beweisen. Nun gut, niemand sah, daß sie sich nie weit von der Wand entfernte und die rechte Hand ausgestreckt hielt. Eine Stütze blieb stets erreichbar. Doch sie benötigte sie nur ein einziges Mal. Um so besser!

Nachdem sie die Zähne geputzt und gegurgelt hatte, kehrte sie sofort in ihr Bett zurück. Sie fühlte sich noch nicht sicher auf den Beinen, und die Wadenmuskeln schmerzten sie. Doch obwohl sie wußte, daß sie ohne fremde Hilfe nicht lange gehen konnte, hatte sie keine Angst mehr zu fallen.

Sie glättete ihre Kissen und stellte das Bett flach. Dann machte sie die Nachttischlampe aus.

Das gelbliche Licht der Nachtbeleuchtung fiel auf den Vorhang, der Jessica Seifferts Bett umgab. Wie schon in der vergangenen Nacht reflektierte das weiße Plastikmaterial das schwache Licht, schien es zu verstärken, verlieh ihm einen phosphoreszierenden Glanz. Es war, als besäße der Vorhang im abgedunkelten Raum ein Eigenleben. Susan konnte ihren Blick nicht von ihm wenden. Seitdem man die sterbende Frau in ihr Zimmer gebracht hatte, plagte sie ein Gemisch von Neugier und Abscheu.

»SUSAN...«

Es riß sie hoch. Die Decke glitt von ihren Beinen, ihr Herz schlug wild.

»SUSAN...«

Eine dünne, brüchige Stimme. Wie von einem Stimmband, das nicht mehr die Kraft zu einem vollen Ton besaß. Schwach, kaum hörbar, doch mit einem unverkennbar drohenden Unterton.

»SUSAN... SUSAN...«

Die Stimme klang gebrochen, wie von einer gequälten

Kreatur. Sie war unzweifelhaft die eines Mannes. Doch es war keineswegs eine Stimme, die um Hilfe rief. Nein, sie verkündete Unheil...

Jetzt saß Susan aufrecht im Bett. Sie horchte angespannt. Nein, sie irrte sich nicht. Die Stimme kam von hinter dem Vorhang, von dem Bett, auf dem die alte Fau dem Tod entgegendämmerte.

»SUSAN...«

Schon in der vergangenen Nacht, in den grauen, trostlosen Stunden des ersten, schwachen Morgenlichts, hatte sie den Eindruck gehabt, daß eine Stimme hinter dem Vorhang nach ihr rief. Doch sie hatte sich überzeugt, daß es sich um einen Traum handelte, und hatte weiterschlafen können. Schlafmittel hatten ihre Sinne stumpf gemacht, sie war nicht genügend wach gewesen, um zu erkennen, daß es keine Traumstimme war, sondern eine wirkliche. Diesmal aber hatte die rosa Pille noch nicht zu wirken begonnen, sie hatte noch nicht geschlafen, war nicht einmal richtig schläfrig. Diesmal gab es keinen Zweifel: Die Stimme war echt, jemand rief nach ihr.

»SUSAN...«

Sie zuckte zusammen, als hätte ihr jemand einen Schlag versetzt. Der Ruf war durchdringend, konnte nicht überhört werden. Er enthielt Flehen und Drohung, zitternde Unbestimmtheit und grimmige Entschlossenheit zugleich. Obwohl die Stimme sie erschreckte und sie erzittern ließ vor der Frage, von welchem Mann – oder von welcher KREATUR – sie stammen mochte, hatte sie den Wunsch, aufzustehen und zu Mrs. Seifferts Bett zu gehen, den weißen Vorhang beiseitezuziehen und sich zu vergewissern, wer oder was sie rief. Sie krampfte ihre Finger um das Schutzgitter des Bettes. Widerstand dem Drang, aufzustehen und...

»SUSAN...«

Sie tastete nach dem Schalter ihrer Nachttischlampe, die zitternden Finger fanden ihn nicht gleich. Sie knipste das Licht an. Es vertrieb die Schatten in den Ecken, von denen sie sich, ohne es zugeben zu wollen, bedroht gefühlt hatte.

Sie starrte auf den Plastikvorhang. Wartete.

Kein Geräusch war zu hören.

Zehn Sekunden gingen vorbei. Zwanzig. Eine halbe Minute.

Nichts. Stille.

Schließlich fragte sie: »Wer ist da?«

Keine Antwort.

Es war jetzt mehr als 24 Stunden her, daß Susan von ihrer Rollstuhl-Tour zurückgekommen und davon überrascht worden war, daß man in das andere Bett eine Zimmergefährtin gelegt hatte. Mrs. Baker hatte ihr gesagt, es handle sich um eine gewisse Jessica Seiffert, sonst hätte sie nicht mal gewußt, mit wem sie das Krankenzimmer teilte. Mehr als 24 Stunden, und noch immer hatte sie keinen Blick auf Mrs. Seiffert werfen können. Sie hatte die alte Frau kein Wort sprechen hören, sie hatte nur unverständliches Gemurmel vernommen, mit dem die Sterbende auf Dr. McGees Fragen und Bemerkungen der Schwester geantwortet hatte. Man hatte Mrs. Seiffert umsorgt, mit der üblichen Krankenhausroutine – Bettflaschen fortgetragen, Bettzeug gewechselt, sicher auch Temperatur und Blutdruck gemessen –, doch trotz all dieser Aktivitäten war Susan kein einziger Blick auf ihre geheimnisvolle Zimmergenossin vergönnt gewesen.

Und jetzt quälte sie die absurde Vorstellung, daß nie eine Jessica Seiffert im anderen Bett gelegen hatte. Doch wer sonst? Ernest Hatch? Einer seiner drei Gefährten?

ODER ETWAS NOCH SCHLIMMERES?

Verrücktheit!

Es mußte Jessica Seiffert sein. Außer Dr. McGee waren die verschiedensten Krankenschwestern hinter jenem Vorhang verschwunden. Es konnten doch nicht alle Darsteller eines verrückten Satyrspiels sein. Das war unmöglich! Paranoide Gedanken wie diese – komplizierte Verschwörungen – waren nur ein zusätzlicher Beweis für einen Hirnschaden. Mrs. Baker hatte sicher nicht gelogen. Das lag nicht in ihrer Natur; sie hätte auch keinerlei Grund dafür gehabt. Doch Susan konnte die peinigende Vorstellung nicht loswerden, daß Jessica Seiffert nicht existierte, daß die unsichtbare Zimmergenossin weit weniger harmlos war als eine alte Frau, die in Agonie lag.

Nochmals fragte sie, diesmal mit energischer Stimme: »Wer ist da?«

Wieder keine Antwort.

»Verdammt noch mal! Ich weiß sehr gut, daß mich jemand gerufen hat.«

Wußte sie es wirklich?

»Ich habe dich gehört. Deutlich gehört.«

Oder bildete sie sich das bloß ein?

»Wer bist du? Was machst du hier? Was willst du von mir?«

»SUSAN...«

Sie zuckte zurück. In diesem Moment hatte sie gar keine Antwort erwartet. Daß sie trotzdem eine erhielt, vergrößerte ihr Entsetzen. Und die Stimme klang bei hellem Licht noch unheimlicher als in der Dunkelheit. Eine solche Stimme gehörte in die Dunkelheit; bei hellem Licht war sie unfaßbar, doppelt schrecklich.

Ruhig bleiben, sagte sie sich. Sei kaltblütig! Wenn mich eine Kopfverletzung Dinge sehen läßt, die es gar nicht gibt, dann ist es nur logisch, daß ich auch solche Geräusche höre. Akustische Halluzinationen! Sicher gibt es solche...

»SUSAN...«

Sie mußte sich unter Kontrolle bringen, schnell, ehe sie komplett hysterisch wurde. Sie mußte beweisen, daß hinter jenem Vorhang niemand nach ihr rief, daß sie sich das alles bloß einbildete. Der beste Beweis ließ sich erbringen, indem sie einfach zum anderen Bett ging und den Vorhang beiseitezog. Sie würde im Bett nichts anderes finden als eine alte Frau, die dem Tod entgegendämmerte.

»SUSAN...«

»Halt den Mund«, schrie sie ärgerlich.

Ihre Hände waren kalt und feucht. Sie wischte sich den Schweiß von der Stirn. Sie holte tief Atem, als ob sie mit der Luft frischen Mut und Standhaftigkeit einsaugen könnte.

»SUSAN... SUSAN...«

Schluß mit dem Zaudern! Steh auf, geh hinüber, bring es hinter dich!

Sie zog das Schutzgitter herunter, warf die Decke ab und setzte sich an den Bettrand. Sie stand auf, hielt sich an der Matratze fest. Sie hatte ihr Bett auf der Seite verlassen, die dem Plastikvorhang am nächsten war. Ihre Pantoffeln standen auf der anderen Seite. Sie wollte nicht um das Bett herumgehen, wollte ihre Kräfte sparen. Mit nackten Füßen stand sie auf den sauberen, kalten Fliesen. Die beiden Betten waren höchstens zwei Meter voneinander entfernt. Drei Schritte, höchstens vier. Sie machte den ersten...

»SUUUUUSAAAAN...«

Die Kreatur im anderen Bett – und trotz ihrer vernünftigen Theorie über akustische Halluzinationen mußte sie an eine KREATUR denken – schien zu fühlen, daß sie sich näherte. Die Stimme war heiserer geworden, eindringlicher, böser.

»SUUUUUSAAAAAN...«

Sollte sie ins Bett zurück und nach einer Schwester klingeln? Aber wenn eine kam und nichts hörte? Was, wenn die Schwester den Vorhang zurückschlug und nichts vorfand als eine hilflose alte Frau, die, mit Drogen vollgepumpt, unverständliche Worte vor sich hin murmelte? Was dann?

Susan machte einen weiteren Schritt auf das Bett zu, und der Boden unter ihren Füßen schien noch kälter zu werden. Eiskalt...

Obwohl ihr Herz wild schlug, hatte sie das Gefühl, daß ihr Blut nur träge und langsam durch ihre Adern floß.

»SUUUUUSAAAAAN...«

Sie wich einen Schritt zurück.

Der Vorhang bewegte sich leicht. Sie sah einen Schatten dahinter.

Wieder rief die Stimme ihren Namen. Diesmal gab es keinen Zweifel, der Unterton war drohend.

Der Vorhang begann zu flattern. Die Haken, an denen er an einer kreisrunden Schiene befestigt war, begannen zu klappern. Eine dunkle Gestalt, verschwommen, aber jedenfalls zu groß für eine todkranke alte Frau, tastete plump nach einem Spalt im weißen Material, um den Vorhang beiseite zu ziehen.

Susan wurde von einer Vorahnung des Todes gepackt.

Vielleicht war es ein Zeichen ihrer geistigen Verwirrung, daß sie an Halluzinationen litt, aber die Vorahnung war zu stark, um sie ignorieren zu können. Der TOD. Der Tod war nahe, sehr nahe.

Und mit einem Mal wollte sie um alles in der Welt nicht mehr herausfinden, was sich hinter dem Vorhang befand.

Sie wandte sich um und floh. Sie stolperte zu ihrem Bett, blickte zurück.

Der Vorhang schien von kreisenden Wirbeln erfaßt, obwohl im Raum keine Luftbewegung zu spüren war. Er flatterte und raschelte. Und er begann sich zu öffnen, Zoll für Zoll...

Sie stürzte zum Badezimmer. Die Korridortür war zu weit entfernt. Doch auch bei diesem kurzen Weg drohten ihre Beine nachzugeben. Im Badezimmer schlug sie die Tür hinter sich zu und lehnte sich gegen sie, atemlos.

Einbildung, nichts als Einbildung! Niemand kann mir etwas anhaben.

Sie stöhnte es vor sich hin wie ein Stoßgebet.

Im Badezimmer war es dunkel, und sie ertrug die Finsternis nicht. Sie suchte den Schalter und fand ihn schließlich; die weißen Kachelwände, der weiße Mosaikboden glänzten hell.

Niemand kann mir etwas anhaben. Niemand.

Immer noch hatte sie die Hand um den Türgriff gekrallt. Sie wollte ihn schon loslassen, als sie mit Entsetzen merkte, daß er sich zwischen ihren Fingern bewegte. Jemand drehte auf der anderen Seite.

Sie griff nach dem Riegel. Er war abgebrochen.

»Nein«, rief sie außer sich, »nein!«

Sie umfaßte den Metallknopf so fest sie konnte, stemmte ihre Schulter gegen die Tür, preßte ihre Fersen gegen die Bodenfliesen. Wer oder was auch immer hinter der Tür stand, versuchte den Knopf zu drehen und Eintritt zu erzwingen, endlose Sekunden. Sie spürte die Bemühungen ihres Gegners, umklammerte verzweifelt den Türgriff; sie spannte mit letzter Kraft ihre Muskeln an und weigerte sich aufzugeben.

Nach einer Weile bewegte sich der Knopf nicht länger. Sie mißtraute dem Frieden, vermutete einen Trick, hielt den Knopf fest wie eh und je.

Etwas begann, an der anderen Seite der Tür zu kratzen. Erst ein unbestimmtes Geräusch, nahe ihrem Gesicht. Doch dann wurde das Kratzen lauter. Drohender. Fingernägel auf Holz!

»Wer ist da?«

Keine Antwort.

Die Nägel kratzten wütend, Einlaß heischend, an der Tür. Eine halbe Minute vielleicht. Dann wurde es still. Aber gleich darauf begann das Kratzen wieder, doch nicht mehr befehlend, sondern matt. Dann wieder stärker. Dann abgehackt...

»Was wollen Sie?«

Die einzige Antwort war ein neuerliches Kratzen.

»Hören Sie – sagen Sie mir, wer Sie sind, und ich werde die Tür öffnen.

Ein Vorschlag, in den Wind gesprochen. Die Fingernägel des anderen suchten jetzt verschiedene Stellen der Tür ab, examinierten die Spalten zwischen Tür und Rahmen, wie um eine Möglichkeit zu suchen, die Tür aus den Angeln zu heben.

Endlose Minuten. Schließlich gab das Wesen auf der anderen Seite den Kampf auf. Kein Kratzen, kein Sondieren mehr.

Stille.

Susan spannte ihr Muskeln an und machte sich bereit, den Kampf um den Türgriff wieder aufzunehmen, aber zu ihrer Überraschung und Erleichterung war der Kampf zu Ende. Zumindest vorläufig.

Sie wartete voller Hoffnung, wagte kaum zu atmen. Das Badezimmer glänzte im kalten Neonlicht. Nur ein Wassertropfen, der in regelmäßigen Abständen in das Waschbecken fiel, machte ein leises Geräusch.

Nach und nach legte sich ihre Panik. Zweifel machte sich breit, erst schwach, dann immer stärker. Vernunft begann überhandzunehmen. Wieder erwog sie die Möglichkeit, bloß an Halluzinationen zu leiden. Wenn tatsächlich ein Mann hinter dem Vorhang hinter ihr her gewesen wäre, hätte sie den Türgriff nicht gegen ihn verteidigen können. Nicht in ihrem geschwächten Zustand. Wenn wirklich jemand mit ihr um den Türgriff gekämpft hätte – und erneut begann sie daran zu zweifeln –, dann mußte derjenige schwächer sein als sie selbst. Und ein Mensch – oder eine Kreatur – ohne entsprechende Kraft würde keine ernste Gefahr für sie bedeuten.

Sie wartete ab. Preßte sich gegen die Tür.

Sie hatte ihren Atem zurückgewonnen, drohte nicht mehr zu ersticken.

Die Zeit verstrich. Langsam, unerträglich langsam. Aber ihr Herzschlag beruhigte sich, das Toben in ihrem Inneren ließ nach. Doch die absolute Stille lastete auf ihr nicht minder als die vorherigen Geräusche.

Sie war nicht imstande, ihren Griff um den Türknopf zu lockern. Sie starrte auf ihre Hand. Die Knöchel waren blutleer. Ihre Finger glichen Krallen, die sich um das runde Metall verkrampft hatten.

Sie sagte sich, daß Mrs. Seiffert das einzige Lebewesen in der Nähe war, das schwächer war als sie selbst. Hatte die Sterbende versucht, aus eigener Kraft aus dem Bett zu steigen? Hatte sie versucht, verzweifelt den Vorhang beiseite zu ziehen, und sie dabei erschreckt? Hatte die alte Frau – durch Drogen benommen, durch Schmerz verwirrt – versucht, ins Badezimmer zu gelangen? Hatte sie, da sie nicht imstande war, um Hilfe zu rufen, verzweifelt am Holz der Tür gekratzt?

Guter Gott, dachte Susan erschrocken, ich habe den Türgriff gegen eine vom Tod gezeichnete Frau verteidigt, die von mir nichts anderes wollte als Verständnis und Beistand.

Trotzdem brachte sie es nicht über sich, die Tür zu öffnen. Sie war noch nicht soweit. Noch nicht!

Dann sagte sie sich: Nein, Mrs. Seiffert, wenn sie tatsächlich hinter dem Vorhang und im Sterben liegt, ist zu schwach, um allein aus dem Bett zu steigen und den Raum zu durchqueren. Sie ist nur mehr ein kraftloser Haufen von Fleisch und Knochen. Und der riesige Schatten, den sie auf dem weißen Plastikvorhang gesehen hatte, konnte auch nicht der von Mrs. Seiffert gewesen sein. Dazu war er zu groß.

Unaufhaltsam fielen die Tropfen in das Waschbecken.

Andererseits – vielleicht gab es gar keine drohende Gestalt hinter dem Vorhang. Vielleicht hatte der Vorhang sich gar nicht bewegt. Vielleicht gab es gar keine geheimnisvolle Stimme, keine Hand am Türgriff, keine Fingernägel, die am Holz gekratzt hatten. Sinnestäuschungen, Einbildung!

Ein Hirnschaden!

Ein winziger Blutklumpen an einer falschen Stelle!

Ein Bluterguß im Kopf.

Je schärfer sie dachte, desto einfacher war es, übernatürliche Erscheinungen auszuschließen. Letztlich sah sie sich mit zwei Möglichkeiten konfrontiert: Entweder handelte es sich um Produkte ihrer überhitzten Fantasie – oder die bedauernswerte Mrs. Seiffert lag jetzt tot auf der anderen Seite der Badezimmertür, ein Opfer von Susans geistiger Verwirrung.

In beiden Fällen gab es niemanden, der hinter ihr her war, und daher auch keinen Grund, sich hinter der Tür wie in einer Festung einzuigeln. Sie lockerte ihre Haltung. Die Schulter schmerzte sie; es dauerte eine Weile, bis sie sich entkrampfen konnte. Sie ließ den Türgriff los. Das Metall war von ihrem Schweiß glitschig geworden.

Sie wischte den Knopf mit ihrem Ärmel ab. Dann öffnete sie sehr langsam und behutsam die Tür. Erst einen kleinen Spalt...

Sie wartete. Doch niemand versuchte sich durch die Bresche den Eingang ins Bad zu erzwingen.

Immer noch ängstlich – bereit, bei der kleinsten Bewegung die Tür wieder zuzuschlagen – vergrößerte sie die Öffnung. Zwei Zoll, drei, vier. Sie blickte in den anderen Raum. Sie war auf das Schlimmste gefaßt, doch keine alte Frau lag auf dem Boden, kein bleiches Gesicht starrte sie vorwurfsvoll an.

Das Zimmer sah aus wie immer. Die Nachttischlampe brannte, und die Decken auf ihrem Bett lagen zerknüllt und unordentlich da, wie sie sie gelassen hatte. Auch das kleine Nachtlicht sandte seinen gelblichen Schimmer aus. Und der

Vorhang um Mrs. Seifferts Bett hing kerzengerade, faltenlos, weder von einem Luftzug noch von einer böswilligen Hand bewegt.

Susan stieß die Tür auf. Tat einen Schritt ins Zimmer...

Niemand stürzte sich auf sie.

Keine mysteriöse Stimme rief sie.

Krankhafte Einbildungen, dachte sie gedrückt, Produkte des Wahns! Ihre Fantasie hatte ihr einen Streich gespielt. Ihre Vernunft hatte sie im Stich gelassen. Ihr armes, krankes, verräterisches Hirn trug die Schuld.

Sie pflegte nie, Alkohol zu trinken, selbst nicht bei festlichen Anlässen. Denn einmal, bei der Abschiedsfeier von der Highschool, hatte sie sich richtig betrunken, und das war eine derart unangenehme Erfahrung gewesen, daß sie es nie wieder getan hatte. Keine Euphorie, so angenehm sie auch sein mochte, war ihr der Verlust der Selbstkontrolle wert gewesen.

Jetzt aber, ohne einen Tropfen Alkohol, verlor sie ihre Kontrolle von einem Moment zum anderen, manchmal, ohne sich dessen bewußt zu sein. Im Stadium der Trunkenheit verschwand die Schärfe der Sinne allmählich; man wußte wenigstens, wann man sich nicht an das Steuer eines Wagens setzen durfte, selbst der Verlust der Selbstkontrolle ließ sich bis zu einem gewissen Grad kontrollieren. Nicht so bei einem Hirnschaden. Dieser Zustand war tückischer.

Sie mußte trotzdem damit fertig werden. Aber wie?

Was, wenn Dr. McGee die Ursache nicht entdecken konnte?

Was, wenn es keine Heilung gab?

Würde sie den Rest ihres Lebens an der schmalen Grenze zwischen Vernunft und Wahnsinn verbringen müssen? Immer in Gefahr, über die Grenzlinie in ein Schattenreich zu stolpern?

Ein solches Leben wäre nicht erträglich. Jederzeit würde sie dem Tod einer solchen Existenz gegenüber den Vorzug geben.

Sie zwang sich weiterzugehen. Tastete sich an der Wand

entlang, versuchte den Schmerz in ihren Beinen zu ignorieren, erreichte ihr Bett.

Sie senkte das Oberteil und ließ das Schutzgitter herunter, wie sie es vorhin auf der anderen Seite getan hatte. Sie setzte sich auf die Matratze, doch dann zögerte sie. Sie erhob sich wieder, blieb sinnend stehen, den Blick auf den Vorhang geheftet. Im Moment würde sie keinen Schlaf finden können, dessen war sie sicher. Sie mußte sich zusammenreißen, um das zu tun, wozu sie vorhin nicht imstande gewesen war. Sie mußte hinübergehen und den Vorhang öffnen, um sich zu beweisen, daß ihre Zimmergenossin eine alte, kranke Frau war. Wenn sie das jetzt nicht tat, würden ihre Halluzinationen wieder kommen, sobald sie das Licht löschte und ihren Kopf auf das Kissen legte. Wenn sie ihre Krankheit nicht bei jedem Erscheinen eines Symptoms bekämpfte, würde sie ihr schließlich erliegen. Sie mußte Widerstand leisten. Schließlich war sie Susan Thorton, eine Frau, die noch nie vor Schwierigkeiten zurückgewichen war.

Sie stand neben ihren Pantoffeln. Ihre Füße waren eiskalt. Sie schlüpfte in die Pantoffeln.

Langsam ging sie um ihr Bett herum. Durchquerte das Zimmer. Dann stand sie bei dem anderen Bett, auf unsicheren Beinen, ohne Halt. Sie griff nach dem Vorhang. Ihr körperliches Gleichgewicht war wiederhergestellt, doch nicht ihr seelisches.

Es war beängstigend still im Raum. So, als ob sie nicht die einzige wäre, die den Atem anhielt.

So still mußte es in Grabkammern sein.

Ihr Griff um das kalte Vorhangmaterial wurde fester. Noch fehlte der letzte Entschluß.

Reiß ihn auf, sagte sie sich, als ihr klar wurde, daß sie schon mindestens eine Minute gezögert hatte. Nichts hinter dem Vorhang bedroht dich. Es ist nur eine alte Frau, die friedlich schlummernd darauf wartet, ihr Erdendasein zu beenden.

Mit einem Ruck riß sie den Vorhang beiseite. Die Haken in der Metallschiene klapperten.

Sie trat an das Krankenbett, ganz nah ans Schutzgitter, und blickte hinunter. Und gleichzeitig wußte sie, daß es eine Hölle gab und daß sie unrettbar in ihr gefangen war.

Keine Mrs. Seiffert lag in dem Bett. Etwas anderes. Etwas unsagbar Gräßliches. Die Leiche eines Mannes.

Die Leiche von Jerry Stein.

Nein, das war kein Blendwerk.

Keine Sinnesverwirrung.

Jetzt betete sie um eine Krankheit ihres Gehirns. Um eine Embolie, einen Bluterguß... Eine medizinische Diagnose hätte ihr helfen können. Doch im Moment half ihr nichts. Die Leiche verschwand nicht. Verwandelte sich in keine Mrs. Seiffert.

Susan schrie nicht, Sie floh nicht. Sie war entschlossen, allen Schreckensbildern Widerstand zu leisten. Entschlossen, sich zu einer Rückkehr in die reale Welt zu*zwingen*.

Sie klammerte sich an das Schutzgitter, um nicht zu fallen.

Sie schloß ihre Augen.

Zählte bis zehn.

Es ist bloß ein Trugbild...

Sie öffnete die Augen.

Die Leiche lag immer noch da.

Der tote Mann lag auf dem Rücken, die Bettdecke bis zur Brust hinaufgezogen, als ob er bloß schliefe. Eine Seite seines Schädels war eingedrückt und mit dunklem, geronnenem Blut verkrustet. Dort, wo Ernest Hatch ihn dreimal mit seinem Stiefelabsatz getreten hatte. Die nackten Arme lagen auf der Decke, seitlich ausgestreckt, die Finger zu Krallen gebogen, als ob der Tote sich verzweifelt, aber vergeblich hätte ans Leben klammern wollen.

Die Leiche war Jerry Stein, ohne Zweifel, aber Jerry sah nicht genau so aus, wie Susan ihn gekannt hatte. Der Tod hatte sein Aussehen verändert. Die Haut war fahl und grau, und um die Augenhöhlen sah man dunkelgrüne Flecken. Die Lippen waren violett und geschwollen, eitrig. Unter den Nasenlöchern, auf der Oberlippe, erhoben sich schwammige Blasen, aus denen eine braune, eklige Flüssigkeit sickerte. Doch trotz der schrecklichen Verfärbungen und Verunstaltungen war es immer noch Jerry Stein, der ihr einst nahegestanden hatte.

Aber Jerry war doch tot, seit 13 Jahren tot! In einer solchen Zeitspanne mußte eine Leiche völlig verwest, zu einem Skelett geworden sein. Nichts als bleiche Knochen, kein Fleisch, keine Sehnen, keine Muskeln. Doch es hatte den Anschein, als wäre Jerry Stein erst vor wenigen Tagen gestorben.

Was eigentlich beweist, daß es sich um eine Halluzination handeln muß, sagte sich Susan. Blendwerk! Hirngespinst! Es hatte nichts mit der Realität zu tun, widersprach den Gesetzen der Natur und der Logik. Ein Phantom, ein Trugbild, das nur in meiner Vorstellung existiert.

Es gab noch einen anderen Beweis für das Nichtvorhandensein der Leiche: das Fehlen jeden Geruchs. Ein toter Mann, in diesem Stadium der Verwesung, mußte unerträglich stinken. Doch in der Luft war nichts zu merken; es roch nach Fichtennadeln, die in der Klinik benutzt wurden, um den Krankenhausgeruch der Desinfektionsmittel zu übertönen.

Du mußt ihn berühren, sagte sie sich. Zwing dich dazu! Einen Geist kann man nicht fühlen. Ihn zu umarmen ist wie leere Luft zu umfassen. Versuch es doch! Beweise dir, daß es nicht wirklich Jerry Stein ist!

Sie brachte es nicht über sich. Sie versuchte, ihre verkrampfte Hand vom Schutzgitter zu lösen, um nach dem kalten Arm des Toten zu greifen, aber sie hatte nicht den Mut dazu.

Statt dessen sagte sie die magischen Worte »Er ist gar nicht hier, es ist alles Einbildung« vor sich hin, als könne sie dadurch das Phantom aus ihrem Blickfeld verbannen.

Da begannen sich die verkrusteten Augenlider der Leiche zu bewegen.

Nein. Um Gottes willen, *nein*!

Sie öffneten sich.

Nein, dachte sie verzweifelt. Das darf nicht sein. Das darf mir nicht zustoßen!

Die tiefen Höhlen waren nicht leer, doch in ihnen lagen nicht die Augen eines lebenden Menschen. Fast nur das

Weiße war zu sehen, und auch das verschmiert mit Streifen von geronnenem Blut. Und diese schrecklichen Augen bewegten sich, rollten, rollten nach rechts und nach links und blieben schließlich stehen, als würden sie Susan fixieren.

Sie schrie, aber kein Laut kam von ihren Lippen. Der Schrei verhallte in ihrem Inneren. Sie schüttelte heftig den Kopf, Abscheu würgte sie, ihr Mund füllte sich mit Speichel.

In den reglosen Mann kam Leben. Die rechte Hand hob sich langsam. Die Starrheit der Finger lockerte sich. Sie griffen nach ihr.

Susan riß ihre Hand vom Schutzgitter, als wäre das Metall glühend geworden.

Die Leiche öffnete den grausigen, eiternden Mund. Aus den vermoderten Lippen rang sich ein Name: »SUUUUSAAAN...«

Sie stolperte zurück.

Das ist nicht wahr, das ist nicht wahr, das ist nicht...

Mit einem Ruck, als hätte ihn ein elektrischer Strom durchzuckt, setzte sich der Tote auf.

Sie versuchte, sich an Dr. McGees Rat zu halten. Das ist nicht Wirklichkeit, sagte sie sich, ich träume, ich deliriere.

Wieder rief der tote Mann ihren Namen. Und er verzog die Lippen, als würde er zu lächeln versuchen.

Da hielt es sie nicht länger. Sie schrak zurück und lief zur Tür. Sie konnte ihre Beine nicht schnell bewegen und verlor unterwegs einen Pantoffel. Wie lange brauchte sie, um nach dem Türgriff greifen zu können? Er klemmte. War die Tür von außen verschlossen? Nein, ihre zitternden Finger waren bloß abgeglitten. Schließlich bekam sie die Tür auf; ihr war, als wäre sie tausend Tonnen schwer. Sie verfluchte ihre Schwäche, die sie kostbare Sekunden kostete. Hinter sich hörte sie ein gräßliches, gurgelndes Geräusch. Sie floh in den Korridor. Sie floh vor einem Gespenst. Wie absurd! Aber sie wagte es nicht, einen Blick hinter sich zu werfen, um sicher zu sein, daß das Phantom sie nicht verfolgte.

Sie stolperte, um ein Haar wäre sie gefallen. Sie lief geradeaus, wandte sich nach links, ihre Füße trugen sie kaum, sie schwankte, lief im Zickzack. Mit jedem Schritt wurde sie schwächer, sie taumelte gegen die Wand, sie schlug sich an, es schmerzte. Sie rang nach Atem, zwang sich weiterzulaufen; ihr war, als spüre sie den kalten Atem des Toten auf ihrem Nacken. Die bloße Vorstellung machte sie schaudern, gab ihr aber die Kraft durchzuhalten. Irgendwie hielt sie sich auf den Beinen, irgendwie vermochte sie ihren Weg fortzusetzen.

Jetzt war sie im Hauptgang. Vor sich sah sie die Halle, sah den Tisch der aufsichtführenden Schwester zwischen den Aufzugtüren. Sie wollte rufen, konnte nicht, stolperte gegen die Wand, stieß sich ab, taumelte den Gang entlang, auf Schwester Scolari zu, die bei ihrem Anblick erschrocken aufsprang.

20.

Schwester Scolari fing die zusammenbrechende Susan auf und rief eine Kollegin zu Hilfe, eine dicke, rotgesichtige Schwester namens Beth Howe. Beide bemühten sich, ihrer krankhaften Erregung Herr zu werden, indem sie ihr gut zuredeten. So wie es Dr. McGee und die anderen Ärzte in Seattle mit den LSD-Patienten getan hatten. Sie brachten Susan in die Schwesternstation, setzten sie in einen bequemen Sessel. Sie brachten ihr ein Glas Wasser, hörten ihr gelassen zu, beschwichtigten sie, versuchten sie mit logischen Argumenten zur Vernunft zu bringen.

Doch sie konnten sie nicht davon überzeugen, daß das Zimmer 258 für sie ein sicherer Zufluchtsort sei. Susan bat um ein anderes Krankenzimmer, um ein anderes Krankenbett.

»Das ist, fürchte ich, nicht möglich«, sagte Tina Scolari. »Wir sind seit Tagen überbelegt, kein einziges Bett ist frei. Außerdem gibt es in 258 wirklich nichts zu fürchten, es ist ein Zimmer wie alle anderen. Und Sie wissen das so gut wie wir, nicht wahr, Miß Thorton. Sie sind sich doch klar darüber, daß das, was Sie erlebt zu haben glauben, nur wieder einer Ihrer

Anfälle gewesen ist. Eine Fehlfunktion Ihres Gehirns, wie man bereits vermutet hat.«

Susan nickte schwach. Sie wußte nicht recht, was sie überhaupt noch glauben konnte. »Ich – ich möchte trotz allem – ich möchte trotzdem nicht in dieses Zimmer zurück.« Ihre Zähne klapperten.

Während die Scolari weiter auf sie einsprach, ging Beth Howe in das Zimmer 258, um sich umzusehen. Nach einer Weile kam sie zurück und meldete, daß alles in Ordnung sei.

»Aber Mrs. Seiffert?«

»Liegt in ihrem Bett.«

»Ist sie es? Sind Sie sicher?«

»Absolut. Ich kenne sie doch. Sie schläft fest und friedlich.«

»Und Sie haben nichts gefunden?«

»Nichts Besonderes.«

»Haben Sie geschaut, wo jemand... wo etwas sich verbergen könnte?«

»Wo könnte sich jemand verstecken? Der Raum läßt sich mit einem Blick übersehen.«

»Aber Sie haben geschaut?«

»Natürlich. Sogar unter die Betten.«

Sie überredeten Susan, sich in einen Rollstuhl zu setzen, und schoben sie in das Zimmer 258 zurück. Je näher sie kamen, desto heftiger begann Susan zu zittern.

Der Vorhang um das zweite Bett war zugezogen. Beth Howe rollte den Stuhl am ersten Bett vorbei. Susan erriet, was sie vorhatte, und rief erschrocken: »Moment mal!«

»Ich möchte, daß Sie selbst einen Blick dahinter werfen«, sagte die Schwester. »Sie sollen sich selbst überzeugen.«

»Nein, nein, das kann ich nicht!«

»Aber ja doch. Warum nicht?«

»Sie müssen!« erklärte Tina Scolari energisch.

»Ich... ich glaube nicht, daß ich imstande bin.«

»Ich bin ganz sicher, daß Sie es können.«

Sie rollten sie dicht an den Vorhang heran. Beth Howe zog ihn beiseite.

Susan schloß ihre Augen. Sie umkrampfte die Lehnen des Rollstuhls.

»Bitte, Miß Thorton – schauen Sie doch«, sagte Tina.

»Nur Mrs. Seiffert«, fiel Beth Howe ein. »Bloß Jessie.«

»Sehen Sie doch!«

»Nur Jessie.«

Die Augen geschlossen, sah Susan den toten Mann vor sich, Jerry, den sie einmal geliebt zu haben glaubte und den sie jetzt fürchtete, denn die Lebenden haben Scheu vor den Toten. Sie sah ihn vor sich, wie er sich im Bett aufgesetzt und ihr mit faulenden Lippen zugelächelt hatte. Das Grauen hinter ihren geschlossenen Lidern war unfaßbar; nichts, was vor ihr lag, konnte schlimmer sein. So blinzelte sie schließlich, zögerte, dann riß sie die Augen auf.

Im Bett lag eine alte Frau, so klein, so eingeschrumpft, daß es auf den ersten Blick aussah, als habe man irrtümlich ein Baby in das Bett eines Erwachsenen gelegt. Doch die Haut der Kranken war nicht glatt und rosig wie die eines Neugeborenen, sondern wächsern und faltig. Strähniges Haar in farblosem Grau. Der Mund verkniffen. Die Infusionsnadel stak in einem knochigen, beinahe fleischlosen Arm.

»Also das ist Jessica Seiffert«, murmelte Susan, teils erleichtert, daß diese geheimnisvolle Frau tatsächlich existent war, teils tief beunruhigt, daß eine Fehlfunktion in ihrem Gehirn die harmlose Alte so überzeugend in eine männliche Leiche hatte verwandeln können.

»Die Arme«, sagte Beth.

»Sie war der Liebling von Willawauk, seit ich mich erinnern kann«, seufzte Tina Scolari.

»Seit ich ein kleines Mädel war.«

»Jeder im Ort hat sie geliebt.«

Jessica Seiffert schlief. Man konnte ihren flachen Atem kaum hören, konnte kaum sehen, daß ihre Nasenflügel sich leicht bewegten.

Beth sagte: »Dutzende würden sie besuchen, wenn Jessie Besuche gestattet hätte.«

»Sie will nicht, daß jemand sie in diesem Zustand sieht«,

bemerkte Tina. »Als ob sie jemand weniger schätzen würde, weil der Krebs sie so zugerichtet hat.«

»Es war nie das Aussehen von Jessie, sondern ihr Charakter, den die Leute schätzten.«

»Richtig!«

Jetzt erst wandte sich Beth Howe an Susan. »Fühlen Sie sich besser?«

»Ich – ich denke schon.«

Die Scolari zog den Vorhang zu.

Susan fragte die Howe: »Haben Sie im Badezimmer nachgesehen?«

Die Schwester nickte. »Es ist leer.«

»Ich möchte – wenn Sie nichts dagegen haben – selbst einen Blick hineinwerfen«, sagte Susan. Sie kam sich wie eine Närrin vor, doch das Angstgefühl wollte nicht weichen.

Die Schwestern hatten sichtlich Erfahrung im Umgang mit schwierigen Patienten und bewiesen erstaunliche Geduld.

»Aber sicher, Miß Thorton«, sagte Beth Howe bereitwillig, und Tina Scolari fügte hinzu: »Schauen wir hinein, damit Sie beruhigt sind.«

Sie schoben den Rollstuhl zur offenstehenden Badezimmertür, und Beth knipste das Licht an.

Kein toter Mann lauerte im weißgekachelten Raum.

Susan fühlte, wie ihr das Blut in die Wangen stieg.

»Ich benehme mich wie eine Irre. Ich schäme mich.«

»Aber warum denn?«

»Es ist doch nicht Ihre Schuld.«

Tina Scolari sagte: »Dr. McGee hat ein Memorandum über Ihren Zustand verfaßt, das alle lesen mußten.«

»Er hat Ihren Zustand genau erklärt.«

»Wir sind alle ehrlich besorgt um Sie.«

»Wir sind alle auf Ihrer Seite, Miß Thorton. Hoffen auf Ihre Genesung.«

»Es wird nicht lange dauern. Dr. McGee ist ein wahrer Zauberer.«

»Der beste Arzt, den wir haben.«

Sie halfen Susan in ihr Bett.

Tina Scolari sagte: »Ich habe die Order, Ihnen ein zweites

Sedativ zu verabreichen, wenn das erste nicht wirkt. Es sind harmlose Mittel. Und ich glaube, Sie könnten ein zweites gebrauchen.«

»Ich bitte darum. Ich könnte sonst nicht einschlafen. Und ich – ich meine – könnten Sie – oder eine von Ihnen...«

»Was?«

»Bei mir bleiben. Zumindest, bis ich eingeschlafen bin.«

Kinder, die sich vor der Dunkelheit fürchteten, pflegten darum zu bitten. Susan haßte sich selbst. Ein unreifes, brabbelndes Kind von 32 Jahren. Doch sie konnte sich nicht helfen. Obwohl sie sich immer wieder sagte, es handle sich um bizarre Effekte einer Hirnverletzung, wenn sie immer wieder längst verstorbenen Männern begegnete, hatte sie nichtsdestoweniger irrationale Angst davor, allein und wach in Zimmer 258 zu bleiben.

Tina Scolari, die aufsichtführende Nachtschwester, warf Beth Howe einen fragenden Blick zu.

Beth, zögernd: »Sind wir heute nacht knapp?«

»Nein. Niemand ist ausgefallen, und in den Krankenzimmern ist nichts Besonderes los.«

Beth Howe lächelte. »Eine ruhige Nacht. Keine Autounfälle, keine Schlägereien in Discos. Gut. Ich kann mich zu Ihnen setzen, bis das Sedativ wirkt.«

»Es wird nicht lange dauern«, meinte Tina. »Sie sind bloß etwas überreizt. Sie werden sehr schnell einschlafen.«

»Und ich bleibe an Ihrem Bett.«

»Ich bin Ihnen wirklich sehr dankbar«, stammelte Susan und verachtete sich selbst, weil sie dem Rest der Nacht nicht allein entgegensehen wollte.

Tina verließ das Zimmer und kam mit einer zweiten rosa Pille zurück. Susan goß sich ein halbes Glas Wasser ein; ihre Hände zitterten noch, und sie fürchtete, ein volles Glas nicht halten zu können, ohne den Inhalt zu vergießen. Während sie trank, schlug der Rand des Glases gegen ihre Zähne, und einen Moment lang blieb ihr die Pille in der Kehle stecken.

»Ich bin sicher, daß Sie jetzt ruhig schlafen werden. Gute Nacht, Miß Thorton.«

Schwester Scolari ging, und Schwester Howe zog einen

Stuhl ans Bett. Sie glättete ihre Uniform und griff nach einem der Bücher, die auf dem Nachttisch lagen. Sie lächelte Susan ermunternd zu, dann vertiefte sie sich in die Lektüre.

Susan starrte zur Decke, dann richtete sie den Blick auf Mrs. Seifferts verhangenes Bett, schaute durch die halboffene Badezimmertür, hinter der es dunkel war.

Sie mußte an das Wesen denken, das Einlaß in das Badezimmer verlangt hatte. Das mit Susan um den Türgriff gekämpft, mit den Fingernägeln am Holz gekratzt hatte.

All das hatte natürlich nie stattgefunden. Ausgeburt ihrer krankhaften Fantasie.

Sie schloß ihre Augen.

Oh, Jerry, dachte sie. Ich habe dich geliebt. Zumindest so, wie dich eine unerfahrene Neunzehnjährige lieben konnte. Und du hast beteuert, daß auch du mich liebst. Warum in Gottes Namen bist du jetzt zurückgekommen, um mich in Angst und Schrecken zu versetzen?

Aber das war doch gar nicht der Fall gewesen! Kranke Hirnrinde. Organische Fehlfunktion.

Während der Schlaf sie überwältigte, bat sie: Jerry, bitte, verlaß deinen Friedhof nicht! Bleib in dem Grab, in das wir dich gebettet haben. Bitte, bitte, bleib dort! Komm nicht zu mir zurück!

21.

Mittwoch. Grauer Morgen. Tiefe Wolken, aber kein Regen.

Die übliche Krankenhausroutine, Susan wurde um 6 Uhr früh geweckt. Morgenwäsche, für das Zimmer und für Susan. Frühstück.

Dr. McGee kam früher als gewöhnlich. Er küßte Susan auf die Wange, aber ihr schien, er zögerte einen Moment, bevor er es tat.

»Sie sind früh dran, Doktor.«

»Ich habe eine Menge vor.«

»Ist es gestern nicht spät geworden?«

»Nein. Ich habe pflichtgemäß meine Rede gehalten und bin dann schnell auf und davon, bevor sie ein Lynchkommando organisieren konnten.«

»Ernsthaft – wie ist es gelaufen?«

»Nicht schlecht. Niemand hat eine Torte auf mich geworfen.«

»Ich wußte ja, Sie würden Erfolg haben.«

»Weil das Essen ungenießbar war, bis auf das Dessert. Die Leute waren einfach zu hungrig, um auf ihre Torten zu verzichten. Aber genug von mir! Was ist mit Ihnen? Scheint eine unruhige Nacht gewesen zu sein.«

»Jesus, mußten sie alles ausplaudern?«

»Natürlich. Ich habe den schriftlichen Bericht gelesen, und jetzt will ich den mündlichen hören. Von Ihnen. Mit allen Details.«

»Warum?«

»Weil ich alles wissen will. Genügt das nicht?«

»Ärztliche Vorschrift?«

»Ja.«

»Und die muß befolgt werden?«

»Richtig. Legen Sie los! Ich höre.«

Etwas verlegen berichtete sie ihm von ihren Erlebnissen im Badezimmer und von der Leiche hinter dem Vorhang. Jetzt, bei Tageslicht und nach gesundem Schlaf, klang das Ganze absolut absurd, und sie wunderte sich, daß sie gestern alle Einzelheiten für Realität gehalten hatte.

McGee hatte sie nicht unterbrochen. Als sie geendet hatte, meinte er nachdenklich: »Mein Gott, eine haarsträubende Horrorgeschichte.«

»Sie hätten hier sein sollen.«

»Und jetzt – nach genügender Bedenkzeit – sind Sie sich darüber klar geworden, daß es bloß eine neue Episode gewesen ist.«

»Die letzte Folge der Susan-Thorton-Serie.«

»Ich will sagen: ein neuerlicher Anfall. Oder sind Sie nicht der Ansicht?«

»Doch, doch«, murmelte sie niedergeschlagen.

Er sah sie fragend an. Legte seine Hand auf ihre Stirn.

»Keine Temperatur. Fühlen Sie sich wohl?«

Sie erwiderte mißgelaunt: »So wohl man sich unter den gegebenen Umständen fühlen kann.«

»Frieren Sie?«

»Nein.«

»Sie zittern.«

»Ein bißchen...«

»Nein. Ziemlich stark.«

Sie kreuzte die Arme über der Brust und schwieg.

»Sagen Sie mir: Was haben Sie?«

»Angst.«

»Wovor?«

»Vor meinem Zustand! Meiner Krankheit!«

»Kein Grund zur Sorge. Wir werden herausfinden, wo das Übel sitzt.«

Sie konnte nicht aufhören zu zittern.

Gestern, nach ihrem Zusammenbruch, als sie an McGees Schulter geweint hatte, war sie überzeugt gewesen, den Tiefpunkt erreicht zu haben. Zum ersten Mal in ihrem Leben war sie von einem Menschen abhängig und hatte ihre Verletzlichkeit entdeckt. Jetzt mußte sie zur Kenntnis nehmen, daß sie diesen Zustand bereits als selbstverständlich akzeptierte. Ihr Geschick lag in den Händen von Dr. McGee und dem Ärztestab des Willawank Krankenhauses. Ihr Überleben hing von ihnen ab. Doch es waren nur Menschen, und sie mochten versagen. In solchem Fall würde sie dazu verdammt sein, ein Leben am Rande des Chaos zu führen, unfähig, Realität von Fantasie zu unterscheiden, und schließlich dem Wahnsinn in die Arme treiben.

Deshalb hörte sie nicht auf zu zittern.

»Was wird mit mir geschehen?«

»Sie werden in Ordnung kommen.«

»Aber – aber mein Zustand verschlimmert sich ständig«, stammelte sie mit unsicherer Stimme.

»Davon ist keine Rede.«

»Doch. Doch.«

»Hören Sie, Susan, die Halluzinationen von gestern nacht mögen grausiger gewesen sein als die anderen...«

»Sie *waren* grausiger. Und lebhafter...«

»Zugegeben. Aber es waren die ersten derartigen Erscheinungen, seit Sie in den beiden Pflegern Jellicoe und Parker zu sehen glaubten. Ihr Zustand ist nicht konstant, die Halluzinationen setzen zeitweise aus und...«

»Sie irren sich, Doktor«, unterbrach sie ihn. »Die Sache mit den Pflegern – und der Horror von gestern nacht... es waren nicht die einzigen Delirien vom gestrigen Tag. Dazwischen gab es noch eine andere Attacke...«

Er runzelte die Stirn. »Wann?«

»Am Nachmittag.«

»Da waren Sie bei der physikalischen Therapie, bei Mrs. Atkinson.«

»Richtig. Und da geschah es, gleich nach der Therapie...«

Und sie erzählte ihm, wie Phil und Murphy sie in den Aufzug mit den vier toten Männern geschoben hatten.

»Warum haben Sie mir gestern abend nicht davon berichtet?«

»Sie hatten es so eilig...«

»Unsinn! Bin ich kein guter Arzt? Ein guter Arzt hat immer Zeit für einen Patienten in Schwierigkeiten.«

»Ich wollte nicht, daß Sie zu Ihrem Treffen zu spät kämen.«

»Susan, das ist keine Entschuldigung. Ich bin Ihr Arzt, und Sie müssen Vertrauen zu mir haben.«

»Es tut mir leid.« Sie senkte den Blick, vermied es, ihm in die Augen zu schauen, die vorwurfsvoll auf sie blickten. Sie konnte, sie wollte ihm nicht erklären, warum sie das Erlebnis im Aufzug verschwiegen hatte. Sie wollte nicht die Rolle einer Hysterikerin spielen, wollte nicht, daß er sie geringschätzte, weil sie wieder in Panik geraten war. Und was sie am wenigsten ertragen hätte, wäre sein Mitleid gewesen.

»Sie dürfen nichts vor mir verheimlichen. Sie müssen mir über alles berichten, so verrückt es auch klingen mag. Wenn Sie mir nicht alles sagen, entgeht mir vielleicht ein wichtiges Symptom. Ich benötige so viele Informationen wie möglich, um mir ein vollständiges Bild machen und eine richtige Diagnose stellen zu können.«

»Gut. Ich werde Ihnen nichts mehr verheimlichen.«

»Versprochen?«

»Versprochen.« Sie streckte ihm ihre Hände hin, deren Zucken sie nicht unter Kontrolle halten konnte. »Aber Sie sehen doch selbst, daß mein Zustand schlimmer wird.«

Er legte seine Hand auf ihr Gesicht, liebkoste ihre Wange.

War es Zärtlichkeit, fragte sie sich, oder bloß die Besorgnis eines mitfühlenden Arztes?

»Selbst wenn die Attacken sich wiederholen«, erklärte er ihr bedächtig, »gehen sie schließlich vorüber. Und nachher sind Sie durchaus imstande, zu erkennen, daß Sie nichts als Schimären gesehen haben. Nur wenn Sie jetzt noch überzeugt wären, Sie hätten wirklich einen toten Mann gesehen und alle Ihre Hirngespinste wären Wirklichkeit gewesen, dann wäre Ihre Situation mehr als ernst. Aber das ist doch nicht der Fall, nicht wahr?«

»Nein«, sagte sie folgsam.

Aber sie hörte nicht auf zu zittern.

»Sagen Sie sich, daß alles gut werden wird«, bat er. »Nehmen Sie eine positive Haltung ein.«

»Ich will es versuchen.«

»Das ist nicht genug. Reißen Sie sich zusammen. Freuen Sie sich auf die Zukunft. Mehr Optimismus, Lady! Das ist die Anweisung Ihres Arztes. Jetzt werde ich zwei Pfleger und ein Rollbett auftreiben, und wir gehen runter in die Röntgenstation, um die Tests hinter uns zu bringen. Sind Sie bereit?«

»Ja. Ich bin bereit.«

»Lächeln Sie!«

»Ist das auch eine ärztliche Anweisung?«

»Jawohl.«

»Na dann ...« Sie verzog ihre Lippen zu einem Lächeln. Es fiel etwas schief aus, aber das amüsierte sie wiederum, so daß sie jetzt wirklich zu lachen begann.

»Ausgezeichnet. Bleiben Sie so, bis ich wiederkomme.«

Er ging, und das Lachen verschwand von ihren Lippen.

Sie sah zum anderen Bett hinüber.

Sie wünschte, es wäre nicht vorhanden gewesen.

Sie fühlte sich lustlos und erbärmlich, obwohl Dr. McGee so große Hoffnungen auf ihre Tatkraft setzte. Ihr Körper erholte sich zusehends, aber ihre Seele... Was war bloß los mit ihr? Depressionen? Gab es kein Mittel, ihrer Niedergeschlagenheit Herr zu werden? Nein, mußte sie zugeben, nicht, solange sie hilflos und untätig die Untersuchungen über sich ergehen lassen mußte, mit denen Fachleute die Wurzeln ihrer Krankheit bloßzulegen versuchten.

Wieder schaute sie auf Mrs. Seifferts Bett. Der Vorhang hing unbewegt und faltenlos.

Letzte Nacht hatte sie nicht bloß einen Vorhang beiseitegezogen, der das Bett einer Patientin umschloß. Sie hatte einen anderen Vorhang gelüftet, einen, der die Pforte zum Wahnsinn verhüllt hatte. Einige entsetzliche Minuten war sie jenseits der Grenzen der Vernunft gewesen und hatte ein Schattenreich betreten, von dem kaum jemandem eine Wiederkehr vergönnt war.

Was wäre geschehen, fragte sie sich, wenn sie vor den Trugbildern nicht geflohen wäre, wenn sie Jerry Steins vermoderter Leiche nicht ausgewichen wäre? Sie fürchtete, die Antwort zu kennen. Wenn sie sich behauptet und darauf gewartet hätte, daß ihr längst verstorbener Verlobter sie berührte und umarmte, wenn er seine halbverfaulten Lippen auf ihre gepreßt hätte – sie war sicher, sie hätte endgültig den Verstand verloren. Dann wäre keine Rettung mehr möglich gewesen. Man hätte sie jaulend und brabbelnd auf dem Boden liegend gefunden, hätte sie von der Willawauk-Klinik in eine entlegene Anstalt gebracht und ihr einen stillen Raum mit gepolsterten Wänden zugewiesen.

Nein, so ging es nicht weiter. Die Zeit drängte. Es mußte eine Lösung gefunden werden, ehe es zu spät war.

Die einzige Hoffnung bestand darin, daß McGee und seine Leute die richtige Antwort fanden. Wenn nicht...

22.

Hellblau. Alles war hellblau. Die Wände, die Decke. Sie lag im Rollbett auf dem Rücken, den Kopf auf einem flachen, harten Kissen. Wenn sie sich umsah, strahlte alles in einem leuchtenden Blau, als befände sie sich inmitten eines Sommerhimmels.

Jetzt stand McGee an ihrer Seite. »Wir beginnen mit einem EEG.«

»Elektroenzephalogramm«, sagte sie. »Ich habe schon davon gehört, aber noch nie eines machen lassen.«

»O doch, wir haben schon eines von Ihnen gemacht, als Sie im Koma lagen. Jetzt sind Sie wach, und wir wiederholen den Test. Keine Angst, Sie spüren nichts.«

»Ich weiß.«

»Es vermittelt einen Blick auf Ihre Hirnstromkurven. Wenn es eine krankhafte Fehlfunktion gibt, würde sie sich im EEG zeigen.«

»Mit Sicherheit?«

Er zuckte die Achseln. »Das menschliche Gehirn setzt sich aus Milliarden Zellen zusammen. Keine Untersuchung kann hundertprozentig sicher sein.«

Eine Schwester rollte die Maschine aus einer Ecke des Raums [illegible] das Rollbett, auf dem sie lag.

»De[illegible] arbeitet am besten, wenn der Patient völlig entspannt ist.«

»Ich bin entspannt.«

»Verstehen Sie, das Bild wäre nicht verläßlich oder zumindest schwer auszuwerten, wenn Sie sich in einem Erregungszustand befinden.«

»Ich bin völlig ruhig.«

»Strecken Sie Ihre Hand aus!«

Sie gehorchte.

»Halten Sie die Finger aneinandergepreßt. Gut. Jetzt spreizen Sie sie, bitte.« Er betrachtete aufmerksam ihre Hand, dann nickte er. »Gut. Sie versuchen mich nicht zu täuschen. Sie sind tatsächlich viel ruhiger als vorhin.«

Sie wußte auch, warum. Seit man sie in die physikalische

Abteilung gebracht hatte, befand sie sich in einer ihr vertrauten Umgebung. Apparate, Skalen, Zeiger. Als gelernte Physikerin wußte sie, daß sie sich nicht mehr im Reich der Halluzinationen befand, sondern auf wissenschaftlichem Grund. Wellen und Kurven würden abgelesen und ausgewertet, Möglichkeiten erwogen und Fehlschlüsse eliminiert werden. Ein Vorgang, den sie gut kannte und dem sie vertraute.

Sie vertraute auch Jeffrey McGee, seinem Intellekt, seinen medizinischen Kenntnissen. Er wußte, wonach zu suchen war; wenn es da etwas gab, würde er es finden. Die Untersuchungen würden Klarheit schaffen, wenn nicht sofort, dann mit der Zeit. Und McGee schickte sich energisch an, ihren Prüfungen ein Ende zu bereiten.

Er befestigte Elektroden an beiden Seiten ihres Kopfs.

»Wir machen Aufzeichnungen von der rechten und der linken Seite, prüfen sie erst einzeln und vergleichen sie dann. Das ist der erste Schritt.«

Er brachte kein Ergebnis. Die Wellen verliefen gleichmäßig, ohne Spitzen, ohne Abflachungen. Auch die Vergleiche zeigten keine pathologische Abweichung.

»Das Enzephalogramm einer Gesunden«, sagte McGee schließlich.

Susan war bitter enttäuscht. »Soll ich mich freuen?«

»Aber natürlich.«

»Ich hatte gehofft, Sie würden die Wurzel des Übels bloßlegen.«

»Geduld! Das EEG ist nicht der Schlußpunkt unserer Untersuchung, sondern der Anfang.«

»Und jetzt?«

Er entfernte die Elektroden von ihren Schläfen. »Jetzt gehen wir in die Radiologie rüber. Ich möchte neue Röntgenaufnahmen von Ihrem Schädel machen.«

»Klingt nicht sehr romantisch.«

»Da kennen Sie die Radiologen nicht. Die schwärmen von Röntgenbildern wie andere für Porträts von Tizian.«

Die Röntgenstation, in die man sie brachte, war ganz in Weiß gehalten, nur die großen Apparate glänzten schwarz. Die Prozedur war ziemlich ermüdend.

Es wurden zahlreiche Aufnahmen gemacht, die Susan zum Teil in komplizierte Stellungen zwangen. Oft fiel es ihr schwer auszuharren, bis die Aufnahme vorbei war. Dann wurden die Platten entwickelt und schließlich in die Lichtkästen gehängt.

McGee und der junge Radiologe betrachteten gemeinsam die Bilder, zeigten auf Schatten und helle Flecken und murmelten miteinander. Sie verglichen verschiedene Aufnahmen und debattierten eifrig. Schließlich wurden die Lichtkästen abgeschaltet, und die beiden Männer wandten sich an Susan.

»Nun«, fragte sie erwartungsvoll, »was habt ihr gefunden?«

McGee seufzte und sagte: »Nichts.«

»Keine Flüssigkeitsansammlung, kein Anzeichen eines inneren Drucks.«

»Auch keine krankhafte Veränderung der Zirbeldrüse, die bei manchen Patienten Halluzinationen hervorruft.«

Der Radiologe lächelte Susan zu. »Alles klar und sauber, Miß Thorton. Sie haben keinen Grund zur Besorgnis.«

Susan blickte auf McGee. Sein Gesichtsausdruck spiegelte ihre eigenen Gefühle. Der Radiologe irrte sich, sie hatte allen Grund, besorgt zu sein.

»Und jetzt?« fragte sie ihn.

»Lumbalpunktion. Wenn dem EEG und den Röntgenbildern etwas entgangen ist, wird es uns die Rückenmarksflüssigkeit verraten.«

Er telefonierte mit dem Laboratorium und bat, die Flüssigkeitsproben, die er der Patientin entnehmen würde, sofort zu analysieren. Dann nahm er die Punktion vor.

Obwohl er ihr eine Novocainspritze gab, war die Prozedur keineswegs schmerzlos, wenn auch nicht so schlimm, wie sie gefürchtet hatte. Sie biß sich auf die Lippen, und ihre Augen füllten sich mit Tränen. Als alles vorbei, atmete sie erleichtert auf.

»Etwas zu erkennen?« fragte sie zaghaft.

»Vorläufig nicht. Der Druck ist normal, die Flüssigkeit klar. Wir müssen den Befund des Laboratoriums abwarten.«

»Wird es lange dauern?«

»Eine Weile.«

Er nahm ihr noch verschiedene Blutproben ab, dann erklärte er die Tests für beendet und verließ sie, um die letzten Proben ins Laboratorium zu bringen. Gleich darauf erschienen zwei Pfleger, um sie in ihr Zimmer zurückzuführen.

Es waren Phil und Murphy.

Sie begrüßten Susan als alte Bekannte.

»Alle auf dem zweiten Stock haben Sie vermißt.«

»Gedrückte Stimmung.«

»Nichts als traurige Gesichter.«

»Ein trister Platz ohne Miß Thorton.«

»Wie ein Friedhof.«

»Wie ein Spital.«

»Aber mit Ihnen, schöne Frau...«

»... ist es heller, freundlicher...«

»... ein Luxushotel.«

Die übliche alberne Unterhaltung. Susan sagte sich, das schreckliche Erlebnis vom vorigen Tag sei nur ein Alptraum gewesen, und die beiden Pfleger wären weder heimtückisch noch bösartig – trotzdem fühlte sie sich in ihrer Nähe nicht wohl.

Und als sie die Aufzüge erreichten, begann ihr Herz zu klopfen. Murphy wandte sich zur zweiten Tür, nicht zur ersten wie am Vortag. Er drückte auf den Knopf, die Tür öffnete sich.

Ängstlich warf Susan einen Blick ins Innere des Aufzugs.

Zwei Patienten standen drin und eine Schwester. Keine toten Männer.

Ich kann so nicht weiterleben, dachte Susan grimmig, als sie den Korridor entlang zu ihrem Zimmer gerollt wurde. Es ist unerträglich, vor jedem Menschen, dem man begegnet, Angst zu haben. Vor jedem Schatten zu zittern. Immer in Erwartung des Grauens, das in jeder Ecke, hinter jeder Türe lauert.

Sie hatte schon alle Hoffnung aufgegeben, auch angenehme Überraschungen zu erleben. Doch diesmal war es der Fall.

Jessica Seiffert war nicht mehr in ihrem Zimmer. Kein Vorhang umgab mehr das zweite Bett.

Es stand leer.

Eine Schwester entfernte gerade das gebrauchte Bettzeug und warf es auf einen Wäschekarren.

»Wo ist Mrs. Seiffert?«

»Ihr Zustand hat sich rapid verschlechtert. Man mußte sie in die Intensivstation bringen.«

»Tut mir leid zu hören.«

»Es war zu erwarten. Traurig, nicht wahr? Eine so nette Dame!«

Trotz ihres Bedauerns war Susan froh, in ihrem Zimmer wieder allein zu sein. Der Raum war jetzt leicht zu überblikken, nichts und niemand konnte sich vor ihren Augen verbergen. Und sie konnte von ihrem Bett aus wieder den Himmel sehen. Obwohl er grau und verhangen war und die Wolken auf einen nahenden Sturm hinwiesen, war es tröstlich, den Kontakt zur Außenwelt nicht vollkommen verloren zu haben.

Bald darauf kam Mrs. Baker und brachte ihr das Frühstückstablett. »Sie haben heute noch nichts im Magen.«

»Ich mußte für die Untersuchungen nüchtern sein.«

»Sicher. Aber Sie können es sich nicht leisten, auch nur eine einzige Mahlzeit zu versäumen. Sie sind nicht so gut gepolstert wie ich. Ich könnte eine ganze Woche ohne Essen bleiben.«

»Ich bin ausgehungert.«

»Kann ich mir denken. Waren die Tests schlimm?«

»Zum Teil. Ich bin zerstochen wie ein Nadelkissen.«

»Hat Dr. McGee die Einstiche selbst gemacht?«

»Ja.«

»Dann hätte es schlimmer kommen können. Nicht alle haben seine leichte Hand.«

»Ich fürchte, er wird zu spät in seine Praxis kommen.«

»Mittwoch vormittag hat er keine Ordination. Erst am Nachmittag ab 4 Uhr 30.«

»Ah, das wußte ich nicht. Übrigens – ich habe Sie gestern kaum gesehen, Mrs. Baker. Da hab' ich ganz vergessen zu fragen, wie es Ihnen Montagabend gegangen ist.«

Thelma Baker schien etwas ratlos zu sein. »Montag abend?«

»Ihr Rendezvous? Das Kegeln und das Abendessen?«

Einige Sekunden schien die Schwester keine Ahnung zu haben, wovon Susan sprach. Dann klärte sich ihr Gesichtsausdruck, und sie sagte etwas zu schnell: »Aber natürlich! Das Rendezvous. Mein Holzfäller!«

»Mit den Schultern wie eine Türfüllung. So haben Sie ihn mir beschrieben.«

»Und mit den großen, aber zärtlichen Händen«, fuhr die Schwester fort.

Susan zwinkerte ihr zu. »Ich glaubte schon, Sie hätten ihn vergessen.«

»Wie könnte ich? Wir haben es ziemlich toll getrieben. Nicht nur beim Kegeln...« Sie blickte schelmisch drein und etwas schuldbewußt.

Susan lachte. »Aber Mrs. Baker! Und Sie machen einen so bürgerlichen Eindruck.«

»Im Grunde bin ich eine ganz brave Person«, erwiderte die mollige Schwester. »Aber das Leben wird langweilig, wenn man es nicht ab und zu würzt.« Und grinsend fügte sie hinzu: »Kräftig würzt.«

Susan entfaltete die Serviette und tat Sahne in ihren Kaffee.

»Eine Prise genügt Ihnen wohl nicht?«

»Teelöffel sind besser.«

»Sie sind ja eine richtige Genießerin.«

»Ich bin Methodistin«, erwiderte die Baker.

»Und Methodisten sind den Genüssen des Lebens nicht abhold. Und jetzt essen Sie brav Ihr Frühstück auf, Liebste, damit Sie bald wieder fest auf Ihren hübschen Beinen stehen können.« Sie lachte. »Gute Gesundheit ist die Voraussetzung, um das Leben richtig genießen zu können, meinen Sie nicht?«

Damit ging sie. Susan sah ihr nach, etwas verwirrt.

Sie wußte nicht, worüber sie sich mehr wundern sollte, über die erstaunliche Mitteilsamkeit von Mrs. Baker oder über die Tatsache, daß sie sich an die tolle Montagnacht nicht gleich hatte erinnern können.

23.

Susan wartete ungeduldig auf das Erscheinen von Dr. McGee. Da er nicht in seine Praxis mußte, konnte er zwar die Morgenvisite im Krankenhaus beliebig verlängern, aber er ließ erstaunlich lange auf sich warten. Es war beinahe 11, als er schließlich in ihr Zimmer kam.

»Tut mir leid, wenn ich Sie warten ließ, Susan. Aber ich war noch in der Intensivstation, um nach Jessica Seiffert zu sehen.«

»Natürlich, ich hätte daran denken müssen. Wie geht es ihr?«

»Es geht ziemlich schnell zu Ende.«

»Wie traurig!«

»Nein. Es ist sicher traurig, daß sie sterben muß, aber da man nichts für sie tun kann, ist es besser, es dauert nicht lange. Sie war Zeit ihres Lebens eine sehr aktive Frau, und es war mir schrecklich, sie ans Bett gefesselt zu sehen. Übrigens – mir ist etwas eingefallen, was ich Ihnen sofort sagen möchte.«

»Was?«

»Jessies Krankenblatt auf der Intensivstation war mit ihren Initialen überschrieben. Und da kam mir in den Sinn, was möglicherweise Ihre Halluzination von Jerry Steins Leiche hervorgerufen hat, als Sie auf Mrs. Seiffert sahen.«

»Ich verstehe nicht...«

»Die Initialen.«

»Initialen?« Sie begriff nicht gleich, wovon er sprach.

»Die beiden haben die gleichen Initialen. J. S.«

Susan schüttelte verwirrt den Kopf. »Das ist mir noch gar nicht aufgefallen.«

»Nicht bewußt. Aber in Ihrem Unterbewußtsein mag es eine Assoziation hervorgerufen haben. Unser Unterbewußtsein ist verdammt hellsichtig, nichts entgeht ihm. Vielleicht hat Sie die Zufälligkeit der Initialen auf den dummen Vorhang fixiert und einen Geist erscheinen lassen. Wenn das der Fall ist, dann waren Ihre Erlebnisse möglicherweise gar keine spontanen Erscheinungen, sondern beruhten auf einer gewissen Logik. Kleinigkeiten, die uns entgangen sind, mögen mit Ihrer Erinnerung an die Nacht in der Donnerhöhle verknüpft gewesen sein, und sowie die Verbindung im Unterbewußtsein hergestellt war, folgten stets die entsprechenden Halluzinationen. Daß ein bestimmter Reiz bestimmte Erscheinungen auslöst, gehört zum Einmaleins der Psychologie.«

Er brachte seine Theorie mit sichtlicher Erregung hervor, die Susan nicht teilen konnte. »Selbst wenn es so wäre – was für einen Unterschied würde es bedeuten?«

»Das ist doch ganz klar. Wenn wir keine physische Ursache für Ihren Zustand finden, müssen wir nach einer psychischen suchen.«

Susan gefiel ganz und gar nicht, was er sagte. Sie hatte auf ein eindeutiges Resultat der Untersuchungen gehofft, und jetzt sah sie ihre Hoffnung schwinden. »Sie haben alle Befunde bereits gelesen, nicht wahr?«

Er nickte.

»Und sie haben nichts ergeben?«

»Nichts Krankhaftes. Die Protein-Analyse normal. Auch die Zählung der roten und weißen Blutkörperchen ergab keinen pathologischen Befund. Sie sind eine gesunde Frau, Susan Thorton.«

»Und darüber sollte ich mich freuen?«

Es gab keinen Zweifel. Ihr Körper hatte sie nicht im Stich gelassen, auch ihr Gehirn nicht. Es war ihr Geist, der gelitten hatte. Kein organisches Problem! Sie war bloß verrückt. Nichts weiter. Nur verrückt.

»Ein seltener Fall«, meinte Dr. McGee, »die Patientin ist niedergeschlagen, weil man sie für gesund erklärt. Doch wir dürfen eine organische Fehlfunktion nicht so schnell ausschließen. Immerhin haben Sie eine Kopfverletzung hinter sich, die Sie in ein dreiwöchiges Koma versetzt hat.«

»Und wenn sich schließlich doch nichts erkennen läßt...«

»...dann müssen wir die andere Seite der Medaille betrachten: die seelische.«

Zum ersten Mal, seit er in ihr Zimmer gekommen war,

nahm er ihre Hand in die seine, und der Druck war wundervoll beruhigend. Im Unterschied zu dem, was er sagte.

»Wenn Ihre Visionen durch einen subtilen Mechanismus Ihres Unterbewußtseins ausgelöst werden, müßten wir einen Psychiater zu Rate ziehen.«

»Nein, nein.« Dagegen sträubte sie sich. Sie war Physikerin, zu medizinischen Apparaten hatte sie Vertrauen. Die Ergebnisse waren abzulesen, meßbar. Aber Psychiatrie befaßte sich mit unsichtbaren Elementen. Als Wissenschaftlerin mißtraute sie einem Gebiet, dessen Resultate nicht methodisch kontrolliert werden konnten.

»Ich bin gewohnt, mich auf Fakten zu stützen, nicht auf Spekulationen. Was besagt schon die Übereinstimmung von zwei Initialen. Nichts, weniger als nichts. Oder sind Sie ein afrikanischer Medizinmann, Dr. McGee, ein Zauberdoktor?«

»Ich wollte, ich wäre so einer. Die sollen ja manchmal erstaunliche Erfolge erzielen. Sie nennen es Geisterbeschwörung, aber das ist nur ein Wort. Die moderne Psychiatrie hat sich mit ihren Praktiken beschäftigt und...«

Sie unterbrach ihn. Sagte lapidar: »Ich glaube nicht an die moderne Psychiatrie.« In Wirklichkeit hatte sie bloß Angst davor, was eine psychotherapeutische Behandlung bedeuten konnte. Endlose Sitzungen, die sich über Monate oder Jahre hinziehen mochten – Zeiträume, in denen sie immer wieder von qualvollen Halluzinationen heimgesucht werden würde.

McGee schien ihre Gedanken erraten zu haben, denn er sprach nicht mehr vom Hinzuziehen eines Psychiaters.

»Ihre Lippen sind trocken, Susan.« Er groß ihr ein Glas Wasser ein, sie trank es gierig. Als er es ihr aus der Hand nahm, um es auf den Nachttisch zu stellen, fragte er unvermittelt: »Haben Sie sich in der Zwischenzeit an Ihre Arbeit erinnert?«

Die Frage beunruhigte sie, er hatte einen wunden Punkt getroffen. Das letzte Mal, daß sie an ihre Arbeit und an die Milestone Corporation gedacht hatte, war vor zwei Tagen gewesen, als sie mit Philip Gomez in Newport Beach telefoniert hatte. Montag morgen. Also vor mehr als zwei Tagen. Seit damals hatte sie das gesamte Thema aus ihrem Kopf verbannt – als ob es sie geängstigt hätte.

Und sie konnte es nicht leugnen, es ängstigte sie tatsächlich.

Die bloße Erwähnung von Milestone ließ sie erschaudern. Und plötzlich hatte sie das quälende Gefühl, als ob ihre absurden Halluzinationen – die toten Männer, Jerry Steins Leiche – irgendwie mit ihrer Arbeit bei Milestone in Zusammenhang stehen würden.

Jerry McGee fühlte sichtlich ihre Befürchtungen, denn er beugte sich näher zu ihr und fragte besorgt: »Was haben Sie, Susan? Ist was nicht in Ordnung?«

Sie erzählte ihm, was sie bewegte. Daß es zwischen ihren irren Fantasien und der Milestone Corporation einen Zusammenhang geben könnte.

»Einen Zusammenhang?« fragte McGee ziemlich ratlos. »Was für eine Art Zusammenhang?«

»Ich kann es nicht sagen. Nur ein unbestimmtes Gefühl...«

»Haben Sie denn schon *vor* Ihrem Unfall ähnliche Halluzinationen gehabt?«

»Nein. Warum sollte ich?«

»Sie meinen, Sie sind sich nicht sicher?«

»Aber ja...«

»Das klingt nicht sehr überzeugend.«

Sie begann darüber nachzudenken. Er beobachtete sie aufmerksam.

Schließlich sagte sie: »Nein. Kein Zweifel. Ich habe diese Anfälle erst seit dem Unfall, seit meinem Koma. Andernfalls hätte ich sie sicher nicht vergessen.«

McGee erklärte langsam und nachdenklich: »Wir hoffen doch beide, daß schließlich ein physiologischer Grund für Ihren Zustand gefunden werden wird. Wenn nicht, dann müßte die Ursache psychologischer Natur sein. Bedingt vielleicht durch Streß bei Ihrer Arbeit, etwas, was mit Milestone in einem Zusammenhang steht...«

»Ein Nervenzusammenbruch?«

»Oder etwas Ähnliches.«

»Nein. Daran könnte ich mich erinnern.«

»Vielleicht ja, vielleicht nein. Warum sonst könnten Sie einen Zusammenhang mit Milestone vermuten?«

»Ich weiß es nicht. Ich weiß es wirklich nicht.«

»Trotzdem empfinden Sie bei der Erwähnung von Milestone eine gewisse Angst, die Sie sich nicht erklären können. Nun, dafür gibt es eine einfache Erklärung. Die Gründe sind die gleichen, aus denen Sie der Vorhang um Jessie Seifferts Bett in Furcht versetzte. Sie konnten nicht sehen, was sich auf der anderen Seite des Vorhangs befand, ein Umstand, der Ihrer Fantasie breiten Spielraum bot und überspannte Vorstellungen hervorrief. Im Moment besitzt Ihr Job die gleiche Qualität des Unbekannten. Um einen bestimmten Teil Ihres früheren Lebens ist eine Art Vorhang gezogen, und weil Sie nicht wissen, was dahinter liegt, füllen Sie diesen Freiraum mit erschreckenden Möglichkeiten aus. Sie sind fixiert auf ein einschneidendes Erlebnis, das ein permanentes Trauma hervorgerufen hat: die Nacht in der Donnerhöhle. Dieses Ereignis vor dreizehn Jahren hat natürlich nichts mit Milestone zu tun, aber eine gewisse Besessenheit veranlaßt Sie, die verschiedensten Geschehnisse miteinander zu verbinden. Können Sie mir folgen?«

»Ja.«

»Und trotzdem ängstigt Sie die Milestone Corporation immer noch?«

»Jedesmal, wenn Sie sie erwähnen, durchläuft mich ein kalter Schauder«, gestand sie. Sie schob den Ärmel ihres Pyjamas hoch und zeigte ihm die Gänsehaut.

McGee strich mitfühlend über ihren Arm, wie um das Zeichen ihrer Ängste fortzuwischen. »Ja, es ist keine Einbildung. Ihre Hand war schon kalt, als ich zuerst nach ihr gegriffen hatte. Aber jetzt, da wir über Ihren Job gesprochen haben, fühlt sie sich an wie Eis.«

»Also, sehen Sie!«

»Was beweisen diese Kälteschauer? Es sind Facetten Ihrer Besessenheit. Sie haben keinen logischen Grund, sich vor Milestone oder den Leuten dort zu fürchten.«

Niedergeschlagen sagte sie: »Ich nehme an, daß ich keinen habe.«

»Nein. Sie *wissen*, daß Sie keinen haben.«

Susan seufzte. »Manchmal wünschte ich, es gäbe wirklich Gespenster. Ich meine, es wäre relativ einfach, mit Geistern fertig zu werden. Man hätte zumindest einen – wenn auch imaginären – Anhaltspunkt. Ich hätte keine Zweifel an mir selbst, die mich beinahe in Stücke reißen. Alles, was ich zu tun hätte, wäre, einen Exorzisten zu mir zu bitten, damit er diese gräßlichen Dämonen in die Hölle zurücktreibt, aus der sie gekommen sind und wohin sie gehören.«

McGee runzelte die Stirn. »Es gefällt mir ganz und gar nicht, Sie so sprechen zu hören.«

»Keine Angst, Doktor, ich bin noch nicht übergeschnappt, und ich weiß sehr gut, daß es keine Gespenster gibt. Geister sind durchsichtig und nicht so handfest wie die toten Männer, die mich heimgesucht haben. Sie sollen doch aussehen wie weiße Leintücher mit Augenschlitzen. Ich wollte, solche wären mir begegnet, ich hätte keine Furcht vor ihnen.« Sie zwang sich zu einem Lachen, aber es war ohne Fröhlichkeit. »Oder haben Sie vielleicht selbst Angst vor Geistern? Dann würde ich Sie nicht mehr benötigen, Dr. McGee – keinen Arzt mehr, sondern einen Priester.«

Er erwiderte ihre Heiterkeit, so gut er konnte. »Mich durch einen Priester ersetzen!? Das würden Sie mir doch nicht antun!«

Sie gab sich alle Mühe, den leichten Tonfall nicht aufzugeben. »Keine Sorge, einen Priester zu rufen, wäre mir zu riskant. Was, wenn ich an einen käme, der seinen Glauben verloren hat? Oder an einen Katholiken – und die toten Männer wären zu Lebzeiten sämtlich Protestanten gewesen?«

Sie wußte, daß sie McGee nicht täuschen konnte. Er merkte trotz ihrer erzwungenen Heiterkeit, daß sie deprimiert und verängstigt war. Doch er ging bereitwillig auf sie ein.

»Soviel ich weiß«, sagte er, »ist die Macht des Exorzismus unabhängig von der ehemaligen Glaubensrichtung der Dämonen. In der Welt des Übernatürlichen gibt es keine irdische Logik. Wenn zum Beispiel ein katholischer Pfarrer hilflos gegen protestantische Geister wäre, könnte man einen jüdischen Vampir nicht mit einem Kruzifix vertreiben.«

»Wie könnte man sich dann gegen einen jüdischen Vampir schützen?«

»Vielleicht, wenn man ihn mit einem Davidstern bedroht.«

»Oder ihm ein Schinkensandwich anbietet.«

»Und einen moslemischen Vampir?«

Sie zuckte die Achseln. »Sie sehen, das ist alles viel zu kompliziert. Ich werde Sie doch nicht gegen einen Geistlichen austauschen.«

»Danke. Es tut gut zu wissen, daß man gebraucht wird.«

»Oh, daran besteht kein Zweifel. Ich brauche Sie.«

Unvermutet veränderte sich der Tonfall ihrer Stimme, und der spielerische Unterton verschwand abrupt, als ihre wahren Gefühle zum Ausbruch kamen. »Ich brauche Sie. Ich brauche Sie.« Und gegen ihren Willen trieb es sie fortzufahren, hastig, leidenschaftlich: »Ja, ich brauche Sie, Jeff, und wenn Sie mich brauchen, werde ich hier sein, jederzeit...«

Er starrte sie an, und sie hatte das Gefühl, daß seine hellen blauen Augen dunkler waren als sonst. Sie versuchte, in seinem Blick zu lesen, aber konnte nicht erraten, was sich dahinter verbarg.

Während sie auf seine Reaktion wartete, fragte sie sich, ob sie sich nicht töricht benommen hatte. Hatte sie alles, was er gesagt und getan hatte, falsch ausgelegt? Wenn sie sein Verhalten mißdeutet hatte, befand sie sich in einer äußerst peinlichen Situation. Sie wünschte, sie könnte ihre Worte ungesprochen machen, die Zeit um eine Minute zurückdrehen.

Dann küßte er sie.

Es war keiner der Küsse, wie sie sie in den letzten Tagen empfangen hatte. Kein keuscher, kein schüchterner Kuß. Er küßte sie nicht auf die Wange, sondern auf die Lippen, zart, aber kräftig, erst tastend, dann fordernd. Und sie erwiderte den Kuß mit einer Leidenschaft, die sie bislang nicht gekannt hatte. Ohne Reserve, ohne Wunsch, ihre Gefühle unter Kontrolle zu halten. Sie wußte instinktiv, daß diese Beziehung anders war als alle Liebesgeschichten der Vergangenheit. Sie ließ sich gehen. In diesem Kuß spielten nicht nur Lippen und Zungen mit, sondern auch Lust und Erregung. Er legte seine Hände auf ihr Gesicht und hielt sie fest, als fürchte er, sie würde ihre Hingabe bedauern und sich von ihm losreißen wollen.

Schließlich trennten sich ihre Lippen. Ihre Gesichter waren einander ganz nahe. Susan suchte in seinem Gesicht zu lesen, was ihm der Kuß bedeutet hatte. Sie sah in seiner Miene ein Gemisch von Gefühlen: Überraschung, Glück, Verwirrung.

Er atmete heftig.

Ihr Herz schlug schnell.

Einen Moment glaubte sie noch etwas anderes in seinen Augen lesen zu können. Wieder hatten sie sich verdunkelt. Eine Sekunde oder auch zwei glaubte sie, in seinem Blick etwas wie Angst zu erkennen.

Angst?!

Doch bevor sie entscheiden konnte, was das bedeuten mochte, bevor sie sich noch klar darüber war, ob sie sich nicht geirrt und tatsächlich eine Spur von Angst erkannt hatte, brach er das Schweigen, und der Zauber des Augenblicks verflüchtigte sich.

»Ich war verwirrt... ich wollte nicht...«

»Und ich dachte schon, ich hätte dich gekränkt.«

»Nein, nein. Ich wußte bloß nicht, wie du...«

»... wie wir beide...«

»... gleiche Gefühle, gleiche Empfindungen...«

Er küßte sie wieder. Doch diesmal verhaltener. Schielte er nach der Tür? Sie konnte ihm daraus keinen Vorwurf machen. Immerhin war er Arzt und sie seine Patientin. Das Verführen von Patientinnen war mit dem Ehrenkodex eines Arztes nicht in Einklang zu bringen. Sie hätte so gern ihr Arme um ihn geschlungen und ihn an sich gepreßt; sie hätte gewünscht, die romantischen Augenblicke würden kein Ende nehmen und schließlich Erlösung und Erfüllung bringen. Doch sie wußte, daß es weder der richtige Platz noch der richtige Moment war, und so ließ sie zu, daß er sich von ihr zurückzog.

Doch niemand konnte die beiden daran hindern, sich zärtliche Worte zuzuflüstern.

Sie: »Seit wann hast du...?«

Er: »Ich weiß nicht. Vielleicht schon, bevor du aus dem Koma erwacht bist.«

»Sogar vorher?«

»Du warst so schön. Schlafend. Wie eine verwunschene Prinzessin.«

»Du hast mich doch noch gar nicht gekannt.«

»Natürlich war es noch nicht Liebe. Aber ein Gefühl, eine starke Anziehungskraft...«

»Ich bin sehr froh...«

»Und nachdem du aus dem Koma aufgewacht bist...«

»...habe ich dich nicht enttäuscht.«

»Im Gegenteil. Du hast Schneid bewiesen. Und ich liebe Frauen mit Schneid.«

Eine Weile schwiegen sie dann, in gegenseitige Betrachtung versunken.

Dann sagte sie: »Kann so etwas wirklich passieren? So schnell?«

»Jedenfalls ist es passiert.«

»Wir haben uns noch so viel zu sagen. Ich weiß praktisch noch gar nichts über dich.«

»Da ist nicht viel zu wissen...«

Sie nahm seine Hände in die ihren. »Ich will aber alles über dich wissen. Alles.«

»Später. Nicht hier...«

»Du hast recht. Ein Krankenhaus ist kaum der richtige Platz für Liebende, einander kennenzulernen.«

»Ich glaube, wir bleiben besser auf der Patientin-Arzt-Basis, bis du hier herauskommst. Wenn du gesund bist und aus der Klinik entlassen wirst, wenn wir nicht von vielen Augen gesehen werden...«

»Ja, das ist klüger«, stimmte sie zu, obwohl sie ihn berühren und von ihm berührt werden wollte, wie es der ärztlichen Ethik nicht entsprach. »Aber müssen wir uns strikt an die Regeln halten? Kannst du mich nicht wenigstens mal küssen?«

Er tat, als müsse er überlegen. »Nun«, sagte er lächelnd,

»soweit ich mich entsinne, verbietet der Hippokratische Eid einem Arzt nicht, Patienten zu küssen.«

»Jetzt zum Beispiel?«

Er küßte sie.

»Trotz allem«, erklärte er, »das Wichtigste für uns beide ist, unsere gemeinsamen Energien auf deine Wiederherstellung zu konzentrieren. Wenn es mir gelingt, dich gesund zu machen, wird alles Weitere einfach sein.«

»Gemeinsam werden wir es schaffen.«

»Wir *müssen* es schaffen«, sagte er in einem Ton, der jeden Zweifel ausschloß.

Obwohl er so überzeugend sprach, mußte Susan unwillkürlich daran denken, daß sie noch vor kurzem ein Aufflakkern von Furcht in seinem Blick gesehen hatte. Trotz seinem Optimismus mußte es in ihm Vorbehalte geben. Er war kein Narr; er wußte sehr gut, daß die Möglichkeit eines Fehlschlags bestand. Dann würde sie immer wieder von Halluzinationen heimgesucht werden. Furcht? Nun, er hatte allen Grund, besorgt zu sein. Er hatte Angst, sich in eine Frau verliebt zu haben, die sich am Rande eines Nervenzusammenbruchs befand oder – schlimmer noch – auf dem unaufhaltsamen Weg ins Irrenhaus.

»Du brauchst keine Angst zu haben«, sagte sie sanft.

»Ich habe keine.«

»Ich bin stark.«

»Ich weiß.«

»Stark genug, um alles zu überwinden. Mit deiner Hilfe!«

Bevor er sie wieder küssen konnte, wurden sie durch den Eintritt von Thelma Baker unterbrochen, die das Mittagessen brachte.

Der Zauber der Romantik war im Nu verflogen.

McGee verabschiedete sich, und Susan beugte sich seufzend über das Tablett mit Suppe und Hühnerbrust.

24.

In der Ruhestunde nach dem Essen fand Susan keinen Schlaf. Wirre Gedanken peinigten sie.

Sie überraschte sich bei dem skurrilen Wunsch, daß es wirklich Geister geben möge. Es würde ihre Probleme vereinfachen, wenn tote Männer durch das Hersagen frommer Gebete und durch das Besprengen mit Weihwasser in ihre Gräber zurückgetrieben werden könnten. Wie praktisch, wenn sich beweisen ließe, daß das Problem nicht in ihrem Inneren, sondern außerhalb zu finden war. Wenn Hatch und die anderen Phantome wirkliche Gespenster waren, würde sich daraus folgern lassen, daß sie, Susan Thorton, gesund war und an keiner psychischen oder geistigen Störung litt.

Doch ein socher Wunsch, das wußte sie, war unerfüllbar. Und daraus folgte, daß sie tatsächlich an einer geistigen Verwirrung litt.

Und noch am gleichen Nachmittag wurde ihre Befürchtung bestätigt.

Es begann ganz harmlos, und sie durfte schon hoffen, daß sie sich auf dem Weg der Besserung befand.

Gegen zwei Uhr wurde sie abgeholt und zur physikalischen Therapie gebracht. Die Pfleger waren ihr unbekannt, sie sprachen nur das Nötigste, und keines der beiden Gesichter glich im mindesten einem Phantom aus ihrer Vergangenheit.

Im Aufzug erwartete sie das Schlimmste. Doch nichts geschah.

Seit der vergangenen Nacht, seit der Erscheinung von Jerry Steins Leiche, hatte sie keine Halluzinationen mehr gehabt. Wieviele Stunden waren seither vergangen? Beinahe sechzehn...

Vielleicht würde es keinen weiteren Anfall geben. Vielleicht würden die Visionen so plötzlich verschwinden, wie sie begonnen hatten.

Die Therapie war anstrengender als am Vortag, aber Mrs. Atkinson bestätigte ihr, daß sie erstaunliche Fortschritte machte.

Die Wassertherapie und die energische Massage taten ihr gut.

Auf dem Weg zurück hielt Susan den Atem an, als sie in den Aufzug geschoben wurde. Doch nichts geschah.

Unterdes waren schon siebzehn Stunden seit dem letzten Anfall vergangen. Sie hatte das Gefühl, daß sie, wenn sie für einen ganzen Tag ihren Seelenfrieden fände, für immer von den Halluzinationen befreit sein würde. Ein einziger Tag, frei von Schemen und Lemuren!

Das wären noch sieben Stunden...

In ihrem Zimmer erwartete sie eine angenehme Überraschung. Zwei große Blumensträuße: Chrysanthemen, Nelken und Rosen. An jedem der Buketts war eine Karte angeheftet. Die erste, die ihr baldige Genesung wünschte, war von Phil Gomez unterschrieben. Auf der zweiten stand: ›Wir alle vermissen dich in der Tretmühle.‹ Sie war von mehreren Personen unterzeichnet. Susan erinnerte sich an verschiedene Namen, die Phil Gomez während der Telefongespräche erwähnt hatte: Breckenridge, Kavinsky, Haversby... Insgesamt waren es neun Namen. Doch Susan konnte mit keinem der Namen ein bekanntes Gesicht verbinden.

Trotz der schönen Blumen durchlief sie ein Schauder, wie immer, wenn die Milestone Corporation ins Spiel kam.

Und sie hatte keine Ahnung, warum.

Du mußt eine positive Einstellung bewahren, sagte sie sich und zwang sich, nicht weiter an Milestone zu denken.

Die Blumen rochen frisch, und sie erfreute sich an ihrem Anblick, ohne daran zu denken, wo die Spender beschäftigt waren.

Wieder in ihrem Bett, begann sie ein Buch zu lesen, aber die Therapie hatte sie ermüdet und schläfrig gemacht. Der Schlaf war traumlos und erquickend.

Als sie erwachte, war der Raum bereits voller Schatten. Die Sonne war dabei, hinter den Hügeln unterzutauchen. Abendstimmung, bald würde es Nacht sein. Susan gähnte und setzte sich auf.

Instinktiv fiel ihr erster Blick auf das zweite Bett. Es war immer noch unbelegt.

Ein Blick auf die Uhr auf dem Nachttisch! Sie hatte lange geschlafen. Seit der letzten Attacke waren neunzehn Stunden verstrichen.

Sie fragte sich, ob die neue Beziehung zu Jeff McGee die Kraft hatte, Gespenster von ihr fernzuhalten. Zu lieben und geliebt zu werden hatte zweifelsohne einen heilsamen Effekt. Sie hatte sich gegen die Vorstellung gewehrt, ihre Probleme wären seelisch bedingt. Doch jetzt, da es aussah, als lägen alle Schwierigkeiten hinter ihr, war sie bereit, psychologische Erklärungen zu akzeptieren. Vielleicht war Jeffs Liebe genau die Medizin, die sie benötigt hatte.

Sie stieg aus dem Bett, schlüpfte in ihre Pantoffeln. Der Weg ins Badezimmer bereitete ihr keine Mühe mehr, sie mußte sich nirgends festhalten. Im Bad knipste sie das Licht an.

Auf dem Rand der Badewanne stand ein Kopf. Abgetrennt, ohne Körper. Der Kopf von Jerry Stein.

Susan stand im harten Licht der Neonröhren, ihr Gesicht so weiß wie alles in diesem makellosen Baderaum. Sie traute ihren Augen nicht.

DAS KANN NICHT WAHR SEIN.

Der Kopf war im gleichen Stadium der Verwesung wie in der letzten Nacht, als Jerry sich von Mrs. Seifferts Bett erhoben und Susans Namen geflüstert hatte. Die Haut grau-grün, die Mundwinkel blutverkrustet. Gräßliche Blasen auf der Oberlippe und rund um die Nase. Die Augen weit offen, doch die blutigen Streifen über dem Augapfel bewegten sich diesmal nicht. Der Blick war nirgendwohin gerichtet, der Blick eines Blinden oder eines Toten. Der Kopf mußte roh vom übrigen Körper abgetrennt worden sein, zerfetztes Fleisch lag wie ein faltiger Kragen um das Ende des Nackens. Zwischen schwammigen Halsfalten lag ein kleiner Anhänger, der metallisch glitzerte. Der goldene Davidstern, den Jerry Stein stets getragen hatte.

ES IST NICHT WIRKLICH. EINE ERSCHEINUNG. EIN TRUGBILD.

Ihre Beschwörungen waren weniger wirkungsvoll als sonst. Im Gegenteil, je länger sie sie vor sich hinmurmelte, desto lebendiger erschien der gräßliche Kopf.

Starr vor Entsetzen, doch entschlossen, die Vision zu verscheuchen, ging Susan unsicher einen Schritt näher auf die Wanne zu.

Die toten Augen starrten durch sie hindurch, auf einen Punkt in einer anderen Welt.

Sie streckte ihre Hand aus, um das vermoderte Gesicht zu berühren. Zögerte.

Was, wenn ihre Berührung dieses Gesicht zum Leben erweckte? Wenn die toten Augen in Bewegung gerieten? Wenn der eitrige Mund nach ihr schnappte, sie in den Finger biß, nicht losließ...

Sie hörte ein seltsames, röchelndes Geräusch – und wurde sich bewußt, daß es ihr eigener keuchender Atem war.

Reiß dich zusammen, Susan. Du bist vernünftig genug, nicht an diesen Unsinn zu glauben.

Doch der Kopf löste sich nicht in Luft auf wie eine Fata Morgana.

Langsam bewegte sich ihre zitternde Hand vorwärts.

Sie berührte die Wange des toten Mannes.

Sie war nicht aus Luft. Sie bot Widerstand. Sie war aus Fleisch, aus zersetztem Fleisch.

Sie fühlte sich kalt und klebrig an.

Susan zuckte zurück, schaudernd, bebend.

Die Augen des Toten hatten sich nicht bewegt.

Susan blickte auf die Fingerspitzen, mit denen sie den Kopf berührt hatte. Sie waren feucht, mit einem silbrigen Schleim bedeckt. Spuren der Verwesung.

Es würgte sie, um ein Haar hätte sie sich erbrochen. Wie rasend wischte sie ihre feuchten Finger an ihrem Pyjama ab und sah, daß der eklige Schleim die Seide beschmutzte.

ES IST NICHT WAHR, ES IST NICHT WAHR.

Obwohl sie pflichtbewußt die Beschwörung, die sie zur Vernunft bringen sollte, wiederholte, hatte sie nicht den Mut, die Konfrontation länger durchzustehen. Sie mußte hinaus aus dem Badezimmer, in ihr Krankenzimmer, in den Korridor, zu den Schwestern, den Ärzten. Zu lebenden Menschen. Sie wandte sich um...

...und blieb stehen wie vereist.

In der offenen Badezimmertür, ihr den Weg versperrend, stand Ernest Hatch.

»O nein«, flüsterte sie.

Hatch grinste. Er trat ins Badezimmer, an ihre Seite, und schloß die Türe hinter sich.

ER IST NICHT WIRKLICH. EIN PHANTOM...

»Überrascht, meine Süße?« fragte er.

Die Stimme war unverkennbar die Stimme von Ernest Hatch.

»Judenmieze«, sagte er vergnügt.

Er spielte nicht länger die Rolle von William Richmond, dem Krankenhauspatienten. Kein Pyjama, kein Bademantel. Er trug die Sachen, die er vor dreizehn Jahren getragen hatte, in der Donnerhöhle, in der Nacht, in der er Jerry Stein ermordet hatte. Schaftstiefel, schwarzes Hemd, schwarze Reithose. Sie erinnerte sich genau daran, denn damals, im flakkernden Licht der Kerzen, hatte er für sie wie ein Nazi in einem alten Kriegsfilm ausgesehen. Ein SS-Mann. Sein kantiges Gesicht, sein kurzgeschnittenes Haar, seine eisgrauen Augen – all das fügte sich zum kompletten Bild eines grimmigen Nazi zusammen, das er zu Lebzeiten mit einem gewissen perversen Vergnügen kultiviert hatte.

»Gefällt dir meine kleine Aufmerksamkeit?« fragte er und wies auf den Kopf auf dem Badewannenrand.

Sie konnte nicht sprechen.

»Du bist in deinen Judenjungen verliebt gewesen.« Seine kalte Stimme vibrierte vor Haß. »So hab' ich gedacht, ich bring' dir ein Stück von ihm. Eine kleine Erinnerung. War das nicht nett von mir?« Er lachte verhalten.

Mit einemmal verfügte sie wieder über die Fähigkeit zu sprechen. Sie stieß hervor: »Du bist tot, verdammt noch mal! Tot. Du hast es mir selbst gesagt.«

Spiel das Spiel nicht mit, sagte sie sich verzweifelt. Um Himmels willen, rede keinen Unsinn. Geh nicht auf die Halluzination ein, weiche ihr aus.

»Ja«, erwiderte er gelassen, »ich bin tot.«

Sie schüttelte wild den Kopf. »Ich will das nicht hören. Du bist ja gar nicht hier. Du existierst nicht.«

Er trat vor. Der Raum war klein, sie wich zur Wand zurück, das Waschbecken zur Linken, die Wanne zur Rechten. Kein Fluchtweg offen.

Jerry Steins erloschene Augen starrten ins Leere, ohne auf die Ankunft von Hatch zu reagieren.

Eine von Hatchs starken Händen schnappte zu und ergriff Susans linkes Handgelenk, bevor sie reagieren konnte.

Sie versuchte sich freizumachen; vergeblich.

Ihr Mund war trocken geworden; im Solarplexus spürte sie einen unerträglichen Druck.

Hatch hielt sie in einem grausamen, erbarmungslosen Griff. Grinsend zog er sie langsam zu sich hin, trotz ihres verzweifelten Widerstands. Die Sohlen ihrer Pantoffeln boten auf dem glatten Boden keinen Halt. Er preßte ihre Hand gegen seine muskelbepackte Brust.

»Fühle ich mich genug solide an?« fragte er hämisch.

Sie hielt den Atem an. Das Gewicht der angestauten Luft war so stark, daß sie glaubte, es müsse genügen, ihr das Bewußtsein zu rauben. Sie würde zu Boden sinken, ohnmächtig, ohne das Schreckliche bewußt erleben zu müssen.

Nein, dachte sie, wehrte sich gegen den Verlust des Bewußtseins, voll Angst, sie würde als Wahnsinnige erwachen. Sie mußte gegen die Ohnmacht ankämpfen, mit ganzer Kraft.

»O ja, ich bin wirklich vorhanden. Gefalle ich dir nicht, so wie ich bin?«

Im Neonlicht flackerten seine Augen heller als sonst, beinahe schneeweiß und seltsam fremd – genau wie in jener Nacht bei Kerzenlicht in der Donnerhöhle.

Er rieb Susans Hand gegen seine kräftige Brust. Das Material seines Hemds fühlte sich rauh an und die Knöpfe kalt.

KNÖPFE! Könnte sie die Knöpfe in einem Traumzustand so deutlich fühlen? Könnte eine solche Kleinigkeit in einer Halluzination derart spürbar sein?

»Glaubst du jetzt, daß ich wirklich hier bin, bei dir?« fragte er mit mitleidlosem Grinsen.

Irgendwie fand sie die Kraft zu sprechen und seine Existenz nochmals zu verneinen. Ihre Zunge ließ sich nur schwer vom Gaumen lösen, und sie konnte ihre eigene Stimme kaum hören. »Nein. Du bist nicht hier.«

»Nein?«

»Du bist nicht hier.«

»Schlampe!«

»Du kannst mir nichts anhaben.«

»Das werden wir ja sehen, Hurentochter! Das werden wir sehen.«

Er hielt ihre Hand immer noch fest, zwang sie, über seine Brust und seine Schulter zu streifen. Dann, an seinem Arm, fühlte sie den harten Bizeps.

Wieder versuchte sie, sich loszureißen. Wieder mißlang es ihr. Seine Hand umschloß ihr zartes Gelenk wie eine Stahlzwinge.

Jetzt preßte er ihre Hand gegen seinen muskulösen Bauch. »Bin ich wirklich vorhanden, he? Was ist deine Meinung, Susan? Sag sie mir!«

Gab es keine Hoffnung? Vergeblich versuchte sie, die Reste ihrer Selbstbeherrschung zu sammeln.

Ein Trugbild! Eine Schimäre, Ausgeburt ihrer kranken Fantasie, Produkt eines kranken Hirns. Blendwerk! Es wird verschwinden, es muß verschwinden. Eine solche Erscheinung kann nicht von Dauer sein.

Doch auf diese Fragen gab es eine plausible, wenn auch erschreckende Antwort. Es konnte von Dauer sein, von unbegrenzter Dauer. Es mochte sie quälen, ihr Leben lang, bis sie in einer Gummizelle ihren letzten Atemzug tat.

Hatch führte ihre Hand noch tiefer hinunter.

Er war erregt. Selbst durch den Stoff seiner Hose konnte sie seine Erregung spüren. Das steife, pulsierende Merkmal seiner Männlichkeit.

ABER ER IST TOT.

»Kannst du ihn fühlen?« fragte er lüstern. Er lachte heiser. »Ist das Einbildung oder echt?«

Dunkle Wirbel durchzuckten sie. Reste der Vernunft drohten sich aufzulösen.

»Freitag nacht werd' ich meinen alten Freund in dich reinstoßen. Du weißt doch warum Freitag nacht? Der zehnte Jahrestag meines vorzeitigen Ablebens. Vor zehn Jahren trieb mir der Nigger sein Messer in die Kehle. Und am kommenden Freitag werde ich meinen Stolz in dich reinschieben und dann mein Messer in deinen zarten Hals.«

Um ein Haar hätte sie zu kichern begonnen. Sie verspürte einen unbezähmbaren, verrückten Hang zur Heiterkeit. Das süße Lachen des Irrsinns. Wenn sie diesem Drang nachgab, nur einmal nachgab, würde ihr Lachen kein Ende nehmen. Sie würde den Rest ihres Lebens in einer Ecke kauernd verbringen, brabbelnd und kichernd.

Hatch ließ ihre Hand los.

Sie riß sie von seiner Hose zurück.

Er stieß sie mit dem Rücken gegen die Wand. Preßte seinen Körper gegen ihren. Rieb seine Hüften an ihr. Und grinste.

Sie versuchte, sich an ihm vorbeizuwinden. Unmöglich. Seine Masse türmte sich vor ihr auf wie eine Mauer. Sie saß in der Falle.

»Ich hätte mir deinen süßen kleinen Arsch schon vor dreizehn Jahren vornehmen sollen. In der gottverdammten Höhle. Erst ich, dann die anderen. Dann die Kehle aufgeschlitzt und rein mit dir und dem Judenbuben in eine tiefe Spalte!«

ER IST NICHT EXISTENT, ER KANN MIR NICHTS TUN, ER...

Zwecklos. Es war überflüssig, den lächerlichen Singsang immer aufs neue zu wiederholen. Hatch war existent, er war real. Er stand vor ihr.

Natürlich war das unmöglich.

Trotzdem: Er war da, er konnte sie verletzen, und er *würde* sie verletzen.

Sie gab es auf, durch eigene Kraft die Situation unter Kontrolle zu halten. Sie bog den Kopf zurück und schrie.

Hatch lockerte den Druck, verlagerte sein Gewicht. Er betrachtete sie mit unverhohlenem Vergnügen. Er genoß die Szene, ihre Schreie schienen ihm süße Musik zu sein.

Niemand kam ihr zu Hilfe.

Wo blieben die Schwestern, die Pfleger, die Ärzte? Hörte

sie denn niemand? Warum? Ihre Schreie mußten selbst durch die geschlossene Badezimmertür zu hören sein.

Hatch beugte sich zu ihr, brachte sein Gesicht ganz nah an das ihre. Seine Augen blitzten wie die eines wilden Tieres im Scheinwerferlicht eines Autos.

»Gib mir eine kleine Kostprobe, Süße. Damit ich weiß, was ich am Freitag von dir erwarten darf.« Seine heisere Stimme hatte einen schmeichelnden Unterton. »Ein Kuß! Nur ein kleiner lieber Kuß. Gib dem guten alten Onkel Ernie einen Kuß.«

Wirklichkeit oder Alptraum, sie brachte es nicht über sich, einfach nachzugeben. Sie bog ihren Kopf heftig von einer Seite zur anderen, um seinen Lippen auszuweichen, die ihren Mund hartnäckig verfolgten.

»Verfluchtes Flittchen«, zischte er schließlich voll Zorn. »Ich bin dir wohl nicht gut genug? Sparst deine Küsse für den Saujuden.« Er trat einen Schritt zurück, blickte auf den Kopf auf dem Badewannenrand, dann wieder auf Susan, dann wieder auf den Kopf. Er lächelte sarkastisch und sagte schneidend: »Du sparst deine Küsse für den armen Jerry Stein auf, nicht wahr? Ist das nicht rührend? Romantische, altmodische Treue und Standhaftigkeit! Ich bin bewegt, ehrlich bewegt. Gut, gut, du sollst deine jungfräulichen Küsse nur Jerry geben.«

Er wandte sich mit theatralischer Geste dem verwesenden Kopf zu.

NEIN!

Er griff nach dem Kopf. Immer noch Susans vorbildliche Treue preisend, packte er eine Handvoll des schütteren Haars.

Susan erriet sein Vorhaben mit Entsetzen. Er wollte sie zwingen, die kalten, vermoderten Lippen des Toten zu küssen.

Ihr Herzschlag setzte aus. Da sah sie eine winzige Chance, dem Grauen zu entfliehen, und sie nahm sie wahr, ohne zu zögern. Sie schrie, sie kreischte, sie lief davon. Hatch hatte sich von ihr abgewandt, um den Kopf hochzuheben. Sie drängte sich an ihm vorbei, erreichte die Tür, kämpfte mit dem Türknopf, erwartete jeden Moment eine harte Hand in ihrem Nacken zu spüren. Dann war die Tür offen, und sie geriet aus dem harten Licht des Bades in den dämmrigen, schattigen Bereich des Krankenzimmers.

Erst lief sie zum Bett, um zu klingeln, doch sie fürchtete, Hatch würde über ihr sein, ehe sie es erreichte. So wirbelte sie herum und nahm die andere Richtung. Ihre Beine drohten zu versagen, sie torkelte zur offenstehenden Zimmertür, hinter der der rettende Korridor lag.

Schreiend erreichte sie den Ausgang, als Mrs. Baker gerade aus der Halle kam. Sie stießen zusammen, Susan drohte zu fallen, die Schwester stützte sie.

»Was haben Sie, Susan?«

»Im Bad! Im Badezimmer...«

»Sie sind ja schweißgebadet!«

»Dort?« Sie wies in die Richtung des Badezimmers.

Mrs. Baker legte schützend den Arm um sie. Susan fühlte die Stärke der anderen, hieß sie willkommen.

»Was ist im Badezimmer?«

»Er.«

»Wer?«

»Der... der...« Sie erschauerte.

»Wer? fragte die Baker nochmals.

»Hatch.«

»Aber nein.«

»Aber ja. Er. Hatch.«

»Schätzchen, Sie haben bloß...«

»Er ist dort drin.«

»Er ist doch nur eine Vision.«

»Aber ich sage Ihnen...«

»Kommen Sie.«

»Wohin?«

»Kommen Sie mit mir.«

»Nein. Nein.«

»So kommen Sie schon!«

»Ich möchte raus.«

»Immer mit der Ruhe! Kommen Sie!«

Sie trug Susan beinahe ins Zimmer zurück.

»Jerrys Kopf!«
»Sie Ärmste! Beruhigen Sie sich doch.«
»Sein Kopf! Abgetrennt vom Rumpf...«
»Ein Traum...«
»Nein.«
»Ein böser Traum...«
»Er wollte... wollte mich zwingen... das Ding zu küssen...«
»Schon gut.«
Jetzt hatten sie die Badezimmertür erreicht.
Susan, in Panik: »Was tun Sie?«
»Einen Blick reinwerfen.«
»Um Gottes willen, *nein*!«
Thelma Baker faßte nach dem Türgriff. Susan sah verblüfft, daß die Tür geschlossen war. Hatte sie sie hinter sich zugestoßen? Oder...
»Ich will Ihnen zeigen, daß es da nichts zu ängstigen gibt.«
Susan packte ihre Hand. »Nein!«
»Kein Grund, sich zu fürchten, meine Liebe.«
»Wenn es bloß eine Halluzination gewesen wäre...«
»Es war eine.«
»...hätte ich doch nicht die Knöpfe an seinem Hemd spüren können.«
»Susan!«
»Und die ekelhafte Erektion! Sein Ding war prall, heiß...«
Mrs. Baker starrte sie an, perplex.
Es ergibt keinen Sinn, nicht für sie. Für sie bin ich eine brabbelnde Irre.
Aber ergibt es einen Sinn für mich?
»Nur ein Blick hinein, Susan...«
»Bitte, tun Sie mir das nicht an.«
»Es ist zu Ihrem Besten...«
»Bitte nicht!«
»Sie werden sehen, kein Grund zur Aufregung...«
Flehend, beinahe winselnd: »Bitte...«
Mrs. Baker machte sich daran, die Tür zu öffnen.
Susan schloß krampfhaft die Augen.
»Susan, sehen Sie selbst!«

Sie hielt die Augen geschlossen.
»Alles in Ordnung. Alles wie sonst.«
»Er ist noch drin.«
»Nein. Niemand.«
»Ich kann ihn fühlen.«
»Niemand ist da. Nur Sie und ich.«
»Aber...«
»Ich würde Sie doch nicht anlügen.«
Kalter Schweiß tropfte auf ihren Nacken und glitt den Rükken hinunter.
»Susan! Bitte! Schauen Sie doch!«
Sie hatte Angst zu schauen, aber auch Angst, die Augen geschlossen zu halten. So tat sie, was Mrs. Baker verlangte. Sie warf einen Blick ins Badezimmer.
In der Türfüllung stehend, konnte sie den kleinen Raum leicht überblicken. Die Neonröhren beleuchteten ihn bis in den kleinsten Winkel. Weiße Wände. Weißer Waschtisch, weiße Wanne. Kein Ernest Hatch. Kein vermoderter Kopf am Wannenrand.
»Na, sehen Sie!« rief Mrs. Baker munter.
»Nichts.«
»Und nie gewesen.«
»Oh, mein Gott!«
»Fühlen Sie sich jetzt besser?«
Sie fühlte sich wie erschlagen. Und ihr war kalt. Sie fröstelte.
»Miß Thorton! Susan!«
»Ja, besser. Viel besser.«
»Armes Ding!«
Ihr war, als hätte man einen bleiernen Mantel um ihre Schultern gelegt.
»Ihr Pyjama ist völlig durchgeschwitzt. Sie müssen ihn wechseln.«
»Mir ist so kalt...«
»Kein Wunder.«
»Der Kopf! Der verwesende Kopf...«
»Es gibt keinen Kopf.«
»Auf dem Rand der Badewanne.«

»Nein, nein. Es gab keinen Kopf am Wannenrand. Das war bloß ein Teil der Halluzination.«

»Ich kann es nicht glauben.«

»Eine Halluzination. Das ist Ihnen doch jetzt auch klar, nicht wahr?«

»Ich weiß nicht recht. Ja. Wahrscheinlich.«

»Sind Sie wieder in Ordnung, meine Liebe?«

»Ja. Es ist schon vorbei...«

Sie ließ sich von Mrs. Baker weg vom Badezimmer und zu ihrem Bett führen. Sie legte sich hin. Die Baker knipste die Nachttischlampe an. Die Schatten verschwanden im hellen Licht. Dann zog ihr die Baker den blauen Pyjama aus. Der andere, der grüne, war erst am Morgen gewaschen worden und noch nicht trocken. So half ihr die Schwester in ein Krankenhaushemd, das über den Kopf gezogen und am Rücken geschlossen wurde.

»Alles o. k.?« fragte die Schwester.

»Ich hoffe.«

»Susan! Ich mache mir Ihretwegen Sorgen.«

»Kein Grund zur Sorge, Mrs. Baker. Ich bin bloß müde, todmüde. Ich brauche nichts als Ruhe. Schlafen. Vergessen.«

Ein frommer Wunsch! Doch würde sich das, was sie – im Traum oder in Wirklichkeit – eben durchlebt hatte, je vergessen lassen?

Sie war zu müde, um diesen Gedanken weiterzuspinnen. Sie sah noch den besorgten Blick von Mrs. Baker, die sich über sie beugte. Das ermutigende Lächeln der älteren Frau beruhigte sie.

Sie schloß die Augen...

25.

»Susan?«

Sie schlug die Augen auf. Sah Jeff McGee, der auf sie herunterblickte, mit besorgt gefurchten Brauen.

Es gelang ihr zu lächeln. »Hallo, Jeff...«

Jetzt lächelte auch er.

Seine besorgte Miene hatte erstaunlich lange gebraucht, um in eine lächelnde überzugehen, als ob sie ihn durch eine Zeitlupe betrachtet hätte.

»Wie fühlst du dich?«

Auch seine Stimme kam ihr komisch vor. Dunkler, tiefer, anders als sonst. Als ob eine falsch eingestellte Grammophonplatte zu langsam ablief.

»Nicht schlecht.«

»Ich hörte, daß du wieder einen Anfall gehabt hast.«

»Ja.«

»Willst du ihn mir nicht erzählen?«

»Nein. Uninteressant.«

»Ich bin sicher, mich würde es interessieren.«

»Vielleicht. Aber ich habe keine Lust, darüber zu sprechen.«

»Aber wenn ich dich bitte...«

»Schlaf hilft mir. Nur Schlaf.«

»Es ist spät geworden. Und du hast seither ununterbrochen geschlafen.«

»Ich bin so müde...«

»Und du bist halb in Trance. Merkst du es nicht?«

»Müde...«

Sie lächelte immer noch, aber schloß die Augen.

»Susan, hörst du mich?«

»O ja...«

»Ich möchte nicht, daß du jetzt weiterschläfst.«

»Nur ein bißchen...«

Es war ein angenehmes Gefühl. Als ob sie in einer warmen Strömung dahinglitt. Ohne Ziel. Faul. Wohlig.

»Nein«, beharrte er, »du sollst mit mir sprechen. Nicht schlafen. Sprechen.«

Er berührte ihre Schulter, schüttelte sie sanft.

Sie öffnete die Augen, etwas widerwillig, doch immer noch freundlich lächelnd.

»Du darfst nicht zu fliehen versuchen, du mußt den Dingen ins Auge sehen. Schlaf ist nicht die richtige Medizin.«

Erstaunt fragte sie: »Schlaf tut mir nicht gut?«

»Nicht im Moment.«

»Schlaf heilt alle Wunden, heißt es.« Sie hatte falsch zitiert.

»Susan!«

Wieder schloß sie die Augen. »Später...« murmelte sie.

Als sie ihn wieder ansah, wußte sie nicht, wieviel Zeit vergangen war. Er war über sie gebeugt, eine Spritze in der Hand.

»Ich werde dir jetzt eine Injektion geben.«

Sie merkte den Einstich gar nicht.

»Du wirst dich dann besser fühlen.«

»Aber ich fühle mich gut genug«, sagte sie schläfrig.

»Ich will, daß du wach wirst. Hellwach. Aufnahmefähig. Du darfst nicht in einer Traumwelt bleiben.«

»Wenn es aber so angenehm ist...«

»Es ist nicht gesund.«

Es dauerte eine Weile, bis sie ihre Benommenheit abschütteln konnte. Ihre Augen juckten. Sie rieb sie mit ihrem Handrücken. McGee klingelte nach einer Schwester und ließ ein Mittel bringen, das er eigenhändig in ihre Augen tropfte. Es war kühl und befreite sie von dem Juckreiz.

Sie hatte einen metallenen Geschmack im Mund. Jeff goß ihr ein Glas Wasser ein. Sie trank es aus.

Die Schläfrigkeit wich nur nach und nach. Sie war ein bißchen böse, daß Jeff sie nicht hatte schlafen lassen. Es war so wohltuend gewesen.

»Was hast du mir eingespritzt?«

»Ein Stimulans. Es hilft gegen schwere Depressionen.«

Sie verzog den Mund. »Ich war gar nicht deprimiert. Nur schläfrig.«

»Susan, du warst auf dem Weg, dich völlig von jeder Realität zurückzuziehen.«

»Nur müde...«

»Eine gefährliche Phase von Depression«, beharrte er. Er setzte sich auf die Bettkante. »Und jetzt möchte ich, daß du mir alles – aber auch alles erzählst, was dir im Badezimmer widerfahren ist.«

Sie seufzte. »Muß das sein?«

»Ja. Es muß.«

Sie war jetzt vollkommen wach. Der Zustand, der sie veranlaßt hatte, sich in einen Dauerschlaf zurückzuziehen, war gewichen. Sie fühlte sich erstaunlich energisch, beinahe kampflustig. Sie setzte sich im Bett auf, hob den Kopf. »Hast du die Nerven, Jeff, eine Gruselgeschichte zu hören?«

Er blieb viel länger als sonst, sie sprachen fast eine Stunde miteinander, und während des Essens leistete er ihr Gesellschaft. Sie hatte keinen Appetit, aber er achtete darauf, daß sie nichts übrigließ.

Schließlich war es für ihn Zeit zu gehen.

»Wirst du in Ordnung sein?«

Um ihn zu beruhigen, sagte sie: »Ganz sicher. Du weißt doch, ich habe Schneid.«

»Gott sei Dank. – Die Wirkung der Spritze hält nicht lange an. Zur Schlafenszeit wirst du wieder müde werden. Außerdem bekommst du ein Sedativ, ein stärkeres als sonst.«

»Ich dachte, du willst nicht, daß ich schlafe.«

»Das war etwas anderes. Ein unnatürlicher Schlaf, eine Flucht ins Vergessen, ein psychologischer Rückzug. Das ist jetzt vorbei, du bist wieder die alte Susan. Und ich möchte, daß du in der Nacht ruhig schläfst.«

Weil ich dann keine Halluzinationen haben kann, dachte Susan. Ausflüge in den Dschungel des Wahnsinns sind gefährlich. Man weiß nie, ob man zurückkommen kann. Wie in der wirklichen Wildnis können Ungeheuer über einen herfallen und einen verschlingen.

»Ich habe angeordnet«, fuhr er fort, »daß die Nachtschwestern in gewissen Intervallen nach dir sehen. Etwa jede Viertelstunde. Und wenn sie nur den Kopf zur Tür reinstecken. Du sollst wissen, daß du nicht allein bist.«

»Sehr gut.«

»Und bitte grüble nicht. Schalt den Fernseher ein. Beschäftige deinen Geist.«

»Durch das Fernsehen?« fragte sie ironisch.

Er grinste. »Besser als nichts. Alles besser, als vor sich hin zu starren.«

Er küßte sie. Es war kein leidenschaftlicher, aber ein zärtlicher Kuß. Und – wie sie glaubte – die beste Medizin.

Bei der Tür wandte er sich nochmals um und winkte ihr zu. Nachdem er gegangen war, fühlte sie sich ziemlich verlassen. Sie aß ein Stück Schokolade und schaltete den Fernseher ein. Die ersten zwei Programme, die sie empfing, langweilten sie. Dann geriet sie an einen Western und verfolgte mit gebührendem Interesse den Kampf zwischen einem jungen Sheriff und einer Bande von Viehdieben.

Die beiden Nachtschwestern – Tina Scolari und Beth Howe – kamen abwechselnd in ihr Zimmer und fragten nach ihren Wünschen. Sie waren nett und verständnisvoll, und Susan sah sich zu ihrem eigenen Erstaunen imstande, mit ihnen zu scherzen.

Zur gewohnten Stunde brachte ihr eine der Schwestern das Sedativ. Es war diesmal keine rosa Pille, sondern eine gelbe.

Später kam es zu einer Revolverschlacht, die der Sheriff mit einigen tapferen Farmern überlegen gewann. Sie drückte auf die Fernbedienung, auf der Mattscheibe wurde es dunkel.

Zeit zum Schlafengehen.

Doch erst mußte sie ins Bad.

Verzagt starrte sie auf die Tür, am liebsten hätte sie nach einer Schwester geklingelt und um die Bettflasche gebeten. Doch nach kurzem Zögern entschied sie sich dagegen. Sie schämte sich ihrer Verzagtheit. Wo war der berühmte Thorton-Schneid geblieben, dessen sie sich stets gerühmt hatte. Sie hatte schon nach der Klingel gegriffen, jetzt zog sie ihre Hand zurück. Kurz entschlossen warf sie die Bettdecke zurück, schlüpfte in ihre Pantoffeln und ging zum Badezimmer.

Öffnete die Tür.

Drehte die Beleuchtung an.

Die Neonröhren flackerten, dann wurde es hell im Raum.

Keine toten Männer. Kein abgetrennter Kopf. Ein normaler Baderaum, sauber und weiß.

»Gott sei Dank«, flüsterte sie und stieß einen tiefen Seufzer der Erleichterung aus.

Sie schloß die Tür hinter sich.

Später, als sie sich die Hände wusch, schlug ihr Herz wieder im gewohnten Rhythmus, ohne Beschleunigung.

Sie riß ein Papierhandtuch aus der Rolle, um sich die Hände abzutrocknen.

Etwas, was am Boden lag, glitzerte im Licht. Ein kleines metallisches Objekt, das die Strahlen reflektierte.

Sie warf das Handtuch in den Papierkorb, trat vom Waschbecken zurück und bückte sich. Hob das glitzernde Ding auf.

Ungläubig starrte sie es an.

Einmal hatte sie gewünscht, es gäbe wirklich Geister und Gespenster. Und jetzt schien es, als sei ihr Wunsch in Erfüllung gegangen. Sie hielt den Beweis in ihrer Hand. Ein goldener Davidstern. Derselbe, der an einem Kettchen an Jerry Steins abgetrenntem Kopf gehangen hatte.

III. Teil

AUSFLUG IN DEN NEBEL

26.

In dieser Nacht ging Susan ins Bett, ohne den goldenen Davidstern irgend jemandem gezeigt zu haben.

Als sie ihn am Boden des Badezimmers gefunden hatte, war ihr erster Impuls gewesen, zu den Nachtschwestern zu laufen. Sie wollte ihn möglichst vielen Personen zeigen, um zu beweisen, daß sie nicht an geistiger Verwirrung litt, daß die Besuche der toten Männer mehr waren als bloße Halluzinationen einer Kopfverletzten.

Doch dann beschloß sie, vorsichtig zu sein. Wenn sie atemlos ankam, um das Beweisstück zu präsentieren – und dann die Hand öffnete und keinen Davidstern in ihr hielt? In den vergangenen Tagen hatten sich eindeutige Beweise des öfteren verflüchtigt und in Luft aufgelöst.

Sie durfte ihren Eindrücken nicht trauen, darauf hatte sie Jeff McGee wiederholt aufmerksam gemacht. Sie konnte nicht sicher sein, daß ihr Gehirn Wahrnehmungen ihrer Sinne richtig interpretierte. Es mochte sich um einen neuerlichen Anfall handeln, und wenn er vorbei war, würde sich der Davidstern als eine lose Schraube oder ein heruntergefallener Nagel entpuppen.

Es war besser zu warten, sich Zeit zu geben, bis die Attacke verflogen war, und sich dann das Objekt in Ruhe anzusehen, um sich zu überzeugen, ob es dann immer noch seine Gestalt behalten hatte.

Außerdem scheute sie sich plötzlich, die Existenz der toten Männer und ihre Rache über das Grab hinaus ernsthaft in Erwägung zu ziehen. In Gesprächen mit Jeff McGee hatte sie halb im Scherz den Wunsch geäußert, es gäbe wirklich Geister, um eine geistige Erkrankung ihrerseits auszuschließen. Doch sie hatte freilich nicht überlegt, was die Erfüllung eines solchen Wunsches bedeuten würde. Ein weiterer Schritt in die Tiefen des Wahnsinns.

Ihr kühler, wissenschaftlicher Verstand wehrte sich gegen

die Vorstellung, tote Männer könnten aus ihren Gräbern gestiegen sein. Wann immer sie mit abergläubischen Vorstellungen konfrontiert gewesen war, war sie entweder amüsiert oder abgestoßen gewesen. Bisher hatte sie ihre Selbstbeherrschung wenigstens zum großen Teil durch den Glauben behalten können, ihre Peiniger seien bloß fiktive Auswüchse eines erkrankten Hirns gewesen, Schemen, Phantome.

Wenn sie aber wirkliche Dämonen waren...

Was dann?

Was würde als nächstes geschehen?

Viele Menschen glaubten an die Existenz von Dämonen. Nicht nur abergläubische Narren und Hohlköpfe. Priester, Theologen, Gelehrte der Kirchengeschichte...

Sie griff nach dem Spiegel, musterte sich mit prüfendem Blick. Sah betroffen den gehetzten, gequälten Ausdruck in ihren Augen.

Was hatte sie zu erwarten? Neue Blendwerke, neue Schrecknisse?

Daran wollte sie gar nicht denken. Es hatte auch keinen Sinn, im Moment darüber zu grübeln, bevor sie nicht wußte, ob der Davidstern ein wirklicher Anhänger war oder nicht.

Gleichzeitig begann das starke Beruhigungsmittel, das sie eingenommen hatte, zu wirken. Ihre Augenlider wurden schwer, ihre Gedanken begannen sich zu verschleiern. Hastig schlug sie den goldenen Anhänger in ein Blatt Toilettenpapier ein und knüllte es zu einem kleinen Päckchen zusammen.

Sie knipste das Licht aus, verließ das Badezimmer und ging zu Bett. Ihr kostbares Geheimnis verstaute sie in der Nachttischschublade, neben ihrer Geldbörse.

Die Wirkung des Sedativs vernebelte ihre Sinne, sie vermochte sich nicht länger wach zu halten.

Am Donnerstagmorgen war der Himmel wieder von dunklen Wolken überzogen, doch es gab Lücken, und manchmal kam die Sonne durch.

Susan blickte zum Fenster. Würde es ein schöner Tag werden?Einen Moment lang neigte sie zu Optimismus. Sie hatte gut geschlafen, keine bösen Träume hatten sie gequält.

Da fiel ihr der Davidstern ein, den sie im Nachttisch versteckt hatte.

Ihre Miene verdüsterte sich. Hastig riß sie die Schublade auf. Das Päckchen lag noch dort, neben ihrer Geldbörse. Es war kein Traum gewesen.

Sie holte es heraus, zerriß das Papier. Der Davidstern lag in ihrer Hand, und das Goldkettchen glänzte in den Sonnenstrahlen, die durch das Fenster drangen.

Susan betastete den Anhänger mit ihren Fingern. Metall, solides Metall. Gold. Kein Trugbild, es war echt.

So unsinnig es scheinen mochte, so folgte daraus, daß auch Ernest Hatch und der abgetrennte Kopf echt gewesen waren.

GEISTER?

Sie drehte den Davidstern nach allen Seiten, zog die Kette durch ihre Finger. Sollte sie wirklich an Gespenster, an Dämonen glauben?

Doch selbst wenn sie dazu bereit gewesen wäre, gab es ein gewichtiges Faktum, das sie daran hinderte. Der Davidstern. Wenn die toten Männer Dämonen waren, die durch Ritzen schlüpfen und sich in Luft auflösen konnten, dann hätte der Davidstern mit Ernest Hatch und Jerry Steins Kopf verschwinden müssen. Hatch war spurlos verschwunden und der Kopf mit ihm. Aber der Davidstern, der am Kopf gehangen hatte, befand sich hier, in ihrer Hand. Wäre er ein Teil der Geisterwelt gewesen, konnte er nicht zugleich ein Bestandteil der realen sein. Aber das war er; er lag hart und real auf ihrer Handfläche.

Letzte Nacht, als das Sedativ ihre Sinne vernebelt hatte, hatte sie den Anhänger für einen Beweis für die Existenz von Dämonen gehalten. Jetzt sah sie in ihm den Beweis dafür, daß die toten Männer nicht bloß ihrer Fantasie entsprungen waren.

Keine Geister!

Aber auch nicht die Produkte einer Kopfverletzung! Der Anhänger in ihrer Hand sprach gegen beide Theorien.

Doch was für eine Erklärung blieb übrig? Sie starrte auf den Davidstern, versuchte ihre Gedanken zu ordnen. Daß sich vier Doppelgänger zufällig in der Willawauk-Klinik getroffen hatten, schloß sie ebenfalls aus.

Eine allgemeine Verschwörung gegen sie? Auch diese Theorie ergab keinen Sinn. Vor allem konnte sie nicht erklären, wie Hatch gestern aus dem fensterlosen Badezimmer verschwunden war. Oder wieso die Leiche von Jerry Stein in Jessica Seifferts Krankenbett gelegen hatte. Oder wieso der Leichnam nach 13 Jahren nicht völlig skelettiert gewesen war.

Geister?

Fehlfunktion des Gehirns?

Bizarre Komplotte?

Keine der Theorien bot eine adäquate Erklärung. Jeder Versuch einer Analyse führte in die Irre.

Ich muß meine Gedanken in Ordnung bringen, sagte sie sich immer wieder. Ich muß mich zwingen, klar und objektiv zu denken – so als ob ich ein physikalisches Problem zu lösen hätte. So habe ich es immer getan, und so werde ich es auch jetzt tun. Und während sie an ihre Studienzeit an der Universität und an ihre wissenschaftliche Karriere dachte, hielt sie den Davidstern eisern fest, als könne sie aus ihm die Wahrheit herauspressen.

Eine Krankenschwester kam ins Zimmer. Millie, die strenge Blondine, die Dienstag morgen, als Susan hysterisch wurde, ihr die Injektion verpassen wollte, während Carl Jellicoe sie festhielt.

»In ein paar Minuten bringe ich Ihr Frühstück«, sagte Millie und ging an Susans Bett vorbei zum Badezimmer. »Ich bin gleich zurück.«

Durch die halboffene Tür konnte Susan sehen, daß die Schwester etwas suchte. Sie bückte sich, schaute unter den Waschtisch und hinter den Toilettensitz.

Was mochte sie so eifrig suchen? Schon bei Millies Eintritt war Susan etwas an ihrem Benehmen aufgefallen. Sie schien nervös zu sein, schien es eilig zu haben. Hatte sich nicht einmal die Zeit genommen, sich nach Susans Befinden zu erkundigen, hatte weder Temperatur noch Blutdruck gemessen.

Susan blickte auf ihre Hand. Das Kettchen hing zwischen ihren Fingern. Ohne genau zu wissen, warum sie es tat, einer Eingebung folgend, rollte sie die Kette zusammen und legte sie zum Anhänger. Ballte die Hand zur Faust. Nichts vom Davidstern war zu sehen.

Sie lehnte sich im Bett zurück, legte die geschlossene Faust auf die Decke. Sie gab sich gelassen und entspannt, blinzelte ins Morgenlicht.

Millie kam aus dem Badezimmer zurück und trat an ihr Bett. Sie zögerte einen Moment, bevor sie fragte: »Haben Sie im Badezimmer etwas gefunden, Miß Thorton? Ein Schmuckstück?«

Susan tat überrascht. »Im Badezimmer?«

»Ja.«

»Ein Schmuckstück? Was meinen Sie? Eine Perlenkette? Oder ein Smaragdkollier?« Sie erkundigte sich amüsiert, als ob es sich um einen Scherz handle.

Doch Millie blieb ernst. »Nein, nichts dergleichen. Ein Anhänger, der mir gehört. Ich muß ihn gestern verloren haben, wahrscheinlich als ich saubermachte.«

»Ein Anhänger? Was für ein Anhänger?«

Wieder zögerte Millie einen Moment, dann sagte sie: »Ein Davidstern. Aus Gold. Mit einer goldenen Kette.«

Susan sah die Spannung im harten, wachsamen Blick der Schwester. Doch sie ließ sich nicht beirren. Statt dessen fragte sie leichthin: »Ein Davidstern? Sind Sie Jüdin?«

»Ja, gewiß«, erwiderte Millie schnell. »Ich weiß, ich sehe nicht so aus, aber...«

Susan nickte. »Ich hatte einmal einen jüdischen Verlobten. Auch er war blond und sah aus wie ein hundertprozentiger Amerikaner.«

Verdammte Lügnerin, dachte sie. Der Anhänger hat nie dir gehört. Er ist zwar verloren worden, aber nicht von dir. Er ist vom abgetrennten Kopf gefallen. Und jetzt versuchten sie – wer auch immer sie waren –, die Sache zu vertuschen.

»Tut mir leid«, sagte Susan, »aber ich habe nichts gefunden.«

Millie starrte sie an.

Susans vager Verdacht verhärtete sich. Jetzt war sie sicher, daß ihr Problem kein psychologisches war. Die Ereignisse hatten sich nicht zufällig aneinandergereiht, sie waren programmiert gewesen. Man unterwarf sie einer bestimmten Behandlung – vielleicht einem Test, dessen Sinn sie nicht verstehen konnte. Aber wer? Und warum? Sie war entschlossen, es herauszubekommen.

Vorerst setzte sie ihr süßestes Lächeln auf und sagte: »Ich hoffe, Sie werden den Anhänger noch finden.«

»Vielleicht ist die Kette gerissen«, entgegnete Millie. »Der Davidstern muß woanders heruntergefallen sein.«

Sie war keine gute Lügnerin. Weder ihr Blick noch ihr Tonfall waren überzeugend.

Susan tat, als ob sie das Thema nicht weiter interessierte. Sie gähnte herzhaft. »Ich brauche dringend meinen Kaffee. Wird es mit dem Frühstück noch lange dauern?«

Sofort verwandelte Millie sich wieder in die tüchtige Krankenschwester; vom fehlenden Davidstern war nicht mehr die Rede. Sie versprach, sich um das Frühstück zu kümmern, und brachte es auch nach wenigen Minuten. Susan benutzte die Zwischenzeit, um für den Davidstern ein sicheres Versteck zu suchen. Das war gar nicht so einfach. Die Nachttischlade und der Kleiderschrank schieden aus, dort würde jemand, der danach suchte, als erstes nachsehen.

Schließlich entschied sie sich, den Davidstern wieder in Papier einzuwickeln und in ihren linken Pantoffel zu schieben. Sie schob ihn ganz nach vorne; die Pantoffeln waren sehr bequem, und sie stieß mit der großen Zehe nur leicht dagegen. Selbst wenn man in den Lederslipper flüchtig hineinschaute, unterschied sich das Papier kaum vom hellen Futter.

Susan ließ das Frühstück beinahe unberührt. Es drängte sie, auf eigene Faust mit Nachforschungen zu beginnen. Sie ging ins Badezimmer, knipste das Licht an und schloß die Tür hinter sich. Es gab keinen Schlüssel, und der Riegel war kaputt. Sie schob den Hocker gegen die Tür.

Jetzt hatte sie keine Angst mehr. Vor Geistern hatte sie sich gefürchtet, Menschen jagten ihr keine Angst ein. Millie war mit irgendwelchen Verschwörern im Bunde. Es galt ein Komplott aufzudecken. Sie machte sich methodisch an die Arbeit, wie sie es von ihrer wissenschaftlichen Tätigkeit gewohnt war.

Sie begann die Wände zu untersuchen. Solide Wände, weiß gestrichen, ohne Sprung. Sie prüfte vor allem die Ecken, aber sie wiesen nichts Ungewöhnliches auf. Wenigstens nicht die ersten beiden, die sie examinierte. Doch bei der dritten, gleich hinter der Tür, fand sie, wonach sie suchte. Ein Sprung, nicht breiter als ein Haar, der vom gekachelten unteren Teil bis zur Decke reichte.

Sie rieb sich die Augen, blickte nochmals in die Ecke. Der Sprung war immer noch da, bei flüchtigem Hinsehen kaum zu merken, doch bei näherer Betrachtung unverkennbar. Eine messerscharfe Linie, die sicher nicht dem Alter des Gebäudes zuzuschreiben war. Sie war geplant gewesen, noch bevor man die Wand aufgerichtet hatte.

Sie trat zum Waschbecken, sah in den Spiegel. Aber nicht, um sich selbst zu betrachten. Sie prüfte das Glas, das bis zur Decke reichte. Sie fand keine Schrauben, die es an der Wand befestigten. Der Spiegel mußte fest mit der Wand verbunden sein.

Sie kniete auf den kalten Boden und lugte unter das Bekken. Die Leitungsrohre kamen aus dem Flur, keine einziges aus der Wand. Jetzt kroch sie unter das Becken und prüfte das Mauerwerk. Auch hier konnte sie einen Sprung entdekken, der von unten nach oben lief, bis er vom Waschbecken und dem Spiegel verdeckt wurde. Die Kacheln des unteren Teils waren in der Mitte durchschnitten; die Schnittlinie ging in den Sprung über.

Susan konnte einen Fingernagel in den Spalt zwischen den Kacheln stecken. Er war nie zugekittet worden. Sie spürte einen schwachen, kalten Luftzug, der durch die Ritze kam. Als ob ein eisiger Atem über ihre Fingerspitze strich.

Sie kroch hervor und richtete sich langsam auf. Nachdenklich blickte sie auf den Raum zwischen den beiden Sprüngen. Er maß etwas über einen Meter, erstreckte sich von hinter der Tür bis zur Mitte des Spiegels. Anscheinend konnte dieser Teil der Wand nach außen schwingen.

Durch diese Öffnung war Ernest Hatch ins Bad gekommen. Und hatte es dann verlassen können, mit Jerry Steins Kopf, ohne zu merken, daß der Davidstern auf den Boden gefallen war.

Das Rätsel des Badezimmers schien gelöst zu sein. Nun ging Susan daran, die Wand hinter Jessica Seifferts Bett zu inspizieren. Auch hier fand sie zwei schnurgerade Linien, die vom Boden zur Decke führten, Sprünge im Gemäuer, die nur aus geringer Entfernung zu sehen waren. Ein Sprung befand sich seitlich vom Bett, der zweite in etwa einem Meter Distanz in der Ecke.

Susan versuchte, an verschiedenen Stellen gegen die Wand zu drücken, in der Hoffnung, eine geheime Feder zu entdecken, die einen Mechanismus in Gang setzen und das Mauerstück aufschwingen lassen würde. Doch es gelang ihr nicht. Die Wand bewegte sich nicht.

Sie kniete nieder. Glitt mit der Fingerspitze den Spalt entlang. Wieder spürte sie die Zugluft, die aus der Ritze kam. Und jetzte entdeckte sie auf der Fingerspitze einen Tropfen klebriger Flüssigkeit. Sie roch nach Schmieröl. Waren die Scharniere der geheimen Öffnungen damit eingefettet worden, damit sie sich lautlos bewegten?

Geheimtüren?

Der Gedanke war zu bizarr, um glaubhaft zu sein.

Schattenhafte Verschwörer, die heimlich durch die Wände gingen? Das waren typische Fantasieprodukte eines Verfolgungswahnsinnigen.

Aber die Sprünge in der Wand?

Einbildung?

Der Luftzug, der durch die Ritzen kam!

Sinnesverwirrung?

Und das Schmieröl?

Sie war nicht verrückt. Ihr Verstand funktionierte vorbildlich. Und alles, was sie entdeckt hatte, fügte sich wie ein Mosaik zu einem klaren Bild zusammen.

Jetzt galt es, die richtigen Schlüsse zu ziehen.

Die Verschwörungstheorie schien bewiesen. Aber diese Erkenntnis ergab noch keinen Sinn.

Wer konnte die Mittel und die Möglichkeit haben, einen so kostspieligen, komplizierten Plan zu ersinnen und durchzuführen? Mit geheimen Türen in einem Krankenhaus, mit Doppelgängern, die längst Verstorbenen verblüffend ähnlich sahen, mit willigen Helfershelfern? Zu welchem Zweck? Was konnte mit diesem Aufwand von Geld und Energie gewonnen werden?

Rache? Versuchten sich Angehörige eines der Verurteilten an Susan wegen ihrer Zeugenaussage zu rächen? Nach dreizehn Jahren ein tolles Schauspiel zu inszenieren, um sie in den Wahnsinn zu treiben? Das war absurd. Wäre tatsächlich ein Rächer am Werk gewesen, hätte er in den vergangenen Jahren ohne derartigen Aufwand Gelegenheit gehabt, Susan Thorton mit einem Messer oder einer Pistole aus dem Weg zu räumen.

Und welches seltsame Krankenhaus hatte in seinen Wänden geheime Türen eingebaut und verfügte über Pfleger und Schwestern, die sich derart mißbrauchen ließen?

In einem Irrenhaus, in einer Nervenklinik für hoffnungslos Geisteskranke mochte es Geheimtüren geben – wenn auch nur in den krankhaften Fantasien der verstörten Patienten. Doch die von ihr entdeckten Türen waren kein Fantasieprodukt – und sie selbst keine isolierte Schizophrene in einer Gummizelle.

Sie ließ die vergangenen vier Tage Revue passieren. Es gab eine Reihe sonderbarer Episoden, die ihr zunächst nicht bemerkenswert erschienen waren, aber jetzt einen alarmierenden Zusammenhang bekamen. Zwischenfälle, die sie hätten argwöhnen lassen müssen, daß dieses Haus und die darin befindlichen Personen nicht das waren, was sie vorgaben.

Dr. Viteski!

Schon als sie aus dem Koma erwacht war und er mit ihr gesprochen hatte, war ihr sein Benehmen aufgefallen. Als er ihr von ihrem Unfall und ihrer Einlieferung berichtet hatte, hatte er sich sichtlich unbehaglich gefühlt. Seine Haltung war hölzern gewesen, seine Worte hatten irgendwie mechanisch geklungen, wie von einem Sprechapparat. Jetzt fiel ihr ein – sie hatte den Eindruck gehabt, er lese ihr Zeilen aus einem auswendig gelernten Manuskript vor. Und vielleicht war das auch tatsächlich der Fall gewesen.

Auch Mrs. Baker hatte sich einen Moment lang verraten. Sie hatte von einem Kegelabend erzählt, vom Rendezvous mit einem Holzfäller. Doch zwei Tage später, als Susan sich höflich nach dem vergnügten Abend erkundigt hatte, hatte sie einen Moment lang nicht gewußt, wovon ihre Patientin sprach. Der Moment war lang gewesen. Zu lang! Die ganze Geschichte vom Kegelabend und dem Liebhaber war eine improvisierte Erfindung gewesen, wie sie Schauspieler benützen, um ihren Charakter zu untermauern. Die mollige, ergraute Thelma Baker hatte keine romantische Nacht verbracht. Sie hatte sie sich – im Zug ihrer Rolle – bloß ausgedacht und später vergessen, bis sie von Susan erinnert worden war.

Und der blaue Fleck! Er war ein sichtbarer Beweis gewesen, daß Ernest Hatch sie im Aufzug wirklich mißhandelt hatte – so sehr, daß er im Übereifer zu weit gegangen war und eine nachweisbare Spur hinterlassen hatte. Sie hatte sich als Erklärung ausgedacht, daß sie sich bei der Therapie angestoßen und später den blauen Fleck im Unterbewußtsein mit ihrer Halluzination verbunden hatte. Der Fleck war in der Zwischenzeit verschwunden, aber der Davidstern diente als bleibender Beweis, daß alle Episoden des Schreckens keine Einbildungen gewesen waren, sondern brutale Wirklichkeit.

Sicher waren ihren Peinigern noch andere Fehler unterlaufen, die ihr entgangen waren. Doch ohne den verlorenen Davidstern und die unbeholfene Millie wäre sie ihrer Sache nie so sicher gewesen, daß sie die Wände inspiziert und die Verdachtsmomente bestätigt gefunden hätte.

Alles in allem waren die Verschwörer doch sehr geschickt vorgegangen. Brillant sogar!

Doch wer waren diese Leute? Wer konnte so viel Geld und

Zeit und Energie daran setzen, ein solches Schauspiel in Szene zu setzen? Und aus welchem Grund?

WAS IN GOTTES NAMEN WOLLEN SIE VON MIR?!

Rache – das war nicht die Antwort auf diese Frage. Es mußte sich um mehr als um Rache handeln. Um etwas Wichtigeres. Und Schlimmeres.

Trotz der Furcht, die erneut in ihr aufstieg, zwang sie sich, die von ihr übriggelassenen Reste des Frühstücks aufzuessen. Sie brauchte Kraftreserven. Alle verfügbare Energie für den Kampf, der vor ihr lag.

Doch das Essen schmeckte ihr nicht, und selbst das süße Backwerk wurde in ihrem Mund bitter. Auch wenn sie bis jetzt davon Abstand genommen hatte, konnte sie doch nicht umhin, die Rolle von Jeff McGee zu überdenken.

Es gab keine Möglichkeit, daß er nicht eingeweiht war. Er mußte von allem Anfang an gewußt haben, was mit ihr gespielt wurde.

Er hatte seine Rolle gespielt wie alle anderen, die in das Komplott verwickelt waren.

Er war einer von ihnen – wer auch immer sie waren.

Zornig schob sie das Frühstückstablett beiseite.

Sie hatte McGee vertraut.

Er hatte sie verraten.

Sie hatte sich in ihn verliebt.

Und er hatte ihre Liebe schamlos ausgenützt.

Sie hatte ihre Gesundheit, ihr Leben in fremde Hände gelegt – etwas, was sie noch nie getan und nie zu tun sich geschworen hatte. Und jetzt, da sie mit ihren Prinzipien gebrochen und sich von Jeff McGees Zärtlichkeit hatte einlullen lassen – war sie betrogen worden! Auf das gemeinste betrogen.

Wie alle anderen hatte er skrupellos mitgeholfen, sie um den Verstand zu bringen.

Sie war eine Närrin gewesen.

Sie fühlte sich erniedrigt.

Und sie haßte ihn.

Sie durfte nicht länger an Dr. McGee und an ihre betrogene Liebe denken. Es fiel ihr nicht leicht, ihre Gedanken in andere Bahnen zu lenken, aber schließlich gelang es ihr, denn es gab ein noch ungeklärtes Geheimnis, das seinen Schatten über die Ereignisse warf.

Die Milestone Corporation.

Sie spürte es, und nicht zum ersten Mal, daß die Geschehnisse der letzten Tage mit der Milestone Corporation in Verbindung standen.

Sie versuchte verzweifelt, den Schleier der Amnesie, der alle Erinnerungen an Milestone in ein Dunkel hüllte, zu durchdringen. Doch wieder mußte sie feststellen, daß diese Erinnerungslücke nicht nur ein Schleier war, sondern eine undurchdringliche Panzerplatte. Je mehr sie sich damit quälte, einen Faden des Vergangenen in ihr Gedächtnis zurückzurufen, desto größer wurde ihre Angst. Unbestimmte Befürchtungen hinderten sie daran, sich ihrer Arbeit bei Milestone zu entsinnen, dessen war sie sich sicher. War die Amnesie nichts anderes als eine Art Selbstschutz? Sie hatte das Gefühl, daß jede Erinnerung an ihre Arbeit gleichbedeutend wäre mit dem Tod. Aber warum, warum? Was in Gottes Namen war so schrecklich an Milestone?

Aufgrund ihrer Entdeckungen hatte sie geglaubt, in das Dunkel, das sie umgab, Licht bringen zu können. Doch je mehr sie sich den Kopf zermarterte, desto schneller verflogen diese Hoffnungen.

Wenn alles ein abgekartetes Spiel war, war sie dann überhaupt das Opfer eines Autounfalls gewesen?

Sie schloß die Augen und versuchte sich die letzten Sekunden vor dem Unfall in Erinnerung zu rufen, der sich angeblich vor vier Wochen ereignet hatte. Auf dem Weg zum Viewtop Hotel, auf einer Bergstraße. Sie sah noch die Kurve vor sich – sie nahm Gas weg – fuhr langsam in die Kurve ein...

Und dann?

Nichts. Dunkelheit. Ihr Gedächtnis setzte aus.

Doch durch den dichten Schleider Erinnerungslücke sikkerte etwas Furchterregendes durch. Es lauerte hinter der Kurve. Aber kein Unfall. Sie hatten dort auf sie gewartet – wer auch immer sie waren –, hatten sie mit Gewalt entführt und hierher gebracht. Daher stammte die Kopfverletzung.

Sie hatte keinen Beweis dafür, keine Erinnerung an ein Kidnapping, trotzdem zweifelte sie nicht daran.

In diesem Moment wurde ihre Gedankenkette jäh unterbrochen, denn Jeff McGee kam in ihr Zimmer.

Die Morgenvisite. Er küßte sie auf die Wange, und sie erwiderte den Kuß, obwohl sie vorgezogen hätte, nicht von ihm berührt zu werden. Sie lächelte und gab vor, über sein Erscheinen erfreut zu sein, denn er durfte keinen Verdacht schöpfen.

»Wie fühlt sich die Patientin heute früh?« Er lehnte lässig an ihrem Bett, lächelnd, in seiner überlegenen Art darauf vertrauend, die törichte Susan Thorton sicher im Griff zu haben.

»Ich fühle mich glänzend«, erwiderte sie und unterdrückte den Wunsch, ihm mit allen zehn Fingernägeln ins Gesicht zu fahren.

»Gut geschlafen?«

»Wie ein Bär im Winter. Das Sedativ hat gewirkt.«

»Ausgezeichnet. Ich habe dir für heute zwei weitere verordnet. Eins zu Mittag und eins vor dem Schlafengehen.«

»Ich brauche keine mehr.«

Er zog die Augenbrauen hoch. »Verschreibst du dir jetzt deine Therapie selber?«

»Das würde ich mir nie erlauben«, entgegnete sie. »Aber ich leide im Moment nicht an Depressionen.«

»Das höre ich gerne. Aber daß du dich im Moment wohlfühlst, beweist leider nichts. Eine neue Welle tiefer Depressionen kann dich jederzeit wieder überkommen, speziell wenn du erneute Halluzinationen hast. Ich glaube an vorbeugende Medizin.«

Und ich glaube, daß du ein verdammter Scharlatan bist, dachte sie.

»Aber wenn ich dir sage, daß ich keine Pillen brauche...«

»Sei nicht eigensinnig. *Ich* bin der Arzt.«

»Dem der Patient folgen muß.«

»So ist es.«

»Also gut. Zwei Pillen. Eine am Vormittag und eine am Abend.«

»Braves Mädchen!«

Warum kraulst du mich nicht hinterm Ohr wie einen Lieblingshund, dachte sie erbittert. Aber sie verbarg ihre Gefühle und erkundigte sich interessiert: »Hast du alle meine Befunde nochmals prüfen können?«

»Sicher. Ich bin letzte Nacht zwei Stunden über den Befunden gesessen.«

Lügner, verfluchter Lügner! Du hast keine Minute damit verbracht, denn du weißt sehr gut, daß ich kein medizinischer Fall bin.

»Zwei Stunden? Das ist mehr, als ich erwarten durfte.«

»Für dich tu ich alles.«

Sie drückte seine Hand. »Vielen Dank, Herr Doktor. Und was hat das Studium der Befunde ergeben?«

»Nicht viel. EEG und Röntgenbilder zeigen keinerlei pathologische Merkmale. Dein schöner Kopf ist der einer kerngesunden Frau.«

»Und die Lumbalpunktion?« fragte sie und vergaß nicht, ihrer Stimme einen nervösen, ängstlichen Unterton zu geben.

Er zuckte die Achseln. »Negativ.«

Susan seufzte und senkte den Kopf. »Wir sind also keinen Schritt weitergekommen.«

Jetzt seufzte auch er und umschloß ihre Hand tröstend mit seinen beiden Händen. Sie mußte das Verlangen unterdrükken, sich loszureißen und ihm ins Gesicht zu schlagen.

Statt dessen sah sie ihm vertrauensvoll in die Augen. Sie war überrascht über ihre Schauspielkunst; McGee merkte nicht, daß er für sie nicht mehr der strahlende Held von früher war. Ich bin sogar besser als Mrs. Baker, sagte sie sich mit Stolz. Ich werde diese Verbrecher mit ihren eigenen Waffen schlagen.

Doch was die Fähigkeit sich zu verstellen anging, war McGee unübertroffen. Er besaß Stil und Geschmack. Seine Sympathiebezeugungen waren überzeugend, aber nie übertrieben. Sein Charme war natürlich und nie forciert, sein Lachen klang echt, und in seinen blauen Augen war nicht die geringste Spur einer Täuschungsabsicht zu erkennen. Obwohl Susan wußte, daß er Komödie spielte, genügte es, mit ihm zu plaudern, und sie wäre um ein Haar wieder von seiner Ehrlichkeit überzeugt gewesen.

Doch das Bemerkenswerteste war die Liebe, die er ausstrahlte. In seiner Gegenwart fühlte sich Susan in Liebe eingebettet, von ihr beschützt. Es hatte in ihrem Leben mehrere Männer gegeben, die sie geliebt hatten. Doch noch nie hatte sie deren Gefühle für sie so intensiv wahrgenommen.

Doch er war ein Betrüger, ein geschickter Schwindler. Er wußte sehr genau, was hier gespielt wurde. Ein falsches, gefährliches Spiel mit seiner heißgeliebten Susan. Er war ein Schuft! Ein ganz gemeiner Schuft.

Nachdem er sie verlassen hatte, zweifelte sie wieder einmal an ihrem Verstand. Es war einfacher, an ihre geistige Umnachtung zu glauben, als anzunehmen, daß McGee ein Lügner war und Mitglied einer Bande von mysteriösen Verschwörern. Susan fühlte sich elend. Einmal im Leben war ihr die ersehnte Beziehung mit einem Mann ihrer Wünsche in den Schoß gefallen – und gleich darauf hatte sie sie wieder verloren.

War es vielleicht ihre eigene Schuld? War es Schicksal? Lastete ein Fluch auf ihr?

Sie hob ihren linken Pantoffel vom Boden auf und griff hinein, bis zur Spitze. Unter der Papierhülle konnte sie das Gold des Davidsterns spüren.

Die solide Härte des versteckten Anhängers zerstreute ihre letzten Zweifel. Sie war nicht im Begriff, den Verstand zu verlieren. Sie war nicht wahnsinnig. Nur zornig. Sehr zornig.

Etwa eine Stunde später brachte ihr Millie die angekündigte Pille. Keine gelbe, sondern eine rosa Pille, bemerkte Susan. Sie kippte sie aus dem kleinen Glasbehälter auf ihre Handfläche.

»Wo ist Mrs. Baker?« fragte sie.

»Donnerstag ist ihr freier Tag«, antwortete die Schwester und goß aus der Metallkaraffe Wasser in das Trinkglas. »Sie wollte ihn benützen, um ihren Wagen zu waschen. Dann wollte sie mit Freunden ein Picknick veranstalten. Aber ich fürchte, daraus wird nichts. Der Wetterbericht hat ein Gewitter angesagt.«

Susan hörte sich das mit einem Gemisch von Bewunderung und Sarkasmus an. Perfekte Planung, ein gut durchdachter Realismus. Obwohl dies kein normales Krankenhaus und Mrs. Baker keine echte Krankenschwester war, waren alle Details überzeugend ausgearbeitet. Freier Tag, Autowaschen, Picknick. Wer das Szenario geschrieben hatte, verdiente Anerkennung.

Millie reichte Susan das Glas Wasser. Susan gab vor, die Pille in den Mund zu stecken, behielt sie aber in der Hand. Sie trank zwei große Schlucke Wasser.

Millie war zufrieden. Susan auch. Trick gegen Trick. Es würde sich noch herausstellen, wer den längeren Atem hatte.

Millie ging, und Susan begab sich in das Badezimmer. Sie warf die Pille in die Toilettenschüssel und spülte sie hinunter. Sie war entschlossen, keines der verabreichten Medikamente mehr zu schlucken.

In ihr Bett zurückgekehrt, versuchte sie die Lage kühl zu überdenken.

Als Wissenschaftlerin mußte sie in Betracht ziehen, daß sie das Opfer eines Experiments geworden war. Ein Experiment, das mit der Kontrolle und Manipulation der Sinnesempfindungen zu tun haben mochte.

Es gab genügend Präzedenzfälle, um eine solche Theorie zu untermauern. In den vergangenen Jahrzehnten hatten sich verschiedene Wissenschaftler freiwillig zu ähnlichen Experimenten hergegeben, um den Verlust des Begriffsvermögens zu erforschen. Sie hatten sich in dunkle, mit warmem Wasser gefüllte Tanks einschließen lassen – so lange, bis sie jeden Kontakt mit der Realität verloren und zu halluzinieren begannen.

Susan war zwar sicher, nicht an Halluzinationen zu leiden, aber überlegte, ob nicht der zweite Stock dieser Klinik für solche oder ähnliche Experimente eingerichtet worden war. Probierte man Techniken der Gehirnwäsche aus? Beschäftigte sich vielleicht die Milestone Corporation mit derartigen Versuchen?

Nach einiger Überlegung verwarf sie jedoch diese Möglichkeit. Sie glaubte nicht daran, daß sie sich freiwillig dazu hergegeben hatte, für solche Experimente gebraucht und mißbraucht zu werden, selbst nicht für den Fortschritt der Wissenschaft. Und sie würde eher ihre Arbeit bei Milestone aufgegeben haben, als sich der Gefahr auszusetzen, bei extremen Tests den Verstand zu verlieren.

Wer aber würde solche Experimente vornehmen, die jeder wissenschaftlichen Ethik widersprachen? Nazis mochten derart skrupellos mit Kriegsgefangenen umgegangen sein, aber der Krieg lag lange zurück, und heute würde kein angesehener Wissenschaftler zu solchen Mitteln greifen.

Außerdem war sie Physikerin und hatte nicht das Geringste mit Verhaltensforschung zu tun. Gehirnwäsche lag außerhalb ihres Forschungsbereichs; sie konnte sich nicht vorstellen, in derartige Experimente einbezogen zu sein.

Nein, sie war nicht mit offenen Augen in die Falle gegangen. Sie war nicht freiwillig in diese Klinik gekommen.

Als sie an diesem Punkt ihrer Überlegungen angelangt war, erschienen Phil und Murphy, um sie zur Physikalischen Therapie abzuholen.

Auf dem Weg nach unten machten sie wie üblich ihre albernen Scherze. Susan ging auf den Jux ein, lachte gelegentlich und riet ihnen, sich für eine Fernsehschau engagieren zu lassen.

Florence Atkinson unterwarf sie der üblichen anstrengenden Prozedur. Doch schon nach kurzer Zeit tat Susan nicht länger mit. Sie beklagte sich über einen schmerzhaften Muskelkrampf im rechten Bein. Sie wand sich nach allen Seiten und stöhnte. Sie wollte vermeiden, daß sie die Therapie in einem Zustand der Erschöpfung verließ. Sie wollte ihre Kräfte sparen, sie würde sie dringend nötig haben.

Sie war entschlossen, in der kommenden Nacht zu fliehen.

Mrs. Atkinson war ehrlich besorgt. Sie strich den Rest der Bewegungsübungen, massierte Susan sehr behutsam und ließ sie nur fünf Minuten im Whirlpool. Nach der heißen Dusche fühlte sich Susan fit und unternehmungslustig.

Auf dem Weg zum zweiten Stockwerk überlegte Susan, was sie tun sollte, falls im Aufzug eine neue ›Halluzination‹

für sie geplant wäre. Ihr erster Impuls war, auf die angeblich toten Männer loszugehen. Sie würde ihre Gesichter zerkratzen, Blut sollte fließen, rotes menschliches Blut, als Beweis, daß es sich um keine Gespenster handelte. Sie würde die Schufte verletzten, ihnen Anklagen ins Gesicht schleudern.

Doch dann sagte sie sich, daß das unklug wäre. Würde sie ihre Peiniger wissen lassen, daß sie sie durchschaute, würde sie den Vorteil aufgeben, der darin bestand, daß sie mehr wußte, als die anderen vermuteten. Dann würde das Theaterspielen abrupt enden. Man würde zwar nicht länger versuchen, sie zum Wahnsinn zu treiben, aber ihr vielleicht etwas noch Schlimmeres antun.

Glücklicherweise wurde sie vor keine wie immer geartete Entscheidung gestellt. Die Fahrt im Aufzug verlief ereignislos. Keine Dämonen tauchten auf, bloß stumme Patienten, Statisten in längst geprobten Szenen.

Phil und Murphy brachten sie ohne Zwischenfall in ihr Zimmer. Bald darauf servierte Millie das Mittagessen. Susan aß alles auf; es schmeckte ihr, und sie fühlte sich gesund und kräftig. Doch für die Schwester spielte sie die durch die Therapie Geschwächte. Sie gähnte herzhaft und sagte pathetisch: »Ich gedenke einen langen Schlaf zu tun.«

»Sehr gut, Miß Thorton. Ich werde die Tür schließen, damit Sie nicht durch Lärm aus der Halle gestört werden.«

Sowie die Schwester gegangen war und die Tür hinter sich zugezogen hatte, stieg Susan aus dem Bett und untersuchte den Wandschrank. Er war geräumig; auf den oberen Regalen lag Bettzeug für die beiden Betten. Unten standen Susans Köfferchen, beschädigt, eingedrückt, angeblich aus dem zerschmetterten Wagen herausgeholt.

Sie rechnete damit, daß in den nächsten Minuten niemand ins Zimmer kommen würde. Sie stöberte in ihrem Gepäck und stellte ein Bündel zusammen, das sie für ihre Flucht benötigen würde: ein Paar Jeans, ein dunkler Sweater, bequeme Schuhe und weiße Socken. Sie schob das Bündel ganz nach hinten in den Schrank und stellte die Koffer davor, um es zu verbergen.

Sie eilte zu ihrem Bett zurück, senkte die Matratze, legte ihren Kopf auf das Kissen und schloß die Augen.

Sie fühlte sich wohl. Sie war im Begriff, ihr Leben wieder in die eigenen Hände zu nehmen.

Dann fiel ihr etwas ein, was sie beunruhigte. Wenn in dem Zimmer versteckte Kameras eingebaut waren! Wenn sie rund um die Uhr beobachtet wurde! Dann würde man wissen, daß sie den Davidstern gefunden hatte und einen Fluchtversuch vorbereitete.

Sie richtete sich auf und sah sich im Zimmer um. Wo konnten die Kameras postiert sein? Oben, nahe der Decke, gab es kleine vergitterte Öffnungen. Für die Klimaanlage? Oder für die von einem Thermostaten regulierte Heizung? Oder für versteckte Kameras, die sie Tag und Nacht beobachteten?

Wenn das der Fall war, mußte sie alle Hoffnung fahren lassen.

Entmutigt ließ sie den Kopf sinken, sie war den Tränen nahe. Doch allmählich faßte sie wieder Mut. Logische Überlegungen sagten ihr, daß es keine Kameras gab. Sonst hätte man gewußt, daß sie den Davidstern gefunden hatte, und Millie hätte nicht so angelegentlich nach ihm suchen müssen.

Aber durfte sie sicher sein? Nun, den letzten Beweis würde die kommende Nacht liefern. Wenn ihr die Flucht gelang, würde sie wissen, daß sie nicht beobachtet worden war.

Andererseits, wenn sie die Treppe und das Vestibül erreichte und unten vor dem Tor standen die vier toten Männer, die sie lächelnd erwarteten...

Obwohl sie wußte, daß es keine toten Männer gab, erschauderte sie bei dieser Vorstellung.

Nein, daran durfte sie nicht denken.

Hatte man ihr nicht geraten, eine positive Einstellung einzunehmen?

Diesen Rat würde sie befolgen.

Und sie würde alles dransetzen, um sich zu retten.

27.

Donnerstagnachmittag wurde das Krankenhauszimmer frühzeitig dunkel. Eine schwarze Wolkenbank schob sich über den Septemberhimmel.

Dumpfes Donnergrollen ging einem heftig einsetzenden Regenschauer voraus. Harte Regentropfen trommelten gegen die Fensterscheiben. Das Heulen des Windes ging langsam in das Tosen eines Sturmes über.

Schlechtes Wetter für ein Picknick, dachte Susan. Aber geeignetes für eine Flucht.

Aufgeregt wartete sie auf den Einbruch der Nacht. Wilde Hoffnung erfüllte sie, aber auch nagende Furcht.

Sie fand keine Ruhe, trotzdem gab sie vor zu schlafen. Aber ihre Verstellung war überflüssig, niemand kam, um nach ihr zu sehen.

Später saß sie aufrecht im Bett und schaltete den Fernseher ein. Aber sie konnte sich nicht auf die Programme konzentrieren, die über die Mattscheibe flimmerten. Ihre Gedanken waren anderswo, sie erwog und verwarf Pläne, träumte von einer geglückten Flucht.

Zur Zeit des Abendessens erschien Jeff McGee mit zwei Tabletts und kündigte an, er werde mit ihr speisen. »Ein einfaches Mahl«, sagte er bedauernd. »Keine Kerzen, kein Champagner. Aber appetitlich aussehende Schweinekoteletts und als Nachtisch Apfelkuchen.«

»Ganz nach meinem Geschmack«, erwiderte Susan. »Kerzenlicht macht mich melancholisch und Champagner müde.«

Er brachte ihr auch mehrere Illustrierte und zwei Taschenbücher. »Damit du genug zu lesen hast. Mit den alten Scharteken mußt du ja schon fertig sein.«

»Schon längst.« Sie dankte ihm für seine Umsicht.

Er blieb über eine Stunde, vermied aber, über ihren Krankheitszustand zu sprechen. Er bemühte sich um einen leichten Konversationston, plauderte über Theater und Konzerte und zog über Politiker und Filmstars her. Das machte es ihr leicht, das Gespräch auf dem Niveau einer üblichen Dinnerparty zu halten. Doch mit der Zeit fand sie es unerträglich, die Naive zu spielen und vorzugeben, daß sie ihn liebe, während sie ihn in Wahrheit haßte und verachtete. Sie staunte über ihre Fähigkeit, eine Art Bühnenrolle zu spielen, aber die Anspannung zehrte an ihren Nerven, und sie war froh und richtiggehend erschöpft, als er sich endlich verabschiedete und ihr einen Gutenachtkuß gab.

Sie war zwar erleichtert, doch trotzdem bedauerte sie es, als er gegangen war. Solange er bei ihr gesessen war, hatte sie gewünscht, ihn so schnell wie möglich loszuwerden. Doch kaum hatte er die Türe hinter sich geschlossen, empfand sie einen Verlust, eine Leere. Sie erwartete ihn nicht wiederzusehen – höchstens vor Gericht, wenn er sich für seine Mittäterschaft würde verantworten müssen. Er hatte an ihrer Entführung und an ihrer psychischen Folter teilgenommen – trotzdem mußte sie zugeben, daß er ein angenehmer Gesellschafter war. Er besaß natürlichen Charme, verstand es, seinen Partner zu unterhalten, und sein Lachen war ansteckend. Am schlimmsten waren seine ach so überzeugenden Liebesbeteuerungen. Sie hatte immer wieder versucht, ihn zu durchschauen, hinter seiner sympathischen Oberfläche den abgefeimten Schurken zu sehen und in seinen Liebesschwüren die Lüge zu entdecken – aber es war ihr nicht gelungen.

Ärgerlich schalt sie sich eine Närrin. Vergiß ihn! Verbanne ihn aus deinen Gedanken, das ist das beste für dich. Konzentriere dich auf deine Flucht. Alles andere zählt jetzt nicht.

Der Regen fiel ohne Unterlaß. Gelegentlich durchzuckte ein Blitz die Finsternis.

Um neun Uhr brachte Tina Scolari das von McGee verschriebene Sedativ. Eine gelbe Kapsel. Wieder ließ Susan die Pille verschwinden, trank aus dem dargebotenen Glas Wasser und schluckte kräftig.

»Ich wünsche Ihnen eine gute Nacht«, sagte Tina Scolari.

Susan dankte und löschte die Nachttischlampe aus. Das schwache Licht der Nacht warf einen gelblichen Schimmer über die Betten. Es vermochte die Schatten nicht zu vertreiben, aber erhellte den Raum genügend, um Susans Vorhaben zu ermöglichen.

Sie blieb auf dem Bett liegen und wartete noch eine Weile, um sicher zu sein, daß die Schwester nicht zurückkommen würde, weil sie etwas vergessen hatte oder sie über neue Tests am kommenden Morgen informieren wollte. Sie starrte zur Decke, auf der in unregelmäßigen Intervallen der Reflex eines aufzuckenden Blitzes zu sehen war.

Schließlich stand sie auf und ging zum Wandschrank. Sie nahm vom oberen Regal zwei Kissen und zwei Laken und stopfte sie unter ihre Bettdecke, in der Hoffnung, sie würden bei flüchtigem Hinsehen wie eine zusammengekauerte schlafende Frau ausschauen.

Zurück zum Schrank! Sie holte das vorbereitete Bündel hervor, schlüpfte aus ihrem Pyjama und zog die Jeans und den Sweater an. Dann wechselte sie die Pantoffeln gegen Socken und Schuhe. Aus dem linken Pantoffel nahm sie den Davidstern und steckte ihn in eine Tasche ihrer Jeans. Sie wollte ihn nicht zurücklassen, obwohl er freilich niemandem außer ihr selbst etwas beweisen konnte. Als sie zum Schluß ihre Geldbörse aus dem Nachttisch holte, zeigte die Uhr 9:34.

Sie ging zur Tür und preßte ihr Ohr gegen das glatte Holz. Nichts war zu hören.

Nach einem Moment des Zögerns, nachdem sie die verschwitzten Handflächen an ihren Jeans abgewischt hatte, öffnete sie die Tür. Erst nur einen Spalt. Sie lugte in den hell erleuchteten Korridor. Nichts zu sehen. Vorsichtig streckte sie ihren Kopf hinaus. Sah nach rechts, sah nach links. Niemand war in Sicht.

Um diese Zeit, das wußte sie, befanden sich die Nachtschwestern im Schwesternzimmer. Es war schon zu spät für die üblichen Aktivitäten, aber noch zu früh für die erste Kontrollrunde.

Susan verließ ihr Zimmer, schloß vorsichtig die Tür hinter sich und stand einen Moment lang atemlos im hellen Gang. Sie war bereit, beim geringsten Anzeichen einer sich nähernden Schwester umzukehren und in ihr Zimmer und ihr Bett zu flüchten.

Doch im Korridor blieb es still. Trotz des glänzend gebohnerten Bodens und der Deckenbeleuchtung hatte es den Anschein, als wäre das Gebäude verlassen und von keiner Menschenseele bewohnt.

Zu Susans Linker lag der Punkt, an dem sich zwei Korridore vereinigten und zur Haupthalle führten. Von dort drohte die Gefahr, denn dort um die Ecke befanden sich das Schwesternzimmer und die Aufzugtüren.

Stille. Absolute Stille, nur gelegentlich unterbrochen durch das entfernte Grollen des Donners.

Jetzt gab es für Susan kein Zurück mehr. Zögern war gefährlicher als Handeln. Sie ging vorsichtig nach rechts, zur Feuertür am Ende des kurzen Flügels, über der ein rot beleuchtetes Schild AUSGANG zu lesen war. Sie schlich sich die Wand entlang und warf immer wieder einen ängstlichen Blick zurück.

Ihre Gummisohlen quietschten auf dem gewachsten Flur. Ein kaum wahrnehmbares Geräusch, aber es peinigte ihre angespannten Nerven wie das Geräusch von Fingernägeln, die auf einer Schiefertafel kratzen.

Sie öffnete die metallene Feuertür und erschrak, als der große Riegel klapperte und die Scharniere knirschten. Sie schlüpfte durch und schloß die Tür hinter sich, so leise sie konnte. Jetzt stand sie auf einem Treppenabsatz. Die Stiegen waren aus Stein und nur schwach beleuchtet, über jedem Absatz hing nur eine einzige Lampe. Dazwischen war es ziemlich dunkel, doch sie empfand die Dunkelheit diesmal nicht drohend; sie bot ihr Schutz.

Sie horchte. Im Treppenhaus war es absolut still. Doch die eiserne Tür hatte so viel Lärm gemacht, daß sie eventuelle Aufpasser hätte stutzig machen müssen.

Susan wartete, lauschte. Schließlich war sie sicher, daß sie keine Aufmerksamkeit erregt hatte. Sie zweifelte daran, daß man Wachtposten aufgestellt hatte. Niemand wußte, daß sie das grausame Spiel durchschaut hatte, niemand konnte einen Fluchtversuch erwarten. Und das Personal dieses seltsamen Hauses benutzte wahrscheinlich die Feuertreppe nur in Notfällen.

Sie beugte sich über das Treppengeländer und blickte nach oben und nach unten. Zwei Stockwerke über ihr, zwei unter ihr. Sie schlich die Stiegen hinunter zum untersten Treppenabsatz. Sie stand vor zwei Feuertüren. Eine war in die Innenwand eingelassen und führte vermutlich in den Korridor des Erdgeschosses. Die andere befand sich in der Außenwand. Susan wandte sich dieser zu, schob den schweren Riegel zurück und schob die Eisentür auf, langsam, Zoll für Zoll.

Kalter Wind blies ins Haus hinein und strich um Susans Füße wie ein schnüffelnder Hund, bei dem man nicht wissen kann, ob er wedeln oder beißen wird.

Vor ihr im Regen lag ein Parkplatz, mäßig erhellt von zwei großen Laternen, die an den beiden Enden standen. Er war zu klein, um der öffentliche Parkplatz für Patienten und Besucher zu sein. Vermutlich der Parkplatz für das Personal. Er wirkte seltsam verlassen, selbst um diese nächtliche Stunde hätte man eine Vielfalt von Wagen erwarten müssen. Doch Susan sah nur vier Autos auf dem Areal, einen Pontiac, einen Ford und zwei Chevrolets.

Kein Mensch war zu sehen. Sie trat ins Freie und ließ die Tür vorsichtig hinter sich ins Schloß schnappen.

Der Regen hatte etwas nachgelassen, und auch der Sturm hatte sich gelegt. Aber der Wind war immer noch stark genug, um Susans Haar durcheinanderzubringen. Über den nahen Bäumen hing dünner Nebel. Eine Bö zwang sie, ihren Kopf zwischen den Schultern einzuziehen. Es war überraschend kalt; die Kälte schnitt durch ihren Sweater. Sie wünschte, sie hätte eine Wolljacke gehabt. Es war viel zu kalt für September in Oregon. Winterlich kalt.

Hatte man sie auch über das Datum belogen?

Das konnte sie sich allerdings kaum vorstellen. Andererseits – was war an der ganzen Sache überhaupt vorstellbar?

Sie entfernte sich vom Notausgang, glitt in den Schatten eines dichten Gebüschs und überlegte ihre weiteren Schritte. Sie konnte die Richtung zum Haupteingang der Klinik gehen und dann die Straße nehmen, die hinunter nach Willawauk führte. Dann lief sie Gefahr, vom Haus aus gesehen zu werden. Oder sie schlug sich in die Wälder und versuchte, auf Umwegen in die Ortschaft zu gelangen.

Welche Alternative sie auch wählte, sie würde bis auf die Haut durchnäßt werden.

In ihrer Verzweiflung verfiel sie auf eine kühne Lösung, und kurz entschlossen unternahm sie den gewagten Versuch, hastig, bevor sie den Mut verlor. Sie lief auf den Parkplatz, zum Wagen, der am nächsten stand. Es war der grüne Pontiac.

Vier Wagen, vier Chancen. Jemand mochte den Zündschlüssel stecken gelassen oder an einem leicht zugänglichen Platz versteckt haben – unter der Matte oder unter der Sonnenblende. In Provinznestern wie Willawauk, wo jeder jeden kannte, dachten die Menschen nicht an Autodiebe wie in den großen Städten und ihren Vororten.

Sie erreichte den Pontiac. Die Tür zum Fahrersitz war nicht abgeschlossen. Sie riß sie auf und schaltete dabei die automatische Innenbeleuchtung ein. Susan erschrak vor dem hellen Licht. Sie fürchtete, sie habe sich verraten und jeden Moment würden Alarmsirenen aufheulen.

Verdammt!

Sie schlüpfte hastig in den Wagen und hinter das Steuerrad. Schlug die Tür zu, achtete nicht auf das Geräusch, wollte nur das verräterische Licht zum Erlöschen bringen. Idiotin, fluchte sie.

Sie starrte durch die verregnete Windschutzscheibe, sah aber niemanden auf dem Parkplatz. Sie blickte die vier Stockwerke des Krankenhauses hoch. Mehrere Fenster waren beleuchtet. Doch hinter keinem stand ein Mensch, niemand beobachtete sie.

Erleichtert atmete sie auf. Im Wagen roch es nach Tabakrauch. Susan, die nicht rauchte, haßte diesen Gestank, doch diesmal hieß sie ihn willkommen. Es war wenigstens nicht der Spitalgeruch, den sie tagelang hatte ertragen müssen.

Hoffnungsvoll beugte sie sich vor, ihre Finger glitten unter die Matte, um den Zündschlüssel zu suchen.

Sie erstarrte.

Der Schlüssel steckte im Zündschloß.

Er glänzte im Licht der nahen Laterne.

Der Anblick erfüllte sie mit Freude, doch gleichzeitig beunruhigte er sie. Zweifel begannen sie zu peinigen.

Irgend etwas stimmte da nicht.

Aber nein, endlich einmal habe ich Glück gehabt.

Es ist zu einfach.

Ich habe doch gehofft, einen Zündschlüssel zu finden.

Trotzdem zu einfach...

In kleinen Städten lassen die Leute die Schlüssel stecken.

Im ersten Wagen, auf den du gestoßen bist?

Spielt es eine Rollc, ob es der erste oder der vierte ist?

Ja, es spielt eine Rolle, weil es zu einfach ist.

Glückssache. Schließlich darf man auch einmal Glück haben. Es ist zu einfach.

Blitze durchzuckten den Himmel. Ein rollender Donnerschlag. Regen begann gegen die Windschutzscheibe zu prasseln, ein Wolkenbruch.

Jetzt wußte Susan, daß sie nicht zu Fuß in das Städtchen gehen würde, weder auf dem direkten noch auf einem gewundenen Weg. Wozu gegen ein Unwetter kämpfen, wenn sie einen Wagen zur Verfügung hatte. Gut, alles entwickelte sich verdächtig einfach zu ihren Gunsten, aber warum sollte nicht endlich ihre Glückssträhne einsetzen?

WAS FÜRCHTETE SIE EIGENTLICH?

Sie drehte den Schlüssel im Schloß. Der Motor sprang sofort an, begann leise zu surren.

Sie setzte die Scheibenwischer in Betrieb, die sofort die Windschutzscheibe klärten. Sie wagte es nicht, die Scheinwerfer einzuschalten. Gang rein, Handbremse lösen. Sehr langsam fuhr sie aus dem Parkplatz hinaus und einen gewundenen Kiesweg entlang. Sie gelangte zur Front des Krankenhauses und schließlich zum Ende einer Ausfahrt, ohne auf Gegenverkehr zu stoßen. Vor ihr lag die Einfahrt in die zweispurige Hauptstraße. Ein Stopschild. Automatisch bremste sie.

Sie benutzte die Gelegenheit, um zurückzuschauen, noch einen Blick auf das Haus der Angst zu werfen, aus dem sie entkommen war.

Auf dem gepflegten Rasen erhob sich eine steinerne Tafel. Sie war zwei Meter lang und etwa einen Meter hoch und von niedrigem Gebüsch flankiert. Oberhalb der Tafel waren an einer Metallstange vier kleine Spots placiert, deren Strahlen auf eine in den hellen Stein gehauene dunkle Schrift gerichtet waren.

Auch durch den dichten Regen konnte Susan mühelos die großen Buchstaben lesen:

THE MILESTONE CORPORATION

28.

Ungläubig starrte Susan auf die drei Worte.

Dann blickte sie zum Gebäude empor, verwirrt und zornig.

Es war gar kein Krankenhaus.

ABER WAS IN GOTTES NAMEN WAR ES?

Die Milestone Corporation sollte sich doch in Newport Beach, Kalifornien befinden, wo Susan zu Hause war. Dort sollte sie doch auch gearbeitet haben.

Alles war rätselhaft. Nur eines war ihr klar: Sie mußte so schnell wie möglich fort von hier.

Sie gab Gas, bog in die Hauptstraße ein und fuhr die Anhöhe hinunter, weg von der Milestone Corporation. Jetzt wagte sie die Scheinwerfer einzuschalten. Durch Regen und Nebel war Willawauk in der Ferne zu sehen, eine Ansammlung diffuser Lichter.

Susan entsann sich, daß Dr. Viteski von einer Bevölkerung von 8000 gesprochen hatte. Doch es machte einen viel kleineren Eindruck. Keine Kleinstadt, eher ein Dorf. Auf halbem Weg ins Tal hinunter, als sie sich über das Lenkrad beugte und zwischen den sich bewegenden Scheibenwischern hindurchsah, merkte sie eine seltsame Veränderung der Stadtbeleuchtung. Die Lichter flackerten, gingen aus und flammten aufs neue auf, als ob die ganze Beleuchtung aus einem einzigen großen und zusammengeschalteten Neon-Licht bestünde. Aber das mußte eine durch das Wetter bedingte optische Täuschung sein.

Was sich aber nicht veränderte, war der Eindruck, daß der Ort viel kleiner war, als sie angenommen hatte. Und bei diesem Eindruck blieb es auch, als sie die ersten Häuser erreichte. Einige Fenster waren beleuchtet, andere nicht. Die Autostraße ging übergangslos in die Main Street über.

Es war die typische Hauptstraße eines amerikanischen Städtchens und unterschied sich kaum von zehntausend anderen im Land. Ein kleiner Park, ein Kriegerdenkmal. Eine Bar mit Bier- und Whiskyreklamen. Verschiedene kleine Läden, eine Bank, ein Kino. Hinter den Fenstern eines Coffeeshops sah sie mehrere Gäste sitzen. Ein Drugstore, eine Beerdigungsanstalt und etliche Tankstellen.

Ein Städtchen wie viele andere. Und doch gab es etwas, was Susan auffiel und ihr befremdend erschien.

Die Sauberkeit. Die makellose Sauberkeit.

Alle Hausfassaden sahen aus, als wären sie gerade erst frisch gestrichen, die Benzinpumpen der Tankstellen glänzten poliert und wiesen keinen einzigen Fleck auf. Auf den Straßen war kein Abfall zu sehen, kein Stück Papier, kein zerknülltes Zigarettenpäckchen. Die Bäume zu beiden Seiten der Straße standen wie mit einem Lineal ausgerichtet, und ihre Krone war exakt beschnitten wie in einem französischen Park. Die Straßenlampen brannten absolut gleichmäßig, nicht eine Birne war ausgebrannt, nicht eine heller oder dunkler als die anderen.

Vielleicht war Willawauk eine Ausnahme in der amerikanischen Landschaft, ein hervorragendes Beispiel von Bürgerstolz und Bürgerinitiative. Oder der dichte Regen trübte die Sicht und verbarg jedes Zeichen von Verwahrlosung und normaler Abnützung. Aber meist sah eine Stadt bei Regen trüber und schäbiger aus als gewöhnlich, nicht sauberer. Und konnte Bürgerinitiative das Aussehen eines Ortes erklären, der wirkte wie von Robotern bewohnt?

Überdies war es ungewöhnlich, wie wenig Wagen zu sehen waren. Vor drei Blocks parkten nur drei Autos. Vor dem Kino nur ein einziges, und vor der Bar nur ein alter Ford und ein Kombi. Kein Verkehr. Sie war keinem fahrenden Auto begegnet, sie war die einzige, die durch die Hauptstraße fuhr.

Zugegeben, das Wetter war nicht einladend. Kluge Leute blieben in einer solchen Nacht zu Hause.

Aber sollte es in dieser Stadt nur kluge Leute geben?

Kaum zu glauben!

Susan fuhr sehr langsam, sah sich nach allen Seiten um und überlegte. Die Bar in der Hauptstraße würde auch inmitten eines Blizzards Geschäfte machen. Regen, auch starker Regen würde die Trinker sicher nicht von ihrem Stammlokal fernhalten. Aber die meisten würden mit ihren Wagen kommen und sich lieber bei Morgengrauen gegenseitig totfahren, als betrunken nach Hause zu torkeln.

Bleib nicht stehen, sagte sich Susan. Fahr durch, ohne zu bremsen. Bleib nicht in Willawauk. Etwas in diesem Ort ist nicht in Ordnung.

Aber sie besaß keine Autokarte und kannte die Gegend nicht. Wußte nicht, wo sich die nächste Ortschaft befand, wo die nächste Tankstelle, und wenn ihr das Benzin ausging, würde sie komplett hilflos sein. Langsam, zögernd, in einem niedrigen Gang schlich sie die Main Street entlang, bis sie nach einigen Blocks eine Platz fand, an dem sie sicher war, Hilfe zu finden. Sie lenkte den Wagen auf einen kleinen Parkplatz, der sich neben dem Amtsgebäude befand, hielt an und stieg aus.

WILLAWAUK COUNTY SHERIFF
Hauptquartier
Willawauk, Oregon

Es war ein einstöckiges Gebäude mit rotem Ziegeldach. Susan lief durch den Regen auf die gläserne Eingangstür zu. Sie war froh, den gestohlenen Pontiac losgeworden zu sein. Auch der Tabakgeruch im Inneren des Wagens hatte seinen Reiz verloren.

Trotz der späten Stunde war die Tür offen. Susan trat in einen typischen Behördenvorraum, der sauber, aber ungemütlich war. Eine hölzerne Barriere trennte den amtlichen Teil des Zimmers vom übrigen, der anscheinend für Besucher bestimmt war. An der Wand standen Bänke, und über ihnen hingen Fahndungsanzeigen. In einer Ecke stand ein Kaffee-Automat. Die gegenüberliegende Wand wurde von einer großen Karte von Oregon eingenommen.

Aus einem Nebenraum hörte Susan eine Frauenstimme. Sie wiederholte anscheinend Informationen, die ihr telefonisch durchgegeben wurden. An einer Tür zur Rechten hing ein Schild SHERIFFS OFFICE.

Sie trat ein. An einem Schreibtisch saß ein Mann in Uniform. Er wandte Susan den Rücken zu und klapperte auf einer Schreibmaschine.

Susan hüstelte, um sich bemerkbar zu machen, und strich mit der Hand über ihre nasse Stirn. »Verzeihung, aber ich brauche Hilfe.«

Er schwang auf seinem Drehstuhl herum und sagte mit freundlichem Lächeln: »Ich bin Sheriff Whitlock. Was kann ich für Sie tun, Lady?«

Er war plump, hatte eine beginnende Stirnglatze, ein rundes Gesicht und Schweinsäuglein. Sein Lächeln war nicht länger freundlich, sondern hämisch.

Es war Carl Jellicoe.

Es gab Susan einen Stich, wie wenn ein Nagel in ihre Lunge gedrungen wäre. Ihr Atem stockte.

Als Pfleger in der Klinik hatte er sich Dennis Bradley genannt. Jetzt trug er eine Uniform mit dem offiziellen Emblem und nannte sich Sheriff Whitlock.

Susan konnte kein Wort hervorbringen. Ihre Kehle war wie ausgetrocknet, und im Mund hatte sie einen bitteren Geschmack. Sie schnappte nach Luft, vermochte sich aber nicht zu rühren. Fassungslos starrte sie auf den Mann vor sich, dessen Hand mit der Dienstwaffe spielte.

Er kicherte und erhob sich. »Überrascht?« fragte er.

Sie antwortete nicht.

Er stellte sich breitbeinig vor sie hin. »Dachtest du wirklich, du könntest uns so leicht loswerden?«

Sie starrte ihn an, wie gelähmt.

Seinen Blick immer noch auf Susan geheftet, rief er in einen Nebenraum: »Komm, schau mal, wen wir hier haben!«

Jetzt erschien der Hilfssheriff. Er war groß und rothaarig, ein irischer Typ. Seine helle Haut war mit Sommersprossen übersät. Als Pfleger in der Klinik hatte er sich O'Hara genannt. Susan kannte seinen jetzigen Namen nicht, aber vor dreizehn Jahren, als er in der Donnerhöhle mitgeholfen hatte, Jerry Stein zu töten, hatte er Herbert Parker geheißen.

»Oh, oh, die Dame scheint bekümmert zu sein«, sagte Parker mit seinem irischen Akzent.

»Das arme Ding hat geglaubt, sie kann uns entkommen.«

Parker lachte. »Tatsächlich?«

»Tatsächlich.«

»Weiß sie nicht, daß das unmöglich ist? Weiß sie denn nicht, daß wir tot sind?«

Jellicoe grinste sie an. »Weißt du nicht, daß wir tot sind, du dumme Schlampe?«

»Du hast es doch in der Zeitung gelesen«, erinnerte sie Parker. »Hast du das vergessen?«

»Der Autounfall...«

»Vor elf Jahren...«

Aus dem Nebenraum hörte man noch immer die Frauenstimme, die Daten entgegennahm und wiederholte. Als ob sich im Büro des Sheriffs nichts Besonderes ereignet hätte. Aber die Frau mußte doch Bescheid wissen!

»Der Wagen hat sich zweimal überschlagen.«

»Zweimal...«

»Ein Schrotthaufen.«

»Ja. Da konnte keiner überleben. Und alles wegen dieses Flittchens!«

Sie gingen im Raum hin und her, vergnügt, ohne die geringste Eile.

»Und jetzt glaubt sie, sie kann vor uns davonlaufen«, sagte Jellicoe.

Und Parker fügte hinzu: »Wir sind doch tot, Dummchen. Verstehst du nicht, was das bedeutet? Vor Toten kann man sich nicht verstecken.«

»Sie können immer irgendwo sein...«

»Überall...«

»Gleichzeitig...«

»Das ist der Vorteil, wenn man tot ist.«

Susan rang nach Atem. Sie keuchte, sie schrie: »Ihr seid nicht tot!«

»Aber ja doch. Tot.«

»Begraben.«

»Zur Hölle gefahren...«

»...und zurückgekommen.«

»Und wir bringen die Hölle mit uns.«

»Für dich, Susan. Für dich, Süße...«

Susan trat einen Schritt vor. Auf dem Schreibtisch lag ein schwerer gläserner Aschenbecher. Sie griff nach ihm und warf ihn auf Jellicoe.

Er blieb nicht ruhig stehen und ließ das Geschoß durch sich hindurch segeln, um zu beweisen, daß er ein Geist war. Für einen Toten war er erstaunlich ängstlich, verletzt zu werden. Er duckte sich blitzschnell.

Der Aschenbecher verfehlte ihn, zerschellte an einem metallenen Aktenschrank und fiel in Stücken zu Boden.

Auf dem Schreibtisch sah sie auch eine große Taschenlampe, wie sie Polizisten am Gürtel tragen. Sie packte sie und schwang sie drohend. Da merkte sie, daß Parker nach seiner Dienstwaffe griff. Sie floh. Aus dem Büro, aus dem Vorraum, ins Freie. Sie lief zum gestohlenen Pontiac, riß die Wagentür auf. Tastete nach dem Zündschlüssel, den sie im Schloß stekken gelassen hatte.

Er steckte nicht mehr im Zündschloß.

WIR BRINGEN DIE HÖLLE MIT UNS. FÜR DICH.

Sie schaute zum gläsernen Eingang.

Jellicoe und Parker kamen aus dem Haus. Ohne Eile.

Susan glitt auf den Beifahrersitz, stieß die zweite Wagentür auf und sprang hinaus. Jetzt stand der Pontiac zwischen ihr und den beiden Männern.

Sie sah sich nach einem Fluchtweg um, hoffte, daß ihre Beine es schaffen würden. Wie gut, daß Mrs. Atkinson – aus welchen Gründen auch immer – sich solche Mühe mit ihr gegeben hatte. Allerdings bedeuteten vier Tage Therapie und gutes Essen noch lange nicht, daß sie fit war. Sie würde viel eher schlappmachen als Jellicoe oder Parker.

Durch Regen und Wind rief Jellicoe ihr zu: »Es ist zwecklos, davonzulaufen.«

»Du kannst dich nirgends verstecken, Susan«, fiel Parker ein.

»Geht zum Teufel!« schrie Susan und rannte, so schnell sie konnte.

29.

Das Haus machte einen freundlichen Eindruck. Weißgestrichener Holzzaun, mit Büschen umhegter Kiesweg, eine altmodische Veranda. Aus den Fenstern im Erdgeschoß drang warmes Lampenlicht durch helle Vorhänge.

Einige Sekunden lang stand Susan vor dem niedrigen Gittertor, betrachtete das Haus, überlegte, ob es ein sicherer Zufluchtsort wäre. Sie fror, sie war durchnäßt, sie fühlte sich elend. Es drängte sie, unter ein Dach zu kommen, wo es warm und trocken war, aber sie hatte Angst, erneut in eine Falle zu stolpern.

Steh nicht länger hier im Regen herum, sagte sie sich. Geh zur Haustür, läute, bitte um Hilfe. Die ganze Stadt kann doch unmöglich in die Verschwörung verwickelt sein.

Im Krankenhaus waren freilich alle am Komplott beteiligt gewesen. Allerdings war es keine richtige Klinik, sondern die Milestone Corporation – was auch immer diese Institution sein mochte.

Auch die Polizei war mitbeteiligt, was schrecklich und beängstigend war, aber sich erklären ließ. Wenn ein großes Unternehmen eine kleine Stadt dominierte, Arbeitsstellen und hohe Steuern garantierte, mochte sie auch die lokalen Behörden beherrschen und die Obrigkeit als verlängerten Arm für die Wahrung ihrer Interessen benützen. Zweifellos hatte die Milestone Corporation ihren Einfluß mißbraucht, um das Büro des Sheriffs zu korrumpieren. Eine befremdende, aber keineswegs ungewöhnliche Situation.

Doch weiter konnte die Verschwörung unmöglich reichen.

Die Angestellten von Milestone und auch die Polizei mochten eine zwielichtige Rolle spielen, damit mußte sie sich abfinden. Aber ein solches Komplott konnte nicht Tausende miteinbeziehen.

Nichtsdestoweniger stand sie im Regen vor dem Haus, beneidete die Leute drinnen, die es behaglich hatten – und fürchtete sie gleichzeitig.

Sie war mehrere Blocks vom Büro des Sheriffs entfernt. Sie war Jellicoe und Parker entwischt, indem sie durch schmale Gassen gelaufen war, immer wieder in Straßenecken biegend, und sich im Schatten der Bäume gehalten hatte.

Doch wenn sie überlegte, war ihr Entkommen zu einfach gewesen. So einfach wie das Bereitstehen des Pontiacs mit dem Schlüssel im Zündschloß. Und sie hatte es gelernt, einfachem Entkommen zu mißtrauen.

Ein neuer Blitz, ein neues Grollen des Donners erschreckte sie. Es regnete heftiger, es wurde kälter. Sie konnte nicht länger unschlüssig warten. Sie lief den Kiesweg zum Haus hinauf, dann über die Veranda zur Haustür. Sie drückte auf die Klingel.

Es blieb ihr kein anderer Ausweg. Sie wußte nicht, an wen sonst sich wenden als an irgendwelche Fremde in irgendeinem der Häuser in dieser seltsamen Stadt.

Das Licht in der Diele flammte auf.

Susan mußte versuchen, harmlos zu erscheinen. Sie wußte, daß sie erschreckend aussah: vollkommen durchnäßt, die Frisur von Regen und Wind ruiniert, Verstörung ins Gesicht geschrieben. Ein solches Aussehen mußte die nettesten Menschen davon abhalten, ihr Obdach zu gewähren. So gab sie sich große Mühe, ein einnehmendes Lächeln aufzusetzen.

Gottlob, die Tür wurde endlich geöffnet. Im Rahmen erschien eine Frau in mittleren Jahren mit kastanienbraunem Haar. Sie betrachtete Susan mit gebührender Überraschung. Bevor Susan noch etwas sagen konnte, rief sie aus: »Gütiger Himmel, was machen Sie da draußen in einer solchen Nacht? Ohne Mantel, ohne Schirm! Was ist passiert?«

»Eine Panne«, stammelte Susan, »der Motor...«

»Sicher der Vergaser«, unterbrach sie die Frau. »Bei Regen ist es immer der Vergaser.« Es war eine redselige Person, die sichtlich froh war, eine Gesprächspartnerin gefunden zu haben, und sei es auch ein zerzaustes, vor Nässe und Kälte zitterndes Wesen. »Und immer passiert so was bei einem Unwetter. Nie an einem sonnigen Tag im Juni. Und immer, wenn keine Werkstatt zu finden ist und man kein Kleingeld fürs Telefon hat.

Kommen Sie doch rein, meine Liebe, und wenn Sie telefonieren wollen, bitte sehr. Inzwischen werde ich Ihnen Kaffee aufwärmen. So wie Sie aussehen, brauchen Sie was Heißes.«

Sie trat beiseite, um Susan hineinzulassen.

Susan war ziemlich verwirrt durch das anhaltende Geschnatter und die unvermutete Gastfreundlichkeit der Frau. »Ich bin tropfnaß...«

»Spielt keine Rolle. Der Teppich ist dunkel – muß dunkel sein, wenn man Kinder hat. Nicht auszudenken, was sie mit einem hellen Teppich anstellen würden. Außerdem sind die Tropfen nur Regenwasser, weder Tomatensoße noch Schokolade wie üblich. Also kommen Sie nur herein.«

Susan trat ein. Die Frau schloß die Türe hinter sich.

Sie standen in einer hübschen Diele. Ringsum Kübel mit hohen Pflanzen. Über einem Mahagonitisch hing ein großer Spiegel. Die Tapeten waren hell gemustert.

Aus dem Nebenraum hörte man den Fernsehapparat. Eine Verfolgungsjagd schien im Gang zu sein. Quietschende Autoreifen, Stimmengewirr, ein Schrei.

»Die Kleinen starren immer in die Glotze«, beschwerte sich die Frau. »Ich heiße Enid. Enid Sheppard.«

»Ich bin Susan Thorton.«

»Sie haben einen großen Fehler gemacht, Susan. Man soll immer einen Regenschirm im Wagen haben, selbst wenn die Sonne scheint. Einen Regenschirm, eine Taschenlampe und eine Hausapotheke. George – das ist mein Mann – hat sogar eine elektrische Reifenpumpe dabei. Aber jetzt ist es zu spät für einen guten Rat. Kommen Sie mit mir in die Küche, Sie zittern ja wie Espenlaub. Dort ist es warm, und ich mache Ihnen einen Kaffee.«

Susan entschied, erst ein heißes Getränk zu sich zu nehmen, bevor sie der liebenswürdigen Dame ihre prekäre Situation erklärte. Sie folgte Enid Sheppard in einen schmalen Durchgang. Rechts lag das Wohnzimmer, in dem der Fernsehapparat lief.

Susan warf durch die offene Türe einen Blick hinein. Sie staunte. Der Raum sah nicht viel anders aus als die meisten amerikanischen Wohnzimmer, mit einer Menge von Sofas, Stühlen und Sitzecken. Was sie frappierte, war die Unzahl von Kindern. Mindestens ein Dutzend Kinder starrten auf die Mattscheibe; sie hockten auf dem Boden, saßen auf den Stühlen, lümmelten auf den übrigen Sitzgelegenheiten. Sie alle drehten wie auf Kommando den Kopf nach Susan, als sie vorbeiging, warfen ihr einen uninteressierten Blick zu, dann wandten sie sich wieder zum Fernsehapparat, von dem Schüsse und eine Polizeisirene zu hören war. Ihre große Zahl und ihre nichtssagenden Mienen machten auf Susan einen merkwürdigen Eindruck.

»Ich habe nur Nescafé«, entschuldigte sich Enid, die Susan in die Küche führte. »Ich weiß, es gibt besseren Kaffee, aber George trinkt keinen anderen.«

»Mir ist jede Marke recht«, sagte Susan.

Susan wunderte sich, wie die Sheppards es schafften, in diesem einfachen einstöckigen Haus ein Dutzend Kinder großzuziehen. Die Schlafzimmer mußten eingerichtet sein wie Kasernen, mit mehreren Betten übereinander.

»Sie haben eine große Familie, Mrs. Sheppard.«

»Jetzt verstehen Sie, warum ich keine weißen Teppiche habe«, erwiderte Enid und lachte.

Die Küche war hell erleuchtet und komfortabel eingerichtet, mit weißen Hängeschränken und einem großen Elektroherd. An einem Küchentisch unter dem großen Fenster saß ein junger Mann über einem Buch, den Kopf in die Hände gestützt.

»Das ist Tom, mein Ältester«, verkündete Mrs. Sheppard stolz. »Er ist der Beste in seiner Klasse. Immer sitzt er über seinen Büchern. Er will ein reicher Anwalt werden, um seinen Eltern ein Leben in Luxus bieten zu können, nicht wahr,

Tom?« Und sie zwinkerte Susan zu, um zu zeigen, daß sie nur scherzte.

Tom nahm die Hände von seinem Gesicht, hob den Kopf und sah Susan an.

Es war Ernest Hatch.

Susans Herzschlag setzte aus. Ein Trugbild, sagte sie sich, ein Blendwerk der Hölle.

»Die Dame hat Schwierigkeiten mit ihrem Wagen«, sagte Enid zu ihrem Sohn. »Sie möchte telefonieren.«

Hatch lächelte. »Hallo, Susan!«

Enid staunte. »Ihr kennt euch?«

»O ja«, sagte Hatch. »Wir kennen einander ziemlich gut.«

Das Zimmer schien unter Susans Füßen zu schwanken. Sie wich zurück, stieß gegen den Herd.

»Mama«, sagte Hatch, »ich kann Susan behilflich sein, wenn du zu deiner Fernsehschau zurückwillst.«

Enid zögerte und blickte zwischen Susan und Hatch hin und her. »Ich versprach ihr einen heißen Kaffee...«

»Ich kümmere mich darum«, unterbrach sie Hatch. »Ich brauche selber einen ganzen Topf Kaffee, wenn ich die Nacht über studieren will, das weißt du doch.«

Enid schien die plötzliche Spannung im Raum nicht zu bemerken. »Wissen Sie«, sagte sie zu Susan, »es ist eine meiner Lieblingssendungen, und ich möchte keine einzige Episode versäumen, um den Handlungsfaden nicht zu verlieren.«

»Halt den Mund, halt den Mund«, würgte Susan hervor. »Laß den verfluchten Unsinn!«

Enid starrte Susan verblüfft an, als wäre sie durch deren plötzlichen Ausbruch ehrlich überrascht und könne sich den Grund dafür nicht erklären.

Hatch lachte.

Susan trat zur Tür und wandte sich drohend an die Frau. »Versuch mich nicht zurückzuhalten! Oder – ich schwöre bei Gott – ich kratz' dir die Augen aus und beiß' dich in den Hals.«

»Sind Sie verrückt?« fragte Enid Sheppard entsetzt. Tom hatte sich erhoben.

Enid sagte: »Deine Freundin macht Spaß, nicht wahr, Tom?«

»Der Spaß ist kein bißchen komisch«, schrie Susan.

Hatch meinte gelassen: »Susan, Susan, es hat doch keinen Zweck. Siehst du das nicht endlich ein?«

Susan stürzte durch die Tür hinaus aus der Küche.

Im Durchgang erwartete sie, ihren Fluchtweg durch die Kinder blockiert zu finden, aber die saßen immer noch fasziniert vor dem Fernsehschirm, schienen das Schreien in der Küche nicht gehört zu haben.

Susan lief durch die Diele. In was für ein Haus war sie da geraten? Was für Kinder waren das? Kleine Roboter vor einem Ferhsehapparat?

Sie erreichte die Haustür, wollte sie öffnen und fand sie verschlossen.

Hatch war ihr in die Diele gefolgt. Er war hinter ihr her, aber ohne jede Eile, benahm sich genau wie vorhin Jelicoe und Parker. »Hör mal, dummes Flittchen, wir kriegen dich, ob du davonrennst oder nicht.«

Verzweifelt riß Susan am Türknopf.

Hatch ging langsam auf sie zu. »Morgen nacht wirst du bezahlen. Für alles bezahlen, was du uns angetan hast. Ich bin jetzt sieben Jahre tot und habe lange darauf warten müssen. Wir werden dich vornehmen, alle vier, von allen Seiten, einer nach dem anderen. Von vorn, von hinten, von der Seite. Wir werden dein Innerstes nach außen kehren...«

Die Tür bewegte sich in den Angeln, als sie heftig an ihr riß, aber sie öffnete sich nicht.

»...werden dich benützen wie eine Gummipuppe. Wie wir es schon damals in der Höhle hätten tun sollen. Und dann schlitzen wir dich auf, aber keine Luft wird rauskommen, sondern deine Eingeweide...«

Susan wünschte, sie hätte den Mut, herumzufahren und auf ihn loszugehen, mit Nägeln und Zähnen, ihm in die Augen zu fahren und in den Hals zu beißen. Ihr Zorn reichte aus, sie in ein reißendes Tier zu verwandeln. Aber sie hatte Angst, ihn nicht verletzen zu können, Angst, daß er nicht bluten würde. Daß er tatsächlich tot war. Natürlich war das nicht möglich. Doch jetzt, da er so unvermutet aufgetaucht war und sie mit Tiraden von Haß übergossen hatte, brach ihr Zweifel am Übernatürlichen zusammen. Sie besaß kein Vertrauen mehr in wissenschaftliche Beweisführung, zweifelte an Logik und Vernunft, war voll Angst und Entsetzen und haßte sich deshalb, aber sie konnte sich nicht helfen.

Sie mußte an die drohenden Worte denken: WIR BRINGEN DIE HÖLLE MIT UNS. FÜR DICH.

In panischem Schrecken riß sie an der Tür. Knirschend ging sie auf. Sie war nicht verschlossen gewesen, hatte bloß in der feuchten Witterung geklemmt.

»Verschwende deine Kraft nicht, Süße«, rief Hatch hinter ihr her. »Spar sie dir für morgen nacht. Ich werde sehr böse sein, wenn du morgen zu schlapp bist, um mich richtig anzuheizen.«

Sie torkelte durch die Tür, über die Veranda. Das Tor im Zaun schlug im Wind hin und her. Sie lief durch, gelangte auf die Straße. Rannte um ihr Leben. Achtete nicht auf die Pfützen, in die sie trat, auf das Regenwasser, das in ihre leichten Schuhe drang. Hörte noch die Stimme von Hatch, der ihr nachgerufen hatte: »Zwecklos. Kein Versteck auf dieser Welt...«

30.

Susan näherte sich dem Kino auf Umwegen, indem sie durch Seitengäßchen und über Parkplätze lief. Bevor sie auf die Main Street trat, lugte sie vorsichtig nach beiden Seiten durch die regnerische Nacht. Kein Polizeiauto war zu sehen, kein Beamter in Uniform.

Der Schalter war bereits geschlossen. Die letzte Vorstellung hatte schon begonnen, keine Karten wurden mehr verkauft.

Sie stieß eine Glastür auf, gelangte in ein menschenleeres Vestibül.

Hier war es warm, angenehm warm.

Auch hinter dem Erfrischungsstand war niemand zu sehen. Das war einigermaßen sonderbar, denn die Kinos verdienten mehr am Verkauf von Popcorn und Getränken als am Kartenverkauf, und sie schlossen den Stand selten, bevor der letzte Zuschauer das Haus verlassen hatte.

Aus dem Inneren des Zuschauerraums hörte man Musik und die Stimme von Dudley Moore. Der angekündigte Film hieß ARTHUR.

Susan hatte sich hierher geflüchtet, weil sie einen warmen, trockenen Platz suchte. Vor allem aber wollte sie in Ruhe und im Dunkeln sitzen und überlegen können – denken, denken, bevor sie endgültig den Verstand verlor. Seit sie im Büro des Sheriffs auf Jellicoe gestoßen war, hatte sie nur kopflos reagiert, statt überlegt zu handeln. Das mußte ein Ende haben.

Ursprünglich hatte sie vorgehabt, lieber in den Coffeeshop zu gehen statt ins Kino, doch sie hatte befürchtet, Polizeiwagen würden durch die Straßen patrouillieren und man könnte sie durch die großen Scheiben sehen und erkennen. Das Kino hingegen war ein dunkler, sicherer Zufluchtsort.

Sie schlüpfte durch eine der gepolsterten Türen, die ins Innere des Kinos führten. Schloß sie schnell hinter sich, damit der durchs Vestibül in den verdunkelten Raum fallende Lichtstreif keine Aufmerksamkeit erregte.

Auf der Leinwand erwachte Arthur gerade in seinem Bett nach einer durchzechten Nacht. Susan hatte den Film im letzten Sommer gesehen, als er in die Erstaufführungstheater gekommen war. Sie erinnerte sich, daß es eine der Anfangsszenen war. Sie hatte mehr als eine Stunde wohliger Wärme und schützender Dunkelheit vor sich, um in Ruhe die Ereignisse dieser Nacht durchdenken zu können.

Ihre Augen paßten sich nur langsam der Dunkelheit an. Sie konnte nicht sehen, ob das Kino gut besucht war oder nicht. Dann entsann sie sich, daß nur zwei Autos vor dem Haus gestanden hatten. Der Saal mußte halbleer sein, nur wenige Leute würden in einer solchen Nacht zu Fuß in ein Kino gehen.

Sie konnte nur einen Platz neben sich ausmachen, anscheinend den letzten Sitz einer Reihe. Er war leer. Sie setzte sich. Die nassen Kleider klebten an ihrem Körper.

Sie schloß halb die Augen, um die Vorgänge auf der Leinwand nach Möglichkeit auszuschalten. Arthurs spaßige Abenteuer interessierten sie nicht. Sie hatte an anderes, Ernsteres zu denken.

Geister. Dämonen. Längst Verstorbene, die sie verfolgten.

Sie weigerte sich, übernatürliche Erscheinungen als Erklärung zu akzeptieren. Wenn höllische Kräfte am Werk waren, konnte es für sie keine Rettung geben, daher war es vernünftiger, eine solche Möglichkeit gar nicht in Erwägung zu ziehen.

Das gleiche galt für die Theorie des Irrsinns. Sie mochte verrückt sein, zugegeben, aber was konnte sie im Moment dagegen tun? Nichts. Also war es klüger, nicht daran zu glauben.

Blieb nur das raffinierte Komplott. Aber auch auf diesem Weg kam sie nicht weiter. Wer konnte sich gegen sie verschworen haben, und warum?

Die Kette ihrer Gedanken wurde jäh unterbrochen. Im Saal erscholl ausgelassenes Gelächter. Obwohl es nur natürlich war, daß die Zuschauer sich über eine komische Szene amüsierten, erschien ihr das schallende Gelächter irgendwie sonderbar. Nach dem Geräuschpegel zu urteilen, mußte eine Menge Menschen im Saal sein, was der Tatsache widersprach, daß sie nur zwei Wagen vor dem Theater gesehen hatte. Aber das war nicht das einzige, was ihr auffiel.

Es war etwas anderes.

Etwas, was mit dem Klang des Lachens zusammenhing. Es hörte sich anders an, als zu erwarten gewesen wäre.

Im Saal wurde es wieder still, und Susan durchlief in Gedanken nochmals die Details ihrer Flucht.

Anfangs war doch alles glatt gegangen. Zu glatt?

Sie hatte die Klinik – oder das Gebäude der Milestone Corporation – ohne Schwierigkeiten verlassen können. Der Pontiac stand bereit, und der Schlüssel steckte im Zündschloß. Das ließ darauf schließen, daß sie – wer auch immer *sie* waren – von ihrem Fluchtplan gewußt und es darauf angelegt hatten, ihr Vorhaben zu unterstützen. Man hatte den Pontiac für sie bereitgestellt.

Aber wie konnten sie erraten, daß sie in diesem Wagen nach dem Schlüssel suchen und in das Büro des Sheriffs gehen würde? Und dann, von Jellicoe und Parker gehetzt, ausgerechnet im Sheppardhaus Zuflucht suchen würde? Es gab in Willawauk Hunderte Häuser. Wieso hatte Hatch sie gemächlich in einer ganz bestimmten Küche erwartet?

Susan kannte die wahrscheinliche Antwort auf diese Fragen, aber wollte nicht an sie glauben. Sie mußten gar nicht erraten, wohin sie sich wenden würde, weil ihre Bewegungen *programmiert* gewesen waren. Vielleicht hatte man sie in ihrem Unterbewußtsein festgelegt, während sie im Koma gelegen war. Das erklärte auch, warum man sie nicht ernsthaft verfolgte; man wußte, daß sie ihnen an einem vorbestimmten Platz in die Arme laufen würde.

Vielleicht besaß sie keinen freien Willen mehr.

Die bloße Vorstellung verursachte ihr ein leeres Gefühl in der Magengrube.

Sie fühlte sich wie ein Schlittenhund, der läuft und läuft, ohne seinen Kurs selber zu bestimmen. Der den Zügeln eines Treibers folgen muß, ohne auf den eingeschlagenen Weg Einfluß nehmen zu können. Sie haßte diesen Vergleich, obwohl sie zugeben mußte, daß es zutraf.

Wer aber waren diese schattenhaften Puppenspieler, die gottähnliche Gewalt über sie besaßen?

Wieder wurde ihr Gedankengang durch schallendes Gelächter unterbrochen. Diesmal horchte sie angespannt, und es wurde ihr klar, was ihr aufgefallen war. Es war das Lachen von jungen Menschen, von Kindern. Es war schriller, ausgelassener als das Gelächter von Erwachsenen, das sie in einem Kino zu hören gewohnt war.

Unterdes hatten sich ihre Augen dem Dunkel angepaßt; sie hob den Kopf und sah sich um. Der Saal war beinahe voll. Sie konnte die Besucher erkennen, die ihr zunächst saßen. Kinder, Halbwüchsige. Anscheinend war sie die einzige Erwachsene in ihrer Reihe.

Merkwürdig! Warum sollten Hunderte Jugendliche durch

Regen und Sturm in ein Kino gehen, um ein altes Lustspiel anzuschauen? Was für Eltern waren das, die ihren Sprößlingen gestatteten, eine Lungenentzündung zu riskieren?

Sie mußte an die vielen Kinder in Enid Sheppards Haus denken, die fasziniert auf den Fernsehschirm gestarrt hatten.

In Willawauk schien es mehr Kinder zu geben als in einem anderen vergleichbaren Ort.

Aber was zum Teufel hatten diese Kinder mit ihrer eigenen speziellen Situation zu tun?

Irgend etwas, dessen war sie sicher. Aber was? Es mußte einen Zusammenhang geben, aber sie konnte ihn nicht erraten.

Während Susan noch über die jugendliche Bevölkerung von Willawauk rätselte, sah sie, wie sich links von der Leinwand eine Tür öffnete. Ein fahles, bläuliches Licht schien durch die Öffnung. Ein großer Mann trat in den Saal und schloß die Tür hinter sich. Er ließ den Strahl einer Taschenlampe aufflammen und richtete ihn auf den Boden.

Ein Platzanweiser?

Er ging langsam den Gang entlang, in die Richtung, in der Susan saß.

Das Kino war ziemlich groß, es war ein langer Weg von der Leinwand zu den hinteren Reihen. Er war schon recht nahe, ehe Susan in den Sinn kam, er könnte für sie eine Bedrohung darstellen.

Sie stand auf. Die nassen Kleider klebten an ihr. Sie war noch nicht lange genug im Saal gewesen, als daß sie hätten trocknen können. Sie hatte vorgehabt, bis gegen Schluß der Vorstellung zu bleiben.

Der Mann kam näher. Mit jedem Schritt, den er tat, schwang seine Lampe hin und her.

Susan gab ihren Sitz auf, trat auf den Gang, fluchtbereit. Sie bemühte sich, in das Licht vor sich zu schauen, um die Gesichtszüge des Mannes erkennen zu können.

Er war jetzt kaum zwei Meter von ihr entfernt, unsichtbar hinter dem Strahl seiner Lampe. Hinter ihm bewegten sich die übergroßen Silhouetten der Schauspieler auf der Leinwand.

Dudley Moore sagte etwas Komisches.

Die Jugendlichen lachten herzlich.

Susan begann zu zittern.

John Gielgud sagte etwas Lustiges zu Liza Minelli, und wieder lachte das Publikum.

Wenn ich programmiert war, den Pontiac zu stehlen, dachte Susan, und zum Büro des Sheriffs und in Enid Sheppards Haus zu gehen, dann war ich vielleicht auch programmiert, hierher zu kommen statt den Coffeeshop zu besuchen.

Der Platzanweiser, wenn er einer war, kam immer näher.

Susan trat einige Schritte zurück, zur Tür, die zum Vestibül führte. Sie fühlte mit der rechten Hand hinter sich, tastete nach dem Türgriff.

Der Mann vor ihr hob seine Lampe. Der Strahl war nicht mehr auf den Boden gerichtet, sondern direkt auf Susans Gesicht. Das grelle Licht zwang sie, die Augen zu schließen.

Er ist einer von *ihnen*! Wahrscheinlich Quince, denn Quince war ihr in dieser Nacht noch nicht erschienen.

Oder – schlimmer noch – es war Jerry Stein. Jerry, das Gesicht in einem Stadium der Verwesung, die Lippen aufgeschwollen und eitrig. Jerry, in der Uniform eines Platzanweisers, der auf sie zukam, um sie zu begrüßen und sich ein Küßchen zu holen.

Verzweifelt versuchte sie der aufkommenden Panik Herr zu werden.

Vor Quince schauderte ihr. Aber eine Begegnung mit Jerry war einfach nicht auszudenken.

Sie sah ihn vor sich, die blicklosen Augen auf sie gerichtet. Er würde sie umarmen, seine Lippen auf ihre pressen und die schleimige Zunge in ihren Mund schieben. Ein Friedhofskuß, Leidenschaft eines Totentanzes!

Gab es kein Entrinnen aus der Hölle?

Sie stieß die Tür auf, lief aus dem Saal, durch das Vestibül, und wagte nicht zurückzublicken.

Sie rannte über die Straße, in eine kleine Gasse, suchte Zuflucht in einer Toreinfahrt. Sie holte tief Atem. Die kalte, feuchte Nachtluft peinigte ihre Lungen. Auf dem kurzen Weg waren ihre Kleider wieder völlig durchnäßt worden. Sie spürte einen Schmerz am linken Bein, schenkte ihm keine Beachtung, redete sich ein, sie könne die ganze Nacht hindurch laufen, wenn es nötig wäre.

Aber sie wußte, daß sie sich belog. Die Kraftreserven, die sie in den vergangenen Tagen gespeichert hatte, begannen zu schwinden.

Auf der anderen Straßenseite, in einiger Entfernung, sah sie die Lichter einer Tankstelle.

31.

Verschlossene Türen, vergitterte Fenster. Die Regentropfen glitten an den frischlackierten Zapfsäulen hinunter.

Neben der Tankstelle stand eine öffentliche Fernsprechzelle. Susan schlüpfte hinein, schloß aber die Tür nicht, sonst wäre die Innenbeleuchtung in Gang gesetzt worden. So blieb sie zwar im Dunkeln, war aber durch die Glaswände fremden Blicken ausgesetzt. Doch auf der regennassen Straße waren keine Passanten zu sehen und auch keine Fahrzeuge.

Sie fischte aus einer Tasche ihrer Jeans ihre Geldbörse hervor und entnahm ihr einige Münzen. Sie schob einen Zehner in den Schlitz und wählte die Nummer des Fernamts. Sie fühlte sich elend und erschöpft. Sie verlangte die Nummer von Sam Walker in Newport Beach und ließ sich dann verbinden. Sie hatte Sams Telefonnummer nicht mehr im Kopf; es war schon einige Zeit her, daß sie miteinander ausgegangen waren. Doch er hatte die Beziehung für ihren Geschmack zu ernst genommen, und sie hatte sich gezwungen gesehen, sie abzubrechen. Doch sie war mit Sam Walker gut Freund geblieben, und wenn sie sich zufällig in einem ihrer bevorzugten Restaurants trafen, aßen sie zusammen und konnten ohne Hemmungen miteinander plaudern.

Es war typisch für Susan, daß sie keine richtigen Freundinnen hatte, an die sie sich hätte wenden können. Aber sie war mit Frauen nie so gut ausgekommen wie mit Männern. Im Moment stand Sam Walker ihr am nächsten, obwohl es mindestens zwei Monate her war, daß sie ihn in der ›Auberge‹ getroffen hatte.

Seit ihrer Flucht aus dem Kino war ihr klargeworden, daß sie ohne auswärtige Hilfe nicht aus Willawauk entkommen konnte. Es würde ihr schwerfallen, Sam ihre Situation zu erklären, denn obwohl er wußte, daß sie weder trank noch Rauschgift nahm, mochte er annehmen, daß sie einfach übergeschnappt war. Wie konnte sie ihn bloß überzeugen, daß der hiesigen Polizei nicht zu trauen war und daß er das FBI einschalten sollte.

Die Hilfe des FBI erschien ihr als einzige Möglichkeit, sich zu retten. Schließlich war sie in das Milestone-Gebäude entführt worden, und Entführung fiel in den Aufgabenbereich der Bundespolizei. Sie hatte davon Abstand genommen, von sich aus das FBI in Salem anzurufen – ihr als einer Unbekannten hätte man ihre Anschuldigungen sicher nicht geglaubt. Wo sie doch schon unsicher war, ihren alten Freund Sam Walker überzeugen zu können!

Im fernen Newport Beach begann das Telefon zu läuten.

Bitte, laß ihn zu Hause sein, betete sie. Bitte!

Ein Windstoß ließ die offenstehende Kabinentür auf und zu schlagen. Sie zuckte zusammen.

Das Telefon läutete dreimal. Viermal.

Bitte, laß ihn zu Hause sein, bitte!

Ein fünftes Mal.

Dann hob jemand den Hörer ab. »Hallo?«

»Sam?«

»Hallo?«

Die Verbindung war schlecht. Gewitterstörungen, es krachte in der Leitung.

»Sam?«

»Ja. Wer spricht?« Seine Stimme war kaum zu hören.

»Sam, ich bin es, Susan.«

Kurzes Zögern. Dann: »Suzie?«

»Ja.«

»Suzie Thorton?«

»Ja«, rief sie, froh, jemanden außerhalb von Willawauk erreicht zu haben.

»Ich höre dich so schlecht. Wo bist du?«

»In Oregon. In einer Stadt, die Willawauk heißt.«

Das Krachen in der Leitung ließ nach. Sie hörte ihn jetzt deutlich sagen: »Es klingt, als ob du aus Tahiti oder sonstwo sprechen würdest.«

Als sie jetzt deutlich seine Stimme hörte, durchfuhr sie ein schrecklicher Verdacht.

»Ich kann dich kaum hören, Sam«, stammelte sie.

»Ich habe gesagt, du klingst, als ob du aus Tahiti oder sonstwo sprechen würdest.«

Susan preßte die linke Hand über das freie Ohr und mit der rechten den Hörer gegen das andere. »Sam – du... du...«

»Suzie, bist du noch da?«

»Sam, du sprichst so merkwürdig. Nicht wie sonst.«

»Ist etwas nicht in Ordnung?«

»Es klingt, als ob nicht du es wärst.«

»Suzie, sprich doch deutlich! Was soll das alles?«

Sie brachte kein Wort heraus, konnte den Verdacht nicht äußern, der sie quälte.

»Suzie!«

Konnte man nicht einmal dem verdammten Fernamt in Willawauk trauen?!

»Suzie – bist du noch da?«

Jetzt sprach sie es aus, zornig und verzweifelt: »Du bist nicht Sam Walker!«

Krachen in der Leitung.

Stille.

Neuerliches Knacken und Rauschen.

Dann ertönte ein Kichern. »Natürlich bin ich es nicht, du dumme Kuh!«

Es lief ihr eiskalt den Rücken hinunter. Die Stimme war unverkennbar. Es war das Kichern von Carl Jellicoe.

Der Sturm ließ die offene Tür der Zelle heftig hin und her pendeln. Susan hielt sie fest.

Jellicoe sagte: »Glaubst du noch immer, daß es so einfach ist, uns zu entkommen?«

Sie antwortete nicht.

»Wohin willst du laufen? Es gibt kein Versteck für dich.«

»Schuft! Schuft!«

»Du bist am Ende«, sagte Jelicoe vergnügt. »Du kannst nicht weiter. Herzlich willkommen in der Hölle, Baby.«

Sie warf den Hörer auf die Gabel. Trat aus der Zelle und sah sich wieder um. Nichts bewegte sich auf der Straße. Niemand war in Sicht. Niemand war hinter ihr her. Noch nicht. Noch war sie frei.

Aber sie gab sich keiner Illusion hin. Sie war nicht wirklich frei, sie hing bloß an einer langen Leine. Und sie hatte das beängstigende Gefühl, daß diese Leine zugezogen wurde, immer enger und enger, langsam, aber unerbittlich.

Sie ging die Straße entlang, nicht einmal schnell, denn es erschien ihr sinnlos, den Rest ihrer Kraft durch Laufen zu verschwenden. Sie versuchte, weder auf den Schmerz in ihrem Bein noch auf Regen und Wind zu achten. Sie gab es auf, Fluchtpläne zu entwickeln. Wozu in neue Fallen tappen, wozu neue Enttäuschungen erleiden? Sie wollte gefaßt darauf warten, daß man sie holte.

Plötzlich hatte sie eine Eingebung.

Es gab einen Platz, in den die höllischen Mächte nicht einzudringen vermochten. Vor dessen Tor die Dämonen zähneknirschend anhalten mußten. Einen heiligen Platz, einen sicheren Hort.

Die Kirche.

Ein Blitz erhellte den spitzen Turm, der zum Himmel ragte. Die Kirche stand am Ende der kleinen Straße, an einer Kreuzung; die Breitseite lag an einer Hauptstraße. Susan begann zu laufen, bog um die Ecke, stand vor dem Portal. Das Innere des Gotteshauses war beleuchtet, das Licht drang durch die bunten Glasfenster, der Nebel, der über ihnen hing, glimmte blau und rot.

Niemand versuchte sie aufzuhalten, das gab ihr Hoffnung. Sie lief drei steinerne Stufen hinauf und griff nach der großen Klinke der Kirchentür.

Sie war verschlossen.

Der Weg zum Refugium versperrt.

Sie lauschte. Nichts war zu hören. Kein Gesang, kein Orgelton. Warum sollte auch um diese Stunde ein Gottesdienst stattfinden?

Doch durch die Fenster schien Licht. Vielleicht hielt sich der Pastor im Inneren der Kirche auf.

Sie pumperte mit den Fäusten gegen die Tür aus solidem Holz. Schlug sich beinahe die Hände blutig.

Niemand öffnete.

Nun, wenn der Pastor nicht in der Kirche war, konnte sie ihn sicher im Pfarrhaus finden. Es war an die Seitenwand der Kirche geschmiegt, ein einfaches, einstöckiges Haus mit großen Erkerfenstern im Obergeschoß. Der gepflegte Rasen war von zwei Laternen erleuchtet. Eine dritte Lampe hing über der Tür. Auf dem Türschild las sie: REV. OTIS B. KINFIELD.

Auf einen Geistlichen mußte man sich verlassen können. Zu einem Geistlichen konnte man mit jedem Problem kommen und auf Hilfe rechnen.

Doch galt das auch für Willawauk?

Sie drückte auf die Türklingel.

Obwohl die Außenlichter brannten, war es im Inneren des Hauses dunkel. Das mußte nicht bedeuten, daß der Pastor nicht zu Hause war. Er mochte zu Bett gegangen sein. Immerhin war es ziemlich spät, fast Mitternacht.

Sie läutete nochmals.

Und noch einmal, anhaltend.

Keine Lichter gingen an. Niemand reagierte auf ihr Klingeln.

Susans Hoffnungen schwanden. Sie hatte Wärme und Sicherheit erwartet, eine behagliche Bleibe, einen trockenen Schlafrock, eine heiße Schokolade. Und vor allem Schutz, Schutz gegen die teuflischen Mächte, die sie verfolgten. Ein Pastor, so hoffte sie, mußte sie gegen Dämonen schützen können wie ein Kruzifix gegen Vampire.

Obwohl niemand auf ihr Klingeln antwortete, war Susan nicht bereit aufzugeben. Sie dachte nicht daran, einfach wegzugehen. Sie kämpfte mit den Tränen, der Wunsch nach trockener Kleidung und heißer Schokolade war übermächtig, verdrängte sogar die Furcht vor Ernest Hatch und seinen Kumpanen.

Sie griff nach der Messingklinke, rüttelte an der Tür. Sie war verschlossen, ließ sich auch mit Gewalt nicht öffnen. Sie ging die Hauswand entlang, aber natürlich stand kein Fenster offen.

Drei Fenster links von der Tür waren fest verschlossen, auch das erste zur rechten. Doch das zweite hing locker im Rahmen, die feuchte Luft hatte das Holz des Rahmens aufquellen lassen. Es ging nach innen auf, weit genug, um Susan durchschlüpfen zu lassen.

Dann stand sie im Inneren des Pfarrhauses.

Sie war eine Einbrecherin!

Aber sie war eine verzweifelte Frau, die Hilfe brauchte, und der Reverend würde sicher verstehen und verzeihen, wenn er ihre Geschichte hörte.

Im Raum, in den sie gelangt war, war es stockdunkel. Und Susans erste Hoffnung wurde sofort enttäuscht. Es war nicht warm. Es war beinahe so kalt wie draußen.

Susan tastete sich an der Wand entlang, am ersten Fenster vorbei, zu einer Tür. Neben der Tür fand sie einen Lichtschalter. Sie knipste ihn an.

Die plötzliche Lichtflut blendete sie. Als sie wieder sehen konnte, war sie bitter enttäuscht. Das Innere des Pfarrhauses, das von außen einen so beruhigenden Eindruck gemacht hatte, glich nicht im geringsten ihren Vorstellungen.

Es war ein Warenhaus.

Ein riesig großer Raum ohne Decke, der bis zum Dachstuhl reichte. Betonfußboden ohne Belag. An Drähten hing eine gewaltige Weihnachtsszenerie mit Schlitten und Rentieren aus Papiermaché, anscheinend für die kommenden Feiertage vorbereitet. Überall standen Kartons, übereinander hoch aufgeschichtet. Daneben Koffer, Kisten, Container und Metallschränke, die meistens meterhoch und von enormer Breite waren. Die Behältnisse standen in gerade ausgerichteten Reihen, zwischen denen man Durchgänge gelassen hatte.

Verblüfft verließ Susan ihren Platz am Fenster und ging daran, die Stapel zu untersuchen. In den ersten Schränken fand sie schwarze Chorgewänder, die an Haken hingen und sauber in Plastiktüten verpackt waren. In einem weiteren entdeckte sie Kostüme von Weihnachtsmännern und Osterhasen. Im ersten Karton befanden sich – wie eine Aufschrift vermerkte – Bibeln und Gesangbücher.

All das, inklusive die vom Dach hängenden Weihnachtsfiguren, mochten Objekte sein, die jeder beliebige Pastor horten konnte. Wenn auch nicht in einem vorgetäuschten Pfarrhaus!

Dann aber fand sie Dinge, die keineswegs hierher gehörten und deren Entdeckung sie bestürzte.

32.

Drei ganze Reihen von Kisten und Containern – weit über 1000 Behältnisse – waren ausgefüllt mit aller Art von Kostümen. Die Aufschriften gaben seltsame Auskunft. Die in den ersten Reihen – weit über 100 – trugen die gleiche Bezeichnung:

U. S. Moden
Frauenkleidung
1960–1964
(Kennedy-Zeit)

Andere Reihen trugen die Aufschrift:

U. S. Moden
Herrenanzüge und Krawatten
1960–1964
(Kennedy-Zeit)

Jede Menge Frauenkleider, zahlreiche Herrenanzüge vom Sportdreß bis zum Frack, und Kisten voller Kinderkleidung. Alle Perioden von Kennedys Tod bis in die späten siebziger Jahre waren vertreten. Es gab sogar Kisten mit einem speziellen Vermerk:

U. S. Moden
Subkultur – männlich

Weder die Hippies noch die Punks waren vernachlässigt worden.

Es konnte sich nicht um eine Wohltätigkeitskollektion für

Übersee handeln, auch nicht für die Kleidersammlung eines übereifrigen Pastors. Es handelte sich zweifellos um eine über Jahre systematisch zusammengetragene Kollektion.

Selbst für ein projektiertes Mode-Museum waren die Objekte zu zahlreich. Mit diesen Lagerbeständen konnte man Hunderte und Aberhunderte von Personen in jedem Modetrend der vergangenen 20 Jahre einkleiden.

Waren die Bewohner von Willawauk – Männer, Frauen und Kinder – so sparsam, daß sie alle abgetragenen Kleider sammelten, um sie für den zukünftigen Tag aufzubewahren, an dem die alten Moden wieder modern und elegant sein würden? Hatten sie sich zusammengetan, um der Tyrannei der Modezaren zu trotzen?

Undenkbar! In einer Wegwerfgesellschaft wie der amerikanischen ließ sich kaum erklären, was für eine Gemeinschaft eine so perfekte Speicherung von Kleidungsstücken hätte organisieren und verwirklichen können.

Eine Gemeinschaft von Robotern?

Als Susan fortfuhr, die Reihen der Kisten und Container zu durchforschen, wuchs ihre Verwirrung. Auf mehreren Kartonen stand vermerkt:

NICHTRELIGIÖSE FEIERTAGE: Neujahr - Silvester.
NICHTRELIGIÖSE FEIERTAGE: Unabhängigkeitstag
RELIGIÖSE FEIERTAGE: Weihnachten
RELIGIÖSE FEIERTAGE: Ostern
PRIVATFESTE: Geburtstag
PRIVATFESTE (religiös): Bar Mitzwah
PRIVATFESTE: Herrenabend

Vom Karton WEIHNACHTEN riß sie die Klebestreifen ab und schlug den Deckel hoch. Obenauf lag Christbaumschmuck, Lametta, Sterne, Kerzen aus Wachs und auch elektrische Kerzen. Auf dem Boden des tiefen Behältnisses kamen verschiedene Tannenbäume zum Vorschein, echte und solche aus grünem Plastik, und eine Menge von Christbaumständern in allen Größen. Was hier angesammelt war, reichte aus, um eine ganze Stadt für das Weihnachtsfest zu schmükken und zu dekorieren.

Susan gab es schließlich auf, die Kisten und Schränke zu

untersuchen. Sie boten keine Antworten auf die vielen Fragen über Willawauk, im Gegenteil, sie stellten neue Fragen. Das Lesen der Schildchen und Etiketten, das Wühlen in der Kiste hatte sie nur noch mehr durcheinandergebracht. Warum lagerte ein christliches Pfarrhaus Dekorationen für eine jüdische Bar-Mitzwah-Feier? In der Kiste für den Herrenabend hatte sie pornographische Filmstreifen und Poster von nackten Frauen gefunden. Wie kamen solche Sachen in ein Pfarrhaus?

Befand sie sich überhaupt in einem Pfarrhaus? Wohnte der Reverend in diesem Gebäude? Und gab es ihn tatsächlich, oder war Otis B. Kinfield nur eine erfundene Person, ein Name auf einem Türschild?

Was war Willawauk für eine Stadt? Was ging in ihr vor? Auf den ersten Blick schien es eine ganz normale Ortschaft zu sein wie tausend andere. Doch wenn man näher hinsah, gab es kein einziges Detail, das nicht unnatürlich war und sonderbar.

Eins wußte sie mit Gewißheit: In dieser Stadt konnte sie sich keine Minute lang sicher fühlen.

Unwillkürlich schaute sie zum Fenster, durch das sie eingestiegen war. Sie hatte es zwar hinter sich geschlossen, aber wer garantierte ihr, daß nicht gerade jetzt jemand hineinsah und sie inmitten des verschlossen gehaltenen Lagers erblickte? Das Pfarrhaus lag nicht mehr im friedlichen Dunkel, sondern war hell beleuchtet. Jeden Moment konnte die Polizei auftauchen.

Susan lief zur Tür und löschte das Licht. Wohltätiges Dunkel umfing sie. Doch auch die Finsternis machte ihr Angst. Und vielleicht war die verdächtige Beleuchtung schon von einem aufmerksamen Beobachter entdeckt und angezeigt worden. Sie mußte so schnell wie möglich von hier verschwinden.

Sie kletterte durch das Fenster hinaus. Stand im Vorgarten. Ging auf die Straße. Ihre nassen Kleider schienen einen Zentner zu wiegen. Immer noch regnete es, und der Wind heulte. War es überhaupt sinnvoll, fliehen zu wollen? Früher oder später würden Hatch und die anderen sie ohnehin einholen.

Im Moment hatte sie nur einen Wunsch: ein schützendes Dach über dem Kopf.

Da hörte sie Orgelspiel.

Es kam aus der Kirche.

Unwillkürlich blickte sie zur Kirchentür, an der sie vorhin vergeblich gerüttelt hatte.

Die Tür stand offen.

Aus dem Inneren drang Licht.

Susan sah einige Personen, die das Gotteshaus betraten.

Sie wollte sich den Kirchenbesuchern anschließen und eilte zu den Steinstufen, die zum Tor führten.

In diesem Moment hörte sie hinter sich das Geräusch eines ankommenden und bremsenden Autos. Sie drehte sich um.

Ein Krankenwagen war vorgefahren und hielt jetzt vor der Kirche. Auf der weißen Seitenwand der Ambulanz war in schwarzen Lettern zu lesen WILLAWAUK KLINIK.

Aber die gibt es doch gar nicht, sagte sich Susan. Gleich darauf sah sie ihre Befürchtungen bestätigt. Die beiden Männer, die aus der Ambulanz stiegen, waren Jellicoe und Parker. Sie trugen nicht mehr Polizeiuniformen, sondern gelbe Regenumhänge, unter denen die weiße Kleidung der Krankenhauspfleger zu sehen war. Sie blickten zu Susan auf und gingen gemächlich auf sie zu.

Sie hatte nicht mehr die Kraft, erneut davonzulaufen. Aber sie wollte sich auch nicht tatenlos in ihr Schicksal ergeben. Sie wollte sich wehren, wollte schreien. Man würde sie mit Gewalt zur Ambulanz schleppen müssen.

Sie eilte ins Innere der Kirche. Fürchtete, diese würde sich als Attrappe erweisen – wie die Dekoration in einem Filmstudio. Vorne Fassade, hinten eine leere Halle.

Doch nein, es war eine richtige Kirche. Marmorboden, messingbeschlagene Bänke. Das Haus war geheizt. Dankbar empfand Susan die wohlige Wärme.

Wieder schoß es ihr durch den Kopf, daß in einem geheiligten Haus Dämonen keinen Zutritt finden könnten. Sie wandte sich um, in der Hoffnung, Jellicoe und Parker hätten vor dem Tor haltmachen müssen.

Doch die beiden kamen mit gemächlichen Schritten, die sie bereits an ihnen kannte, den Mittelgang entlang.

Ihre Füße trugen sie nicht länger. Noch ein Schritt und sie würde zu Boden stürzen. Sie ließ sich auf den Eckplatz einer Bank fallen.

Das Orgelspiel war zu Ende. Es wurde still im Raum.

Sie hörte Jellicoes Kichern hinter sich. »He, Susan«, rief er laut.

Sie wollte ihr Gesicht in den Händen bergen.

Da sah sie, wie sich seitlich vom Altar eine kleine Tür öffnete. Zweifellos die Tür zur Sakristei.

Zwei Männer traten heraus.

Der Pastor und der Hilfsgeistliche, dachte Susan. Bei ihnen würde sie Schutz finden. Sie stützte sich auf das Pult vor sich, erhob sich halb.

Und hielt in der Bewegung inne.

Die beiden Männer waren zum Altar getreten. Im Licht, das von der Kuppel kam, konnte sie ihre Gesichter erkennen. Die Gesichter von Ernest Hatch und Randy Quince.

Jetzt wurde ihr die ganze Reichweite der Manipulation klar. Keine Einzelheit ihrer Flucht war ihre eigene Idee gewesen. Es war *ihr* Plan, *ihr* Spiel gewesen. Sie hatten mit ihr gespielt wie eine Katze mit der Maus. Immer wieder ließ man sie Hoffnung schöpfen, ließ man sie entwischen, um dann brutal über sie herzufallen. Ihre verzweifelten Anstrengungen, ihr wiederholtes Zickzacklaufen hatten bloß der Belustigung ihrer Feinde gedient. Der Davidstern war nicht zufällig im Badezimmer verloren worden; man hatte ihn mit Absicht hingelegt, um sie zur Flucht anzustacheln.

Katzen genießen die Fluchtversuche einer Maus. Aber die Maus hat nie die geringste Chance.

Hatch und Quince kamen die Stufen des Altars herunter. Jellicoe und Parker standen bereits neben ihr. Sie grinsten.

Susan war nicht imstande, sich zu bewegen. Sie vermochte nicht mal eine Hand zu ihrem Schutz zu heben.

»Hat's dir ebenso viel Spaß gemacht wie uns?« wollte Jellicoe wissen.

Parker lachte.

Susan sagte nichts, sie starrte reglos vor sich hin.

Jetzt traten Hatch und Quince zur Bank, in der sie saß. Sie schauten sie vergnügt an, lächelten. Alle vier lächelten.

Susan vermied ihre Blicke, sah durch sie hindurch auf das Kreuz. Sie sollten nicht sehen, daß sie am ganzen Körper zitterte.

Hatch beugte sich vor, zwang sie, ihn anzuschauen.

»Arme Kleine«, sagte er spöttisch. »Ist die kleine Hurensau müde? Hat sie sich ihren kleinen Arsch kaputtgelaufen?«

Susan unterdrückte den Wunsch, die Augen zu schließen und auf nichts zu reagieren. Statt dessen starrte sie Hatch schweigend an, erwiderte den Haß, der aus seinen Augen sprach.

»Hoffentlich nicht«, bemerkte Qince. »Ich habe mit ihr noch einiges vor.«

Jellicoe lachte.

Doch Hatch blieb ernst. »Du möchtest wohl Bescheid wissen, Susan.«

Sie antwortete nicht.

»Willst du's wirklich nicht wissen?«

Sie starrte ihn an, ohne mit der Wimper zu zucken.

»Oh, du bist trotzig«, sagte Hatch. »Der starke, schweigsame Typ. Weißt du, Susan, ich hab' eine Schwäche für starke, schweigsame Frauen.«

Die anderen drei Männer lachten.

Hatch meinte: »Sicher möchtest du wissen, was gespielt wird. Gib es doch zu. Flittchen sind nicht nur geil, sondern auch neugierig.«

Gelächter belohnte seinen Scherz.

»Dein Autounfall, der hat wirklich stattgefunden. Zwei Meilen vor dem Viewtop-Hotel. Der Wagen rollte über eine Böschung und zerschellte an einem Baumstamm. Das ist wahr. Alles andere war natürlich gelogen.«

»Wir sind alle gewissenlose Lügner«, bestätigte Parker gutgelaunt.

»Du bist nicht drei Wochen im Koma gelegen«, fuhr Hatch fort. »Das Krankenhaus war nicht echt. Alles Lüge, Täuschung, ein Spielchen, um mit dir Spaß zu haben.«

Sie ließ sich nicht provozieren, schwieg noch immer.

»Du hattest nicht mal die Chance, im Koma zu liegen. Du bist noch an der Unfallstelle gestorben.«

Quatsch, dachte sie. Was bezwecken sie diesmal?

»Auf der Stelle«, sagte Parker.

Jellicoe kicherte. »Hirnquetschung.«

»Nicht bloß eine kleine Wunde auf der Stirn«, ergänzte Quince.

»Du bist tot, Susan«, sagte Hatch.

»Wie wir«, lachte Parker. »Alle glücklich vereint.«

Nein, nein! Das konnte nicht sein. Das war Wahnsinn.

»Du bist in der Hölle«, sagte Hatch.

»Mit uns.«

»Und wir haben den Auftrag, dich zu unterhalten.«

»Worauf wir uns schon freuen.«

»Sehr freuen. Überaus freuen.«

Gelächter.

NEIN!

»Wir haben eigentlich nie gehofft, du würdest in der Hölle landen.«

»Nicht eine vornehme Lady wie du. Ohne Fehl und Tadel.«

»Du mußt eine Menge geheimer Laster haben.«

»Wir sind ehrlich froh, dich hier begrüßen zu können.«

Hatch sah sie an, mit seinen eisgrauen Augen, prüfend, abschätzend.

»Wir werden ein Fest veranstalten«, sagte Jellicoe.

Und Quince: »Eine Party ohne Ende.«

»Nur wir fünf.«

»Alte Freunde.«

Susan schloß die Augen. Es war nicht wahr, es konnte nicht wahr sein. Es gab keine Hölle. Weder Himmel noch Hölle. Sie hatte weder an einen Himmel noch an eine Hölle geglaubt. Hieß es aber nicht, daß die Ungläubigen in die Hölle kamen?

»Vernaschen wir sie gleich jetzt«, schlug Jellicoe vor.

»Prima«, meint Quince.

Sie öffnete die Augen.

Jellicoe zog den Reißverschluß seiner Hose herunter.

»Nein«, entschied Hatch. »Morgen nacht. Der siebente Jahrestag meines Todes. Sie soll wissen, warum.«

Jellicoe, den Hosenschlitz halb offen, zögerte.

»Außerdem wollen wir's an einem geeigneten Platz tun«, mischte sich Parker ein. »Das hier ist nicht der richtige Platz.«

»Stimmt«, sagte Hatch.

Lieber Gott, laß mich einen Ausweg finden, dachte Susan. Laß mich sterben, wirklich sterben. Ich möchte schlafen, schlafen für immer...

»Raus mit ihr!« sagte Hatch. Er zog sie an ihrem Sweater hoch. »Darauf habe ich lange gewartet.«

Sie versuchte, sich loszureißen.

Er schlug ihr ins Gesicht.

Es war ein harter Schlag; ihr wurde schwarz vor Augen.

Sie sank um. Hände griffen nach ihr.

Sie trugen sie aus der Kirche. Zur Ambulanz. Stießen sie ins Innere des Wagens, auf eine Liege. Schnallten sie fest.

Hatch griff nach einer Injektionsspritze.

Noch einmal erwachte sie aus ihrer Lethargie, versuchte einen klaren Gedanken zu fassen. »Wenn wir in der Hölle sind, warum brauchst du eine Injektion, um mich außer Gefecht zu setzen?«

»Weil es mir Spaß macht«, erwiderte Hatch und rammte ihr die Nadel in den Oberarm.

Sie schrie auf vor Schmerz.

Gleich darauf fiel sie in tiefen Schlaf.

33.

Flackerndes Licht.

Eine hohe Decke, dunkel.

Susan lag in einem Bett. Einem Krankenhausbett.

Ihr Arm schmerzte dort, wo Hatch ihr die Nadel ins Fleisch getrieben hatte.

Es war nicht ihr altes Krankenhauszimmer. Der Raum war

kalt, zu kalt für das Zimmer einer Klinik. Unter der Wolldecke war ihr Körper warm, doch ihr Gesicht und ihr Hals waren kalt. Der Raum war feucht und muffig. Es roch nach Moder, und dieser Geruch kam ihr irgendwie bekannt vor.

Als ob sie schon einmal an diesem Platz gewesen wäre!

Die Sicht war verschleiert. Sie blinzelte, konnte aber nichts deutlich erkennen.

Der erfolglose Versuch, sich zu orientieren, ermüdete sie. Sie begann sich im Kreis zu drehen, als ob sie sich in einem Karussell befände und nicht in einem Bett.

Dann schlief sie wieder ein.

Das Geräusch stürzender Wassermassen weckte sie später.

Erst dachte sie, es handle sich um einen verlängerten Traum. Doch dann hörte sie es ganz deutlich. Regnete es immer noch, heftiger noch als früher? Nein, für Regen war der Lärm zu stark. Eine neue Sintflut?

Sie öffnete die Augen, wurde sofort schwindlig, wenn auch nicht so schwindlig wie vorher. Die flackernden Lichter und tanzenden Schatten hatte sie schon einmal gesehen. Jetzt erkannte sie die Ursache: Kerzenlicht im Luftzug.

Sie bewegte ihren Kopf auf dem Kissen und starrte auf die Kerzen. Es waren fast ein Dutzend Wachszylinder, die auf Steinbrocken und Felsvorsprüngen placiert waren.

NEIN!

Sie wandte den Kopf zur anderen Seite, dem Geräusch des brausenden Wassers zu. Doch sie konnte nichts klar erkennen. Das Kerzenlicht reichte nicht weit genug, um den hinteren Teil des Gewölbes sichtbar zu machen.

Die schwarze Decke. Die Kerzen. Der Wasserfall.

Sie befand sich in der Donnerhöhle.

Träumte sie immer noch? Oder lag sie im Fieber, im Delirium?

Wenn sie die Augen schloß, vermochte sie die Kerzen und die Felsen auszuschalten. Aber der modrige Geruch und das Donnern des Wasserfalls ließen sich nicht verbannen.

Sie war doch in Oregon, meilenweit von der Donnerhöhle entfernt.

Wahnsinn.

Oder die Hölle?

Jemand riß ihr die schützende Decke weg. Sie öffnete die Augen, schrie auf.

Ernest Hatch. Er legte eine Hand auf ihren Schenkel. Sie erkannte, daß sie nackt war. Er glitt mit der Hand ihren Schenkel hoch, über ihre Scham, hinauf zu ihren Brüsten.

Seine Berührung ließ sie zu Eis erstarren.

Er lächelte. »Nein, noch nicht. Jetzt noch nicht, meine süße Hurensau. Heute nacht. So hab' ich es immer gewollt. Um die Stunde, als ich im Gefängnis draufgegangen bin. Genau um die Minute, in der der verdammte Nigger mir das Messer in den Hals stach. Doppelter Genuß, verstehst du? Ich in dir, Erlösung findend nach so vielen Jahren. Und gleichzeitig mein Messer in deinem schönen Hals.«

Er nahm die rechte Hand von ihren Brüsten. »Noch nicht jetzt, erst nachts.« In seiner Linken sah sie die Injektionsspritze.

Sie versuchte, sich aufzusetzen.

Da erschien Jellicoe an ihrem Bett und hielt sie nieder.

»Du sollst noch bißchen ruhen«, sagte Hatch. »Schönheitsschlaf. Damit du beim Fest heute nacht in guter Form bist.«

Er lachte und stach wieder roh mit der Nadel zu.

»Weißt du, Carl, was das Schönste an der ganzen Sache ist?«

»Was?« wollte Jellicoe wissen.

»Daß es nicht das Ende ist, sondern erst der Anfang. Da sie nicht mehr sterben kann, habe ich Gelegenheit, sie immer wieder zu töten. Immer wieder...«

Jellicoe kicherte.

Hatch sagte: »Das ist dein Schicksal, meine Süße. So wirst du die Ewigkeit verbringen. Jede Nacht werden wir dich durchziehen, und jede Nacht werden wir dich töten. Freilich jede Nacht anders. Es gibt tausend Arten, jemanden umzubringen, unzählige Methoden. Und du wirst alle am eigenen Leib kennenlernen.«

Wahnsinn!

Sie versuchte, den Sinn von Hatchs Worten zu erfassen, doch dazu war sie nicht mehr imstande.

Betäubt schlief sie ein.

Sie war unter Wasser. Ertrinkend, nach Atem ringend. Doch nein, es war nur das Geräusch des Wasserfalls, das sie zu ersticken drohte.

Sie lag immer noch im Bett, das wußte sie. Aber sie war zu schwach, um sich aufzusetzen. Um aufzustehen, zu fliehen.

Wieviel Zeit war vergangen? Eine Minute, eine Stunde?

Eine Stimme rief. Zärtlich, lockend.

»Susan...«

Sie öffnete die Augen. Ein Gesicht im ungewissen Kerzenlicht.

»Susan...«

Es war Jerry. Das verweste Gesicht. Die Lippen geschwollen, platzend vor Eiter...

»Susan...«

Sie schrie. Das Bett begann herumzuwirbeln. Schleuderte sie in einen Abgrund...

Als sie später erwachte, hatte sie einen erstaunlich klaren Kopf. Die Wirkung des Schlafmittels war beinahe verflogen.

Doch sie hatte Angst, die Augen zu öffnen. Sie wünschte, sie wäre nie aufgewacht. Warum ließ man sie nicht in Ruhe sterben?

»Susan!«

Das war nicht die Stimme von Jerry. Sie klang nicht zärtlich und lockend, sondern böse und drohend.

Sie lag reglos, stellte sich schlafend.

Hatch zog ihr Augenlid hoch. Er grinste. »Versuch mich nicht zu täuschen, dumme Kuh. Ich weiß, daß du wach bist.«

Sie war benommen. Derart benommen, daß sie nicht einmal imstande war, Angst zu haben. Gut so. Vielleicht war absolute Gefühllosigkeit ihre beste, ihre einzige Waffe.

»Die Zeit ist gekommen«, sagte Hatch. »Ich bin der erste, aber meine Freunde warten schon. Du wirst sie doch nicht enttäuschen, eine tolle Frau wie du?«

War das alles Wirklichkeit? Ein Krankenhausbett inmitten

einer Höhle? Irreal! Der Terror, die unverhohlene Gewalt, die toten Männer...

Es mußte ein Traum sein.

Doch es gab einen Gegenbeweis. Die schmerzenden Stiche an ihrem Arm. Das war Realität!

Hatch riß wieder die Bettdecke weg. Sie lag nackt.

»Schweinehund!« Ihre Stimme war so schwach, daß sie nicht wußte, ob er sie hören konnte.

»Wollen wir beginnen?« fragte Hatch liebenswürdig. »Sag, Baby, freust du dich darauf genauso wie ich?«

Sie schloß die Augen, fühlte seine Hände nach ihr greifen...

»HATCH!«

Da hörte sie die Stimme von McGee, der den Namen ihres Peinigers rief.

Sie öffnete die Augen. Sah, wie Hatch sich von ihr abwandte. Verblüfft fragte er: »Was tun *Sie* denn hier?«

Susan war zu schwach, um sich aufzusetzen, aber sie hob den Kopf, und sie sah Jeff McGee. Er stand nicht weit vom Bett entfernt; die flackernden Kerzen warfen seinen Schatten schwankend an die Höhlenwand. In der Hand hielt er eine Pistole mit verlängertem Lauf, und sie war auf Hatch gerichtet.

Hatch rief: »Was zum Teufel fällt Ihnen ein?«

McGee schoß ihm ins Gesicht.

Hatch stand einen Augenblick ganz still, dann fiel er nach hinten, aus Susans Blickwinkel. Doch sie hörte deutlich, wie er auf dem Steinboden aufschlug.

Der Schuß selbst war nicht allzu laut gewesen, nicht lauter als das Plop einer entkorkten Weinflasche. Susan begriff, daß der verlängerte Lauf ein Schalldämpfer war.

Sekundenlang sah sie noch Hatchs Gesicht vor sich, das sich blitzschnell in seine Bestandteile aufgelöst hatte. Das war keine surreale Gewalt wie die, der sie in den letzten Tagen unterworfen war – der Schuß und Hatchs Ende hatten nichts Traumhaftes an sich. Es war Tod, kalter, harter, rascher Tod.

McGee trat jetzt an den Rand ihres Bettes.

Sie blickte auf die Pistole in seiner Hand. Sie war verwirrter denn je, fühlte sich am Rand eines Abgrunds taumeln.

Leise fragte sie: »Bin jetzt ich an der Reihe?«

34.

Statt einer Antwort steckte er die Pistole in seine Manteltasche.

In seiner linken Hand trug er einen Kissenüberzug, der mit verschiedenen Utensilien vollgestopft war. Er ließ ihn neben das Bett fallen.

»Schnell«, sagte er, »wir müssen hier raus.«

Er begann Kleidungsstücke aus dem Kissenüberzug zu ziehen. Unterwäsche. Schwarze Nietenhosen. Einen weißen Sweater. Ein paar Sportschuhe.

Auf dem Boden des Überzugs sah sie ein großes, rundes Objekt, das sie mit wachsender Furcht betrachtete. Einen Augenblick lang war die Erinnerung an die Halluzinationen stärker als das Gefühl der Realität; sie glaubte sicher zu sein, das letzte Stück im Überzug würde sich als Jerry Steins Kopf entpuppen.

»Nein«, flüsterte sie, »nein...«

Er zog das Ding heraus. Es war ihre Jacke aus Kord, zu einem Ball zusammengerollt.

Es war nicht der Kopf eines Toten, doch das beruhigte sie noch nicht. Ihre Verwirrung war zu groß, sie konnte sich in der ungewohnten Welt der Realität nicht zurechtfinden.

»Was willst du von mir?« flüsterte sie. »Laß mich in Frieden. Ich mach' da nicht mehr mit...«

Er warf einen seltsamen Blick auf sie, dann begann er zu verstehen. »Du glaubst, das ist nur eine Fortsetzung der Komödie?«

»Ich bin so müde...«

»Du irrst dich. Das ist jetzt kein Spiel mehr, sondern blutiger Ernst.«

»Es muß ein Ende haben. Ich will nicht mehr.«

»Hör zu, sie haben dich mit Drogen vollgepumpt. Aber bald wirst du wieder munter sein.«

»So geht doch...«

Sie konnte den Kopf nicht länger oben halten. Er fiel auf das Kissen zurück.

Ihr war es egal, daß sie nackt war. Sie versuchte gar nicht, die Decke über sich zu ziehen. Scham war nach all dem, was man mit ihr gemacht hatte, bedeutungslos. Auch die Kälte war ihr im Augenblick nicht wichtig.

»Susan, ich bitte dich... Natürlich kannst du nicht begreifen, was geschehen ist. Ich werde alles später erklären. Jetzt mußt du mir vertrauen.«

»Ich habe dir einmal vertraut«, flüsterte sie. »Ich habe fest an dich geglaubt.«

»Und ich bin hier, um dich zu retten. Verstehst du denn nicht? Ich will dich retten.«

»Wovor?«

»Vor der Hölle«, sagte er ernst. »Das war doch das letzte Element, mit dem sie dich gefüttert haben. Der Schlußpunkt des Programms.«

»Was für ein Programm?«

Er seufzte. »Wir haben jetzt keine Zeit für lange Erklärungen. Du mußt mir einfach vertrauen.«

»Geh zum Teufel!«

Er legte einen Arm um sie und richtete sie auf. Er griff nach dem Sweater und versuchte, ihre Arme in die Ärmel zu stekken. Sie sträubte sich dagegen. »Genug damit... genug...«

»O Gott, was soll ich nur tun?« Er legte sie auf das Kissen zurück. »Hörst du den Wasserfall?«

Sie nickte. »Wir sind in der Donnerhöhle.«

»Nein, das sind wir nicht. Ob du's glaubst oder nicht, ich werde den Wasserfall verschwinden lassen.«

Er zog eine Stablampe aus der Manteltasche, knipste sie an und verschwand in der Dunkelheit.

Susan sah ihm nicht nach. Vielleicht würde man sie endlich in Ruhe lassen. Oder mit ihr Schluß machen. Wie mit Hatch. Es war ihr gleich.

Sie schloß die Augen, schicksalsergeben.

Das Rauschen des Wasserfalls verstummte.

Die Donnerhöhle wurde zu einer Grotte des Schweigens.

Sie öffnete die Augen, verwirrt. Einen Augenblick dachte sie, sie wäre taub geworden.

McGee hatte versprochen, den Wasserfall verschwinden zu lassen. Das Rauschen war mit einem Mal nicht mehr zu hören. Wie war das möglich?

Er tauchte aus der Dunkelheit auf. »Glaubst du mir jetzt? Es ist nur ein Tonband gewesen, mit vier Lautsprechern. Kein Tropfen Wasser.« Er kam näher, knipste die Taschenlampe aus. »Und diese Höhle? Ein billiger Trick. Papiermaché, Pappe und Kleister. Eine Kulisse. Deshalb haben sie so wenig Kerzen angezündet; würdest du weiter sehen können, würdest du gleich merken, daß alles eine Kulisse ist. Aufgebaut in einer großen Sporthalle, damit du den Eindruck eines riesigen Gewölbes hast. Ich würde die elektrische Beleuchtung einschalten und dir alles zeigen, aber ich will keine Aufmerksamkeit erregen. Die Fenster sind zwar geschwärzt und dicht verhängt, aber auch der kleinste Lichtstrahl könnte uns verraten.«

»Aber der muffige Geruch?«

»Stamm aus einer Konserve. Ein Spray, im Laboratorium entwickelt. Um Speläologen – Höhlenforscher – daran zu gewöhnen, bevor sie Stunden oder Tage in Höhlen verbringen.«

Obwohl sie fürchtete, immer noch eine Figur in einem Schachspiel zu sein, wurde sie instinktiv neugierig. Sie fragte: »Was ist Willawauk?«

»Ich werde dir alles im Wagen erklären«, erwiderte er. »Jetzt haben wir keine Zeit dazu. Du mußt mir einfach vertrauen.«

Immer noch zögerte sie.

»Wenn du mir jetzt nicht vertraust, wirst du nie herausfinden, was Willawauk ist.«

Sein drohender Ton überzeugte sie schneller, als es sein Zureden getan hatte. »Also gut...«

»Ich hab' ja gewußt, daß du Schneid hast«, sagte er lächelnd.

»Ich brauche Hilfe.«

»Ich bin bei dir.«

Sie ließ sich von ihm ankleiden. Sie fühlte sich in ihre Kindheit zurückversetzt, als er ihr Höschen anzog und Jeans und den Sweater. Bei den Socken und den Sportschuhen konnte sie ihm bereits helfen.

»Aber ich glaube, ich kann noch nicht gehen...«

»Macht nichts. Kannst du wenigstens die Taschenlampe halten?«

Sie nickte. Er hob sie hoch. »Leicht wie eine Flaumfeder. Eine große Feder, zugegeben. Leg den freien Arm um meinen Hals.«

Sie knipste die Lampe an und dirigierte den Lichtstrahl nach seinen Angaben. Er trug sie aus der Höhle aus Papiermaché hinaus, über den Korridor des Sportzentrums. Sie kamen an einem Faustballnetz vorbei und an einem Korbballtor. Dann ging es einige Stufen hinauf und durch eine Tür, die McGee offengelassen hatte.

Im großen Ankleideraum brannte Licht. Jellicoe und Parker lagen auf dem Boden. Jellicoe hatte nur mehr ein halbes Gesicht, Parker zwei große Löcher in der Brust. Quince saß auf einer Bank, vornübergebeugt; aus einer Wunde an seinem Nacken tropfte Blut.

Sie waren tot, unzweifelhaft. Keine Dämonen, die aus Gräbern aufgestiegen waren, sondern Menschen aus Fleisch und Blut, denen man das Lebenslicht ausgeblasen hatte.

Außer Atem stellte McGee sie jetzt auf die Beine. Von ihm kräftig gestützt, vermochte sie zu gehen.

»Es ist nicht mehr weit. Halte durch!«

Sie gingen an den Duschräumen vorbei, gelangten in eine geräumige Halle, die ebenfalls beleuchtet war. Auf dem Boden lag ein unbekannter Mann in einer ihr unbekannten Uniform.

»Wer ist das?«

»Ein Wachtposten.«

Dann kamen sie durch Doppeltüren aus Metall. Daneben lag ein weiterer toter Posten.

»Mach die Lampe aus.«

Sie gehorchte. McGee stieß die letzte Tür auf, dann standen sie im Freien. Es war eine kalte, klare Nacht. Der Parkplatz lag im Dunkeln, niemand war zu sehen. McGee schleppte sie zu einer blauen Limousine, riß die Wagentür auf und legte sie, so zart er es in der Eile konnte, auf den Beifahrersitz. Mit letzter Kraft richtete sie sich auf, preßte den Rücken gegen die Lehne.

McGee schloß die Tür, lief um den Wagen herum, setzte sich hinter das Lenkrad. Der Motor sprang an, er schaltete die Scheinwerfer ein. Ein unbeleuchtetes Auto würde mehr Aufsehen erregen als eines mit Lichtern, das schnell, aber nicht allzu schnell durch die Straßen des Städtchens fuhr.

Susan erkannte die Kirche, die Hauptstraße. Dann waren sie durch. Sie sprachen kein Wort, bis sie die letzten Häuser des Ortes hinter sich gelassen hatten. Vor ihnen lag grünes, bewaldetes Land. McGee beschleunigte das Tempo. Susan atmete auf. Mit jeder Sekunde entfernten sie sich immer mehr vom unheimlichen Städtchen und dem vorgetäuschten Krankenhaus. Aber wohin fuhren sie?

Sie war auf dem Beifahrersitz zusammengesunken. Versuchte sich wieder aufzurichten. Sah auf Jeff McGee, dessen angespannte Züge im grünen Licht des Armaturenbretts einen ungewohnten Eindruck machten. Es war nicht der charmante, liebenswürdige Jeff, den sie kannte. In diesen Momenten erschien er ihr fremd. Fremd, aber nicht drohend oder gefährlich.

Trotzdem – durfte sie ihm trauen?

Sie mußte Gewißheit haben.

»Jetzt kannst du sprechen«, sagte sie.

»Ja. Aber wo beginnen?«

»Egal. Beginn mit der Milestone Corporation dort oben.«

»Dort oben? Auch, du beziehst dich auf die Steinplatte auf dem Rasen, die du vom Pontiac aus sehen konntest. Die hat nichts zu sagen. Man hat sie bloß aufgestellt, um dich durcheinander zu bringen. Du solltest keinen klaren Gedanken fassen, dich nicht orientieren können.«

»Die Klinik ist also ein echtes Krankenhaus?«

»Unter anderem. Das wahre Milestone-Institut befindet sich in Newport Beach.«

»Und ich arbeite dort?«

»Jaja, soweit stimmt alles. Nur war es nicht der echte Philip Gomez, mit dem du telefoniert hast, sondern jemand in Willawauk, der vorgab, Gomez zu sein.«

»Und was mache ich bei Milestone?«

»Milestone ist ein Forschungszentrum. Es ist als Industrieunternehmen getarnt, aber in Wirklichkeit eine geheime Denkfabrik unter der direkten Kontrolle des Pentagon und des Präsidenten. Nicht einmal der Kongreß ist über seine wahre Beschaffenheit informiert. Bei Milestone hat man zwei Dutzend der besten Wissenschaftler mit der erlesensten Datenbank und den fortgeschrittensten Computersystemen der Welt ausgerüstet. Jeder Mitarbeiter von Milstone ist ein brillanter Spezialist auf seinem Feld.«

»Bin ich einer von diesen Spezialisten?« fragte sie. Sie konnte sich immer noch nicht an Milestone erinnern.

»Du bist einer von zwei Fachleuten, die das meiste über Teilchenbeschleuniger wissen. Du und Irving Breckenridge.«

»Ich erinnere mich nicht.«

»Natürlich nicht. Aber ich weiß es.«

35.

Während sie durch die dunklen Wälder fuhren, erzählte ihr McGee alles, was er über Milestone wußte.

»Das Projekt Milestone war auf ein einziges Ziel ausgerichtet: die Entwicklung einer elementaren Waffe – ein aus Teilchen bestehender Strahl, eine neue Art Laser –, die die bisherigen Nuklearwaffen nicht nur als altmodisch, sondern als nutzlos ausrangieren würde.

Die Regierung befürchtete seit langem, die Sowjetunion würde nicht nur atomare Überlegenheit anstregen, sondern spiele auch mit dem Gedanken, in solchem Fall durch einen tödlichen Erstschlag einen schnellen Sieg zu erringen. Um diese Gefahr auszuschalten, entschlossen sich das Pentagon und der Präsident Mitte der siebziger Jahre, eine Wunderwaffe zu entwickeln, die das russische Arsenal ausstechen und der Menschheit einen nuklearen Holocaust ersparen sollte.

Milestone war die geheime Hoffnung der Vereinigten Staaten. Um das Interesse ausländischer Agenten nicht zu erwekken, wurde das Projekt nicht als militärische Geheimsache eingestuft. Allerdings wußten die einzelnen Abteilungen von Milestone nichts von den Forschungszielen der anderen; die Zusammensetzung der Einzelergebnisse zu einem Gesamtbild war einer Dreiergruppe in Washington vorbehalten. Du und Breckenridge, ihr hattet zum Beispiel keine Ahnung, worin das Endziel der Teilchenbeschleunigungsvarianten bestand, mit denen ihr euch Monate und Jahre hindurch beschäftigt habt.

Jahrelang war das streng gehütete Geheimnis von Milestone auch dem Nachrichtendienst der Sowjetunion unbekannt. Als der KGB schließlich davon Kenntnis bekam, fürchtete Moskau, seine gesamte Kriegsmaschinerie könnte mit einem Schlag unwirksam werden. So entstand der Plan, einen der Wissenschaftler von Milestone in die Hand zu bekommen und einem wochenlangen Verhör zu unterziehen.«

»So wurde beschlossen, mich zu entführen?«

»Ja. Der Partikelstrahl – das fand man heraus – war der Kern der künftigen Waffe. Und du warst das naheliegendste Opfer. Dazu kommt, daß du dich des öfteren ungeniert gegen die unbeschränkte Aufrüstung ausgesprochen hast. Du hast sogar erwogen – und mit Breckenridge und Gomez darüber gesprochen –, deinen Posten bei Milestone aufzugeben.«

»Seltsam – mir ist, als ob du von einer völlig fremden Frau sprichst«, wandte Susan ein. »Warum kann ich mich an nichts erinnern, was mit meiner Tätigkeit in Newport zusammenhängt?«

»Ich werde es dir erklären», sagte er. »Aber erst müssen wir noch ein Hindernis überwinden. Ein sehr ernstes...«

Er verlangsamte die Fahrt. Sie kamen jetzt aus den Wäldern heraus; vor ihnen lag eine langgestreckte Ebene. Quer durch die Landschaft lief ein hoher Metallzaun, und wo die Straße die Umzäunung kreuzte, erhob sich eine Straßensperre.

»Was ist das?«

»Ein Kontrollpunkt. Dort verlassen wir das militärische Sperrgebiet.« Während er mit einer Hand steuerte, entnahm er seiner Manteltasche verschiedene Legitimationspapiere. »Das sind Sonderausweise. Tu, als ob du schläfst. Halt die Augen geschlossen. Und kein Wort, bitte. Nicht ein einziges Wort, sonst sind wir verloren. Schließlich habe ich nicht weniger als sechs Leichen zurückgelassen.«

Sie tat, was ihr geheißen. Sie sah noch, daß der Kontrollpunkt hell erleuchtet war. Rechts und links von einer hohen Metallschranke standen zwei Hütten, aus denen Wachsoldaten traten. Sie trugen die ihr unbekannten Uniformen, die ihr schon bei den beiden Toten im Sportzentrum aufgefallen waren.

»Nicht ein Wort! Was auch immer geschieht – keine Silbe!«

»Versprochen.«

Jetzt hielt sie die Augen fest geschlossen und ließ den Mund offen herabhängen wie in tiefem Schlaf.

McGee bremste, hielt an und kurbelte das Wagenfenster herunter. Schwere Schritte traten an das Auto heran. Ein Mann sprach in einer ihr unbekannten Sprache. McGee antwortete. Zu Susans Überraschung sprach er diese Sprache genau so fließend wie Englisch.

Die Männer unterhielten sich, sie hörte das Rascheln von Papieren. McGee schien einen Scherz gemacht zu haben, denn der andere lachte.

Jetzt glaubte sie zu verstehen warum sie – obwohl McGee Sonderausweise besaß – sich schlafend stellen und schweigen mußte. Sie hätte Englisch gesprochen, und das wäre – warum auch immer – verderblich gewesen.

McGee gab sich gelassen, aber sie spürte förmlich die Spannung, in der er sich befand. Das Warten erschien ihr endlos, aber schließlich hörte sie, wie das Wagenfenster wieder hochgekurbelt wurde. Grußworte verhallten, metallisches Klappern. Der Weg war frei, der Wagen setzte sich in Bewegung.

Langsam öffnete sie die Augen, aber sie wagte nicht zurückzublicken.

»Wo sind wir?« fragte sie.

»Hast du die Sprache nicht erkannt?«

»Nein. Noch nie gehört.«

»Es war Russisch.«

Sie war sprachlos.

Er fuhr fort: »Wir sind nur mehr 30 Meilen vom Schwarzen Meer entfernt.«

»Du meinst – vom Pazifik?«

»Nein. Ich sagte: vom Schwarzen Meer. Dort fahren wir hin.«

»Sind wir in Rußland? Das ist doch nicht möglich.«

»Unglaublich, aber wahr. Agenten des KGB haben dich entführt, als du in Oregon Ferien gemacht hast.«

»Kein Autounfall?«

»Nein. Der Unfall, an den du glauben solltest, war Teil des Programms. Du bist nie im Koma gelegen, Gott sei Dank. Aber man hat dich in dieser Zeit betäubt und aus den Vereinigten Staaten in die Sowjetunion geflogen.« Er lächelte grimmig. »Als Diplomatengepäck.«

»Ich kann mich an nichts erinnern«, seufzte sie.

»Natürlich nicht. Alle Erinnerungen sind mit chemischen und hypnotischen Mitteln aus deinem Gedächtnis getilgt worden.«

»Gehirnwäsche?«

»Genau. Sie versuchten alles, was sie wissen wollten, mit den üblichen Tricks aus dir herauszubekommen, aber es gelang ihnen nicht. Je mehr Psychopharmaka sie in dich hineinpumpten, desto mehr bist du ihnen entglitten. Dein Unterbewußtsein hat eine effektive Abwehrtaktik entwickelt. Du hast jede Erinnerung an Milestone und deine dortige Tätigkeit verloren. Partielle Amnesie.«

»An der leide ich immer noch.«

»Richtig. Es muß verblüffend gewesen sein. Obwohl die Drogen dich – wie erwartet – willig gemacht hatten, alles zu sagen, was du wußtest, konntest du es nicht tun, weil dein Erinnerungsvermögen ausgesetzt hat. Sie haben dich fünf Tage lang bearbeitet, ununterbrochen, bevor sie merkten, was mit dir geschehen war.«

Er unterbrach sich und reduzierte das Tempo. Sie näherten sich einer Ortschaft von etwa 100 Häusern, aber sie glich in keiner Weise Willawauk. Es war unzweifelhaft kein amerikanisches Städtchen. Es sah aus wie aus einem anderen Jahrhundert. Die Häuser waren niedrig und viereckig, die Fenster klein. Manche Dächer waren aus Stroh.

»Ein russisches Dorf«, erklärte McGee. »Diese Gegend ist noch nicht industrialisiert. Hier gibt es noch keine Wohnsilos für die Massen.«

»Du wolltest mir erklären, warum ich eine partielle Amnesie hatte.«

»Das hängt mit dem Milestone-Projekt zusammen. Äußerste Sicherheitsmaßnahme. Jeder, der dort angestellt wird, muß sich einer bestimmten hypnotischen Prozedur unterziehen, die es ihm unmöglich macht, mit jemandem außerhalb des Projekts über seine Arbeit zu sprechen. Eine sogenannte Sperre. Ein Mechanismus, der den Angestellten von Milestone, wenn sie zum Sprechen gezwungen werden, automatisch ihr Erinnerungsvermögen blockiert.«

Jetzt verstand sie, warum sie sich an alles in ihrem früheren Leben erinnern konnte, nur nicht an Milestone. »Aber irgendwo muß mein ganzes Wissen doch gespeichert sein.«

»In deinem Unterbewußtsein. Wenn es uns gelingt, aus Rußland heil herauszukommen, wird man in Milestone zweifellos Methoden kennen, die automatische Sperre aufzuheben und dir dein Gedächtnis zurückzugeben. Diese Methoden sind zweifellos ein Geheimnis von Milestone – so wie nur der Hypnotiseur selbst das Codewort kennt, das bei seinem Opfer die auferlegte Sperre lösen kann. In Moskau kannte man freilich das Codewort nicht, deshalb entwickelte man das Willawauk-Programm, um deinen Block mit einer Serie von brutalen psychologischen Schocks zu sprengen.«

Sie rasten durch die Nacht. Das Land war jetzt flach wie ein Bügelbrett. Keine Hügel, nur wenige Bäume. Der Mond stand hell am Himmel und überstrahlte die Landschaft mit einem fahlen Glanz.

»Ein Erinnerungsblock kann auf verschiedenen Emotionen basieren«, fuhr er fort. »Liebe, Haß, Angst. Aber Angst ist das stärkste Gefühl, es löst die stärksten Reize aus. Darauf beruht die in Milestone errichtete Sperre. Im Unterbewußtsein warst du überzeugt, du würdest einen qualvollen Tod erleiden, wenn du ausländischen Agenten nur das geringste Detail verrätst. Der Angstblock ist fast nicht zu sprengen – zumindest nicht mit den üblichen Methoden.«

»Aber sie haben einen Weg gefunden. Oder haben es geglaubt.«

»Die Spezialisten vom KGB, Fachleute der Gehirnwäsche, meinten, deinen Block sprengen zu können, wenn sie dich mit einer Angst konfrontierten, die größer war als die in Newport aufoktroyierte. Nun, es ist nicht leicht, ein Angstgefühl hervorzurufen, das größer ist als die Angst vor dem Tod. Aber als der KGB das sorgfältig erarbeitete Dossier über dich durchforschte, glaubten sie, deinen schwachen Punkt gefunden zu haben. Ein Ereignis in deiner Vergangenheit, aus dem sich ein Alptraum entwickeln ließ, dessen Wirkung entsetzlicher wäre als Todesangst.«

»Die Donnerhöhle«, flüsterte sie. »Ernest Hatch.«

»Das war der Schlüssel zum Willawauk-Programm. Man wußte, daß du eine wissenschaftlich orientierte Frau bist, die alles Irrationale haßt und ablehnt. So entschloß man sich, dich in eine irrationale Alptraumwelt zu versetzen, in der die Toten aus den Gräbern stiegen und dich bedrohten und quälten. Sie wollten dich an den Rand des Wahnsinns bringen. Vergewaltigung und Torturen der toten Männer sollten deinen Kollaps herbeiführen.«

Sie erschauderte.

»Was haben sie sich davon versprochen? Was hätten sie von einer brabbelnden Wahnsinnigen gehabt?«

»Die Sperre wäre gesprengt gewesen, deine Erinnerungen zurückgekehrt. Man hätte dich beruhigen können, dir versprechen, die Qualen würden ein Ende haben. Du hättest alles ausgeplaudert, bereitwillig, fügsam wie ein Lamm.«

»Aber die Vorbereitungen für ein solches Programm hätten eine längere Zeit erfordert als eine Woche. Ich bin doch erst vor einer Woche entführt worden...«

Er reagierte nicht gleich.

»Oder nicht?«

»Nein. Du bist seit über einem Jahr in der Sowjetunion.«

»Das kann nicht sein. Das kann ich nicht glauben.«

»Man hat dich – wie der Fachausdruck lautet – auf Eis gelegt. In der Zelle einer Nervenheilanstalt. Daran kannst du dich freilich nicht erinnern. Die Erinnerung daran wurde gelöscht, bevor man dich nach Willawauk brachte.«

Ihre Verwirrung wich unkontrolliertem Zorn. Sie setzte sich auf, ballte die Fäuste, die letzte Injektion hatte in der Zwischenzeit ihre Wirkung verloren. »Gelöscht? Gelöscht? Du sprichst von mir, als sei ich ein Bandaufnahmegerät. Jesus, ich verbrachte ein Jahr in einer stinkenden Zelle, und man hat mir dieses Jahr gestohlen. Und man hat mich foltern lassen, von Hatch und seinen Kumpanen...« Die Wut erstickte ihre Stimme, sie konnte nicht weitersprechen.

McGee, den Blick auf die Straße vor ihm gerichtet, vermied es, sie anzusehen. »Du hast das Recht, wütend zu sein. Aber bitte sei nicht zornig mit mir. Ich wußte nichts von dir – erst als man dich in den Flügel der Klinik für Verhaltensforschung brachte, den man für deinen Aufenthalt umgebaut hatte. Und dann mußte ich mit viel Geduld den Zeitpunkt abwarten, an dem deine Befreiung eine Chance hatte.«

Einige Minuten blieben beide still. Susan gewann langsam ihre Selbstbeherrschung zurück. Sie fuhren einen Hügel hinauf, und plötzlich lag vor ihnen das mondbeschienene Meer.

Die Straße führte jetzt in einer langgezogenen Kurve nach Süden. Auf dieser Strecke gab es einigen Verkehr, doch es begegneten ihnen kaum Privatwagen, meistens Lastwagen.

Schließlich platzte sie heraus. »Aber welche Rolle hast du bei der ganzen Sache gespielt?«

Er antwortete nicht gleich.

Dann stellte sie die entscheidende Frage: »Wer bist du?«

»Ich bin wirklich Arzt«, sagte er leise. »Aber mein richtiger Name ist nicht McGee. Ich heiße Dimitri Nikolnikow.«

36.

Ungläubig starrte sie ihn an.

»Du bist Russe?«

»Ja. In Leningrad geboren, vor 37 Jahren. Mein Vater war Arzt, meine Mutter Mathematiklehrerin. Jeff McGee ist mein Willawauk-Name.«

»Was bedeutet das? Was zum Teufel ist Willawauk?« Und dann, mit Skepsis und Mißtrauen: »Erzähl mir nicht, daß man in einem Jahr eine ganze Stadt wie Willawauk bauen konnte. Und schon gar nicht zu dem ausschließlichen Zweck, mich gefügig zu machen.«

»Da hast du natürlich recht«, erwiderte er. »Willawauk ist in den fünfziger Jahren gebaut worden. Es sollte das perfekte Abbild einer typischen amerikanischen Kleinstadt sein und wurde seit damals ständig auf den neuesten Stand gebracht.«

»Aber warum? Wozu eine amerikanische Modellstadt inmitten der Sowjetunion?«

»Willawauk wurde als Trainingszentrum entworfen. Dort wurden russische Top-Agenten als waschechte Amerikaner ausgebildet. Dort hat man sie von Jugend auf erzogen, wie Amerikaner zu denken, wie Amerikaner zu leben. Man hat sie zu authentischen Amerikanern gemacht.«

»Davon habe ich noch nie gehört...«

»Natürlich nicht. Es ist ein streng gehütetes Geheimnis.«

Er umfuhr vorsichtig einen großen russischen Lastwagen, der die halbe Straße versperrte, und fuhr fort: »Jedes Jahr wurden drei- bis vierhundert Kinder mit überdurchschnittlichem Intelligenzquotienten ausgewählt und nach Willawauk gebracht. Sie wurden ihren Eltern fortgenommen, die ihre Kinder nie wieder sahen, und Zieheltern in Willawauk übergeben. Dort hat man sie erstens zu fanatischen Bolschewiken erzogen. Politischer Unterricht bei Tag und unterbewußte Beeinflussung bei Nacht, indem man ihnen, während sie schliefen, Propaganda-Tonbänder vorspielte.«

Verwirrt sagte Susan: »Das klingt, als ob man eine ganze Armee von kindlichen Robotern aufgestellt hätte.«

»Genau das war der Zweck der Übung. Kinder-Roboter,

Agenten-Roboter. Gleichzeitig wurden sie zu echten Amerikanern geformt, ja, sie mußten sich als patriotische Amerikaner tarnen können, ohne ihren unterschwelligen sowjetischen Fanatismus zu verraten. In Willawauk wurde nur Englisch gesprochen, mit amerikanischem Akzent. Diese Kinder wuchsen auf, ohne ein Wort Russisch zu kennen. Alle Bücher waren amerikanische. Ebenso alle Filme und alle Fernsehprogramme, die aus den Moskauer Archiven stammten. Praktisch wuchsen sie nicht anders auf als amerikanische Kinder. Wenn sie dann 18 oder 19 Jahre alt waren, stattete man sie mit den entsprechenden Legitimationen aus und placierte sie in Highschools und Universitäten in den USA. Nach abgeschlossener Ausbildung fanden sie dann Stellungen in der Industrie und in der Staatsverwaltung. Sie arbeiteten sich hoch, oft 10 oder 15 Jahre lang, bis sie einflußreiche Positionen erreichten. Sie hatten strikten Auftrag, sich untadelig aufzuführen und erstklassige Arbeit zu leisten; nicht der Schatten eines Verdachts durfte auf sie fallen.

Bis zu dem Zeitpunkt, da sie von Moskau den Befehl bekamen, ihre ideologische Zugehörigkeit zu beweisen, mit der sie in ihrer Kindheit indoktriniert worden waren. Von diesem Moment an waren sie erstklassige Spione und Saboteure.«

»Mein Gott«, rief Susan, »die Kosten eines solchen Programms sind doch kaum auszudenken. Ist denn die enorme Anstrengung der Mühe wert?«

»Die Sowjetregierung glaubt daran. Und es gab schon erstaunliche Erfolge. Es gibt Willawauk-Absolventen in der amerikanischen Armee, Marine, Luftwaffe. Und vor allem in der Flugzeugindustrie. Nicht sehr viele, aber einige schafften es, wichtige Kommandoposten zu erhalten. Und viele einflußreiche Politiker sind Willawauk-Leute, unter ihnen ein Senator und zwei Abgeordnete des Repräsentantenhauses.«

»Guter Gott!«

Zorn und Angst waren momentan vergessen, als sie sich des ungeheuerlichen Komplotts bewußt wurde.

»Es passierte nur ganz selten, daß jemand von den Willawauk-Leuten ein Doppelagent wurde und schließlich für die Amerikaner arbeitete. Sie waren zu fanatisch, zu gut programmiert, um Überläufer zu werden. Die Willawauk-Klinik, in die man dich gebracht hat, ist ein glänzend ausgestattetes Zentrum für Verhaltensforschung und Gedankenkontrolle.«

»Und du hast dort gearbeitet?«

Er nickte.

»Ich war einer der ersten Jugendlichen, die in Willawauk geschult worden sind. Damals dauerte das übliche Training nur vier oder fünf Jahre. Ich war 14, als ich nach Willawauk kam. Später erst rekrutierten sie Kinder von vier oder fünf Jahren.« Er atmete tief durch. »Und ich bin einer der wenigen, die auf die andere Seite übergegangen sind. Aber das wissen sie noch nicht. Nicht bis jetzt.«

»Sie werden die Leichen finden.«

»Bis dahin sind wir längst auf hoher See.«

»Du bist sehr optimitisch.«

Er grinste grimmig. »Ich muß es sein. Die Alternative wäre der sichere Tod von uns beiden.«

Wieder mußte Susan die einzigartige Kraft und Entschlossenheit dieses Mannes bewundern. Habe ich mich deshalb in ihn verliebt, fragte sie sich? Liebe ich ihn überhaupt noch?

Ja.

Nein.

Vielleicht.

»Du hast dein Training vor fast 20 Jahren absolviert? Warum hat man dich nicht in die USA geschickt? Wieso warst du in Willawauk tätig, als ich eingeliefert worden bin?«

Bevor er antworten konnte, kam der Verkehr vor ihnen zum Stehen. Die Bremslichter des vor ihnen fahrenden Lasters flammten auf. McGee hielt.

Susan wurde unruhig. »Was ist los?«

»Eine Kontrollstation nördlich der Stadt Batum. Dort wollen wir an Bord eines Schiffes gehen, das in türkische Gewässer fährt.«

»Du sprichst, als gingen wir auf eine Ferienreise.«

»Das wird es auch sein. Das muß es sein. Denn wenn nicht...«

Er sprach nicht weiter.

Es ging im Schrittempo vorwärts. Jedes Fahrzeug wurde

aufgehalten, jeder Fahrer mußte seine Papiere zeigen. Neben dem uniformierten Beamten stand ein Soldat mit einer Maschinenpistole. Ein dritter Mann, anscheinend ein Zollbeamter, leuchtete mit einer Laterne in das Innere der Lastwagen.

»Was suchen sie?«

»Wahrscheinlich Schmuggelware.«

»Und wenn sie uns suchen?«

»Kaum. Ich hoffe, man wird nicht vor Morgengrauen herausbekommen, daß wir aus Willawauk geflüchtet sind. Würden sie uns suchen, würden sie die Wagen nicht so flüchtig kontrollieren, und es würden sich Patrouillen des KGB auf jedes Fahrzeug stürzen. Du bist ihnen sehr wichtig, Susan. Du kennst Willawauk, du weißt zuviel.«

»Und du? Du hast sechs Leichen zurückgelassen!«

Er biß sich auf die Lippen. »Wenn sie dahinterkommen, daß ich ein Verräter bin, werden sie mich genauso liquidieren wie dich.«

Jetzt hatten sie die Kontrolle erreicht. McGee kurbelte das Wagenfenster herunter und zeigte dem Beamten die Sonderausweise. Dieser warf nur einen Blick darauf und reichte sie ihm zurück, aber der Zollbeamte ließ sich die linke Wagentür öffnen, hob den Sitz im Fond hoch und leuchtete in den Hohlraum darunter.

Der Hohlraum war leer. Weder Schmuggelware befand sich dort, noch ein Flüchtling. Sie durften weiterfahren.

Auf einer Umgehungsstraße, die durch die Vororte von Batum führte, näherten sie sich dem Hafen.

Susan wiederholte ihre Frage. »Warum hat man dich vor 19 Jahren nicht nach den Vereinigten Staaten geschickt?«

»Man hat mich geschickt. Ich habe meine Examina an einer Universität im Mittelwesten gemacht, spezialisierte mich auf Verhaltensforschung und bekam einen Job bei einem Regierungsinstitut, das vom Verteidigungsministerium finanziert wurde. Doch in jener Zeit war ich kein loyaler Sowjetbürger mehr. Ich hatte 14 Jahre in Leningrad gelebt, bevor ich nach Willawauk gekommen bin. So konnte ich ziemlich objektiv das Leben in der Sowjetunion und in den Staaten und die beiden Systeme miteinander vergleichen. Es fiel mir nicht schwer, Partei zu ergreifen und das Leben in Freiheit vorzuziehen. Und ich zog die Konsequenzen.«

»Welche?«

»Ich ging zum FBI und erzählte ihnen alles über mich und über Willawauk. Sie gingen sehr vorsichtig zu Werk. Ein paar Jahre benutzten sich mich nur, falsche Daten nach Moskau zu schicken, um das sowjetische Informationspotential durcheinander zu bringen. Dann, vor fünf Jahren, entschlossen sie sich, mich als Doppelagenten nach Rußland zurückzuschicken. Meine Reise nach Moskau wurde sehr sorgfältig vorbereitet. Ich wurde zum Schein verhaftet. Man inszenierte einen großen Prozeß, in dessen Verlauf ich mich weigerte, auch nur ein einziges Wort zu sprechen. Die Zeitungen nannten mich den ›Stummen Spion‹.«

»Ich erinnere mich daran. Es war eine ziemliche Sensation.«

»Die Angelegenheit wurde bewußt hochgespielt. Obwohl es hieß, ich wäre bei der Übergabe geheimer Informationen ertappt worden, gab ich nicht einmal preis, woher ich gekommen war. Im ganzen Prozeß wurde die Sowjetunion nicht einmal erwähnt. Ich spielte meine Rolle anscheinend sehr gut. Der KGB war hoch zufrieden.«

»Was die Absicht gewesen war.«

»Natürlich. Ich wurde zu 20 Jahren verurteilt, aber blieb nicht lange im Gefängnis. Moskau wollte mich möglichst schnell zurückhaben. Ich wurde gegen einen amerikanischen Agenten, der in Wladiwostok verhaftet worden war, ausgetauscht. Man begrüßte mich als Helden, der das Geheimnis von Willawauk nicht preisgegeben hatte. Ich war der berühmte ›Stumme Spion‹. Und man schickte mich, wie das FBI gehofft hatte, an das Forschungszentrum nach Willawauk zurück.«

»Und seither schickst du Informationen in die andere Richtung?«

»Ja, aus Willawauk nach Washington.«

»Aber wie?«

»Mit Hilfe von Georgiern, die die russische Zentralregierung hassen. In Georgien hat es immer wieder Unruhen gegeben, die gegen Moskau gerichtet waren. Mit solchen sowjetfeindlichen Georgiern setzte ich mich in Verbindung. Hier in Batum leben georgische Fischer, die eigene Boote besitzen. Auf hoher See treffen sie türkische Fischer von der anderen Seite des Schwarzen Meeres und übergeben ihnen Nachrichten, die sie von mir erhalten. Die Türken geben sie dann an amerikanische Stellen in Trapezunt weiter, gegen gute Bezahlung natürlich. Und wir beide sollen heute nacht den gleichen Weg gehen wie sonst meine geheimen Dokumente.«

Jetzt hatte er den Stacheldrahtzaun erreicht, der den Hafen von Batum in weitem Bogen umschloß.

Er hielt an und schaltete die Scheinwerfer aus.

»Steigen wir aus?« fragte Susan.

»Ja. Und das war das letzte Wort Englisch, das du gesprochen hast, bevor wir an Bord der KORMORAN sind.«

37.

Das Areal des Hafens war nicht sehr gut beleuchtet, nur die überwachten Zugänge waren in helles Scheinwerferlicht getaucht. Doch die Kontrolle war nicht scharf, die uniformierten Beamten saßen in ihren geheizten Bretterhütten und ließen sich die Papiere durch ein Schalterfenster reichen. McGee und Susan konnten ohne Schwierigkeiten passieren.

Sie gingen durch eine Reihe von dunklen Lagerhäusern zum Kai. Nach kurzem Suchen fand McGee die KORMORAN, sie war eines der wenigen beleuchteten Boote. Der Motor tuckerte, das Schiff war bereit auszulaufen.

»Nun – ist nicht alles glatt gegangen?« fragte er.

»Ja«, erwiderte sie. »*Zu* glatt für meinen Geschmack.« Denn sie mußte an ihre Flucht aus der Klinik denken, die ihr anfangs auch überraschend einfach erschienen war.

»Du bist eine unheilbare Pessimistin«, sagte McGee und half ihr über das schwankende Fallreep an Bord. Er geleitete sie an zwei Matrosen vorbei, die mit den Leinen beschäftigt waren und ihnen nur einen flüchtigen Blick zuwarfen. Eine Eisentreppe führte ins Innere des Bootes.

In einer einfachen Kabine erwartete sie Golodkin, ein stämmiger Mann in einem dicken, schwarzen Seemannspullover. Er war unrasiert. Nichts deutete darauf hin, daß er der Kapitän des Schiffes war.

McGee und Golodkin begrüßten sich mit einem Handschlag wie alte Bekannte. Sie wechselten einige Worte, die Susan nicht verstehen konnte. Später erklärte ihr McGee, daß er nicht – wie gewohnt – eine Kiste Wodka mitgebracht hatte, dafür aber Dollarnoten.

Golodkin steckte das Geld ein und lächelte Susan zu. In gebrochenem Englisch hieß er sie an Bord willkommen.

Auf dem Tisch lagen Seekarten, und daneben stand ein Glas mit einer hellen Flüssigkeit. Seitlich sah man die Bettnische, die von einem Vorhang abgetrennt war. Auf einem Wandbrett lagen Geschirr und Gläser.

Der Kapitän bot seinen Gästen Platz und einen Trunk zur Stärkung an. Susan war gezwungen, in dem kleinen Raum dicht neben McGee zu sitzen. Er staunte, als sie aus Golodkins Hand ein volles Glas entgegennahm und das scharfe Getränk ohne Hemmung in sich hineinschüttete.

»Du wirst betrunken werden«, warnte er.

»Tut nichts. Es macht warm.« Sie erschauderte, dann nahm sie noch einen Schluck.

In diesem Moment sah sie, wie die Vorhänge der Bettnische sich teilten. Ein Mann sprang in die Kabine. Es war Dr. Viteski. Er lächelte. In seiner Hand hielt er eine Pistole.

Erschrocken starrte sie auf McGee. Der war aufgesprungen und hatte in seine Manteltasche gegriffen. Doch bevor er noch die Waffe ziehen konnte, hatte der Kapitän seine Hand umklammert.

»Gib deine Pistole Golodkin«, befahl Viteski.

McGee blieb nichts anderes übrig, als zu gehorchen.

Er überschüttete den Kapitän mit einem russischen Wortschwall, zornig, anklagend.

»Du darfst dem armen Leonid keine Vorwürfe machen«, sagte Viteski. »Er hatte keine Wahl, als mit uns zu kooperieren. Er ist ein fanatischer Georgier und haßt es, die Rolle eines Doppelagenten zu spielen. Aber es ist ihm – wie ich schon sagte – keine andere Wahl geblieben. Besser ein Fischerboot als ein Exekutionskommando.« Golodkin biß die Zähne zusammen und schwieg.

Viteski lächelte noch immer. »Wir haben schon eine ganze Weile über dich Bescheid gewußt«, sagte er zu McGee. »Dann war es natürlich einfach herauszubringen, daß du die KORMORAN als Kurierschiff benützt. Golodkin und seine Mannschaft haben Familie in Batum. Muß ich dir mehr sagen?«

»Aber die Papiere, die ich Golodkin übergeben habe...«

»... sind sämtlich in die Türkei gekommen. Bloß mit einer kleinen Verspätung. In diesem Zeitraum wurden sie – sagen wir – in unserem Sinne bearbeitet.«

»Verdammt!« fluchte McGee.

Viteski goß sich vergnügt ein Glas ein und nahm einen kräftigen Schluck.

»Aber wenn ihr gewußt habt, daß ich Susan zu retten versuchen würde, warum habt ihr es soweit kommen lassen?«

»Du bist uns bloß etwas zuvorgekommen«, erwiderte Viteski. »Heute abend wurde in Moskau endgültig entschieden, das Willawauk-Programm fallen zu lassen. Fachleute hatten entschieden, daß Susan Thorton uns nicht von Nutzen sein kann. Ihre Sperren können nicht durchbrochen werden. Alle Achtung, meine Liebe, Sie haben sich brav geschlagen. Es hätte keinen Sinn gehabt, Sie länger zu quälen. Daher wurde beschlossen, auf das Reserveprogramm zurückzugreifen.«

»Was für ein Reserveprogramm?« fragte Susan ängstlich.

Viteski, statt zu antworten, gab dem Kapitän einige Anweisungen. Golodkin nickte und verließ die Kabine.

»Was hat er vor?« wollte Susan wissen.

McGee schüttelte den Kopf, er wußte es nicht. Er streckte seine Hand nach ihr aus, und sie ergriff sie. Er lächelte ihr ermunternd zu. Aber es überzeugte sie nicht. Hinter seinem Lächeln erkannte sie Angst. Ehe sie noch einen klaren Gedanken fassen konnte, wurde die Kabinentür geöffnet. Der

Kapitän kam zurück. Und hinter ihm traten zwei Personen ein.

Eine von ihnen war Jeff McGee.

Die andere war Susan Thorton.

Zwei Doppelgänger.

Sie trugen sogar die gleiche Kleidung wie Jeff und Susan.

Eiskalt lief es Susan den Rücken hinunter. Fassungslos starrte sie auf die Frau, die ihr gegenüberstand.

Die Ähnlichkeit war verblüffend, unheimlich. Die falsche Susan sagte liebenswürdig zur echten: »Es ist faszinierend, Miß Thorton, mit Ihnen endlich im selben Raum zu sein und plaudern zu können.«

Atemlos stammelte Susan: »Sie spricht genau wie ich...«

Worauf der falsche McGee mit Jeffs Stimme bemerkte: »Wir haben fast ein Jahr mit Tonbändern gearbeitet, auf denen eure Stimmen aufgenommen waren.«

»Das Reserveprogramm war seit langem vorbereitet worden«, erklärte Viteski McGee, »obwohl wir dir natürlich nichts davon gesagt haben.« Er betrachtete die beiden Doppelgänger mit beinahe väterlichem Stolz. Dann fügte er gelassen hinzu: »Ihr beide werdet erschossen und über Bord geworfen. Statt dessen werden diese beiden in die Vereinigten Staaten zurückkehren. Und unsere Susan Thorton wird wieder bei Milestone arbeiten. Sie ist eine der besten Physikerinnen aus unserer sibirischen Gelehrtenstadt. Mit der Zeit wird sie uns alle Informationen geben, die die echte uns vorenthalten hat. Vielleicht noch bessere, nämlich Daten über die neueste Entwicklung. Und Dr. McGee wird sich sicher im Militärbereich der Verhaltensforschung bewähren.«

»Sie werden sich verraten«, rief McGee wütend.

»Sicher nicht«, entgegnete Viteski ruhig. »Meinst du, durch ihre Fingerabdrücke? Daran haben wir natürlich auch gedacht. Wir haben unsere Leute in der daktyloskopischen Abteilung des Geheimdienstes. Eure Fingerabdrücke werden mit denen eurer Doppelgänger vertauscht.«

Er stellte sein Glas ab und erhob sich, die Pistole immer noch auf McGee gerichtet. Er befahl dem Kapitän, die beiden Gefangenen zu fesseln. Golodkin ließ sie aufstehen und band ihnen die Hände hinter dem Rücken zusammen. Dann befahl ihm Viteski, die beiden sicher im untersten Laderaum zu verstauen.

»Eure Doppelgänger werden euch nachher besuchen und befragen«, sagte Viteski. »Wir wollen eine Menge Details aus eurem Privatleben wissen, damit die Imitation überzeugend wirken wird. Ich rate euch, alle Fragen wahrheitsgemäß zu beantworten, denn einige werden Fangfragen sein, um eure Wahrheitsliebe zu überprüfen. Und wenn ihr nicht spurt, werden eure Doppelgänger Methoden anwenden, die euch überzeugen werden, daß Kooperation in eurem eigenen Interesse liegt.«

Unwillkürlich blickte Susan auf den falschen McGee. Er lächelte freundlich, aber es war nicht das Lächeln des echten. Es fehlte jede Wärme, jede Spur von Empfindsamkeit. Dieser Mann war wohl imstande, seine Opfer zu foltern, bis sie gehorchten.

»Jetzt möchte ich mich verabschieden«, sagte Viteski. »Ich muß das Schiff verlassen, bevor es ausläuft.« Bevor er die Kabine verließ, winkte er Susan und McGee noch freundschaftlich zu. »Gute Reise!«

Dann wies der Kapitän die beiden an, ihm zu folgen. Er führte sie in die Laderäume hinunter. Susan wäre die schmale Stiege hinuntergestürzt, wenn Golodkin sie nicht gehalten und ihr über die Stufen geholfen hätte. McGee sprach ihn mehrere Male auf russisch an, doch der Kapitän reagierte nicht darauf. Es war, als hätte er ihn nicht gehört.

Die Laderäume stanken nach Fisch. Golodkin führte sie in ein Gelaß, in dem aufgespulte Trossen und Ankertaue aufbewahrt waren. Dazwischen lagen, unordentlich gestapelt, Ersatzteile von Maschinen. An den Wänden hingen verschiedene Geräte, Fischhaken und Spieße.

Sie mußten sich auf die eiskalten Holzplanken setzen. Golodkin band jetzt ihre Füße zusammen und prüfte noch einmal McGees Fesseln. Dann schaltete er die Beleuchtung aus, die aus einer einzigen von der Decke baumelnden Birne bestand. Klirrend ließ er die Eisentür hinter sich zufallen.

Dunkelheit. Absolute Finsternis.

Susan dachte an ihr Ende in den kalten Wassern des Schwarzen Meeres. Noch vor kurzem hatte sie gewünscht, zu sterben und nicht mehr leiden zu müssen.

Jetzt würde ihr Wunsch in Erfüllung gehen.

38.

»Jeff!« rief sie leise.

Er antwortete nicht. Doch sie hörte, wie er sich bewegte, wie er an seinen Fesseln zerrte.

»Jeff...«

Er keuchte. Er schien gegen ein unsichtbares Hindernis anzukämpfen. Er atmete hart.

»Was tust du?«

»Sei still!«

Sie verstand nicht. Was konnte sie in ihrer Situation noch gefährden? Plötzlich fühlte sie, wie Hände über ihren Körper glitten. Beinahe hätte sie aufgeschrien; dann wurde ihr klar, daß es McGees Hände waren. Er hatte sich befreit, und jetzt tastete er nach ihren Fesseln. Während er die Knoten löste, hauchte er in ihr Ohr: »Golodkin hat meine Fesseln nicht zugezogen. Im Gegenteil, er hat sie *gelockert*.«

Ihre Hände waren jetzt frei. Sie rieb sich die schmerzenden Handgelenke. »Wird er uns weiterhelfen?«

»Sicher nicht, solange unsere Doppelgänger an Bord sind«, erwiderte er grimmig. Er bewegte sich von ihr fort und tappte im Dunkeln herum, bis er den Lichtschalter fand. Bevor es noch hell wurde, begriff Susan, was er vorhatte, und ihr graute davor.

Wie sie vorausgesehen hatte, holte er zwei Fischerhaken von der Wand und reichte ihr einen. Die scharfen Spitzen glänzten im trüben Licht.

»Ich kann nicht«, flüsterte sie.

»Du mußt.«

»O Gott, nein...«

»Ihr Leben oder unseres.«

Zögernd griff sie nach einem der Haken, den er ihr anbot. »Du wirst es können«, sagte er, »und es wird nicht schwierig sein. Sie erwarten keinen Angriff, und sicher vermuten sie nicht, daß uns Golodkin in einer Waffenkammer eingeschlossen hat.«

Er stellte sich seitlich von der Tür auf und wies ihr ihren Platz an.

Dann löschte er das Licht.

Es wurde ein langes, qualvolles Warten in der Dunkelheit. Das Zittern unter ihren Füßen wurde stärker, die Maschinen begannen auf vollen Touren zu laufen. Die KORMORAN begann aus dem Hafen von Batum auszulaufen.

Ein raschelndes Geräusch.

»Jeff – was ist das?«

»Nur eine Ratte.«

Sie sagte nichts.

»Hast du Angst vor Ratten?«

»Ja. Aber nicht heute.«

Etwa eine Viertelstunde verging, und sie mußten den Hafen bereits verlassen und das offene Meer erreicht haben, ehe sie das erste Geräusch an der Tür hörten.

McGee hob seinen Fischerhaken.

Die Tür wurde aufgestoßen. Die beiden Doppelgänger standen im Licht des angrenzenden Laderaums. McGee und Susan, die im Dunkeln standen, waren für ihre Gegner nicht zu sehen. Jeff trat einen Schritt vor, schwang den Haken und durchbohrte seinen Doppelgänger, als dieser gerade nach dem Lichtschalter griff. Entsetzt über das, was er tat oder zu tun gezwungen war, drehte er den Haken im Inneren des Mannes herum und riß ihn dann heraus. Der aufgespießte McGee brach zu Füßen des wirklichen zusammen und schlug mit Armen und Beinen um sich.

Die Frau hielt jetzt ein Pistole mit Schalldämpfer in ihrer Hand. Sie konnte McGee nur in Umrissen sehen, aber sie schoß.

Verfehlte ihn. Er sprang aus der Schußlinie. Sie feuerte nochmals, ohne zu zögern. Die Kugel streifte seinen Ärmel.

Da trat Susan in Aktion. Die Gefahr, in der Jeff schwebte,

und ihr Zorn verliehen ihr Mut. Die Frau hörte ein drohendes Geräusch von der anderen Seite und fuhr herum, aber da hatte ihr Susan schon mit dem Haken die Kehle durchbohrt. Ihre Augen traten aus den Höhlen, die Waffe fiel zu Boden. Ein Blutstrom ergoß sich aus ihrem Hals, aus der Kehle tönte ein gräßliches Röcheln...

Dann sank die falsche Susan auf die Knie, und sie kippte nach vorn. Ein Zucken ging durch ihren Körper, dann lag sie still.

McGee starrte auf sein regloses Ebenbild hinunter. Er hatte das beklemmende Gefühl, Zeuge seines eigenen Todes zu sein. Schlimmer noch erging es ihm beim Anblick der anderen Leiche. Susans Körper, den er liebte und begehrte, in seinen letzten Zuckungen! Der schmale Nacken durchbohrt, blutüberströmt...

Er packte Susan, die umzusinken drohte, derb am Arm und riß sie mit sich, hinaus aus der Abstellkammer, hinaus aus dem Frachtraum, nach oben, an die frische Luft.

Auf Deck holten sie beide tief Atem. Der Seewind blies ihnen ins Gesicht.

Die russische Küste war nicht mehr in Sicht.

Später stand Susan in der Kajüte, die für die beiden Doppelgänger vorgesehen gewesen war. Sie war klein und primitiv eingerichtet. Kein Stuhl, kein Tisch. Zwei hölzerne Bettstellen und ein schmales, tellergroßes Waschbecken.

Susan ließ das Wasser über ihre Hände fließen. Obwohl längst nichts mehr zu sehen war, hatte sie das Gefühl, die Blutflecken nicht loswerden zu können.

McGee trat ein. Seine Nähe gab ihr Mut und Zuversicht. Sie drehte den Hahn ab, zwang sich zu glauben, daß ihre Hände sauber waren.

»Kommen sie mit in die Türkei?« fragte sie.

Er schüttelte den Kopf. »Nein. Weder Golodkin noch seine Leute sind dazu bereit. Sie wollen ihre Familien nicht im Stich lassen.«

»Aber wenn der KGB herausbekommt, daß nicht wir, ich und du, über Bord geworfen wurden...«

»Sie werden es nie erfahren.«

»Wie meinst du das?«

Zum ersten Mal, seit sie an Bord gekommen waren, zeigte sich McGee wieder locker und überlegen.

»Wir werden sie mit ihren eigenen Waffen schlagen. Es ist dir doch klar, daß wir – wenn wir erst in Washington sind – einer Reihe komplizierter Tests unterworfen werden, bevor man sicher sein kann, daß wir die richtigen sind.«

»Ja, das muß wohl sein. Aber dann...«

»Dann wird man den KGB im Glauben lassen, es sei ihm gelungen, seine Leute an unserer Statt einzuschleusen. Dafür wird das FBI schon sorgen.«

»Wie?«

Er grinste. »Susan Thorton und Jeff McGee werden über bekannte Kanäle hochinteressante Daten nach Moskau schicken. Monatelang, jahrelang. Nur daß die geheimen Daten – wie Viteski es so trefflich formuliert hat – vorher ›bearbeitet‹ worden sind.« Triumphierend fügte er hinzu: »Meine Revanche für das, was man mit meinen Informationen getan hat, die über Golodkin liefen.«

Nachdenklich sagte sie: »Es kommt mir vor, als ob böse Buben sich gegenseitig Streiche spielten.«

Er zuckte die Achseln. »So kann man es auch sehen. Eine Art Schachspiel. Geheimdienst gegen Geheimdienst. Zug um Gegenzug, Finte gegen Falle. Ein Spiel ohne Ende, nur daß es – im Unterschied zu Schach – nie ein entscheidendes Matt gibt.«

»Für ein im Grunde sinnloses Spiel erscheinen mir die Einsätze unverhältnismäßig hoch«, erklärte sie. »Es muß doch enorme Mühe kosten, perfekte Doppelgänger zu schaffen.«

»Sie haben eine erstaunliche Technik entwickelt. Die Daten von Hatch und den anderen waren kein Geheimnis. Man suchte Männer entsprechenden Alters aus, die vom Körperbau her eine Ähnlichkeit mit den vier Amerikanern hatten. Plastische Chirurgie und geschicktes Make-up taten ein übriges. Und Fernsehaufnahmen vom Prozeß haben ihre Stimmen festgehalten.«

»Aber Hatchs Augen!?«
»Spezielle Kontaktlinsen.«
»Wie für einen Film?«
»Genau. Die Visagisten und Maskenbildner in Moskau stehen denen von Hollywood in nichts nach. Und was die Leiche von Jerry Stein betrifft – die könnte aus einem beliebigen Gruselfilm stammen.«
Sie unterdrückte ein Zittern und seufzte. »Ein Glück, daß die Amerikaner nicht so skrupellos sind wie die Russen.«
Darauf erwiderte er sehr ernst. »Da würde ich nicht so sicher sein, Susan.«
Sie lächelte. »Immerhin haben sie dich beauftragt, mich heil nach Hause zu bringen.«
Er schüttelte den Kopf, sehr ernst. »Da irrst du dich. Das war nicht mein Auftrag.«
»Sondern?«
Er preßte die Lippen zusammen. »Mein Auftrag war, dich umzubringen. Nur tote Wissenschaftler können keine Geheimnisse verraten. Sicher ist sicher.«
Alles Blut war aus ihrem Gesicht gewichen. »Mich – zu töten?«
Er nickte. »Bevor man dich in Willawauk zum Sprechen bringen konnte. Als dein behandelnder Arzt hatte ich viele Möglichkeiten. Bei solchen Experimenten kommt es oft vor, daß der Patient sanft entschläft und seinen Henkern entkommt – sozusagen durch die Hintertür...«
Sie sah ihm in die Augen. Ihre Lippen bebten, als sie ihn fragte. »Und – und warum hast du deinen Auftrag nicht erfüllt?«
Er antwortete leichthin: »Sehr einfach, Susan. Weil ich mich in dich verliebt habe.«

38.

Obwohl sie sich in Sicherheit wußte, schlief Susan in dieser Nacht sehr unruhig. Sie wälzte sich auf der harten Bettstelle hin und her. Wirre Träume plagten sie.

Als sie schließlich mit einem Schrei aus dem Schlaf fuhr, saß McGee am Rand ihrer Pritsche. Er nahm sie in seine Arme und preßte sie an sich.

»Ruhig, mein Schatz. Ich bin bei dir...«

»Aber die Matrosen...«

»Welche Matrosen?«

»Die Männer von Kapitän Golodkin. Ich habe sie erkannt.«

»Wen hast du erkannt?«

»Hatch und Quince. Jellicoe und Parker. Sie tragen Seemannskleidung, aber...«

»Du hast geträumt.«

»Nein, nein«, rief sie in panischer Angst. »Ich habe sie deutlich gesehen. Sie haben gelacht. Während sie aus einem großen Netz Fische an Bord fallen ließen, haben sie gelacht.«

»Das Spiel ist zu Ende, Susan. Für immer zu Ende.«

Er konnte sie nicht beruhigen. Obwohl sie sich erst sträubte, zwang er sie, mit ihm durch das ganze Schiff zu gehen und jedes einzelne Mitglied der Besatzung genau anzuschauen. Erst dann war sie überzeugt, daß sich weder Hatch noch einer seiner Kumpane an Bord befand.

Doch die Angst hielt sie in ihren Klauen. Auch nachdem sie auf ein türkisches Boot übergesetzt hatten, beäugte sie die türkischen Fischer mit Mißtrauen. Und ebenso die Mitglieder des amerikanischen Konsulats in Trapezunt.

Auch als Gast des amerikanischen Botschafters in Ankara fühlte sie sich noch nicht sicher. Es war drei Uhr früh, als ihr Schrei durch das weitläufige Gebäude hallte.

Zwei Sicherheitsbeamte stürzten erschrocken in ihr Zimmer. Susan schrie: »Hinaus mit euch! Ich erkenne euch auch in eurer Verkleidung.«

Der Botschafter und seine Frau versuchten sie vergeblich zu beruhigen. Das gelang erst McGee, der im Schlafrock herbeigeeilt kam.

Sie klammerte sich an ihn, zitternd. »Ich kann niemandem trauen.«

»Aber Susan – keiner sieht auch im entferntesten wie Hatch aus.«

»Ich habe noch nicht alle gesehen. Auch in der Klinik gab es viele, die unverdächtig aussahen, bis Hatch auftauchte...«

Der Botschaftsarzt wollte ihr eine Beruhigungsspritze geben, aber sie weigerte sich, ihn an ihr Bett zu lassen. Sie schlief erst wieder ein, als die anderen gegangen waren und McGee ein Sofa vor ihre Tür schob und Wache hielt.

Am nächsten Morgen entschuldigte sie sich verlegen. Der Botschafter zeigte sich verständnisvoll und erbot sich, ihr seinen gesamten Stab vorzustellen, damit sie sicher sein konnte, daß an der Botschaft weder tote Männer noch sowjetische Doppelgänger beschäftigt waren.

Sie dankte und lehnte lächelnd ab. »Bei Tag bin ich vernünftig und habe keine Angst mehr. Aber bei Nacht – wenn ich aus meinen Alpträumen erwache...«

»Es wird sich geben«, tröstete sie McGee. »Aber das kann eine Weile dauern.«

»Vielleicht mein Leben lang«, flüsterte sie.

Doch sie irrte sich. Die Angstträume hörten zwar nicht auf, aber ihr Impakt wurde von Nacht zu Nacht schwächer.

Schließlich kamen sie in Washington an. Die Regierung hatte im besten Hotel zwei Zimmer für sie reserviert, aber sie begnügten sich mit einem Doppelzimmer.

Zum ersten Mal gingen sie gemeinsam zu Bett. Aufflammende Leidenschaft und die folgende Entspannung ließen ihre schrecklichen Erlebnisse verblassen.

Ihren nackten Körper an den ihres Liebhabers gepreßt, schlief Susan ruhig, glücklich und traumlos.

HEYNE BÜCHER

Dean R. Koontz

Die Romane von Dean R. Koontz gehören zu den Highlights der anspruchsvollen Horror-Literatur.

01/6667

01/6833

01/6913

01/6951

01/7707

01/7810

01/7903

Wilhelm Heyne Verlag München